MÅNPOCKET

#1

ÅKE EDWARDSON

DANS MED EN ÄNGEL

KRIMINALROMAN

MånPocket

Omslag av John Eyre
© Åke Edwardson 1997
Norstedts Förlag, Stockholm

www.manpocket.com

Denna MånPocket är utgiven enligt överenskommelse
med Norstedts Förlag, Stockholm

Tryckt i Danmark hos
Nørhaven a/s 1999

ISBN 91-7643-495-8

Till mina bröder

*Tack till Bendix, Rita,
Dan, Tulle, Anders,
Lasse, Göran, Bengt
och Cliff.*

DEN DÄR RÖRELSEN som pojken inte kunde göra längre. Han kunde inte minnas när det blivit sämre. Nu var rörelsen som en skugga.

Pojken förstod. Han försökte gå mot den södra väggen, men hans rörelse var mest en riktning i hans huvud, och när han lyfte hakan för att kunna se mot det håll där ljudet...

Det blev kallt igen utefter ryggen, mellan skuldrorna och nedåt blev det så kallt, och sedan varmt, och han halkade på golvet och slog i höften när han föll. Han gled på golvet. Det fanns inget fäste för kroppen.

Han hörde en röst.

Inuti mig finns det en röst och den ropar till mig och det är jag, tänkte han. Jag förstår. Nu drar jag mig bort mot väggen, och om jag gör det stilla och försiktigt så kommer ingenting att hända mig.

Mamma. Mamma!

Ett ljud surrade som när det blir paus och det inte finns någonting som händer framför ögonen. Han kom inte bort från ljudet. Han visste vad det var.

Gå bort.

Gå bort härifrån.

Jag förstår. Nu känner jag en kyla igen och jag tittar ner på mitt eget ben men jag kan inte säga vilket det är. Jag ser det. Ljuset är starkt härinne. Det var inte så tidigare, men när kylan började tändes ljuset och det är så starkt att det blivit natt utanför fönstret.

Jag kan höra en bil men den är på väg härifrån. Ingenting stannar här utanför.

Gå bort från mig. Gå bort!

Han kunde fortfarande ta hand om sig själv, och om han blev

ensam skulle han kunna röra sig runt rummet och komma tillbaka till dörren. Han hade kommit in där, och mannen hade gått ut igen och hämtat sakerna och kommit tillbaka och stängt dörren, och sedan kom natten.

Han hörde fortfarande musiken men den kunde komma från honom själv, från inuti. De hade spelat Morrissey, och han visste att namnet på skivan kom från den delen av stan som låg på den här sidan av floden.

Det var inte långt bort. Han visste mycket sånt. Det var en av orsakerna.

Han hörde musiken igen, den var högre och han hörde inte surret just nu.

Ljuset var kvar. Det borde göra ont i honom, i kroppen.

Jag känner inte att det gör ont, tänkte han. Jag är inte trött. Jag kan gå härifrån om jag kan resa mig. Jag försöker säga nånting. Nu har det gått en stund. Nu är det som när man håller på att somna och plötsligt rycker till och det är som att hämta upp sig själv från ett djupt hål och det är det enda som betyder nånting. Efteråt är man rädd, det är svårt att somna om. När man ligger där kan man nästan inte röra sig, just då, man vill röra sig men det går inte.

Sedan tänkte han inte så mycket. Det var som om sådant som ledde tankarna vidare, kablarna och ledningarna, som om de skurits av och tankarna strömmat ut genom snittytorna och spridits utan styrsel i huvudet och efter bara en liten stund runnit ut med blodet.

Jag vet att det är blod och att det är mitt. Jag förstår. Nu känner jag inte det där kalla och kanske är det över. Jag tänker på saker som kommer.

Jag vet att jag har tagit mig upp med det ena knät i luften och det andra på golvet. Jag ser rakt in i ljuset, och på det här sättet föser jag min kropp bort mot väggen och in i skuggorna.

När jag gör det kommer nånting in från sidan och jag rör mig bort från det. Kanske kan jag klara det.

Han försökte ta sig till skyddet som väntade någonstans och musiken blev starkare. Det fanns flera rörelser runt honom, åt olika håll, och han föll och fångades, och han kände att han bars

8

uppåt och åt sidan. Han såg taket och väggarna röra sig mot honom, och det gick inte att avgöra var det ena slutade och det andra tog vid. Det fanns ingen musik efter det.

Den sista tråden som höll samman tankarna brast och ersattes av drömmar och några rester av minnen som han tog med sig när det var över och det blivit tyst. Därefter hördes ljud av steg som avlägsnade sig ifrån där han satt med sin tunna kropp lutad mot en stol.

1

DET HADE VARIT ett år som inte släppte greppet. Det hade vridit sig runt, bitit sig självt i svansen som en satans galen hund. Veckor och månader hade haft dubbel längd.

Från där Erik Winter stod såg kistan ut att sväva i luften. Solen bröt igenom ett fönster till vänster och ljuset lyfte kistan från bänken där på golvets sten. Allt blev en rektangel av sol, och det var det enda han såg.

Han hörde sångerna om döden men han rörde inte på läpparna. Det fanns en cirkel av tystnad runt honom. Det var inte det främmande. Det var inte heller den direkta sorgen, åtminstone inte först. Det var en annan känsla; den hörde samman med ensamhet och med det där mellanrummet som uppstår när fingrar släpper taget.

Värmen som kommer från blodet finns inte mer, tänkte han. Det är som om en väg bakåt har vuxit igen.

Erik Winter reste sig med de andra och lämnade kyrkan och gick ut i ljuset och följde kistan till graven. När jorden hamnat över trät var det slut, och han stod stilla en liten stund och sedan kände han vintersolen i sitt ansikte. Den var som en hand doppad i ljummet vatten.

Han gick sakta utefter gatorna västerut, mot färjeläget. Nu är ett krig över inuti en människas kropp och han får frid. Allt är historia och jag börjar känna en stor sorg. Helst vill jag göra det stora ingenting under en längre tid och sen vill jag rensa ogräset på framtidens stigar, tänkte han och log ett slags leende mot den låga himlen.

Han gick ombord och uppför trapporna och ställde sig på bildäcket. Bilar täckta av svart snö körde ombord. Det slamrade som i helvetet och han höll handen för sitt vänstra öra. Solen fanns kvar, tydlig men kraftlös över havet. Han hade tagit av sig skinnhandskarna när kistan kom i jorden och nu tog han på dem igen. Det var kallare än någonsin tidigare.

Han stod ensam på däcket. Färjan vältrade sig långsamt ut från ön, och när den passerade en liten vågbrytare tänkte Winter kort på döden och på att livet fortsätter långt efter det att meningen med livet upphört. Rörelserna är desamma men själva meningen sackar efter.

Han stod kvar ända tills husen akteröver blivit så små att han kunde få plats med dem i handen.

I den lilla serveringen satt människorna. Sällskapet på hans högra sida såg ut som om det ville brista ut i en sång om frihet, men i stället vandrade det bort mot de stora fönstren.

Winter drack först ingenting. Han lutade sig över bordet och väntade på att psalmerna i hans huvud skulle tystna och sedan beställde han en kopp kaffe. En man satte sig bredvid honom och Winter sträckte upp sin långa kropp.

"Får jag bjuda på en kopp?" frågade han.

"Naturligtvis", svarade mannen.

Winter gjorde ett tecken mot serveringsdisken.

"Man måste nog hämta själv", sa mannen.

"Nej. Hon kommer här."

Kvinnan tog emot Winters beställning utan ett ord. Hon hade ett ansikte som verkade genomskinligt i det låga ljuset från solen utanför. Winter kunde inte se om hon tittade på honom eller på kyrktornet i byn som de lämnade bakom sig. Han undrade om klockorna hörts över till den andra sidan, eller till färjan när den var på väg över till ön.

"Ni verkar bekant", sa han och vred på stolen så att han satt vänd mot mannen.

"Jag måste faktiskt säga detsamma", sa mannen.

Han sitter i en underlig ställning med benen, tänkte besökaren. Det är inte bra att vara lång vid såna här kafébord. Det ser ut som om han har ont, och jag tror inte det beror på ljuset i ansiktet.

"Våra vägar har korsats mer än en gång", sa Winter.

11

"Ja."

"Det tar aldrig slut."

"Nej."

"Här kommer kaffet", sa Winter och betraktade servitrisen när hon ställde koppen framför kriminalkommissarie Bertil Ringmar. Det rök ur koppen, röken steg mot Ringmars ansikte och tunnades ut i höjd med pannan och spred sig i en cirkel runt huvudet. Karln ser ut som en ängel, tänkte Winter.

"Vad gör du här?" frågade han.

"Jag reser med en färja och dricker kaffe."

"Varför märker vi alltid ord när vi talas vid?" sa Winter.

Bertil Ringmar tog en klunk kaffe.

"Jag tror att vi är mycket känsliga för ordens valörer", sa han och ställde ner koppen på bordsskivan. Winter kunde se hans ansikte speglat i skivan, upp och ner. Det är till hans fördel, tänkte han.

"Har du hälsat på Mats?" frågade Ringmar.

"På sätt och vis."

Ringmar sa ingenting.

"Han är död", sa Winter.

Bertil Ringmar greppade om koppen. Han kände en blandning av kyla och värme men han släppte inte greppet.

"Det var en fin akt", sa Winter. "Jag visste inte att han hade så många vänner. Han hade bara en släkting men han hade många vänner."

Ringmar sa ingenting.

"Jag hade trott att det skulle vara mest män i kyrkan men det var många kvinnor också", sa Winter. "Det var nog mest kvinnor."

Ringmar tittade ut genom fönstret på något bakom Winter, och han gissade att det var kyrktornet.

"Det är en jävla sjukdom", sa Ringmar och flyttade blicken. "Du kunde ha ringt om du hade velat."

"Mitt i Gran Canaria-semestern? Mats var en god vän, men jag klarade av sorgearbetet själv. Eller om det har börjat nu", sa Winter.

De satt tysta och lyssnade på ljuden från motorerna.

"Det är flera sjukdomar", sa Winter efter en stund. "Det var lunginflammationen som tog livet av Mats till slut."

"Du vet vad jag menar."

"Ja."

"Han hade skiten länge."

"Ja."

"Fan."

"Ett tag trodde jag att han trodde att han skulle klara det."

"Sa han det till dig?"

"Nej. Men jag förstod att han tänkte så ett tag. Det kan räcka med viljan när allt annat har sagt farväl. Några minuter trodde jag också på det."

"Ja."

"Sen tog han på sig den kollektiva skulden. Efter det var det slut."

"Sa du inte att han hade pratat om att han ville bli polis? När han var ung?"

"Har jag sagt det?"

"Jag tror det."

Winter strök håret bakåt från pannan. Han stannade med handen om de tjocka stråna i nacken.

"Kanske var det när jag började polisskolan", sa han. "Eller när jag snackade om att söka."

"Kanske."

"Det är ett tag sen."

"Ja."

Det riste i fartygskroppen som om den somnat i sundet och nu störts i sin vila. Människorna därinne samlade sina ägodelar framför sig, tog ett fastare tag i rockarna inför avstigningen.

"Han hade ju varit välkommen", sa Ringmar och såg på Winters armbåge. Winter släppte greppet om håret och placerade händerna på bordsskivan.

"Jag läste att dom annonserar efter homosexuella poliser i England", sa Ringmar.

"Är det homosexuella poliser dom vill ha i ny tjänst eller är det bögar som dom vill utbilda till poliser?" frågade Winter.

"Spelar det nån roll?"

"Förlåt."

"Den mångskiftande kulturen är mer utvecklad i England", sa Ringmar. "Det är ett rasistiskt och sexistiskt samhälle men man inser att det behövs olika sorter också bland poliserna."

"Ja."

"Vi kanske får en bög hos oss också."

"Tror du inte vi har det redan?"

"En som vågar stå för det."

"Hade jag varit bög hade jag stått för det nu, efter i dag", sa Winter.

"Mhm."

"Kanske innan med. Ja, det tror jag."

"Ja."

"Det är fel att hålla sig utanför. Det blir bara som att bära på en jävla gemensam skuld. Du bär också en skuld", sa Winter och tittade på kollegan.

"Ja", sa Ringmar, "jag är fylld av skuld."

Sällskapet vid de stora fönstren såg ut som om det skulle försöka ta upp en liten sång om frihet igen, om det inte bara vore så tyngt av tillvaron. Färjan passerade en fyr. Winter såg ut genom fönstren.

"Vad säger du om att gå ut på däck och hälsa stan", sa han.

"Det är kallt därute", sa Ringmar.

"Jag tror jag behöver det."

"Jag förstår."

"Gör du verkligen det?"

"Fresta inte mitt tålamod, Erik."

Dagen var halvgammal och grå. Bildäcket blänkte dovt som kol. Klipporna kring fartygskroppen hade samma färg som himlen. Det är inte alldeles lätt att säga var det ena slutar och det andra tar vid, tänkte Winter. Plötsligt är man i himmelriket utan att veta det. Ett språng från klippan och så är man där.

När de hukade under bron var kvällen anländ. Stadens ljus fanns överallt. Julen var över och snön var fläckvis borta. Den hårda kylan höll fulheten stelnad, som på ett fotografi.

"När nån frågar en så säger man att slutet av januari är den jävligaste tiden på året, men när man är i slutet av januari så är det inte värre än nåt annat", sa Ringmar.

"Nej."

"Det betyder att man antingen mår lika jävla dåligt året om eller att man mår som en prins hela tiden", sa Ringmar.

"Ja."

"Jag skulle vilja vara en prins."

"Så illa är det väl inte?"

"Jag trodde ett tag för länge sen att jag var en kronprins, men så är det inte."

Winter kommenterade det inte.

"Det är du som är kronprinsen", sa Ringmar.

Winter var tyst.

"Vad är du? Trettisju? Kriminalkommissarie och trettisju, eller trettifem när du blev det. Det är fan inte klokt."

Stadens ljud var tydligare nu.

"Det är bra, Erik", fortsatte Ringmar, "det är bra. Men om jag själv hade nåt hopp så försvann det på den här lilla konferensen."

"Vad var det för konferens?"

"Konferensen för alla som fortfarande vill vidare."

"Javisst, det ja", sa Winter.

"Du slapp."

"Ja."

Winter följde trafiken nere på leden. Bilarnas rörelser fick honom att tänka på en slingrande, bullrig lysmask.

"Jag är ingen karriärist egentligen", sa Ringmar.

"Varför pratar du så mycket om det då?"

"Jag bearbetar min besvikelse. Det är naturligt att göra så ibland även för den som är nöjd med sin lilla lott."

"Du är ju för fan kriminalkommissarie."

Ringmar svarade inte.

"Du har ju en hög post i din roll som allmänhetens ombudsman", sa Winter. "Du är ingen prins men du är en hjälte", fortsatte han och drog in kvällens luft genom näsborrarna. Vinden var som grovt salt i hans ansikte. Färjan törnade mot kaj.

2

HAN VANDRADE ST JOHN'S HILL österut, ljuden från Clapham Junction fanns runt honom men han hörde nästan ingenting. Tågen har blivit större och snabbare men ljuden har blivit mindre, tänkte han.

Han gick in på ett kafé och beställde en kanna te och sedan satte han sig vid fönstret. Han hörde rösterna från byggjobbarna i hörnet, männen åt en ljudlig frukost men han lyssnade inte. Folk rörde sig utanför, de flesta på väg österut mot Lavender Hill och varuhuset. Det är alltid fest på Arding and Hobbs, tänkte han. Det är de enkla människornas Harrods vi har skapat här. Det är de enkla och de fattiga som bor söder om floden.

Utanför hade alla rosor på kinden. Han kände vintern härinne också, i doften från kläderna och i draget från dörren när den öppnades och stängdes. Vindarna från norr svepte över södra London och folk var som alltid oförberedda.

Vi är sämst i världen på att vara beredda, tänkte han. Vi har ägt hela världen men vi har aldrig lärt oss väder och vind. Vi tror fortfarande att världens väder ska anpassa sig till brittisk klädedräkt, och vi kommer aldrig att ändra oss. Vi fryser oss blå.

Kriminalkommissarie Steve Macdonald försökte dricka teet men det hade blivit för starkt. Vi dricker mest te i världen, men vi kan inte laga till det. Det är alltid för svagt till en början och för starkt på slutet och däremellan är det för hett för att kunna drickas, och i dag är jag på ett jävla humör och då kommer dessa svarta tankar.

"... och då sa jag att det där kostar en öl din jävel", sa en av byggjobbarna som slutkläm på en historia.

Hela kaféet osade av fett, luften bestod av fett. När människor kom in och gick från ena änden till den andra blev det avtryck efter dem. Det är som i Sibirien, tänkte Steve Macdonald. Det är inte riktigt lika kallt men i övrigt är det samma motstånd i luften.

Han gick ut på gatan och grep telefonen i kavajens innerficka. Han slog ett nummer och väntade, med ögonen på det lilla fönstret i apparaten. Han lyfte blicken och såg resande gå ut genom järnvägsstationens stenportal.

"Hallå", hördes en röst i den andra telefonänden.

"Jag är häruppe nu."

"Ja?"

"Jag stannar nog hela dan."

"Du menar hela vintern."

"Är det ett löfte?"

Macdonald fick inget svar.

"Jag börjar uppe på Muncaster Road."

"Har du gått runt dammen?"

"Ja."

"Och?"

"Det är möjligt. Det är allt jag kan säga nu."

"Bra."

"Jag tror jag går in på Dudley."

"Om du hinner."

"Jag vill stå där en stund till."

"Vi får prata om det sen", sa rösten och linjen var åter död.

Macdonald stoppade tillbaka telefonen i innerfickan och vek söderut på St John's Road, han väntade på en lucka i trafiken på Battersea Rise och fortsatte Northcote Road mot söder.

Han gick Chatto Road österut och såg med längtan på puben The Eagles fasad. Senare. Kanske mycket senare.

Han gick trehundra meter och vek in på Muncaster Road. Radhusen glödde återhållet i januarisolen, teglet och putsen gled samman med plattorna på trottoaren till en vinterns ickefärg. Kontrasten blev stark när brevbäraren dök upp, postväskan på rulle, en röd färg som stack allting i ögonen. Han såg honom ringa på en dörr. Postmannen ringer alltid minst två gånger, och Macdonald vek in under en låg port när han öppnat gallergrinden. Han grep dörrklappen och hamrade på dörren. Det här är ett brutalt sätt att avisera ankomst, tänkte han.

Dörren öppnades så långt säkerhetskedjan medgav, och han anade ett ansikte därinne i dunklet.

"Ja?"

"Är detta hos John Anderton?" frågade Macdonald och sökte i innerfickan efter legitimationen.

"Vem är det som frågar?"

"Polisen", sa han och höll fram sitt kort, "jag ringde tidigare."

"John äter frukost", sa kvinnan som om det omöjliggjorde besök. Hon vill att jag ska gå så att hon kan få steka färdigt sina kippers, han kände den skarpa doften av förkolnad sill genom dörrspringan.

"Det tar inte lång stund", sa han.

"Men..."

"Det tar inte lång tid", upprepade han och stoppade tillbaka legitimationen. Han hörde skrammel från dörrens insida när kvinnan tog av säkerhetsanordningen. Han väntade. Den måste ha kostat en förmögenhet, tänkte han. Det blev inga pengar över till underhåll av själva dörren. Snart rasar dörren av tyngden från allt järn på insidan.

Hon öppnade och hon var yngre än han trott. Hon var inte vacker men hon var ung och snart skulle hon också förlora sin ungdom. Kanske grämer hon sig redan, tänkte han.

"Varsågod", sa hon och gjorde en rörelse inåt huset. "John kommer om en liten stund."

"Visa in han hit för fan", hördes en mansröst genom hallen. Den lät otydlig och onödigt hög. Han har munnen full av ägg, tänkte Macdonald. Eller om det är bacon.

Köket påminde om K & M:s Café på St John's Hill, luften var tjock av fettet från sillen i stekpannan.

Mannen var kraftig, och röd i ansiktet.

Jag hoppas han inte dör medan jag sitter här, tänkte Macdonald.

"Får man bjuda polismakten på en sillarumpa", sa mannen och pekade på sin hustru och mot spisen som om valet mellan dem var besökarens.

"Nej tack", sa Macdonald, "jag har ätit frukost."

"Den är stekt med curry", sa John Anderton.

"Inte ens då."

"Vad vill du ha i så fall?" frågade han som om polismannen kommit hit för att häva en svält. "Vill du inte ha en hamburgare?" fortsatte han och log med tänder som glimmade giftigt och gult. "En Big Mac?"

"Jag tar gärna lite te", sa Macdonald.

"Mjölken är slut", sa kvinnan.

"Det går bra ändå", sa Macdonald.

"Vi har inget socker", sa kvinnan och såg på sin man.

Om det nu är hennes man, tänkte Macdonald.

Mannen sa ingenting. Han granskade besökaren. Driver dom med mig, tänkte Macdonald. Jag kan be henne lägga i lite curry.

"Varsågod", sa kvinnan och ställde koppen framför honom. Macdonald lyfte den och drack. Det var gott, lagom starkt, inte för hett.

"Vi hade lite socker ändå", sa kvinnan.

"Det är en ära att få besök av polisen", sa mannen. "Jag trodde inte att ni gjorde hembesök, jag trodde att man hämtades till Yarden mitt i natten även om det bara var för att bekräfta att man anmält sin hamster som försvunnen."

Macdonald sa ingenting. Käre John är nervös som alla andra, tänkte han. Pladder är nervositetens moder. Kanske äter han dessa groteska portioner för att stilla sin oro.

"Vi uppskattar att ni tagit kontakt med oss, herr Anderton", sa han och tog fram ett anteckningsblock och en penna ur kavajens högra ficka. Han hade hängt rocken i hallen och kontrollerat att mobiltelefonen fanns i kavajen och inte i rocken.

"Jag är en ansvarskännande medborgare som alla andra", sa mannen och höll ut armarna som om han poserade för att bli staty på The Common.

"Vi uppskattar det", sa Macdonald.

"Fast det är inte mycket man har att komma med", sa mannen med en blygsamhet som inte gick ihop med hans sätt.

"Ni såg en man", sa Macdonald.

"Kalla mig John."

"Du såg en man som tilltalade en pojke, John."

"Det var i skymningen och jag hade varit nere på The Windmill, och när vi hade tagit ett par glas så sa nån att kväll..."

19

"Jag är mest intresserad av vad som hände vid Mount Pond", sa Macdonald mjukt.

"Som jag sa", sa mannen efter en liten stund. "Det var i skymningen och jag gick ensam från puben på Windmill Drive och vek in mot dammen."

"Varför det?"

"Jag förstår inte frågan."

"Hade det inte varit naturligare att gå rakt fram över avenyn?"

"Spelar det nån roll?"

Macdonald sa ingenting.

"Om det är så jävla viktigt så var jag pissnödig", sa mannen och kastade ett slags blick på kvinnan.

Hon hade pysslat färdigt vid spisen och dröjt sig kvar med en handduk i handen. Hon stod vänd mot fönstret som vette mot gatan.

"Det finns ett bra ställe mellan dammen och Bandstand om man råkar i trångmål på promenaden från puben och hem", sa Anderton.

"Du stod vid dammen", sa Macdonald.

"Jag stod rätt nära dammen, och när det hade skvalat färdigt så såg jag den här typen som kom med armen om pojken."

"Han höll om honom?"

"Typen hade armen om honom ja."

"Varför kallar du honom typen?"

"Han såg ut som en typ."

"Hur ser såna ut?"

"Ska jag vara riktigt ärlig så ser dom ut ungefär som du", sa John Anderton och flinade.

"Som jag", ekade Macdonald.

"Hår som borde klippas, skinnjacka, lång och seg med en sorts svartmuskig knölighet som kan skrämma skiten ur en", sa John Anderton.

"Som jag med andra ord", sa Macdonald.

"Ja."

Den här mannen är ett fynd, tänkte Macdonald. Han ser ut som om han kommer att drunkna i kolesterol, men han har en skarp blick.

"Du stod stilla och tittade på dom?" frågade polismannen.

"Ja."

"Berätta med egna ord vad du såg."

"Vilka andra ord skulle jag annars använda?"

"Berätta bara."

Mannen tippade koppen framför sig, tittade i den och sträckte sig efter tekannan och fyllde koppen med en vätska som mörknat under den tid de suttit här. Han drack och gjorde en grimas. Han strök sig över flinten. Huden sträcktes och blev svagt röd och det röda satt kvar under åtskilliga sekunder.

"Jag stod liksom bara där och var inte särskilt nyfiken. Det var bara dom där två att titta på. Men jag tänkte att den där typen är dubbelt så stor och dubbelt så gammal som pojken och det är inte far och son jag ser framför mig här."

"Men mannen höll om pojken."

"Ja. Men det var mer på hans villkor än på pojkens."

"Hur då?"

"Hur då? Det syntes vem som var mest intresserad."

Macdonald tittade ner i sitt block. Han hade ännu inte skrivit någonting.

Ju mindre jag skriver nu desto mindre behöver jag oroa mig senare under utredningen, tänkte han.

"Förekom det nåt våld?"

"Vad är våld och vad är inte våld", sa John Anderton som om han föreläste i filosofi på London University.

"Förekom det nåt våld utifrån din egen definition?" frågade Macdonald.

"Han slet inte i den där pojken."

"Hörde du nåt?"

"Jag hörde ju rösterna, men det var för långt bort för att uppfatta några ord", sa Anderton och reste sig.

"Vart ska du gå?" frågade Macdonald.

"Jag ska sätta på lite mer vatten om det går för sig."

Macdonald svarade inte.

"Går det för sig?"

"Naturligtvis."

"Du tänkte aldrig på vad det var för språk dom talade?", fråga-

21

de Macdonald när mannen hade återvänt från spisen och satt sig igen.

"Nej. Jag tog ju för givet att det var engelska. Var det inte engelska?"

"Vi vet inte."

"Varför skulle det inte vara engelska?"

"Verkade dom förstå varandras språk?"

"Det verkade mest vara den store som talade men, jo, dom verkade allt förstå varandra. Men det var inte lång stund dom stod där."

"Nej."

Det pep från spisen och Anderton reste sig och gick dit och sysslade med teet med ryggen vänd mot Macdonald.

"Jag skulle just kliva fram ur snåren då dom gick därifrån", sa John Anderton när han kom tillbaka.

"Såg dom dig inte?"

"Jag vet inte. Pojken vände sig om och han kanske såg mig men det spelar ingen roll nu, eller hur?"

Macdonald svarade inte.

"Han är ju död, eller hur?"

"Hur länge följde du dom med blicken?"

"Jag stod inte kvar tills dom uppslukades av horisonten, jag ville hem och se Eastenders. Men det blev snabbt mörkt medan jag stod där."

"Åt vilket håll gick dom?"

"Söderut. Rakt söderut över Windmill Drive."

"Vi kommer att behöva din hjälp för att få fram ett bra utseende på den här mannen."

"Ett *bra* utseende? Jag kan ju inte ljuga om det lilla jag såg."

Macdonald suckade.

"Okej okej, jag kan vara lite för rolig ibland."

Macdonald skrev någonting i blocket.

"Det är klart att jag hjälper till så mycket jag kan. Det är inte så att jag inte inser allvaret här. Fy fan stackars pojk. Och hans föräldrar."

Macdonald sa ingenting.

"Jag ringde ju, eller hur?" fortsatte Anderton. "Direkt när jag läst om det i South London Press ringde jag."

"Vi uppskattar det."

"Jag hoppas ni nitar den jäveln snabbt.Vi står alla bakom er", sa John Anderton och Macdonald fick intrycket att han också räknade in människorna i de gamla kolonierna.

Dagen var skön i ansiktet när han kom ut på Muncaster. Den är så klar den kan bli i södra London, tänkte han. Jag behöver nånting efter allt jävla te. Halsen känns som en filt.

Han vandrade tillbaka söderut till Chatto Road och gick in på The Eagle. Det var halvtimmen före lunchrusningen. Bartendern såg spänd ut, han tittade på Macdonald som någon betraktar en gäst som inte har vett att vänta till överenskommen tid.

Macdonald steg fram till disken och beställde en Young's Special. Bartendern slappnade av när han förstod att den långe jäveln inte skulle äta. Jag kan inte hålla på och ta njurpuddingen ut och in ur ugnen, tänkte han. Hur skulle det då gå?

Macdonald väntade tills grumlet i glaset klarnat. Det är som att följa en vinterdags väg söder om floden, tänkte han. Allting klarnar för den som har tålamod att vänta.

Han drack som en törstig.

Allt ljusnar och klarnar och blir till sist möjligt att se igenom, tänkte han.

Han såg ett par tidiga gäster kliva in från gatan. Bartendern stelnade till i sin rörelse. Han fick vänta tre extra sekunder på en andra pint.

Macdonald hade till slut tagit sig igenom trafiken och över till avenyns södra sida och gått in på Dudley Hotel i hörnet av Cautley Avenue. 25 pund för en natt. Betalat i förskott.

Han hade brutit förseglingen och nu stod han mitt i rummet. Stanken av blod var påtaglig. Lukten av blod är ingenting främmande för oss men det här är det jävligaste jag känt, tänkte han.

Jag har vuxit upp på en gård och sett tusen svin slaktas, men det luktade inte som det här. Det är sötman i människoblodet som får det att svindla.

Hit hade dom gått. Det kunde ha skett direkt efter det att John

Anderton sett dom, tänkte han. Om det var dom. Det här var pojkens rum. Här hade han bott i två dagar. Varför hade han bott här? Varför bodde en ung människa som besökte London nere i Clapham? Det var inget fel på Clapham men en ung besökare borde ha tagit in på dom billiga ställena uppe i Bayswater. Eller runt Paddington. Där fanns andra unga främmande. Dom kunde ge skydd.

Tapeterna hade haft en obestämd gul nyans när pojken tog in på rummet. De hade en annan färg nu.

Steve Macdonald blundade och försökte lyssna till sådant som fastnat i väggarna. Efter några minuter hörde han ett skrik som klipptes av och det fruktansvärda hasandet av en människokropp över golvet.

Macdonald kände ett sting av huvudvärk under höger öga, som en påminnelse om att han var vid liv.

Vad hade fått pojken att ta med mannen hit upp? Var det bara sex? Var det löfte om sex eller var det något helt annat? Var det narkotika? Vad i helvete var det, tänkte Macdonald. Det blir en lång utredning eller en mycket kort.

Varför här? Kände pojken människor i Clapham eller uppe i Battersea? Eller borta i Brixton?

Pojken hade blivit rånad, men detta var inget rån. Allt sånt hade skett efteråt.

Han har inga identitetshandlingar mer än sina tänder och dom är inte brittiska, tänkte Macdonald.

Pojken hade skrivit sitt namn och sin hemstad i liggaren när han checkade in på detta slitna B & B i södra delen av världens mitt. Det var vad dom hade att gå på. Hans namn var Per Malmström, och han hade uppgett att han kom från Göteborg.

Det är Sveriges västkust det, tänkte Macdonald. Pojken var blond som alla andra från Sverige. Varför är inte britterna så blonda? Det är samma hårda himmel och samma vindar.

Nu har beskedet nått polisen i Göteborg, tänkte han. Om Interpol gör sitt jobb.

Han blundade igen, lyssnade till väggarnas tjut, till golvets rop.

3

Mötet hade ägt rum i centrum. Det var inte möjligt att bestämma exakt plats, men pojken och mannen hade kanske blivit sedda i Brunnsparken. Ingen hade vittnat om att ha sett dem tillsammans före det. Ännu hade ingen vittnat om det.

Det var kanske tre personer som sett dem efter Brunnsparken och det var oändligt mycket att gå på. Kanske var det fler än tre.

De två hade hur som helst varit tillsammans, men de hade inte sett ut som far och son.

Pojkens hår hade varit mörkt och klippt med "kantig lugg", det hade två personer observerat, och eftersom kriminalkommissarie Erik Winter visste hur vittnesmål kunde variera i förhållande till sanningen noterade han att här fanns någonting att gå på.

Det finns alltid någonting att gå på, tänkte han när han gick utmed Mossens idrottsplats. Det kan verka som om man inte kommer en millimeter, men det är en fråga om väntan.

Fotbollsplanerna av grus väntade nedanför honom, de ruvade på minnen av rörelse; vårens spelare skulle sparka skiten ur varandra om tre månader och det frusna grus som nu skimrade i stål skulle då vara mjukt och dofta och ånga av lut och liniment.

Fotboll är ingen sport, tänkte Winter. Det är en knäskada, och jag saknar den där känslan av lösa benflisor i mina knän. Jag kunde ha blivit nånting men jag skadades inte tillräckligt ofta.

Ingen kom ihåg hur mannen såg ut. Men vittnena hade en mycket klar bild av honom. Han hade varit lång, av medellängd eller en smula kort. "I förhållande till pojken?" hade Winter frågat. "Nä, i förhållande till spårvagnen" hade en sagt, och Winter hade blundat som om allt ont och skitviktigt skulle försvinna.

Mannens hår hade varit blont, svart och brunt. Han hade varit klädd i kostym, skinnjacka och tweedkavaj. Han hade glasögon, han hade inte glasögon och han hade solglasögon. Han gick med böjd rygg, han var rak i hållningen, han var hjulbent och hade raka, långa ben.

Hur skulle världen se ut om alla tyckte detsamma, såg allting på samma sätt, hade Winter tänkt.

Pojkens hår var mörkt, det hade Winter själv kunnat se. Om det varit klippt med "kantig lugg" gick inte längre att upptäcka. På tredje våningen i fjärde rummet till vänster räknat från trapphuset på Chalmers Studenthem hade den långe kriminalpolisen dröjt sig kvar sedan teknikerna och rättsläkaren varit klara med det tidiga och omedelbara arbetet. Det var sedan kroppen burits bort.

Han kände blodets doft på väggarna. Det här är ingen doft, tänkte han, det är en stank som finns mer i det anade än i det faktiskt upplevda. Det är färgen, framför allt den. Livets bleknade färg spridd över dom här pissgula väggarna.

Solen bröt sig in till höger och riktade en kärve ljus på väggen mitt emot honom. Om han kisade försvann alla färger och väggen blev mer som en upplyst rektangel. Han kisade. Han blundade och hörde hur blodet löstes upp av den kalla värmen från solen och hur väggen började ropa om det som hänt här för mindre än tolv timmar sedan.

Ropen tilltog i styrka och Winter satte händerna för öronen och gick tvärs över rummet och öppnade dörren till korridoren utanför. När han stängde dörren efter sig hörde han vrålen därinne, och han förstod att tystnaden varit lika öronbedövande när det hände.

Han hade gått förbi och vänt och gått tillbaka. Det var lördag. Eftermiddagen saknade färger och var en kontrast till inredningen i baren och restaurangen bortom den. Där var färgerna små och försiktiga, men starka i förhållande till vintern utanför. På sommaren gav de svalka åt gästerna. Nu erbjöd de värme. Det är en bra inredningsarkitekt som Johan har jobbat med här, tänkte Winter och satte sig vid ett av de två borden vid fönstret. En flicka kom fram till honom och han beställde ett glas maltwhisky.

"Med is?" frågade flickan.

"Förlåt?"

"Ska det vara is i whiskyn?" frågade hon en gång till.

"Jag har ju beställt en Lagavulin", sa han.

Flickan tittade på honom med ögon som inte förstod. Hon är alldeles ny och hon är inte skyldig, tänkte han. Bolger har inte hunnit utbilda henne. Jag säger ingenting.

"Ingen is", sa han och flickan gick från bordet och bort till bardisken. Efter fem minuter var hon tillbaka med spriten i ett brett och tjockt glas. Winter tittade ut mot rörelsen på gågatan. Den var som i ultrarapid, inte frusen men inte heller riktigt fri att vandra utan band. Winter såg framåt: snart kommer våren och då ska jag gå utan strumpor och skor.

"Det var ett tag sen", sa Bolger som hade kommit fram till bordet och satt sig mitt emot Winter.

"Ja."

Johan Bolger tittade på Winters whiskyglas.

"Frågade hon om du ville ha is?"

"Nej", sa Winter.

"Inte?"

"Vad jag förstår kan hon sitt jobb", sa Winter.

"Du ljuger, din barmhärtige fan, men det spelar ingen roll. Det är egentligen inte hennes fel. Det finns gott om gäster som vill ha is i malten. Alla är inte såna snobbar som du", sa Bolger och log snett mot Winter.

"Pröva med kupor."

"Jag har dom i skåpet men det tar lite tid innan det blir rutin", sa Bolger.

"Maltwhisky kan serveras i dom nya whiskykuporna", sa Winter. "En del kanske tycker det är fjolligt men det är en möjlighet."

"Jag vet, jag vet."

"Då löser du problemet med isen samtidigt."

"Det är genialt."

På gatan utanför halkade en äldre kvinna på de isiga stenarna. Hon gled med ena benet i vinkel från kroppen och skrek när någonting knäcktes. Hon tappade sin hatt och hennes kappa kom i oordning. Den skinnväska hon burit i handen studsade bort

över några stenar och fläktes upp och innehållet spreds i en halv-
cirkel.

De kunde höra kvinnans rop därutifrån. En man och en kvin-
na hade satt sig på huk bredvid henne, och Winter kunde se att
mannen talade i sin mobiltelefon. Det är ingenting jag kan göra,
tänkte han. Hade jag haft uniform hade jag kunnat gå ut och
skrämma bort de nyfikna, men nu har jag inte den befogenheten.

Bolger och Winter sa ingenting. Efter en kort stund backade
en ambulans in från Västra Hamngatan och kvinnan lyftes upp på
bår och bilen körde iväg. Inga sirener.

"Det börjar mörkna igen", sa Winter.

Bolger sa ingenting.

"Men ändå har det vänt. Precis när man börjar vänja sig vid
mörkret vänder det", sa Winter.

"Gör det dig sorgsen?"

"Det gör mig hoppfull."

"Det är bra."

"Jag tror att nånting hemskt kommer att hända och jag kommer
att hamna mitt i det", sa Winter. "Det kommer att hända igen."

"Det låter verkligen hoppfullt."

"Det gör mig sorgsen."

Bolger sa ingenting.

"Jag har behövt det där... tron på det goda... men nu känns det
som jag inte behöver det längre", sa Winter.

"Det har varit din terapi."

"Låter det egendomligt?"

"Ja."

"Då känner jag att jag har gjort rätt", sa Winter och log.

"Du upphör med att vara ombudsman?"

"Det har jag inte sagt. Jag sa att jag tror att jag slutar med tros-
frågor."

"Är det nån skillnad?"

"En polis behöver inte bara ägna sig åt att utreda skuldfrågan
när folk bedrar och skadar varandra", sa Winter.

"Vem ska då göra detta smutsiga men nödvändiga arbete?" frå-
gade Bolger och gjorde ett tecken bort mot baren.

Winter svarade inte. Flickan kom fram till bordet och Bolger bad om en Knockando utan is, serverad i en av de nya, långsmala kuporna.

"Hon tog emot den där beställningen som det var den naturligaste sak i världen", sa Winter.

"Det finns ännu hopp", sa Bolger, "utom för den som ska göra det smutsiga hantverket efter dig, eller vid sidan av dig."

"Kallar du det ett hantverk?"

"Du vet vad jag menar", sa Bolger och tog emot kupan som flickan kom med.

"Jag har fått en ny sorg", sa Winter och började berätta.

Bolger lyssnade.

"Sorg tar slut och blir till något annat", sa han när Winter tystnat. "Du kunde bett mig följa med på begravningen. Jag kände ju Mats lite."

"Ja."

"Jag känner mig nästan... utelämnad."

"Det var inte min sak, Johan. Kanske trodde jag att vi skulle ses därute."

"Det är så jävla..."

"Vad sa du?"

"Ingenting."

"Vad mumlar du om?"

Bolger svarade inte. Han böjde sig ner, sysslade med glaset. Röster hördes från någonstans i lokalen.

Winter var tyst. Hade han fått nog, åtminstone för tillfället? Vad betydde det? Det betydde att han inte mer ville bli inblandad när människor försvann, oavsett hur det gick till. Men det var en kort tanke. Han drack sällan sprit, nästan aldrig. Det var spriten. Den födde tankarna här på Bolgers bar. Ändå hade han inte druckit ännu. Han skulle inte göra det, han släppte greppet om glaset och reste sig för att gå.

"Vi ses, Johan."

"Vart ska du?"

"Kontoret."

"Lördag kväll?"

"Jag vet inte om jag fått nog av försvinnanden", sa Winter. "Det kanske finns nån som behöver mig."

*

Meddelandet från Interpol låg och väntade på honom. Det här är
en engelska jag förstår, tänkte han när han läste. Jävlar i helvete,
tar det aldrig slut. Han visste att det var en naiv fråga för att
komma från en snart 40-årig kriminalkommissarie. Han var ung
men han var inte *så* ung.

Han läste. Det fanns inga detaljer här och han hade inte väntat
sig några. Informationen var tillräcklig.

Per Malmström.

Vad fan hade du där att göra?

Han hörde sin egen tunga utandning och lyfte telefonluren.
Någon skulle bli tvungen att meddela de anhöriga som eventu-
ellt fanns i stan, och han visste att det var han, Erik Winter, som
skulle ta på sig uppdraget. Det var inte en självklarhet att en spa-
ningsledare skulle ge det tunga beskedet till de efterlevande. Det
viktiga var att det var en erfaren polisman. Winter tog på sig upp-
draget som någon som drar en tung rock över kroppen när regn-
et öser ner utanför. Där fanns bara nödvändigheten av att göra
det.

Det finns nästan ingenting med polisens jobb som är mjukt
och lent, och det här är det värsta i högen av skit, tänkte han.

Jag kommer med ett bud.

Han fick en adress från rösten i telefonen. Han visste den re-
dan, han hade inte behövt kontrollera men det var som en reflex,
som för att spara lite tid.

Han fick prata med Hanne senare. Han trodde att han behövde
henne nu.

Tre lägenheter avverkade. Det var inte själva gärningen som fick
adrenalinet att forsa i kroppen som femti fritt. Han kunde känna
stormen inuti sig när det knäppte till i låset, men det var ändå inte
det.

Det var allt jävla väntande. Att göra sig själv osynlig och samti-
digt finnas där, alldeles utanför, ögonen åt alla håll.

Nu gick han.

Nu gick hon.

Och så den långa väntan. Vanorna. När kom folk tillbaka? Vem gick till jobbet och vem gick runt kvarteret? Vem trodde att han glömt plattan på? Vem var säker på att lyset i lägenheten var på så att hon var tvungen att gå tillbaka och kolla, varje dag.

Allt sånt höll man reda på när man var professionell. Han var inte helt professionell, men han var på god väg. Han arbetade ensam och det var en fördel. Killarna som jobbade med bilarna var alltid två, men han ville inte tvingas lita på någon.

Han lämnade trapphuset på våningen under och gick uppför halvtrappan och fick upp dörren på tre sekunder och sedan var han inne. Han var bra på att inte lämna några märken på dörrkarmen.

Han kände det varma trycket i sin kropp. Han dröjde i hallen och hörde pulsen skruva ner sig.

Han visst att tystnaden här var en vän och samtidigt en fiende. Han bullrade aldrig. Låg det nån i våningen ovanför med influensa så inte tänkte han störa.

Han började med vardagsrummet eftersom det blivit så den första gången och han hade fortsatt att jobba efter den rutinen. Han kunde folks vardagsrum efter de här fyra månaderna. Det är tur att man inte är ute efter att stjäla böcker, tänkte han. Folk har inte mycket böcker hemma. Jag är inbrottstjuv men jag har böcker hemma. Jag är inbrottstjuv men jag är också make och far.

Han hade haft ett annat arbete en gång, eller två, men han tänkte aldrig på det längre. En del klarar det och andra klarar det inte, och han hade gjort sitt val.

Mannen som bodde här hade böcker. Han hade förstått att mannen läste, men inte vilken litteratur. Han har ett utseende som inte är unikt men man glömmer det inte, tänkte han.

Hade jag haft bättre tid skulle jag gärna kolla titlarna. Han har gått och han kommer inte tillbaka på länge, men jag tar bara chanser på mina villkor.

Han sökte i lådorna och utefter väggarna, men hittade ingenting som hade med hans arbete att göra. Han gick tillbaka ut i hallen och fortsatte tvärs över till ett rum som var sovrummet.

Sängen var obäddad och bredvid den, två meter från dörren, låg en svart sopsäck. Den var inte tom. Han kände utanpå och det kändes mjukt och han tog ett grepp om säckens botten och hällde sakta ut innehållet. Det var en skjorta och ett par byxor och plaggen var delvis dränkta i någonting som torkat och det såg ut som om de doppats i tegel.

Därhemma var han förströdd. Det fanns någonting att tänka på och han hade gått hem efteråt utan att söka i lägenheten mer.

Snön föll utanför rutorna och han kände ett drag igenom springan i fönstret. Från sin plats kunde han se några barn som skrapade ihop snön på marken innan den hunnit lägga sig tillrätta. Han såg sin son med en morot i handen. En näsa söker sin snögubbe, tänkte han. Det får mig att tänka på Michael Jackson.

"Vad tänker du på?" frågade hon.

"Va?"

"Du såg ut att vara djupt inne i nånting."

"Jag tänkte på Michael Jackson."

"Sångaren?"

Han fortsatte att titta ut genom fönstret. Snögubbens kropp hade börjat formas. Den hade fått en bål. Barnen hade rullat en underkropp men gubben fick inga ben. Det finns inga snögubbar i hela värden som har ben, tänkte han.

"Är det sångaren Michael Jackson du tänkte på?" frågade hon.

"Va?"

"Nä, nu får du ge dig."

Han flyttade blicken och såg på henne.

"Jo, han Michael Jackson. Jag ser Kalle därute med moroten i handen och han står och väntar på att snögubben dom bygger ska få ett huvud så att han får sätta dit näsan", sa han och vände blicken tillbaka ut genom fönsterrutan.

"Michael Jackson hade ju problem med näsan för nåt år sen", fortsatte han.

"Det är mer än jag vet."

"Det var så. Har du mer kaffe?"

Hon reste sig och hämtade kaffet på bänken bredvid spisen.

"Hur var det i dag egentligen?" frågade hon när han hällt mjölk i koppen och sedan kaffe och druckit.

"Vad då?"

"Du verkade lite konstig när du kom hem."

"Jaha."

"Du var inte som vanligt."

Han svarade inte. Huvudet hade kommit på plats därute och Kalle hade satt dit näsan nånstans i det som skulle bli ett ansikte när stenarna blivit ögon och gruset en mun.

"Är det värre än vanligt?"

"Nej."

"Du har verkat... piggare annars den senaste tiden."

"Man vänjer sig vid arbetslösheten till slut och då blir man piggare."

"Jag är glad att du kan skämta om det."

"Jag skämtar inte."

"Jag är glad ändå", sa hon och log.

"På arbetsförmedlingen tittar dom alltid förbi mig", sa han efter två minuters tystnad.

"Förbi?"

"Jag sitter där med tjänstemannen men hon tittar aldrig på mig, vi för ett slags samtal men hon tittar alltid på nånting bakom mig. Det är som om ett jävla jobb skulle komma klivande därbakom plötsligt. Eller så längtar hon därifrån och ut genom fönstret."

"Det kommer ett jobb klivande snart", sa hon. "Jag känner det på mig."

Hon känner mig väl, tänkte han. Men hon kan inte ana nånting ännu. När dom lite större pengarna kommer kanske hon anar nånting men det är långt dit.

Kanske får jag ett lagligt jobb innan dess. Under har inträffat. Men när det kommer klivande kanske jag inte vill ha det.

Han såg blodet framför sig. När han stod där med plaggen under sig var det som om dom rörde sig, som om dom skrek till honom.

Det var jävlar så. Han tänkte på det nu, och det hade varit så.

Han visste inte hur han hade fått in dom i säcken igen, men det hade gått och när han lämnade sovrummet kunde han bara hoppas att det såg ut som innan han varit där. Varför har den jäveln inte bränt dom. Jag har ingenting sett. Ingenting av detta har jag sett.

4

SÖNDAG MORGON OCH Erik Winter stirrade in i spegeln. Han böjde sig framåt och tittade efter rynkor runt ögonen.

Jag är en fåfäng man. Eller är det så att jag funderar över min ålder eftersom jag alltid varit så ung. Jag håller koll på mig själv eftersom jag vill vara vacker för kvinnorna så länge det går.

Han hörde ingenting från Vasaplatsen. Den låg fem våningar nedanför. Han vred ansiktet från spegeln och gick ut från badrummet. Lägenheten var hundratrettiosex kvadratmeter stor och den hade tre rum och ett stort kök, och han betalade en hög hyra. Han levde ensam och han hade pengar. Nu var våningen mycket ljus av vinterdagen. Solen hängde utanför fönstret. Han kunde öppna dörren till balkongen och gå ut och röra vid den.

Han hade nyss kommit tillbaka hit. Det hade varit en lång morgon i tjänst.

Han gick till fönstret och såg västerut. Han kunde nästan se havet. Han bestämde sig när han hade ätit en snabb lunch och samtidigt lyssnat på John Coltrane.

Hon hade kommit ut från sovrummet men han ville vara ensam, och hon hade gått fram till diskbänken och druckit ett glas vatten och sedan gått tillbaka till rummet för att klä sig och åka hem.

"Jag väntade rätt länge i natt", hade hon sagt innan hon gick.

Han körde längs älven. Färgerna kröp tillbaka ner i jorden när skymningen redan var på väg att fällas ut.

Det var som att köra igenom sot som inte fäster.

Solen brann plötsligt i väster och han tog på sig solglasögonen. Kranarna på andra sidan vattnet blev svarta i hans högra ögonvinkel. Husen runt honom fick en nyans av smält tenn.

Han körde så långt det var möjligt, så nära havet det gick, och sedan klättrade han upp på klipporna. Havets rörelse var trög, han följde en vågs sista lutning ut mot den öppna sjön och såg hur isen högg efter det levande vattnet.

Isen hade lagt sig över vikarna. Han såg rörelser ute på ytorna, folk som vandrade på det frusna vattnet. Två sällskap med en kilometer mellan sig försökte ropa till varandra, men orden stötte samman någonstans mitt emellan dem och föll ner på isen med en spröd klang.

Telefonen i hans bröstficka ringde. Ljudet dämpades av tyget och av den vita vinden runt honom.

"Det är jag", sa han in i mikrofonen.

"Det är Lotta."

"Ja?"

"Var är du, Erik?"

"Spelar det nån roll?" frågade han och ångrade det.

"Jag frågar eftersom jag skulle vilja träffa dig", sa hon.

"Nu?"

"Så fort som möjligt", sa hon med en röst som var svår att känna igen. Hans syster. En relation som kunde varit mer innerlig. Nu blev han orolig.

"Har det hänt nåt?"

"Nej."

"Vad är det då?"

"Var är du Erik?" frågade hon igen.

"Jag står ute på Amundön och tittar på havet."

"Kan du kom..."

Rösten försvann. Vinden hade ökat runt honom, den grep hennes röst från telefonen och bar den bort över isytorna.

"Jag hör inte vad du säger", sa han och drog upp jackan över örat och kröp ihop.

"Kan du komma in?"

"Komma in? Vart?"

"Hem", sa hon, "hem hit."

Vinden grep hennes röst igen.

"Va?"

"... vill att du kommer", hörde han.

"Okej. Jag är där inom en halvtimme."

Han tryckte på den röda knappen på apparaten och det blev tyst. Solen hade snärjt sig igenom de hundra lagren himmel och ett nytt ljus stänkte ner där han stod och tittade, hela vägen till horisonten.

Han såg ett skepp böja ner långt därborta över den sista linjen och försvinna i det okända.

I skenet från skyn fick land och hav plötsligt samma färg, och när han vände och vandrade tillbaka längs den frusna strandkanten kände han ett stick i ögonen och han drog på sig solglasögonen. Ljuset sjönk en halv oktav.

De satt i rummet som vette mot trädgården. Dörren till altanen var öppen tre centimeter och Winter kände en svag doft av kyla utifrån.

Härinne har inte mycket hänt. Det är nästan som om jag varit borta över en förmiddag, tänkte han. Det enda som hänt är att några av böckerna är utbytta och att det finns en slinga av vit köld i luften som inte fanns när jag senast var här. Jag kommer så sällan på besök.

Lotta hade lagt håret i en kringla och hon var vacker, men ögonen var trötta och chocken hade fått hennes ansikte att hårdna. Det blänkte i hennes ögonvitor. Hon hade svarta jeans och en mjuk stickad tröja över en rutig skjorta, och hon skulle snart fylla 40. Det var inget bekymmer för henne. Och allt sånt hade mist betydelse nu, tänkte han.

"Vad gjorde han där?" sa han, men mest för sig själv.

"Han hade kallat det 'en kort bildningsresa', det var ett infall", sa hon och la det ena benet över det andra och han såg hur det sträckte i tyget, runt höften.

Han sa ingenting. Han hade vetat och varit på väg.

"Dom är fullständigt förstörda", sa hon.

"Ja."

"Jag känner likadant."

"Ja."

Hon tittade på honom.

"Den där lille killen", sa han och ångrade sig för sent.

36

Lotta började gråta, stilla och mjukt som gårdagens snöfall. Dörren till verandan gled upp och en vass vind strök in i rummet. Winter reste sig och gick över rummet och stängde.

Hon hade berättat och han hade lyssnat som någon gör som inte vill höra men som inte har något val. Pojken i grannhuset hade fyllt 19 och rest till London och blivit mördad. Han hade varit granne, och något mer.

När Winter lämnade gatan och livet här hade Per Malmström varit några år gammal. Han hade nyss slutat gymnasiet. Winter hade sett honom då och då, och pojken hade skakat av sig baby-hullet och hans ansikte hade fått den rätta hårdheten.

Det här är verkligheten, tänkte Winter.

"Jag förstår att du har pratat med Lasse och Karin", sa han.

"Jag gick över direkt."

"Bra."

Han trodde inte att någon annan vågat. Han visste att hon vågade.

"Har du varit där?" frågade hon.

"Ja."

Det var det enda han kunde komma på att säga, svara. Han hade varit där och det ändrade ingenting, men det kanske stoppade de galna känslorna för en stund, höll stånd mot dem i dörren.

"Vi pratade inte om några... detaljer", sa hon. "Alltså jag och Lasse och Karin."

Winter kände en smärta i handflatan och öppnade handen och tittade nedåt. Han såg att han grävt sig inåt i köttet med sina trubbiga naglar och märket glödde när han såg på det.

Han visste inte vad han skulle säga.

"Jag ska prata med nån mer", sa han efter en stund.

"Karin säger att hon aldrig kan förlåta sig själv."

"För att han fick åka?"

"Ja."

"Han var 19 år, han var vuxen."

Lotta tittade på honom.

"Jag går över igen", sa han.

"Vänta", sa hon. "När jag hade varit där... efteråt tänkte jag på om det finns nån skillnad i känslorna om det skett på... på det här sättet eller om det varit en olycka... eller en sjukdom."

"Chocken är intensivare men förlusten är ju densamma", sa han. "Ibland kan det vara tvärtom... när nån drabbats av våldet gör det ofattbara i handlingen att den som sörjer egentligen inte förstår vad som hänt. Det är som om det inte hänt... än, som om det hela bara var en förvarning."

"Lasse och Karin har kommit förbi *det* i så fall."

"Ja."

"Jag går", sa han igen.

5

DE DÄMPADE LJUDEN från vintern följde med poliserna in i huset och höll sig kvar i kläderna upp i hissen till spaningsrotelns fjärde våning.

Korridorerna var klädda med tegel, och under årets övriga årstider klingade ljud som kommit in hit hårt mot väggarna. På vintern gled de bara förbi, som mjuka bollar av snö. På vintern finns det en cirkel av tystnad runt allt och alla, tänkte Winter när han klev ur hissen och svängde runt hörnet. Kanske är januari i alla fall min månad.

Dofter satt kvar i kläderna när spaningsgruppen träffades i sammanträdesrummet. De första dygnens massiva insats började nu mattas. Kvar fanns det mindre sällskapet. Som det alltid var.

Fortfarande var det 15 poliser i insats. Nu satt de flesta här. Det var trångt. Det luktade av kall fukt och av bilarnas förbränningsmotorer.

Bertil Ringmar var biträdande spaningsledare och han hade inte sovit, och han hade sett till att ingen annan gjort det heller. Ringmar hade inte kammat sig inför mötet och det visade på allvaret i det hela. Om det var krig och jag var plutonchef skulle jag kräva Bertil som min ställföreträdare, annars skulle jag sitta kvar på mässen, tänkte Winter och tog emot mappen som räcktes över av registratorn.

Om det var ett annat krig, tänkte han.

Registratorn var rätt ny som kriminalpolis och rätt ung, och han hade fungerat utmärkt i ett par tidigare svåra spaningsfall och spaningsledare Erik Winter hade bestämt sig för att han ville ha honom.

Janne Möllerström höll reda på allt. Han verkade inte glömma någonting. Han vårdade förundersökningens databas som sin ägodel. Han kunde läsa och han kunde skriva.

Ibland var de två, men med Janne räckte det med en registrator. Winter svalde och kände en retning i halsen, den hade funnits där ända sedan morgonen.

"Ordet är fritt", sa han.

De tittade på varandra. Winter var en strikt jävel, och när han nu släppte ordet fritt i rummet betydde det att det kreativa skulle få stor roll när det gällde det här mordet. Eller morden.

Ingen sa någonting.

"Lars?"

Kriminalinspektören rörde på kroppen. Det är som om hans ansiktsdrag fått karaktär sedan han blev inspektör, tänkte Winter. Ibland gör även de meningslösa reformerna nytta.

"Jag har läst uppgifterna från London", sa Lars Bergenhem.

Hans ansikte *hade* fått karaktär. Han kände sig mer som en riktig spanare nu när assistenterna automatiskt blivit kriminalinspektörer i den nya länskriminalenheten. Han var inspektör. Inspector. I am an inspector. What are you? Are you talking to me? Shut up and listen when I'm talking.

"Ja?" sa Winter.

"Det är den där handsken."

"Vi lyssnar", sa Winter.

"Kollegerna i London hittade ett avtryck efter en handske i det där bed- and breakfastrummet, och vad jag förstår så har Fröberg hittat ett liknande i studentrummet här", sa Bergenhem.

"Det stämmer", sa Winter.

"Avtrycket sitter på samma ställe i båda dom där rummen."

"Ja."

"Det var bara det", sa Bergenhem och såg ut som om han slappnade av.

Det är bara det, tänkte Winter. Det är bara det att en svensk pojke blivit mördad i London och nästan samtidigt har en engelsk pojke blivit mördad i Lilla London när han kom hit för att studera svenska och vattenteknik, och det har skett på liknande sätt och snart kanske jag kommer fram till att det skett på *samma* sätt, och då går jag och sätter mig på mässen en stund och ritar cirklar i kaffet som spillts ut på bordsskivan. Bara tills jag blir lugn.

Det här blir en egendomlig utredning.

"Det finns en annan sak", sa Ringmar från sitt favorithörn. Han stod alltid där med fingrarna i evig rörelse över mustaschen; det såg ut som något slags manikyr men det var hans tankar som rörde sig i fingrarna.

"Avtrycken", sa han.

Ingen sa någonting. Winter tittade på Ringmar, väntade, svalde och kände någonting igen nere till vänster i halsen.

"Finns det något i den senaste rapporten från Interpol och England om avtryck?" frågade Ringmar.

"Nej", sa Möllerström, "men dom säger att dom inte är klara ens med halva rummet än."

"Det betyder att vi är snabbare", sa en spanare som snart skulle bli en av dem som lämnade kärngruppen.

"Det betyder inte ett förbannat skit", sa Ringmar, "inte förrän vi fastställt dom exakta tidpunkterna här."

"Jag ser helst inte att det här utvecklas till en tävling mellan London och Göteborg", sa Winter.

"Just det", sa Ringmar. "Var var jag?"

"Avtrycken", sa Möllerström.

"Ja", sa Ringmar. "Teknikerna har hittat dom där små avtrycken nästan mitt i rummet och nu säger dom att dom vet vad det är."

"Dom är ganska säkra", fyllde Winter i.

"Dom är rimligt säkra på sin sak. Dom håller på med jämförelserna just nu", sa Ringmar. "Jag pratade nyss med dom. Eller med Interpol."

"Det är dags för en direktkontakt", sa Winter.

"Ska vi komma hit i morron och få höra resten", hördes en kvinnlig röst; det fanns frost i den men ironin var bortkastad på Ringmar. Men hon kan bli nåt, tänkte han.

Aneta Djanali var en av de få kvinnorna på spaningsroteln, och hon skulle vara kvar i Ringmars närhet när spåren började kallna. Hon var ny och hon bad sällan om ursäkt för det, och Winter och Ringmar hade pratat. Hon stannade. Hon är snygg också, hade Ringmar sagt.

"Det är ett stativ", sa Ringmar.

Tystnaden var tung och tydlig i rummet.

"Det är ett stativ till en filmkamera eller en vanlig kamera, eller en kikare för den delen, men det är ett stativ."

"Hur fan kan vi avgöra det?" frågade någon i rummets mitt.

"Förlåt?"

"Hur kan vi vara säkra på att det är ett stativ?"

"Vi är inte säkra som vi nyss sa", inflikade Erik Winter. "Men labbet håller på att eliminera allt annat."

"Den fan filmade det", sa en spanare vid dörren och såg sig om.

"Det vet vi inget om", sa Winter.

"Det vi vet är att det finns avtryck i blodet efter ett stativ", sa Ringmar.

"Vet vi när det hamnade där?" frågade Bergenhem.

"Va?" sa Aneta Djanali.

"Ställde han ett stativ där före eller efter?" frågade Bergenhem.

"Det är en bra fråga", sa Ringmar, "och jag fick nyss besked."

"Ja?"

"Man tror att nån ställde ett stativ på golvet innan... innan det hände", sa Ringmar.

"Blodet hamnade alltså där efteråt", sa Bergenhem.

Ingen i rummet sa någonting.

"Det var alltså en filminspelning", sa Aneta Djanali och reste sig och gick ut ur rummet och genom korridoren och bort till toaletten. Hon stod en lång stund med huvudet tungt lutat över handfatet. Var är killarna, tänke hon. Varför står jag här ensam?

Winter satt med de sörjandes händer i sina. Han kunde säga mycket men först var han alldeles tyst. Det fanns mest skuggor därinne. Ingenting verkade leva i sig självt längre, det var som om sorgen tagit över och skuggorna stigit fram ur sitt mörker hos Lasse och Karin Malmström.

Så tänkte han.

"Fy fan för att överleva sitt barn", sa Lasse Malmström.

Winter reste sig och gick tvärs över rummet och ut i hallen och till vänster in i köket. Han hade inte varit här på flera år men desto mer dessförinnan. Dagarna rusar som vilda hästar över kullarna, tänkte han och öppnade tre skåpdörrar tills han hittade burken med pulverkaffe. Han fyllde vatten i tryckkokaren och klämde in kontakten i uttaget under ljusrampen över diskbänken. Han fyllde kaffepulver och lite mjölk i tre koppar och hällde över vattnet när det kokat upp. Han hittade en bricka i luckan där ett bakbord egentligen skulle stå och ställde kopparna på brickan.

Det här gör mig skörare men också känsligare och det kan vara bra, tänkte han. Kan jag hålla isär saker kan det göra mig till en bättre spanare... om det nu är så stor skillnad.

Solen bröt igenom fönstret ovanför arbetsbänken och ljuset stötte i mitten av köket samman med det svaga lampskenet utifrån hallen. Ljusen blandades till ett tomt ingenting som det inte gick att ta vägledning av för den som var på väg någonstans. Ingen är på väg åt något håll härinne, tänkte han. Jag undrar om dom här människorna kan ta vara på sig själva den närmaste tiden.

Han bar kaffet genom huset och satte sig i en av fåtöljerna i vardagsrummet. Karin Malmström hade lyckats få upp en av persiennerna. Solen målade en vertikal rektangel på den norra väggen. Allt ljus sögs dit.

"Han hade alltså varit borta i två dar", sa Winter.

Lasse Malmström nickade.

"Visste han var han skulle bo?"

Föräldrarna tittade på varandra. Ingen sa något.

"Hade han ordnat ett rum i förväg?" frågade Winter.

"Han ville inte göra det", sa Karin Malmström.

"Varför?"

"Det var inte första gången han reste... själv", sa hon. "Det var första gången ensam till London men han är inte oerfaren."

Hos henne var han fortfarande närvarande. Winter hade mött det så många gånger, i situationer som denna.

"Han vill inte göra för många förberedelser", fortsatte hon.

Winter tittade på rektangeln av ljus på väggen. Den hade flyttat sig och det innebar att ljuset nådde kvinnan framför honom. Hon satt med huvudet framåtlutat och det gav hennes ansikte skugga och mörker. Han såg ett blänk som av en reflex i det högra ögat, men det var också allt. Hon bar urtvättade jeans och en tjock stickad tröja: det som finns närmast till hands när man går ur sängen efter en natt utan sömn.

"Ungdomar vill inte planera för mycket", sa hon.

"Han sa inget om vilken del av stan han hade tänkt sig?" frågade Winter.

"Jag tror han sa nåt om Kensington", sa Lasse Malmström. Winter väntade.

"Han har ju varit med oss några gånger och då har vi bott i Kensington, på samma gata faktiskt, men han ville inte att jag skulle ringa och boka rum åt honom på det där lilla hotellet. Sen gjorde jag det i alla fall och då blev han förbannad men... tja, vi avbokade det inte och jag trodde väl att han skulle ta in där i alla fall", sa Lasse Malmström.

Han bar kostym och vit skjorta och slips, och han utgjorde en egendomlig kontrast till hustrun. Vi reagerar olika på sorg, tänkte Winter. Lasse här kommer att gå till kontoret i en eller två dar till, och i slutet av den sista dan, eller kanske i början av den... han kommer att falla framåt över skrivbordet eller över kunden som sitter på andra sidan och sedan är det över med kostymer för lång tid.

"Men han kom inte dit."

Det strök moln över himlen därutanför och den ljusa rektangeln på väggen försvann. Karin Malmström hade haft blicken fäst på den och när den försvann såg Winter hur hennes blick grumlades.

Jag tror inte hon lyssnar längre, tänkte han.

"Har ni varit söder om floden?"

"Va?"

"Nere i södra London. Var ni där nån gång... med Per."

"Nej", sa Lasse Malmström.

"Ni har inte pratat om dom områdena nån gång?"

"Nej. Varför skulle vi det?"

"Han sa inget om att åka dit?"

"Nej. Inte vad jag hörde. Karin?"

Kvinnan hade lyft ansiktet igen när ljuset återvänt.

"Karin?"

"Va?"

Hon svarade utan att vända på huvudet.

"Pratade Per nåt om vilka ställen i London han skulle besöka?" frågade Lasse Malmström.

"Va?"

Han vände sig mot Winter med en uppgiven gest.

"Varför i helvete åkte han dit ner?" sa Lasse Malmström.

"Hade han nån han kände där?" frågade Winter.

"Inte vad jag vet."

"Jag tror han skulle sagt det i så fall", fortsatte Lasse Malmström. "Han skulle sagt det. Tror du han träffade nån?"

"Det verkar ju så."

"Jag menar... innan, nån som... som lockade ner honom till dom där jävla tassemarkerna."

"Jag vet inte", sa Winter.

"Jag frågar vad du *tror* för helvete, Erik", sa Lasse Malmström med högre röst men hans hustru reagerade fortfarande inte.

Winter tänkte att han skulle dricka lite kaffe men han satte ner koppen igen. När man varit polis så länge som jag har man förlorat sin tro på det mesta, tänkte han, och man *tror* inte heller nånting under en utredning av ett spaningsmord, det värsta man kan göra är att gå omkring och tro på nåt som är åt helvete, som visar sig vara åt helvete. Men jag kan inte säga så här, i det här sammanhanget. För dom här människorna handlar det om en tro, på något, en tro på en förklaring till det som inte går att förklara.

"Jag tror inte att han träffade nån som lockade honom att ta in på det där rummet, men jag vet att han träffade nån när han väl var där," sa han. "När han var i området."

"Tack."

"Det var nåt annat som fick honom att åka dit ner."

Han fick inget svar.

Röster kom in genom fönstret. Skolan nedanför kröken hade slagit igen för dagen och barnen gick hemåt. Februarilov på ingång. Karin Malmström reste sig och gick ut ur rummet.

I bilen funderade han över varför han inte ställt de två eller tre självklara frågorna till Per Malmströms föräldrar. De var viktiga och det skulle inte gå att arbeta utan svaren. Kanske vet dom inte, tänkte han, men frågorna måste ställas och det är bättre att jag gör det nu, så fort som möjligt. En stunds vila och sen får jag återvända.

Det fanns korta stunder i tidiga februari när våren viskade något litet ord och sedan drog sig tillbaka. Det här var en sådan eftermiddag. Winter körde nedför Eklandagatan och stan dånade under honom. Himlen grep i Gothiaskrapan och ljuset snurrade i cirkel därifrån och sprätte honom i ögonen när han körde in i Korsvägens rondell. Plötsligt visste han inte vart han var på väg.

Han hörde en signal från bilen bakom och styrde höger, förbi ett stilla Liseberg och vidare österut. Han körde på grönt hela vägen igenom Sankt Sigfrids Plan och svängde in på parkeringen vid TV-huset.

Han lirkade in bilen i en parkeringsruta och lutade sig över ratten. Jag är påverkad av det här, tänkte han, det går att hålla masken fram till Sankt Sigfrids Plan men sen faller det samman.

Man är inte mer än människa. Jag måste prata med Hanne. Jag sitter här så länge det finns ett ljus därute ovanifrån och sen kör jag tillbaka. Nu stoppar jag in tröstande musik i bandspelaren. Jag ordnar till mitt ansikte i backspegeln.

6

Det hade kommit snö och kylan höll grenarna vita, en tyngd som gjort omgivningen vacker på några få timmar. Från där hon stod kunde Hanne Östergaard se fotgängare röra sig fyra våningar ner, de liksom gled fram på underlaget, andningen i en strut framför ansiktena. Nyfiken i en strut: hon drog med vänster pekfinger över fönsterrutans insida för att få bättre sikt. Imman blev till en klar men fuktig glans. Fingret blev kallt. Hon vände sig mot Winter.

"För många saker på en gång", sa han.

"Ja."

"Tja... det är väl så att man behöver prata nån gång", sa han.

"Även du?" frågade hon och satte sig i stolen bakom skrivbordet.

Det var ett tungt och brett skrivbord. Hon tyckte inte om det. Hon hade bett om ett annat skrivbord och sedan om ett annat rum, men hon fick sitta kvar här medan frågan utreddes.

Det skulle inte hända något. Hon jobbade halvtid och därför skulle hon inte få något annat skrivbord. När hon sa att det blivit mer än halvtid ända sedan den första dagen hade kvinnan på administrationen tittat på henne som om hon berättat en rolig historia som alla hört sedan förkrigstid. Men hon kunde inga roliga historier. Hon var präst och präster kan inga roliga historier utom de som sammanfaller med den klerikala hänryckningstiden. Den var ännu inte här.

"Även jag", sa Winter och korsade med svårighet benen.

Jag tycker om den här mannen, tänkte Hanne Östergaard. Han är för ung för jobbet, han ser för bra ut och han är en snobb i sina Baldessarini- eller Gianni Versace-kostymer. Han rör alltför sällan en min. Men han har en känsla därinne och det är därför han är här.

Han kommer inte att bryta samman, men han har tänkt på det.

"Jag kommer inte att bryta samman", sa Winter.

"Jag vet."

"Du förstår."

"Jag lyssnar."

"Jag har hört att du är en god lyssnare."

Hanne svarade inte. Att lyssna var en självklarhet för en präst, och sedan hon delat sin tjänstgöring mellan församlingen och polishuset hade det blivit många röster i hennes öron. Äldre, men främst de unga, assistenterna ute på stan, eller de unga kriminalinspektörerna, de som kom direkt från Polishögskolan och placerades i ständig rörelse på ringvägen runt våldets Göteborg: efter en otäck upplevelse kunde få ta ledigt resten av passet men det räckte inte, det räckte inte på långt när. De fanns mitt i infernot, var vittnen och deltagare när samhället förtärde sina egna barn. Föraktet svepte över gatorna. Det fanns inte längre plats för svaghet, för de avvikande. Ingen plats för heder, tänkte hon plötsligt.

Poliserna pratade med Hanne Östergaard. De satt i sina egna grupper och pratade också, just Winter hade varit bra på att få sina poliser att prata om de ohyggliga upplevelserna, men det räckte inte. Hon tänkte på om hon skulle orka jobba här mer än tre dar i veckan. Dom som arbetar här arbetar så ofta med döda människor, tänkte hon. Brända, krossade i trafikolyckor, dräpta, mördade. Indirekt blir det mina upplevelser. Trådarna tar tag i mig.

"Jag känner mig så känslomässigt involverad i det här mordet på pojken i London att jag undrar om jag är den rätte som spaningsledare", sa Winter.

"Mhm."

"Jag trodde jag skulle kunna få bukt med sorgen efter min döde vän, men det kommer att ta tid det också."

"Naturligtvis."

"Jag kanske behöver en familj."

Hanne Östergaard såg rakt på Winter som om hon studerade hans blå ögon, eller det som kunde finnas bakom dem.

"Du saknar en familj?"

"Nej."

"Du sa att du kanske behöver en familj."

"Det är inte samma sak."

Hon sa ingenting, väntade.

"Jag lever ett liv i min egen valda ensamhet, och det är skönt att välja tillfällena själv när nån ska säga nåt men sen kommer det ju stunder... som nu... "

Han såg på henne.

"Som nu, när du sitter här", sa hon.

"Ja."

Winter korsade benen igen. Han hade fortfarande ont i halsen, en millimeterstor smärta längst ner där man inte kom åt den.

"Det är inte så ofta man tänker längre på hur det känns efteråt", sa Winter. "När jag var nyfärdig och ute på gatan och såg det verkliga våldet tänkte jag lägga av ett tag, men sen blev det bättre."

"Vad var det som blev bättre?"

"Va?"

"Var det känslorna som blev annorlunda? Såg du saker med dimmigare blick?"

"Dimmigare blick? Ja, kanske. Det är kanske en bra bild."

"Sen kom du bort ifrån gatan?"

"På sätt och vis. Men det där... ohyggliga finns ju kvar, på ett annat sätt."

Hanne Östergaard svarade inte. Hon såg de två grabbarna framför sig på andra sidan av skrivbordet; 25 år, bara tio år yngre än hon själv, men de kunde lika gärna ha varit 100 år, eller mer, de unga poliserna som kommit först till lägenheten, efter larmet från grannarna, och dröjt över den tioåriga flickans kropp, och längre in i vardagsrummet hade mamman legat, hon skulle leva tre timmar till, och mannen låg där, han som försökt skära halsen av sig efteråt. Den jäveln var för feg, hade en av grabbarna sagt. De hade lyft av dörren tre minuter in på det nya året. Sedan hade de suttit här. Det var alldeles nyss.

Hon visste att Winter tänkte på just det just nu. Och på något annat.

"När jag stod i det där satans studentrummet vid Mossen var det som om tanken skärptes samtidigt som den ville fly", sa Winter, "och det är en upplevelse jag inte haft tidigare. Som om jag fick flera meddelanden samtidigt. Saker som drog i mig från olika håll."

"Ja."

"Du förstår? Som om jag skulle kunna göra ett ännu bättre jobb än tidigare samtidigt som det blir svårare än nånsin den här gången."

"Jag förstår."

"Du förstår? Hur kan du förstå, Hanne?"

Hon svarade inte.

"Hur kan du förstå?" upprepade han.

"Hur många anhöriga har vi pratat med tillsammans?" frågade hon. "Ser du att det snöar därute samtidigt som solen kanske skiner, ser du att det är kallt i luften samtidigt som det är lite ljusare nu än det var i går vid den här tiden?"

"Jag förstår."

Det fanns alltid ett ljus. Det skulle bli varmare i luften. Vad som än hände fanns det några sanningar kvar. Kanske var det i sig en förklaring.

Han hade tittat ut genom fönstret men bara sett ett grått ljus, och om hon sa att det snöade så var det så.

"Tror du det finns nån gräns?" frågade han efter en halv minut.

"Om man når en gräns?"

"Ja."

"Det är svårt att säga. Jag har alltid haft svårt att se gränserna, en del av dom i alla fall."

"Vet du vad som är det svåraste i det här jobbet? Det är att komma in i vanor och rutiner så snabbt det nånsin går och sen arbeta så hårt som möjligt för att hålla vanorna och rutinerna borta. Att allting är nytt, att det sker för första gången."

"Jag förstår."

"Att det där blodet rinner för första gången. Att det kunde vara mitt eller ditt, Hanne. Eller som det har blivit nu, att man sett liket när det var i rörelse. När den helige ande fanns kvar i kroppen. Det är där utgångspunkten ligger."

"Så vad gör du nu?"

"Jag går till mitt rum och läser Möllerströms utskrifter."

Tjuven hade gått tillbaka. En sekund hade han hoppats på att lägenheten inte längre fanns kvar, eller huset, att det varit en dröm för stunden, en blackout skapad av spänningen; på vägen mot full hantverksskicklighet tar spänningen någon gång överhanden.

Han hade gjort som tidigare och hållit tiden och sett folk gå från huset. Kvinnorna och männen och några få barn, men han såg inte *honom*. Han hade inte gått in i huset. Han visste att det kunde vara farligt att smyga runt utanför.

Nästa morgon var han tillbaka och nu såg han honom gå iväg vid tio, och han följde efter och såg honom vandra över vägen till parkeringsplatsen och vrida liv i en Opel som såg rätt ny ut. Han följde bilen med blicken tills den försvann. Och nu? Hade han tänkt så långt? Hur hade han tänkt?

Han frös efter en och en halv timme utomhus och han gick in i trapphuset, och plötsligt stod han utanför lägenheten och lyssnade, och så var han därinne. Han gick snabbt igenom hallen, in i sovrummet och pulsen dunkade som en pålkran mellan öronen. Det fanns ingenting på golvet, inga nya svarta sopsäckar, inget tegel, ingenting.

Ingenting nytt att stjäla, och när han hörde ett ljud utifrån hallen insåg han att det finns gränser för människans nyfikenhet eller obeslutsamhet eller vad i helvete det var som drivit honom hit.

Det är pressens fel, tänkte han. Hade inte dom förbannade tidningarna skrivit om det där förbannade jävla jävla mordet hade jag inte varit tillbaka här och hört den förbannade jävla jävla *jävla* dörren öppnas ute i hallen.

Han sjönk ner på knä och gled in under sängen. Vad ska jag göra? tänkte han. Det här är det samlade straffet för mina samlade synder.

Det fanns ett lager fint damm och bollar av samma damm under den breda sängen, och han gled längre in samtidigt som han försökte kväva en nysning. Han höll en hand över munnen och näsan och den andra runt nacken för att stoppa impulsen. Det här har jag föreställt mig någon gång, tänkte han, det här har jag tänkt på: judarna ligger och väntar i gömstället och de tyska soldaterna söker igenom huset och plötsligt är det någon som behöver nysa.

Han såg ljuset i hallen tändas och ett par kängor som gick in i sovrummet. Rädslan fick retningarna i näsan att dra sig tillbaka.

Han trodde att han höll andan. En lampa tändes någonstans. Han gissade att det var vid sängens huvudände. Han vred sakta på huvudet för att se om hans kropp kastade någon skugga på golvet vid sidan av sängen.

Jag kan inte åla mig ut och överraska honom, tänkte han. Innan jag hunnit ut har han huggit huvet av mig.

Det rasslade ovanför honom. Han hörde en serie ljud som han kände igen.

"Jag blir lite sen."

Vilken ohygglig upplevelse det är att ligga här och lyssna på den där rösten, tänkte han.

"Ja."

"Ja..."

"Nej."

"Det var därför jag gick tillbaka."

"Ja."

"Tie minuter."

"Nej."

"Jag har snackat med honom."

"Celluloid."

"Mhm."

"Mhm."

"Nej."

"Mhm."

"Ja."

"Tie minuter."

Det rasslade stumt igen och och han såg hur kängorna stod stilla med spetsarna riktade rakt mot honom.

Nu kommer det, tänkte han.

Det var så tyst det kan bli i en lägenhet på förmiddagen när folk är hemifrån. Han hörde ett mjukt swiiiisch från trafiken utanför. I övrigt ingenting.

Tänker han, eller stirrar han rakt ner på sängen? Flyttar sig dom där kängorna alltför snabbt rullar jag ut på andra sidan och sen får vi ta det därifrån.

Han gjorde sig beredd, kroppen i en styv båge.

Nu: skorna rörde sig mot hallen. De gick ut och ljuset släcktes och dörren slog igen.

Han låg stilla i tjugo minuter och svetten fortsatte att rinna från hans kropp.

När han väl städar under sängen drar han in dammsugarsnabeln utan att titta, eller är det bara önsketänkande? Spelar det nån roll om han ser att nån legat under hans säng? Nån roll för mig? Vad är det bästa jag kan göra nu? Bortsett från att aldrig aldrig aldrig mer gå hit om jag får en chans att välja. Tänk om han slog dörren i lås *inifrån*? Han väntar därute i hallen... hur länge kan jag ligga kvar här... jag lyssnar en stund till... jag har lyssnat en stund... nej, jag rullar ut.

Han vältrade sig ut och reste sig, dammet som en hinna av stadens infekterade snö över kroppen. Han gick så försiktigt han kunde ut ur rummet, plockade med sig damm som singlade mot golvet. Han öppnade dörren mot trapphuset och lyssnade, andades och stegade ut och gick nedför trapporna.

Det drog från balkongdörren och Winter reste sig från skrivbordet och gick bort för att stänga. Först öppnade han dörren helt och gick ut på balkongen. Han huttrade till och kände lukten nedifrån av storstad. Spårvagnarna gnisslade svagt, med allt glesare intervall. En dimma bortifrån kanalen rullade genom parken och över Allén. När han kände fukten från dimman gick han tillbaka in i rummet och stängde balkongens dörr efter sig.

Han hade suttit en stund med den engelska polisens kortsnaggade PM. Det fanns en besynnerlig likhet mellan de båda morden. Något sådant hade aldrig inträffat tidigare. Det fanns dessutom något egendomligt i tillvägagångssättet. Kollegerna i södra London hade funnit de små avtrycken i det levrade blodet. Inte 'dom små avtrycken' för helvete Winter, tänkte han. De hade funnit små avtryck som *påminde* eller kunde påminna om avtrycken i rummet på studenthemmet.

Winter hade kommit hem och omedelbart kopplat upp sig på nätet och letat efter andra fall. Det fanns något konkret att arbeta utifrån men det var mest en föreställning om något, en illusion: han såg bilder, men de kunde lika gärna vara hämtade ur en dröm. Han letade efter tecken långt ute i den elektroniska natten och bläddrade igenom en serie amerikanska databaser. Förvånande många hade sitt ursprung och hemvist i Kalifornien och Texas. Det är solen och sanden som gör människorna galna, tänkte Winter när mobiltelefonen på bordet ringde. Han drog ut antennen och lyfte apparaten till örat.

"Erik!"

En röst som knastrade.

"Hej mor. Jag tänkte just på dig."

"Åhh…"

"Jag tänkte på sol och sand och vad det kan göra med människor."

"Ja, är det inte härligt Erik. Men…"

"Du ska inte ringa på mobilen mor. Det blir så dyrt för er."

"Haha. Men jag…"

"Jag har en väggfast telefon i köket."

Han hörde ett mummel från luren. Han såg för sig hur hon vände sig runt där i det lilla barköket och snappade åt sig kvällens fjärde dry martini och samtidigt kollade profilen i barspegeln. Lilla mamma.

"Hur gick det på greenen i dag?" frågade han.

"Vi kom inte iväg, ponken", sa hon.

"Åhh…"

"Det har regnat hela dan, men nu mås…"

"Det var tråkigt att höra. Köpte ni inte huset för att slippa sånt?"

Hon suckade i luren, en blöt suck som hade ett efterljud dränkt i alkohol.

"Det är bra egentligen, det blir bara grönare på greenen då, ponken."

Hon skrattade och han tänkte på bromsbackar som skrapar

mot varandra, utan smörjolja.

"Vänta, pappa säger nåt", sa hon och han lyssnade in i suset och tystnaden hela vägen ner till Marbella. Rösten kom tillbaka, gällare än tidigare, som om det uppstått ett brott på linjen.

"Erik?"

"Jag är kvar."

"Pappa säger att du är välkommen ner på födelsedan."

"Det är ju i mars."

"Vi vet hur mycket du har att göra. Planering, vet du. Vi planerar. Pappa säger att han bjuder. Men det var inte..."

Han såg fadern vid det tunna lilla stålrörsbordet intill terrassen. En lång man med tungt huvud och kraftigt grått hår, en vackert ådrad näsa, röd ansiktshud som inte ville bli brun, och med en illvillig liten tanke ständigt på lur: var det detta som pengarna till slut skapade till en livets mening?

"Det kan jag inte acceptera", avbröt han.

"Va?"

"Hade det varit du som bjudit på resan hade det varit en annan sak. Men inte vår utblottade far."

"Haha. Erik, nu måst..."

"Jag tror inte det går. Vi har fått ett fa..."

"Vi har läst om det. Är det inte fruktansvärt? Stackars pojke, och våra grannar och allt. Jag har försökt säga det hela det här samtalet men du har inte gett mig en chans. Vi fick tidningarna precis nu, det hade blivit nåt fe..."

"Ja. Det är ju hemskt."

"Lotta hade ringt på telefonsvararen men vi har inte varit hemma på några dar. Pappa pratade om Gibraltar och då åkte vi."

"Ja."

"Vi pratade med Lotta nyss."

Winter svarade inte. Han tänkte på en varm vind. Han hörde hur hans mor blåste rök snett uppåt, och klirret av två isbitar mot varandra.

"Det hände ju i London. London är en fruktansvärd stad", sa hon.

"Dom spanska storstäderna är mycket säkrare."

Hon svarade inte. Han visste att hon inte lyssnade.

"Jag tycker att du svarade bra i tidningarna."

"Jag sa absolut ingenting."

"Men det var bra", sa hon.

Han tittade in i skärmen. Utan att vara riktigt medveten om vad han gjort hade han webbat sig bort från den amerikanska västkusten och slagit fram Europa och den spanska solkusten. Det var som att klottra, som under andra samtal i telefon.

Nu satt han med stadskartan över Marbella framför sig, skärmen började flimra svagt i kanterna. En vink om värmen i stan. Han knappade ner sig till sydöst och satte markören ungefär på den punkt varifrån rösten nu kom tillbaka i mobilen:

"Erik?"

"Ja mor?"

"Jag tänkte ringa till Lasse och Karin."

"Nu?"

"Så sent är det väl inte?"

Det är ungefär fyra torra martini och en halva vit Rioja för sent, tänkte han. Kanske mañana.

"Det har varit mycket för dom. I kväll skulle jag nog avstå. Kanske i morron. Rätt tidigt."

"Du har nog rätt. Du är klok."

"För att vara snut."

"Vi har vant oss." Han kunde höra ljudet av en mixer i hennes högra hand. "Du är ju landets yngsta kommissarie."

"Jag måste nog jobba vidare här lite", sa han och klickade bort Costa del Sol från skärmen.

"Vi ringer snart igen."

"Ja. Hej då och hälsa pappa."

"Tänk på erbjudandet..." sa hon, men telefonen låg redan på bordet.

Winter reste sig och gick till köket. Han hällde vatten i tryckkokaren, stoppade kontakten i väggen och tryckte på knappen. Medan vattnet väste i apparaten gjorde han i ordning en tekula och la den i en mugg av porslin. Han hällde i lite mjölk och sedan vattnet när det var färdigt. När tebladen gett tillräcklig färg lyfte han upp kulan och la den på diskbänken och tog temuggen med sig in vardagsrummet. Han tryckte igång en Coltrane på cd-spelaren och smuttade på teet och lät kvällen bli natt. En golvlampa vid en av bokhyllorna var den enda ljuskällan. Han ställde sig vid fönstret och försökte se ut på staden, men såg bara sin egen spegelbild.

7

DET VAR LÖRDAG. Hilliers bodde söder om floden och Steve Macdonald höll avstånden hela vägen västerut på A 236. Han var i stort sett ensam om det, en gubbe med hatt är jag, tralala tralala, bland alla som svingar sig runt med fart och fläkt, tänkte han och retade gallfeber på en Vauxhall bakom. Föraren hade gett Macdonald fingret redan innan de lämnat norra Croydon.

Kör om kör om med fart och fläkt, mumlade Macdonald och väntade på galningen bakom. Jag är inte glad i dag heller, kör om kör om så jag får ringa in ditt nummer kompis. Han såg korsningen fläka upp sig därframme: han skulle bli tvungen att ta av till vänster och se den andre tuuuuta och yyyyla förbi till höger med fingret triumferande mot skyn.

Vi är en nation av huliganer, tänkte Macdonald, vi vräker oss fram mot nästa match, med våra fingrar pekande mot Den Store Coachen i skyn. Den där jäveln var med säkerhet på väg till matchen i Brentford. Griffin Park. Stället att vara på en dag som denna i ystra späda februari. Några timmar i glada vänners lag.

Han nådde Tulse Hill och parkerade utanför huset på Palace Road. Färgen på fasaden såg ny ut. Befolkningen här var gammal medelklass som valt att stanna kvar när krigszonerna inrättades i omgivningarna. När Macdonald steg ur bilen kunde han höra krevaderna uppe i Brockwell Park.

Fönstren var svarta men han visste att föräldrarna väntade därinne. Tack gode Gud att jag inte är först med budet, tänkte han. Eller det är kanske en nackdel eftersom chocken kan ha släppt nu?

Han slog på dörrklappen och dörren öppnades omedelbart, som om kvinnan där innanför stått vid dörren och väntat hela förmiddagen. Trots all mental förberedelse ser hon ut som om jag just brutit mig in i hennes hus, tänkte Macdonald.

"Fru Hillier?"

"Ja. Kriminalkommissarie Macdonald?"

Han svarade jakande och visade sin legitimation. Hon tittade inte på den. Hon gjorde en gest inåt huset.

"Kom in."

Alla dessa hembesök, tänkte han. Sånt vi drömmer om i våra mardrömmar. Det är jag. Det är såna som jag man drömmer om i drömmar fyllda av ångest.

Den raka hallen ledde vidare till vardagsrummet. I rummets bortre ände föll ljuset in på mannen som satt mitt i en bredbukig soffa. Macdonald hörde ett avlägset gnissel och såg British Rail-tåget lufsa förbi söderut, 100 meter nedanför en flintskallig slänt.

"Vi åker aldrig tåg", sa mannen i soffan.

Macdonald presenterade sig. Mannen gjorde intryck av att vara döv.

"Det här är en del av London som är vanställd av järnvägsspåren, det är till och med värre än motorvägsbyggena", sa mannen.

Macdonald såg nu flaskorna på bordet till höger om mannen, och glaset som stod framför flaskorna. Mannen grep det och höll det i höjd med hakan. Han tittade på besökaren. Macdonald tog ett steg närmare. Han såg att mannens ögon var bleka, på gränsen till oseende. Han kunde inte avgöra om det berodde på sjukdom eller på spriten.

"Nej, jag är inte blind", sa mannen som läst hans tankar. "Jag är bara full. Sen prick elva i förmiddags."

"Får jag slå mig ner?" frågade Macdonald.

"Slå dig ner och känn dig nerslagen", sa mannen som var Geoff Hilliers far. Winston Hillier raspade ett skratt som väste ur munnen men inte nådde upp till näsborrarna.

"Jag sa till Geoff att det var en bra idé", sa han nu och reste sig för att ta ner ett rent glas från hyllan på väggen bakom.

"Gin eller whisky?" frågade han och liksom hötte med glaset i Macdonalds riktning.

"En halv droppe whisky", sa Macdonald.

"Skotte?"

"Ja."

"Varifrån?"

"Lite utanför Inverness."

"Vid sjön?"

"Åt andra hållet." Macdonald tog emot det bräddfyllda glaset och luktade på spriten.

"Jag hoppas det duger med blandad", sa Winston Hiller och ställde tillbaka flaskan på bordet.

"Det duger bra."

"Skottar ska väl ha malt egentligen."

"Det är nästan inga skottar som har råd med maltwhisky", sa Macdonald och höjde glaset till hälsning. Han satte ner det utan att dricka. Winston Hillier tittade ut genom fönstret.

"Jag tyckte det lät spännande", sa han utan att svara på någon fråga, med ögonen på ett nytt tåg som bökade fram nedanför slänten som blivit allt gråare och äldre i skymningsljuset. "Ett nytt land för en ung man, under lite längre tid. En internationell utbildning i denna sköna nya värld."

Han tog en stor klunk ur glaset med gin och tonic.

"Varför just... Sverige?" frågade Macdonald.

"Varför inte?"

"Fanns det inget speciellt skäl?"

Macdonald hörde ett ljud bakom sig och vände sig om. Kvinnan kom med eftermiddagsteet. Det doftade av varma scones och han flyttade försiktigt bort glaset med whisky från bordets mitt.

"Fanns det inget speciellt skäl till att han valde Sverige?" upprepade han.

"Inte mer än att han hade en brevvän för länge sen i Göteborg", sa kvinnan och satte sig bredvid sin man. Hon placerade ut koppar och assietter.

"Det var därför han åkte till Göteborg", sa Winston Hillier.

"Hur fick han höra talas om utbildningen?"

"Genom skolan här", sa kvinnan som Macdonald visste hette Karen.

"Geoff har alltid velat bli in-gen-jör och han blev in-tresse-rad av den där skolan", sa Winston Hillier med lätt trubbat uttal.

"Sen hade den ju ett engelskt namn också", tillade han, "Chandlers eller nåt sånt."

"Chalmers", sa kvinnan.

"Chalmers", upprepade han.

"Han fick ett brev också", sa kvinnan och vände sig mot Macdonald.

"Från skolan?"

"Nej. Han fick ett brev från nån i Göteborg och det verkade vara det som till slut gjorde att han ville pröva den där utbildningen. Den där sko... skolan."

Macdonald såg hur svårt det hade varit för henne att prata så länge, i ett svep.

"Ett privat brev?"

"Vad skulle det annars vara?" frågade Winston Hillier.

"Var det från den gamla brevvännen?"

"Vi vet inte", sa kvinnan.

Macdonald väntade, sa ingenting.

"Han visade oss det aldrig", sa Winston Hillier, "och det var väl inte så konstigt, men han ville inte heller säga vem det var ifrån."

"Bara att han hade fått det", sa kvinnan.

"Från Sverige?"

"Göteborg", sa Winston Hillier.

Macdonald hörde ännu ett tåg rassla i fjärran. Efter ett tag lät det vassare och burkigare, som om ljuden undan för undan förstärktes inne i huset.

"Och han skrev eller nämnde ingenting om det sen han kommit... dit och flyttat in i rummet?"

"Nej."

"Nånting om andra han träffat?"

"Nej."

"Ingenting?"

"HAN HADE JU FÖR HELVETE PRECIS FLYTTAT IN NÄR HAN BLEV MÖRDAD FÖR HELVETE", skrek Winston Hillier och stirrade på Macdonald med röd blick.

Sedan vräkte han sig ner från soffan och blev liggande med ansiktet mot golvet.

"Gå härifrån", hördes hans röst, dämpad mot heltäckningsmattan.

Kvinnan gav Macdonald en blick som bad hon om ursäkt för deras sorg.

Här behövs det jävlar inga ursäkter, tänkte Macdonald. Här är det jag som ber om ursäkt.

"Gå h-ä-r-i-f-r-å-n", upprepade mannen på golvet och Macdonald gjorde ett tecken åt kvinnan och de gick ut i köket och han ställde några korta frågor till och fick ett namn och en adress och ringde sedan till en bra läkare han kände och som var skyldig honom en tjänst.

"Stick hem till ditt jävla SJÖODJUR!" hördes mannens röst från andra sidan huset. Den var tydligare. Han hade lyft huvudet.

"Ska jag stanna tills min vän kommer?"

"Nej nej. Det är ingen fara."

"Är det säkert?"

"Winston dricker inte så mycket annars. Han är inte van. Innan du har kommit ut genom dörren har han somnat."

Hon verkar starkare för varje minut som hennes man närmar sig medvetslösheten, tänkte Macdonald. Det är mer än man kan säga om mig.

Han sa godkväll och gick ut i det sneda ljuset. Västerut hängde molnen som i fransar. Om en timme skulle det vara mörkt. Han startade bilen, gjorde en U-sväng över gatan och körde upp till Station Rise, under den lilla järnvägsstation varifrån tågen tog sikte på familjen Hilliers hus. Han parkerade på gränsen till det tillåtna och gick in på The Railway och beställde en Young's Winterwarmer och väntade tills ölet klarnat, men inte en sekund längre.

8

WINTER LÄSTE. Han unnade sig två cigariller. Förmiddagen i tjänsterummet fick ett stänk av blått från fönstret bakom honom. Halsen kändes bättre, kanske var det nikotinet, den lena röken.

Vittnesprotokollen var strikt verbatim och han log svagt en eller två gånger åt formuleringarna. Han antecknade regelbundet i en liten bok med svarta vaxdukspärmar.

Det som verkade trivialt nu fick alltid en betydelse.

De hade pratat med allt levande runt Mossen, det som fanns kvar när Chalmers förökat sig i området. Ett stycke till och det hade inte längre funnits något studenthem, tänkte Winter och askade försiktigt i det tunga glasfatet framför sig; färre att prata med, färre studenter som flydde just den där korridoren. Livet går vidare, men någon annanstans.

Det ringde i tjänsteapparaten.

"Ja", svarade han snabbt.

Den nya kvinnan i växeln. Winter kände igen rösten, kanske för att hon var så snygg att han hållit kvar blicken ett snäpp längre när han nickat sig förbi första gången.

"Här är en från pressen, GT. Han sä..."

"Be verderbörande dra åt helvete", sa Winter kort, "men uttryck det på annat sätt."

Han hörde hur hon kanske drog på munnen.

"Jag tror jag sa att jag inte ville bli störd", fortsatte han men gjorde rösten mild.

"Jag ber om ursäkt, men han hävdade att han känner dig och att det var viktigt."

Winter tittade på röken från cigarillen i högerhanden och släppte pennan i vänstern eftersom det var obekvämt att också greppa telefonluren.

"Viktigt? När kom pressen med nåt viktigt?"

"Så jag ber honom återkomma då, eller nåt ditåt."

"Vem är det?"

"Han heter... ett ögonblick... Hans Bülow."

Winter tänkte. Cigarillen dog i hans hand.

"Släpp igenom honom."

Efter alla år i yrket var det omöjligt att inte ha kontakter med journalister och Winter tog inte, som en del kolleger, principiell ställning mot denna tärande yrkeskår. Alla utnyttjade alla. Han hade tidigt insett de möjligheter som publicitet i medierna kunde erbjuda, i en del fall. Ibland var det bra att prata, om man visste vad man sa, om man hade tänkt igenom det tidigare, och han såg bilden av två eller tre rubriker framför sig när han väntade på att ledningarna skulle föra Bülows röst till hans öra. Han tyckte dessutom mindre illa om vissa reportrar. Bülow var en av dem.

"Hej Erik. Jag ber så väldigt mycket om ursäkt för att jag stör mitt i arbetet."

"Ja."

"Det kom..."

"Inget larv nu, Hans. Vad vill du?"

"Det gäller det här mordet på grabben, förstås. Men ni har varit väl tysta om kopplingen till England."

"Kopplingen?"

"För helvete, Erik. En svensk kille mördad i London och motsvarande i Göteborg och det har skett på liknande sätt."

"Var det ni som utförde obduktionen, doktor Bülow?"

"Man behöver inte vara patologiskt intresserad för att se ett samband här."

"Jag vet faktiskt inte vad jag ska svara."

"Har ni pratat med snuten i London?"

"Det där är en dum fråga."

"Va?"

"Som du vet pratar vi inte med nån. Vi korresponderar med Interpol som förmedlar våra röster till den det berör."

"Jaha."

"Det vet du. Polisprocedurer."

"Och under tiden kallnar spåren."

64

"Om dom måste. Men vi har våra regler och hur skulle samhället se ut om man inte följde regler?"

"Eftersom du inte följer reglerna så vet jag nu alltså att ni har pratat med snuten i London och att ni klart har definierat sambandet här."

Winter svarade inte, han förde den slocknade cigarillen till läpparna men han kände den otäcka smaken av kall rök och la tillbaka den på glasfatet.

"Sambandet", upprepade Bülow.

"Vi utreder ett mord i Göteborg och det är vad vi utreder."

"Det är knappt man tror er där heller, det var inte många detaljer du gav på presskonferensen i går."

"Nej."

"Måste ni korrespondera med Interpol där också? Är det dom nya EU-reglerna?"

"Kanske."

"Kom igen nu, Erik."

"Kom igen? Allmänhetens rätt att bli informerad, va? Om vad? Hur många sår den där killen hade på kroppen? Hur många hål han hade på hornhinnorna? Vilket meddelande mördaren hade ristat på hans rygg? Hur blod på en vägg ser ut i ett visst motljus beroende på var i ett rum man står?"

"Okej, okej."

"Just nu kan jag inte säga nåt och det förstår du, Hans."

"Folk är skraja."

"Ska vi skrämma dom ännu mer?"

"Det kan verka tvärtom också."

"Vad?"

"Håller man käft så börjar spekulationerna och så sprider sig paniken."

"Råder det panik i Göteborg?"

"Jag ser det i ett långt perspektiv", sa Bülow.

"Då är vi på samma linje", sa Winter. "Det långa perspektivet."

"Du kan se åt vilket håll du vill men jag skulle rekommendera västerut", sa Bülow, "dom engelska journalisterna har börjat ringa hit, och om vi jämför svenska journalister med engelska murvlar så talar vi om helt olika raser."

"Dom är inte så snälla som ni, menar du?"

"Dom är journalistikens huliganer."

Winter svarade inte på det. Han greppade pennan och skrev en mening i anteckningsboken på bordet.

"You ain't seen nothing yet", sa Bülow.

"Egentligen är jag förvånad över att dom inte har kommit över hit i större massor."

"Du är alltså mentalt förberedd."

"Vi hade fem på presskonferensen ju. Rätt beskedliga."

"Dom var bakfulla som älgar."

"Var det nåt mer?" frågade Winter efter två sekunders tystnad.

"Alltså: en större öppenhet tack."

"Jag kanske ringer dig redan i kväll."

"Jag visste det."

"Du ser hur snabbt utredningen går framåt."

"Under tiden som vi talat."

"Bakom dessa raljanta ord döljer sig en undertext som är ohygglig i sin verklighet", sa Winter. "Det är när den flyter upp till ytan som vi kan tala om panik, och det är sånt jag gärna håller utanför medierna."

"God förmiddag", sa Bülow.

Efter lunch träffades de i sammanträdesrummet. Gruppen krympte samtidigt som utredningens pappershögar blev större, högre. Föremål flöt in från labbet och placerades efterhand i bisarra lådor och mappar: hår, skinn, en skärva av en nagel, avtryck, märken, stycken av kläder; fotografier som sa samma sak en gång till men från en annan vinkel; ett skrin fyllt med alla de där ropen som Erik Winter hört när han stått i rummet den sista gången.

Han hade pratat med Pia E:son Fröberg och hon trodde inte att alla huggen kommit samtidigt. Hon var en bra rättsläkare, noggrann. Antalet hugg fanns antecknade på papperet i hans innerficka och han tog fram det nu. Pojken hade till slut dött av kvävning. Detaljerna fram till dess kände alla i det här rummet till.

"Hur länge höll det på?" frågade Fredrik Halders. Kriminalinspektör Halders hade just fyllt 44 och året innan hade han slutat

kamma håret över flinten och klippt det som fanns kvar centime-
terkort och hans självförtroende hade ökat och därför hade han
slutat le eller dra på munnen när människor pratade med honom.

"Det var en lång föreställning", sa Erik Winter.

"Ingen paus emellan?" frågade Fredrik Halders.

"Flera pauser", sa Bertil Ringmar.

"Det skiljer några timmar mellan den första snittytan och den
sista", sa Winter, "och det är så nära vi kan komma. Tre timmar,
kanske fyra."

"Fy fan", sa Lars Bergenhem.

"Jo", sa Ringmar.

"Överarmarna var oskadade", sa Janne Möllerström.

"Det är där blåmärkena sitter", sa Aneta Djanali.

"Måste ha varit en stark jävel", sa Halders. "Hur mycket vägde
grabben?"

"Åtti kilo", sa Möllerström, "och han var enochåttifem, så det
var inte helt lätt att göra det."

"Om det var det han gjorde", sa Aneta Djanali.

"Jo", sa Ringmar.

"Han gjorde nåt åt det hållet", sa Möllerström.

"Fyrtifyrer", sa Bergenhem, "och rörelserna tyder ju på det var
ett snurr runt i rummet."

"Där det gick att få grepp", sa Halders.

"Det behöver du väl för fan inte snacka om", sa Aneta Djanali.
"Och det är inte för att jag är kvinna som jag säger det."

"Blankslitna sulor men ett tydligt mönster i kanten", sa Möl-
lerström.

Winter hade bett gruppen hålla snacket igång, som alltid, som
en terapi nästan, eller en inre monolog uppskruvad till hörbar
nivå för alla. Genomlysning. En evig genomlysning under det
dagliga mötet, det gamla och det nya, det senaste. Ut med det i
det fria. De putsade på skärvorna av fakta tills de fick ont i armar-
na, ända tills fragmentens snittytor fick en form som gjorde det
möjligt att foga dem samman.

"Hur kunde han komma därifrån?" sa Bergenhem.

"Han bytte om därinne", sa Winter.

"Men ändå", sa Bergenhem.

"Han väntade", sa Winter.

"Det fanns badrum", sa Aneta Djanali.

"Men ändå", sa Bergenhem.

"Han kunde ha mött två eller tre på vägen ut", sa Ringmar.

"Jag har läst på i den här utredningen och alla höll blicken i backen", sa Winter. "Det verkar som om dagens studenter är blyga för varandra."

"Det var annat på vår tid", sa Halders.

"Har du varit student?" frågade Aneta Djanali med troskyldigt öppna ögon och någonting i mungipan.

Halders suckade.

"Sen är det dom där avtrycken", sa Möllerström.

"Jag fattar inte hur dom kan säga att det är ett stativ", sa Halders.

"Det är därför som du är här och dom är där", sa Aneta Djanali.

Halders suckade igen.

"Ett jävla stativ", sa han sedan.

Ett jävla stativ, tänkte Winter. Det behövde inte betyda någonting. När alla tusen intervjuer och dörrknackningar var genomförda och alla de kända sociopaterna fästa vid databasen, och när alla rörelser fram till nu var infångade, när offrets bakgrund var utredd (där väntar du på info, Erik) och när de hade mätt och jämfört partiklarna från brottsplatsen och ringt de tvåtusen telefonsam...

"Har vi kollat samtalen från den där korridortelefonen?" frågade han.

"Vi håller på", sa Ringmar med en förorättad min.

"Jag vill ha en förteckning", sa Winter.

"Ja."

"Vi behöver en liknande från London också", sa han. "Jag fixar det."

"Hur är det med Malmströms?" frågade Ringmar.

Winter tänkte.

"Ja", sa han, "därifrån också."

Stativet, tänkte han igen. Vad som funnits fäst vid dess topp. Vad som hänt sedan. Och: där fanns allt de behövde veta. En kassett, nånstans. Eller fler, eller en, med flera delar... ell...

"Vi har vittnena från Brunnsparken", sa Möllerström.

"Är det andra varvet?" frågade Bergenhem.

"Snart", sa Bertil Ringmar.

"Jag vill se det senast i morron", sa Winter. "Alltihop, och tryck
så hårt det går. Det finns nåt där som inte stämmer riktigt."

Han sa vad det var och Ringmar nickade och Halders sa efteråt
till Möllerström att dom borde ha sett det direkt, vid den första
intervjun borde dom ha sett det. "Helvete", sa han och sedan
ruskade han bort tanken och såg framåt.

Jag vill visa dig nåt hade han sagt och tagit upp sakerna ur bagen
när dom kommit hem till honom, när dom hade bestämt det
utanför, förut, innan han började jobba. Bara så där kort, som av
en tillfällighet, och den andre hade fortsatt Drottninggatan bort.

Sedan hade han ringt på dörren och Jamie hade duschat av sig
röken. Han hade lagt av med rökat själv när han ställt sig i baren.
Det här pallar man inte länge, hade han tänkt då, och det var ett
halvår sen.

Jamie kände en spänning i sig själv, i kroppen. Kanske kommer
jag att bli utnyttjad, tänkte han med en ilning från ryggen och
nedåt, och det brände som en mjuk eld därnere mellan benen.
Det var inte obehagligt. Det kunde bli en första gång på riktigt.

Han är stor, tänkte Jamie. Han monterar grejerna nu. Han ser
att jag har en flaska vin där på bordet. Nu kommer han över hit
och tar det här glaset som jag ger honom. Han säger nåt men jag
hör inte vad det är. Nu tar han på sig en mask. Fan den ser inte
rolig ut. Han går tillbaka till kameran och sätter på den. Hörs det
inte mer? Jag trodde att det skulle vara mer ljud. Nu hör jag att
det surrar.

Jamie hade stått vänd åt sidan men nu vreds hans kropp rakt
mot den svarta linsen och hans ögon öppnades i ett uttryck som
kunde föreställa förvåning, och innan hans mun öppnats mer än
till en glipa vreds trasan in och något annat drogs runt och fästes
därbak och allt han ville säga därefter stannade nere i halsen.

Sedan satt han på en av stolarna som den andre hämtat från köket och han hörde ljudet nu, det lät som om det var mycket högre, och hans ögon var hela tiden riktade in mot den där linsen. Det här är en sjuk jävel, tänkte han. Nåt kan man väl vara med på, men jag gillar inte att han inte säger nåt. Det finns lekar och det finns lekar. Jag vill inte sitta här längre. Nu reser jag mig. Han står bara där och spanar, och nu reser jag mig och vänder ryggen till så att han ser att jag vill att han knyter upp så jag får armarna fria. Nu kommer han hit.

Jamie kände en stöt nånstans nere bakom ryggen och så nåt som brände till så in i helvete inne i magen. Han knöckte ner huvudet för att se vad det var och då såg han hur det bultade till under naveln och sedan inåt och kände hur det liksom fläkte från ryggen. Han höll huvudet nedåtböjt för det gjorde så ont därbak att han inte kunde lyfta skallen och han såg att det kom nåt på golvet. Den jäveln har hällt ut vin på golvet, tänkte han.

Nu snurrades han runt och då såg han masken igen, han tyckte att det var en annan mask nu, men det var bara en kort tanke för han såg vad den jäveln hade i handen och han tänkte att nu går det till överdrift. Sen blev han rädd, och rädslan fick honom att bli mjuk i benen och falla framåt. Han föll mot det som blänkte till i ljusen från bordet, eller från den starka lampan som tänts vid kameran, och han skrek, men det kom inget ljud och han kunde inte andas längre.

Han stod upp igen. Han förstod nu. Han försökte röra sig mot den södra väggen men hans rörelse var mest en riktning i hans huvud. Han halkade på golvet och slog i höften när han föll. Han gled på golvet. Det fanns inget fäste för kroppen.

Han hörde en röst. Inuti mig finns en röst och den ropar till mig och det är jag. Jag förstår. Nu drar jag mig bort mot väggen, och om jag gör det stilla och försiktigt så kommer ingenting att hända mig.

Mother. Mother!

Ett ljud som surrade som när det blir paus och det inte finns någonting som händer framför ögonen. Han kom inte bort från ljudet.

Gå bort härifrån.

Det fortsatte länge. Han blev tröttare, han lyftes upp. Han tänkte inte så mycket. Det var som om sådant som ledde tankarna vidare hade gått av och att tankarna strömmade rakt ut och spreds utan styrsel. Han lyftes uppåt igen.

9

WINTER HÖRDE FÅGELSÅNG någonstans halvvägs till Stampen. Asfalten var torr och snön dröjde ängsligt under tallarna i parken. Kylan hade lyft, dragit ihop sig kvällen före och stigit uppåt och norrut under natten.

Han hade suttit länge i skymningen, druckit te och knappt lyssnat på telefonsvararens meddelanden. Rummet hade doftat från de sötsura räkorna som han burit med sig från Lai Wa. Han hade öppnat balkongdörren och släppt in kvällen.

Han hade gått tillbaka till fåtöljen men rest sig igen och burit tallrik, bestick och glas till köket och tryckt igång diskmaskinen. Han hade bryggt nytt te och gått tillbaka in i rummet, lyssnat på Charlie Hadens kvartett och tittat ut genom fönstret mot det blå som inte blivit riktigt svart. Han hade längtat bort samtidigt som han tänkt på den plötsliga döden.

Det var en tveeggad kniv han såg, eller mer som ett kort svärd som användes av nån som... nån som... och han kom inte längre och sedan blev det natt.

Han hade stökat runt tio minuter på rummet med Möllerströms senaste utskrift när Bergenhem rusade in.

Winter körde i det genomskinliga. Solen kom från vänster och han drog på sig solglasögonen som låg på instrumentbrädan. Han tyckte att det blev tystare när färgen sjönk, som om staden ändrade sig inför hans blick. Han stannade för att släppa tre män över gatan, en ostadig promenad från Vasaparken och mot Victoriagatan. Vinden drog i männens hår, tung och skarp i högtrycket från nordväst.

Winter kände adrenalinet i kroppen, som en feber genom honom. Han kunde inte vara mer beredd. Det var nu. Det blev aldrig mer verkligt än nu, under de kommande timmarna, aldrig mer så fasansfullt och aldrig mer så tydligt. En dragning rakt emot det: han kände det så starkt, och han hade alltid, efteråt, känt någonting som kunde vara skam, eller skräck, eller både och. Det kanske var en del av jobbet: att han stannade kvar, inte kunde tänka sig någonting annat att göra med sin tid.

Trapphuset var snitslat upp till tredje våningen, som för en makaber orientering. Ordningspoliser höll vägen ren från nyfikna. Folk stod på andra sidan gatan, bakom avspärrningarna. Kanske hade jag stått där själv, tänkte Winter, om jag inte gått här nu. Hur många är det? Tretti själar?

"Ring Birgersson och be honom skicka fem gubbar direkt", sa Winter till Bergenhem.

"Nu?"

"I detta ögonblick."

Lars Bergenhem slog numret till rotelchefen medan de gick uppför de sista trapporna, väntade med telefonen mot örat, sa det han skulle.

"Han vill säga nåt till dig."

Winter tog över.

"Ja Sture?"

"Ja, jag är i helvetet. Tre trappsteg kvar."

"Du hörde rätt. Jag trodde faktiskt dom skulle vara här. "

Bergenhem kunde höra Birgerssons röst men inte urskilja något ord. Winter fortsatte:

"Jag vill ha ett vittnesmål från alla nyfikna utanför. Ja, du kan kalla det en omringning om du vill. Nu ja. Tack. Hej."

Winter hade sett ansikten men inga anletsdrag när han gick in i porten, människorna på andra sidan: det måste ha varit kallt att stå där. Det kunde finnas nåt annat än nyfikenhet... vem visste? Nån som kommit... ett ansikte i mängden som visste vad Winter skulle få se när han kom uppför trapporna, in i lägenheten. Som *visste* vad han skulle få se.

En lockelse tillbaka, kanske under brutalt motstånd men en lockelse *tillbaka*.

"Vem kom först", sa Winter när han stod utanför dörren med

ögonen på uniformerna runt om.

"Jag", sa en polisman i 25-årsåldern, blicken i fjärran, blek.

"Var du ensam?"

"Min kollega är därnere. Ha... han kommer här." Han pekade mot trappan.

Larmet hade dirigerats från Skånegatan, det hade nått Winter ungefär samtidigt som närmaste patrullbil. Grabbarna hade gått in och bleknat och spärrat bakåt.

Jamie hade inte kommit till jobbet. Det skulle varit hans förmiddag. Disken, köket, resterna efter den stålsträngade kvällen före: nytt band med avlägsna rötter i den irländska västkusten, ingen tystnad före två.

En dag extraledigt och den fan kom inte, inget svar på telefon, inget svar när Douglas hållit fingret kvar på dörrsignalen, när han bonkat den låsta dörren buktig och en granne stuckit ut ett surt tryne.

Douglas hade gjort sig besvär med att finna fastighetsskötaren. Jamie? Den engelske killen i lägenhet 23? Inte visste han lägenhetsnummer, men det var den här dörren som det satt en hemplitad namnlapp på och killen kunde vara dålig.

Mannen med trehundra verktyg i fickor runt magen och på benen kom och öppnade, och resten var en röd mardröm för Douglas.

Två poliser med en snabb översyn och så Douglas, men Winter var egentligen den förste härinne, *efteråt*, och det susade svagt mellan öronen och hans ögon var vidöppna. Han undvek att kliva i ett par fotspår i hallen, på väg ut. Ingenting på väggarna och ingenting på dörren. Han hörde teknikerteamet rumla i trappan, och där skulle det stanna tills han sa till.

Han visste redan nu att han skulle komma tillbaka hit minst en gång till efter det att kroppen flyttats, och att hans sökande då var beroende av vad han fann nu.

Ljuset var tillräckligt i hallen för att han skulle kunna se. Till höger lyste det från badrummet. Tänt när dom kom in? Ingen snut var väl så jävla dum att han eller hon tände men man visste inte.

Han ställde sig på tröskeln och såg ner i badkaret. Kaklet var fläckat av strimmor men färre än vad man kunde tro. Han tog sin tid, tänkte Winter.

Han tittade ner i tvättstället, likadant där, och tre spår på golvets plastmatta.

Han vred kroppen till vänster, han stod mitt emot köket och när han gått in i det kunde han inte se någonting som stört lägenhetens ordning, mer än att det stod en stol vid det lilla bordet där det borde stått två.

Pojken satt på köksstolen mitt i rummet med ryggen mot dörren. Winter hade inte kunnat se honom tidigare eftersom dörren stått halvöppen och hallen byggts i svag vinkel från kök och badrum.

Han hade ingen skjorta men han bar långbyxor, han hade strumpor men inga skor, inget bälte i byxorna. Han hade en tatuering i blått och rött på vänster axel, och när Winter försiktigt gick närmare mellan spåren på golvet såg han att tatueringen föreställde en bil, men han kunde inte avgöra vilket märke.

Axlarna och överarmarna var släta, en blåskimrande ton som av kyla. Winter kunde inte se mer av pojkens överkropp. Byxorna och strumporna putade utåt, svullna, på väg att brista. Det är vad som håller ihop honom, tänkte Winter. Hans ansikte är utan skador.

På bordet bredvid pojken och stolen stod en flaska rött vin, nästan full, och två glas med vin i det ena. Winter böjde sig fram och luktade, det luktade som vin. Det andra glaset såg orört ut. Ingen tid för en skål.

Rummet var enkelt möblerat, som för tillfälligt boende. En tvåsitssoffa, ingen fåtölj, ingen bokhylla, inga blommor, enkla gardiner som var utan färg i ljuset emellan de trekvartsöppna persiennerna. En cd-spelare på en liten bänk i trävitt, ett ställ på väggen med tjugotalet skivor. Winter gick runt soffan, längs väggen och läste några titlar från toppen: Pigeonhead, Oasis, Blur, Daft Punk. Morrissey. Ingen jazz. En skiva låg i spelaren, locket var öppet. Winter böjde sig närmare och läste artistens namn.

Han var noga med att inte vidröra tapeten. Blodet på golvet hade ett cirkelmönster som han kände igen från det förra rummet, en cirkel framför stolen där pojken satt. Ett slags äggform mot rummets dörr ut till hallen.

Hur många steg?

Ungefär två meter från dörren in mot rummet var golvet utan mönster, nästan utan spår. Winter andades inåt, kände på dofterna. Han hörde någonting från andra sidan av den västra väggen, som ett skall eller kanske ett mekaniskt ljud. Hördes det hit så hördes det dit.

Han tänkte på att han själv aldrig hörde sina egna grannar, inga ljud annat än när de gick ut i trapphuset, ryckte och slet i den gamla hissdörren och rasslade upp innerdörrens kedja.

Efter en kvart gick han ut från pojkens lägenhet och gjorde sitt tecken. Han gick nedför trappan, ut i solen och tog sedan itu med offentligheten.

Efteråt var han inte säker på om det var Halders eller Möllerström som kommit med namnet: Hitchcock. "Håll det härinne", hade han sagt. Han gillade det inte, men från och med då tänkte han på mördaren som Hitchcock.

Det som var så märkligt, eller om det inte var märkligt alls, var att kollegerna i London döpt sin man till samma namn en liten tid därefter, utan att de kunde veta. Sedan förstod de att det var en och samma Hitchcock och utredningarna gled samman och de kände en vanmakt som om någon skrattade åt dem uppe i skyn.

Tjuven såg sin son med kompisarna, snögubben var borta. Det blev grejer på gång vid tunnan, runt gungställningen och nedanför repstegen som ledde från lekhuset i stryktålig bets.

Han plågades. Han var läskunnig. Han kunde titta på teve. Han var inte dum på det sättet, även om han varit en idiot när det gällde annat. Han visste nånting som andra inte visste och han var säker. Var han säker? Det plågade honom. Han behövde tid att tänka. Kanske åka nånstans.

"Vad är det?", sa Lena.

"Va?"

"Du har det där uttrycket igen."

"Mhm."

"Är det jobbet?"

"Vilket jobb?"

"Du vet vad jag pratar om."

"Mhm."

Hon tittade ut mot gården.

"Varför går du inte ut till Kalle en stund?"

"Jag tänkte faktiskt på det."

"Han har frågat."

"Frågat? Om vad?"

"Om ni kan göra nåt nån gång."

"Jag har tänkt på det."

"Du kan göra mer än det."

"Semester?"

"Javisst", sa hon.

"Vi kan åka till Kanarieöarna i morron, eller i övermorron."

"Javisst."

"Det är sant. Det är faktiskt sant att vi kan åka. Jag har vunnit pengar."

"Nähä."

"Jo."

"Och du har inte sagt nåt! När var det? Hur mycket?"

"Tjugetusen. Jag ville inte säga nåt förrän... tja... förrän... det skulle blitt en överraskning... när jag fått pengarna."

"Och du har fått dom nu?"

"Ja."

Hon tittade på honom, som någon som försöker se igenom de yttersta lagren.

"Ska jag tro på det här?" frågade hon.

"Ja."

"Hur vann du dom då?"

"Åby", sa han, "du vet att jag åkte ut två gånger förra veckan."

Hon tittade på honom igen.

"Jag ska visa dig kupongen", sa han och tänkte på hur han skulle lösa det.

Hon väntade, såg ut mot sonen på lekplatsen, tycktes glömma.

"Det kan vi väl inte göra", sa hon sedan.

"Vadå?"

"Åka till... till Kanarieöarna."

"Varför inte?"

"Det finns ju så mycket annat vi behöver pengar till."

"Så kommer det alltid att vara."

Hon svarade inte.

"När åkte vi nånstans senast?" frågade han.

"Men vad kostar det?"

"Vi har råd."

Men nu..."

"Nu är bästa tiden."

"Ja... det vore ju underbart", sa hon dröjande.

"Två veckor", sa han, "så fort som möjligt."

"Finns det några biljetter då?"

"För den som har tjugetusen på ett bräde finns alltid biljetter."

Winter fick tag på Bolger på eftermiddagen.

"Det var ett tag sen", sa Bolger.

"Det här är inte kompisar emellan", sa Winter.

"Jag förstår."

"Fast jag utnyttjar ändå vår vänskap."

"Då förstår jag inte."

"Jag har nåt jag vill fråga dig", sa Winter.

"Fråga på."

"Inte så här. Kan du hålla dig kvar tills jag kommer?"

"Ja."

Winter var där en kvart senare. Tre gäster satt vid fönstren, de tittade på honom men han såg ingen säga ett ord. Bolger frågade om han ville dricka någonting och Winter sa nej.

"Känner du en engelsk kille som heter Robertson?"

"En engelsk kille?"

"Eller britt i alla fall."

"Vad heter han, sa du?"

"Robertson. Jamie Robertson."

"Jamie Robertson? Ja... känner vet jag inte, men jag vet vem det är. Men han är skotte."

"Okej."

"Det hör du när du hör honom prata."

"Har han jobbat här?"

"Nej."

"Vet du om han jobbat på nåt annat ställe än O'Briens?"

"Nej. Men jag tror inte att han har varit särskilt länge i stan. Du får fråga dom."

"Ja."

"Har det hänt nåt?"

"Han är mördad."

Bolger såg ut att blekna, som om ljuset ändrats i en lampa snett ovanför hans ansikte.

"Det är ingen hemlighet", sa Winter, "inte längre."

"För mig var det en hemlighet fram till nu."

"Jag behöver din hjälp här."

"Sen när behövde du min hjälp?"

"Vad säger du?"

"Vad fan ska du med min hjälp till? Du är väl duktig nog så det räcker."

"Vill du lyssna på vad jag säger?"

Bolger svarade inte, han såg ut att vilja göra ett tecken till flickan som stod bakom bardisken men ångrade sig.

"Du känner folk i branschen", sa Winter, "och folk som rör sig ute."

"Det gör väl du med."

"Du vet vad jag pratar om."

"Ja. Du behöver en halvkriminell till din hjälp."

"Lägg av, Johan."

"Får ni anlita folk som vårdats för depressioner?"

Winter svarade inte, han väntade. Bolger hade vänt sig bort men återvände nu.

"Hör på här, Johan. Vi arbetar ju från vårt håll, men jag vill att du funderar över vad du vet om den här grabben. Vilka han kände. Nån han umgicks med speciellt. Flickvänner, eller pojkvänner om det är så."

"Ja."

"Fundera lite."

"Okej."

"Fråga dom du vill."

"Mhm."

"Så fort du kan. Vi kan prata i morron igen. Jag ringer."

"Fan, det var en chock det här", sa Bolger.

10

Hanne Östergaard ställde tillbaka stolarna efter kvällens information till de nya konfirmanderna. Hon hade sett hur två eller tre ansikten mulnat under timmen: jag har annat att göra, nog, tråkigt, typ, och Hanne Östergaard log och släckte i källarlokalen och gick uppför trappan till expeditionen.

De hade själva tagit upp det: Vad gör man när man inte blivit döpt och ändå vill bli konfirmerad? Hon hade svept bort tvekan med en försiktig handrörelse; inte mycket mer än en droppe vatten bakom örat och Gud i himlen tar det cool. Typ.

Hon svepte rocken runt sig och stötte till fotografiet på skrivbordet. Hon hörde fladdret över bordet och klirret när glaset gick i golvet. Om jag inte varit präst hade jag svurit nu, tänkte hon.

Ramen var hel och glaset satt kvar, sprucket. Hon lyfte upp bilden av sin dotter, plockade försiktigt bort glasbitarna och la ramen och fotot i den högra rockfickan. Hon tittade på klockan. Maria skulle vara hemma från dansen nu, hon skulle flänga in i hallen och kasta jackan mot galgen som kanske skulle fånga upp den. Fjorton krängande och knyckigt sprittande år; kängorna mitt i hallen, väskan bredvid och en svääääng höger in i köket, och om Hanne hade tur skulle flickan ha en sockerkaka på gång i ugnen... och ett kök som krävde rejäl rengöring. Hon gick snabbt uppför halvtrappan och ut i kvällen.

Lönnarna kring församlingens expedition fick en gräll ton i belysning från neonskyltarna på andra sidan gatan. Under de klara vinterkvällarna var de skarpa färgerna som tydligast, träden hade inte en chans.

Hanne gick över planen, ljuset från storstugans fönster kastade en kägel ut över stenplattorna och hon såg skuggorna därinne och två figurer som kom ut genom dörren och mumlade sig iväg åt andra hållet.

Soppköket hade blivit en succé och det var mycket bra, men samtidigt var det mycket skrämmande. Hon rös i vinden. De hade varit pionjärer. Det märktes eftersom de fattiga kom resande från hela stan, eller om de gick.

Kassarna hade också blivit en framgång. De hade tänkt en del på det innan. Förödmjukelsen... men vem tänker på sånt då? Vem tänker på sånt *då*? Gryn, mjölk, margarin, ägg, fem bananer i en kasse märkt "Favör". Ingen kunde se att det inte var inköpt för egna pengar.

Vi rör oss i ruiner, tänkte hon, eller det som ska bli ruiner. Det är en egendomlig känsla. Vi har haft nåt som var helt i det här landet och sedan slår vi det sönder och samman. Kriget kommer nu. Det har bara väntat på sin tur. Samtidigt försöker vi ge vård. Det är egendomligt, som en ond illusion.

Och det var fattigvård de gav här, nyfattigvård var det, tänkte hon, bakom ett anonymitetsskydd, och hon tänkte då på förmiddagens timmar i rummet på Skånegatan.

"Man vet ju aldrig vad man kommer att få se när man går uppför trapporna", hade den osannolikt unge polisen sagt. "Man förbereder sig så mycket det går men för sånt finns ju ingen förberedelse. Det här var det värsta, hur kan man jobba efter en sån här grej?"

"Har du nån att prata med hemma?"

"Min tjej."

"Har ni pratat om det?"

"Ja för fa.... visst."

"Behöver du svära så gör det", hade hon sagt.

Han hade tittat rakt på henne. Hans hår var rakt och ansiktet smalt. Han var lång men utan tyngd.

"Tack."

Hon hade väntat.

"Om det inte hade varit så jävla mycket blod", hade han sagt. "Om man kunde komma in och nån låg där med ansiktet mot väggen och det såg ut som om han sov och sen var det över för oss och man kunde åka ut igen och kolla efter stulna bilar. Det är det bästa, stulna bilar, när man ser en bil under Götaälvbrons fäste eller så och den ser ut att ha stått där sin tid och över den och vi kollar plåten och bilen är stulen."

"Är det där dom står?"

"Dom stulna kärrorna? Ja, rätt ofta, bortanför Shelltappen. Buset kör dom tills soppan sinar, fram och tillbaka mellan Nordstan och norra delarna, och antingen dör bilen på vägen eller så hamnar den under fundamentet eller uppe runt Rymdtorget eller nånstans på väg mot Agnesberg. Buset köper knarket inne på Femman."

"Är det där runt som dom stjäl bilarna också?"

"Tja... det är väl mest på Heden, och nere vid Danmarksterminalen, och vid Liseberg när det är säsong. Själv skulle jag akta mig jävligt noga för att ställa bilen på Heden en kväll om jag inte måste."

"Gäller det också polisbilen?"

Polisgrabben hade lett, flinat till nästan och då såg han mindre ut som en harkrank.

"Visst", hade han sagt.

"Så om jag vill gå på bio en kväll så ska jag inte ställa bilen på Heden?"

"Framför allt inte då. Dom jobbar alltid två och två, förstår du. När du kommer körande kollar dom in märket och är det nåt dom gillar så stannar en kvar vid bilen och den andre följer efter dig för att se vart du tar vägen, ända till biografen om det är aktuellt. Ser han att du köper en biljett och du hänger kvar utanför som om du väntar på att det ska börja så är det grönt."

"Då går han tillbaka och så bryter dom sig in och kör iväg?"

"Precis."

"Det var bra att du varnade mig för det här."

"Tack", hade polisgrabben sagt och skruvat på sig, nästan generad där i stolen.

Det hade rattlat till på fönstret. Det första regnet på länge.

"Nu är våren äntligen här", hade hon sagt.

"Tror du?"

"Jag tror alltid."

Polisgrabben hade lett igen. Det hade kvidit från lädret runt hans midja när han vridit sig i stolen.

Jag kommer inte att fråga honom hur det känns nu, hade hon tänkt.

Ingen hade sagt något. De hade lyssnat på trummandet mot fönsterrutan, en signal nere från gården, en siren långt bort som drog sig genom stan. Den hade hörts länge, den hade klippts av för att dra igång igen sekunderna efteråt.

"Brandkåren", hade pojken sagt, "jag tror det brinner uppåt Johanneberg."

"Kan du höra det?"

"Efter tre miljarder timmar i bilen runt stan lär man sig väder-strecken och stadsdelarna."

"Har det blivit så många timmar?"

"Nästan, tror jag."

"Spanarjobbet är inget för mig", hade han sagt efter en stund. "Det räcker med vad jag har sett av det som dom får ta hand om... efteråt."

Han hade tänkt på vad han sagt.

"Men när man tänker efter så är det ju alltid vi som kommer först."

"Och då är vi tillbaka där vi började", hade hon sagt.

"Men ändå inte riktigt."

"Nej."

"Jag mår lite bättre nu tror jag."

"En timme i övermorgon?"

"Ja, för fan", hade han sagt.

Svordomarna löser en del knutar för somliga, tänkte Hanne Öst-ergaard när hon svängde runt det gamla hemvanda hörnet och knirkade upp grinden till trädgården. Det lyste i köket och hon såg Maria med en handduk kring huvudet. Sockerkaka, tigerka-ka.

Winter satt på Ringmars skrivbord, kavajen sammanhållen med en knapp och det glänsande hölstret mot sidenskjortan. Bertil

Ringmar förstod att han själv aldrig skulle kunna sitta så, med en sådan elegans. Hans ben var för korta och han hade ingen riktigt dyr kostym och hans hölster glänste inte på samma sätt.

"Hur många samtal har vi haft med familjen i London?" frågade Erik Winter.

"Två eller tre."

"Det är det där brevet som nån skrev till honom."

"Ja."

"Han hade inte lämnat nåt till nån annan."

"Inte vad vi vet."

"Det finns nånting i det här vittnesprotokollet från förhöret med den där brevvännen... Geoff Hillier hade skrivit och berättat att han skulle komma och brevvännen... Petra Althoff heter hon va... hon hade skrivit direkt tillbaka", sa Winter. "Men han svarade aldrig."

"Nej", sa Ringmar.

"Borde han inte ha svarat? Det var ju så lång tid emellan."

Ringmar gjorde en gest med armarna. Vem kunde veta?

"Engelsmännen är snabba", sa Winter efter en kort stund.

"I England är det full fart från början", sa Ringmar, "se bara på deras fotboll."

"Dom har en kille som ringer rätt ofta till Malmströms, men det är nästan mest som en tröst", sa Winter.

"Mhm."

"Dom gör så", sa Winter, "family liason officer heter det."

"Aha."

"Kommissarien i gruppen utser en direkt när utredningen dras igång. En del gör så."

"Det är ju precis som du gjort", sa Ringmar.

"Du menar Janne? Det var nödvändigt."

Ringmar kommenterade det inte. Mobilen i hans bröstficka ringde och han tryckte på svarsknappen och mumlade sitt namn.

"Jag ska se om jag kan hitta honom", sa han och tittade på Winter och la telefonen på bordet och tecknade bort mot rummets hörn. Winter följde med.

"Det är din mor."

"Verkade hon nykter?"

"Lindrigt, tror jag."

"Vad vill hon?"

Ringmar ryckte på axlarna.

Winter gick tillbaka till skrivbordet och grep telefonen.

"Ja?"

"Eeerik!"

"Hej mor."

"Vi blev så oroliga."

"Jaha."

"Vi läste om det där nya mordet."

"Jag är lite upptagen just nu, mor. Var det nåt annat?"

"Lotta har ringt. Hon tycker att du kunde höra av dig till henne mer."

"Det kan hon säga till mig utan att ta omvägen över Spanien", sa Winter och himlade med ögonen i riktning mot Ringmar.

"Jag ska prata med henne", fortsatte Winter, "men jag måste gå nu."

Han tryckte av och lämnade över telefonen till Ringmar.

"Du ser hur jag har det", sa han.

Ringmar skrockade upp någonting ur strupen.

"Var har du din egen mobiltelefon?" frågade han sedan.

"På laddning i rummet."

"Mhm."

"Med hänvisning."

"Ja."

"Det är ena jävla tingestar egentligen", sa Winter, "jag har sett människorna stå mitt emot varandra på gatan och prata i varsin."

"Det är så dom moderna människorna håller varandra sällskap", sa Ringmar.

"Tänk om du plötsligt gick in i en annan tidszon, Bertil. Blixten slog ner två meter bort och den oerhörda kraften tog dig femhundra år tillbaka i tiden", sa Winter. "Du stod på samma plats men nu är det femhundra år före."

"Mhm."

"Lyssna här. Du står där och det är kallt och rått och tomt. Det enda du har fått med dig är din telefon. Du gömmer dig för några ryttare som kommer nere på vägen eller vad den ska kallas och du fattar att det här är en annan tid. Förstår du?"

"Jag förstår."

"Det enda man kan göra i den situationen är att bekämpa paniken. När den har lagt sig slår du telefonnumret hem på din mobiltelefon och då svarar Bodil! Din fru svarar. Förstår du, Bertil?"

"Jag förstår."

"Du står i medeltiden och du kan ringa hem. Det är väl en spännande tanke."

"Den är svindlande intressant."

"Den kunde dom göra film av."

"Får jag vara med då också?"

"Jag kan inte avgöra det", sa Winter. "Men sen kommer det bästa av allt, eller det värsta. En mobil drivs som vi alla vet med batteri och måste laddas om, vilket just nu sker på mitt rum. Men i medeltiden finns inga stickkontakter. Du står där och pratar och du vet att när batteriet är slut så är det slut. Då är kontakten bruten för alltid."

"Det är en ruskig historia."

11

JANNE MÖLLERSTRÖM JOBBADE över med förundersökningens databas, han gnodde sig i ögonen när flimret på skärmen blev till flytande glas.

När han var ledig kunde han knappt vänta tills morgonen. Ögonen var stela över frukostfilen men han längtade till sina elektroniska pärmar.

Det var hans första riktiga spaningsmord och han kände yrseln nästan genast när han vaknade efter en drömfylld natt, yrseln... det var som om han hängde i en fallskärm några centimeter över marken. Han svävade. Han njöt.

Ingen får ta detta ifrån mig, hade han tänkt när det gått rykten om att Birgersson funderat på Riksmordskommissionen, ett par dagar efter mordet på grabben från puben.

Insatsen hade varit massiv, som under Malinmordet, men då hade han inte varit med vid skärmen.

Tjugo man hade den här gången arbetat sig igenom området runt lägenheten, samlat ord ord ord och allt hade kommit till honom och han jobbade övertid med basen.

Winter hade gått in till Birgersson, och Möllerström visste inte om det gällde kommissionen men nåt mer hördes inte från rotelchefen.

Frågan hade kommit upp på gruppens möte i går morse. Fredrik Halders hade hört något och gjorde en grimas som bara lite svagt förändrade hans utseende: "Hellre äter jag skit."

Winter hade rivit av ett kort skratt, vilket var ovanligt för honom, särskilt under genomgångarna.

"Jag tror Fredrik sammanfattar gruppens inställning där", sa Winter.

"Stockholm är en fin stad", sa Aneta Djanali med en blick mot nordost, förbi Skövde och Katrineholm och vidare. "Trevliga människor, kulturella, öppna."

"Speciellt runt trakten av Flemingsberg", sa Halders.

"Stiger du alltid av där?" frågade Djanali. "Har ingen talat om för dig att tåget fortsätter?"

"Hellre äter jag skit", sa Halders.

"Din diet är lite ensidig", sa Aneta Djanali.

"Detsamma gäller din ironi."

"Ironi? Vem är ironisk?"

Winter prasslade diskret med några papper. Det blev omedelbart tyst.

"Vi fortsätter två och två, eller ni fortsätter två och två", sa han. "Aneta och Fredrik jobbar ihop i dag, det känns som den rätta dynamiken finns där. Ni andra kör som tidigare. Och jag vill prata med dig Lars efteråt."

Lars Bergenhem tittade upp. Han ser ut som en skolpojke, tänkte Winter.

"Vi har hittat nåt bra", sa Winter.

Bertil Ringmar nickade, släckte ljuset och slog igång diaprojektorn. Ringmar varvade bilderna från de två rummen, fram och tillbaka tre gånger och stannade sedan på bilden av rummet där det senaste mordet skett.

Polisfotografen hade använt vidvinkel, rummet buktade åt alla hörn.

"Det här är ju det... senaste", sa Winter och nickade mot Ringmar. Den äldre kommissarien klippte fram nästa bild, Jamie Robertsons överkropp, och Möllerström fick en känsla av... av skam, han skämdes som någon som tjuvkikar på det förbjudna.

"Ni ser dom rena axlarna", sa Winter och nickade. Bertil Ringmar tryckte på knappdosan i handen: en ny förstoring på den döde pojkens axel.

"Ser ni?" sa Winter och spejade ut i halvmörket. Ingen sa något. Han nickade åt Ringmar igen, nytt tryck och ytterligare en zoomning.

"Ser ni?"

Winter pekade med en käpp på den nakna huden, på något som skulle kunna vara ett stycke damm på duken. Det var först nu det syntes.

"Vad är det?" frågade Aneta Djanali.

"Det är blod", sa Winter och hon tyckte att det lyste i hans ögon, som från projektorn. "Det är blod, och det är inte pojkens."

Det var tyst i rummet. Aneta Djanali kände en frossa över kroppen och hon höjde handen för att hålla håret nere.

"Det var som jävulen", sa Halders.

"Inte pojkens blod", upprepade Bergenhem.

"När såg vi... du det här?" frågade Djanali med ögonen på sin chef.

"Nyss", sa Winter, "för ett par timmar sen när jag gick igenom bilderna igen i det skira och skarpa morgonljuset."

Han var här när det var beckmörkt, tänkte Djanali, när det var svartare än mitt skinn, när alla utom denna övermänniska sover.

"Fröberg ringde mig direkt när analysen var klar", sa Winter.

"Och det här är labbat och klart?" frågade Halders. "Jag menar det var en del blod om man säger."

"Hundraprocentigt", sa Winter.

"Går det att... använda?" frågade Bergenhem.

"Om det räcker? Det tror dom. Jobbet är igång i hundra knyck nu", sa Ringmar.

"Räcker till vad?" frågade Möllerström, "finns det inget att jämföra med i registren så står vi där."

"Det där är negativt tänkande", sa Bergenhem och såg på Möllerström som om han brutit en magisk stämning.

"Det är realistiskt", svarade Möllerström, "det är realistiskt att tänka så, så länge vi inte har ett databaserat DNA-register. In med alla när dom föds."

"Vi vet vad du tycker", sa Aneta Djanali.

"Låt oss nu glädjas åt detta genombrott i spaningarna", sa Halders.

"Vi vet alla vad detta kan betyda", sa Ringmar och Möllerström höll käften.

Ringmar hämtade teven och spelade videofilmerna från brottsplatserna, och de började diskutera rörelsemönster.

Det här är fruktansvärda filmer, tänkte Winter, det är som om vi ser det som mördaren ser nu, i detta *nu*, och jag är övertygad om att det har skett, att det har blivit film och att den filmen eller dom filmerna finns nånstans i en låda eller på en duk.

"Vi kan få ut nåt av det där", sa Winter när bilden höll sig kvar i golvet och fokuserade det ovala cirkelmönstret.

"Vi tror att det är en dans", sa Ringmar. "Det finns likheter mellan de båda rummen, som om den som gjorde det här uppträdde på samma sätt under och... efteråt."

"En dans", sa Bergenhem, "vadå för dans?"

"När vi vet det så vet vi mycket", sa Winter. "Sara Helander här har satt igång från och med i dag", fortsatte han och nickade mot kvinnan till höger om Halders. "Ja, ni känner ju Sara."

Kvinnan nickade. Hon var inkallad från personspaningsgruppen och jobbade gärna med Winter. Hon korsade benen, strök håret från vänster tinning och tittade som de andra på golvets mönster på teveskärmen.

"Är det foxtrot så kan vi ta honom vilken kväll som helst på King Creole", sa Halders.

Sara Helander vände sig mot honom.

"Vad menar du?" frågade hon torrt.

"Ingenting", sa Halders och tittade på den stora teveskärmen igen.

"Hur ska man få fram nåt?" frågade Bergenhem.

"Hur får man fram nånting från början i det här jobbet?" sa Sara Helander och Winter nickade åt henne. Hon var bra. Allt var omöjligt i en spaning ända tills det blev möjligt. En dans? Varför inte. Han hade skrivit upp vad skivan hette som låg i Robertsons cd-spelare. Han hade gett uppgiften till Sara. Det finns en film nånstans med ett ljud och det kan vara musik och nåt vid sidan som ingen vill höra utom de som... som... vill höra det, tänkte han lamt i skenet från skärmen.

"Vad säger dom i London om det här?" frågade Aneta Djanali.

"Jag har sökt spaningschefen där nu på morron men han var oanträffbar", sa Winter, "åtminstone under förmiddagen."

"Interpol då?" frågade Halders.

"Det är hög tid för direktkontakt", sa Winter.

*

Lars Bergenhem lyssnade och antecknade ibland. Winter stod kvar där han stått under mötet, Bergenhem satt på en stol bredvid.

"Försök vara så diskret som det går", sa Winter.

"Hur många finns det?" frågade Bergenhem men mest för sig själv.

Winter plockade på cigarillpaketet på bordet framför sig. Han hade dragit upp persiennerna och känt en stöt i ögonen. Ett gäng gymnasister korsade gatan på väg från Kristinelundsgymnasiet. Kanske ett studiebesök hos Lagen och Ordningen, ett besked om vad som förväntades av dom i livet; klassen hölls samman av en äldre man i täten, en fårad ledarhund framför ungdomarna, alla i samma ålder som dom döda pojkarna. Han blundade och kände trycket mellan ögonen igen.

"Okej?" sa Winter och vände sig inåt rummet.

"Har jag en vecka på mig?" frågade Bergenhem.

"Vi får väl se. Jag känner en kille du kan snacka med direkt."

I den tidiga kvällen hade han gått från sitt rum och åkt hem. Det var chefens privilegium. Han var hungrig och gjorde en omelett med tomater och två potatisar och tänkte kort på modern och fadern under den sol som lyst över tomaterna.

Winter kände en oro i kroppen, som en klåda. Han gick bort till cd-spelaren men blev stående. Han funderade på att öppna en öl men gav fan i det eftersom han nu bestämt sig för att dra på overallen och springa bort över Sprängkullsgatan och ta en runda i Slottsskogen. Han hade dragit en T-tröja över skallen när telefonen ringde. Det var en av hans kvinnor. Det var en bättre idé.

Angela kom och han grep henne omedelbart innanför dörren. I sängen lyfte han henne under sig i en böljande rörelse, han ville inte vänta. Det kändes ändå som långa minuter när hans kropp exploderade. Han kände sig underbart tom i huvudet.

"Du behövde det där", sa hon i rummets tystnad, när de båda låg platt på rygg.

"It takes two", sa Winter och telefonen på hennes sida ringde.

Hon vred sig över och han betraktade hennes vackra stjärt, kvinnokroppens sagolika bredd och rundning över höfterna.

"Hallå?" sa hon och lyssnade. "Ni får väl koppla igenom honom då."

Winter undrade hur hon vågade. Kanske var hon just nu hans fru.

"Yes he is here", sa hon och tittade över axeln.

"Det är en Detective Inspector som söker dig, från London. Mac-nånting."

12

Angela reste sig och gick mot duschen och Winter drog sig över sängen till luren som låg på bordet. Angela stängde dörren till sovrummet.

"Det här är Erik Winter."

"God afton. Steve Macdonald, kriminalkommissarie i London. Jag hoppas jag inte avbryter nånting."

"Inte nu längre. Bra att du hörde av dig. Jag ringde förut."

"Ja."

"Det är väl dags för... kontakt", sa Winter.

"Det är det. Jag fick ett försök till genom... ursäkta, jag pratar inte för fort?"

"Det går bra."

"Ni skandinaver pratar utmärkt engelska. Det är mer än man kan säga om oss i södra London."

Winter hörde duschen skvala. Snart skulle hon vara färdig därinne och på väg härifrån, som om det hänt i en rasande böljande dröm. Han kände den torra svetten i hårfästet.

"Din engelska är lätt att förstå", sa han.

"Säg till om det går för fort", upprepade Macdonald, "det är skotska blandad med cockney."

Vattenfallet i badrummet slutade. Winter satte sig upp, drog lakanet över könet som av något slags blygsel inför den främmande rösten från kollegan. Eller om jag bara fryser, tänkte Winter.

"Det är dags för en rejäl diskussion", sa Macdonald, "om modus operandi och annat. Det verkar nödvändigt nu."

"Ja."

"Jag har läst dina rapporter och det här sista får mig att undra om vi står på en scen eller nåt ditåt."

"En scen?"

"Här finns en avsikt."

"Gör det inte alltid det?"

"Det är för utstuderat det här. Vi har inte att göra med den vanliga gamle käre psykopaten här."

"Det här är en psykopat och nåt mer."

Winters sovrumsdörr öppnades försiktigt: Angela med höjd hand och en kyss i luften. Han nickade. Hon gick, han hörde ytterdörren slå igen och ljudet av kedjor när hon gick in i hissen.

"Vi har pratat en första gång med den... senaste grabbens föräldrar, eller mamman. Jamie Robertsons. Dom bor en bit utanför London", sa Macdonald.

"Jag vet", sa Winter.

"Jag hörde det", sa Macdonald. "Er man talar bra engelska, dom förstod honom direkt."

Winter såg Möllerström framför sig, ett tydligt uttal med betoning på alla stavelser. Varför har inte alla människor e-mail, hade Möllerström suckat efteråt. Är det lättare att skriva engelska? hade Halders frågat.

"Det är en underlig utredning", sa Macdonald efter en liten stund, "eller egentligen är det flera utredningar."

Winter sa ingenting, han väntade.

"Min chef har gett mig och min grupp heltid för det här. Naturligtvis."

"Detsamma här", sa Winter.

"Inget nytt om breven?"

"Vi har haft ett samtal med den... den förste pojkens brevvän här som du vet, men inget nytt där. Flickan märkte ingenting särskilt i hans sista brev till henne, förutom att han var glad åt att få komma till Göteborg. Och när det gäller det där brevet han skulle ha fått härifrån, från nån annan här i Sverige, så vet vi inget än. Flickan hade inte en aning."

"Att han inte hade brevet kvar är kanske inte så konstigt. När ni hittade honom."

"Inga nya vittnen som sett pojken Malmström?" frågade Winter, men mest för att han funderade på något annat... det var något Macdonald sagt nyss.

"Massor och inga alls. Jag vet inte hur det är hos er, men här är det alltid många människor som sett mycket. Att säga att telefonerna går varma är en underdrift."

"Inget konkret?"

"Inte just nu, men det där vet du ju allt om, kollega. Däremot har det inte varit nåt problem med att få hjälp av pressen med det här fallet. En vit europeisk pojke mördad i avskrädeshögarna söder om floden. Det är annat än alla svarta crackmord vi försöker lösa härnere. Försök komma med det till tidningarna", sa Macdonald. "Det skrivs mycket nu och då rings det mycket från allmänheten. Vilket är bra när man väl sorterat bort de tretusen knäppskallarna. Det här området som jag utreder mina mord i har tre miljoner invånare. Croydon är Englands tionde största stad."

"Göteborg är Sveriges näst största stad, och det betyder ungefär en halv miljon."

"Och inga svarta?"

"Jodå."

"Inte mycket knark att tala om."

"Mer och mer."

"Har du fått tidningarna jag skickade med diplomatposten?"

"Ja."

"Då ser du själv. Allmänheten känner sig manad att lösa fallet när The Sun kräver att utegångsförbud ska införas i Clapham tills mördaren är fast."

Winter funderade.

"Vad menade du med det du sa att vi stod på en scen?" frågade han.

"En scen?"

"Varför sa du så?"

"Jaaa,", svarade Macdonald, "det känns som om nån iakttar oss, som om nån befinner sig i bana över oss, utom räckhåll. Just nu."

"Jag har också känt så."

"Kanske är det stativet", sa Macdonald, "om det nu är ett filmstativ."

"Varför hade han ett stativ?"

"Det är en bra fråga."

Winter tänkte högt nu. "Han kanske ville ha händerna fria."

Macdonald var tyst.

"Det är i alla fall ett scenario", sa Winter.

"Det kanske till och med finns ett manus?"

"Behövdes det?"

"Alla behöver ett manus", sa Macdonald.

Mobiltelefonen ringde där den låg på sängbordet på andra sidan.

"Ett ögonblick", sa Winter till Macdonald och la ner telefonluren och vrängde sig över sängen.

"Ja?"

"Erik? Pia här. Vi har problem med det där främmande blodet på pojkens arm."

"Ja?"

"Nån har gjort ett misstag. Det har skett en sammanblandning, vilket är förskräckligt."

"Kan sånt hända?"

"Nej."

"Jag förstår", sa Winter men han visste inte om tonfallet fungerade hela vägen till labbet. "Jag ringer dig om en liten stund, jag håller på med ett annat samtal."

Han stängde mobilen och återvände till Macdonald.

"Ursäkta mig", sa Winter.

"Naturligtvis."

"Vi behöver prata om det här ordentligt, och det är saker jag måste se själv."

"När kommer du över?"

"Så fort jag får klartecken."

"För mig är det inga problem och inte för min chef heller. Det här är ett fall för direktkontakt mellan inblandade poliser."

"Jag hör av mig så fort det går", sa Winter och la på.

Everybody needs a script, hade Macdonald sagt. Vi är på en scen och nån som befinner sig utom räckhåll iakttar oss. Vi är en del av nåt. Vi gör hela tiden våra misstag. Det är så vi lär oss.

"Ambulanskillen", sa Pia E:son Fröberg.

"Vad i helvete är det du säger?!"

Hon hade tagit av sig rocken och stod blond och sval i sitt

långsmala kontor, papper och böcker var på väg att glida ner från hyllorna. Hon har börjat bära glasögon även när hon jobbar med dom som lägger märke till hennes utseende, hade Winter tänkt när de nyss mötts.

"Han hade ett dygnsgammalt sår på handleden i glipan ovanför handsken", sa hon, "skinnet var bart just där."

"Det var det jävligaste."

"Sen skrapade han sig på dörrposten när de kom in i rummet med båren och blodet hamnade på pojkens arm när de svepte honom."

"En droppe", sa Winter, "en droppe som jag glatt mig så åt."

"Egentligen ska du tacka mig, Erik", sa hon, "det tar lika mycket tid att eliminera en misstanke som att finna saker att glädja sig åt."

"Förlåt."

"Tack."

"Ni har alltså kollat alla."

"Så långt det har varit möjligt", sa hon.

"Och jag som trodde att vi bara behövde en starkt misstänkt nu."

"Vad har hänt med alla goda förhörsledare?"

Winter tänkte på Gabriel Cohen som utsetts dagen efter det att utredningen stormade igång. Cohen gjorde som Winter, läste papper efter papper som klämdes ut ur Möllerströms laserprinter, väntade, förberedde.

"Cohen är beredd", sa Winter.

"Läkarvetenskapen kan inte alltid vara räddningen", sa Pia Fröberg.

"Får jag bjuda dig på middag i kväll?"

"Nej."

Hon log och sträckte sig efter rocken över stolsryggen, brösten spände under blusen.

"Min man har kommit hem igen."

"Jag trodde det var över."

"Det trodde jag också."

Winter sa ingenting mer, höjde handen till hälsning och gick ut ur rummet. En bår rullades förbi honom, någon sa några ord.

*

Solen var borta sedan dagar. Den hade ersatts av ett djupt lager
väta som svepts kring stadens gator och hus. Det hade snöat de
senaste två nätterna, bara på nätterna, och Winter valde sina steg
på trottoaren. Den var ett mönster av tusen fotavtryck, kanske
från *honom,* tänkte Winter, kanske följer han efter mig vart jag går.
Han har stått här utanför och väntat och sedan gått iväg, mot det
håll jag nu går.

Det var som om det tidigare högtrycket skärpt honom med
sina vassa strålar, med sin rena kyla. Men den förbannade fukten
trängde in i hans huvud nu, lågtrycket drog iväg med hans tankar.

Jag går runt, tänkte han, utredningen går hela tiden framåt men
själv går jag runt. Jag ser mig inte om, jag kan gå i tio minuter till
och plötsligt vet jag inte längre vilken gata jag går på och blir
tvungen att lyfta huvet och se mig omkring. Det ska jag inte
behöva, jag kan dom här gatorna, jag har vandrat dom i fjorton år
i tjänsten och oräkneliga år före det.

Avenyn buktade nedanför honom, han stod utanför Stadsbibli-
oteket och såg gatan blekna i fukten borta vid Kungsportsplatsen.
De breda trottoarerna var nästan öde, lunchtimman var över, tio
personer eller så rörde sig längs avenyn. Några väntade på buss
eller spårvagn. Snö började falla, tung och fylld med regnvatten.
Våren hade viskat någonting igen för en vecka sedan, men nu
hade alla glömt vad det var.

Winter gick promenaden över Heden. Han hörde ett skrik
bakom sig och vände sig om. En kvinna kom springande över
Södra vägen med armen höjd som till hälsning och med ett an-
geläget uttryck i ansiktet. Benen långa och lysande mot omgiv-
ningen. Nu skrek hon, igen, högre, eller om det bara lät så efter-
som hon kommit närmare: "MIN BIL."

Hon passerade Winter med armen utsträckt. Han såg en vit
Opel Omega köra runt hörnet vid Exercishuset och fräsa iväg
mot Gamla Ullevi. Hennes bil.

Dom gjorde ett misstag men det hjälper henne inte just nu,
tänkte Winter och gick snabbt fram till kvinnan.

"Bilnumret", sa han, mobiltelefonen i handen.

"Va?"

"Ditt bilnummer. Jag är polis", sa Winter och pekade på sin telefon som vore den en identifikationsbricka.

"Ja... jag vet inte", sa hon. "Det är min bror som bru..."

"Första siffran?" avbröt Winter. "Ta det lugnt."

"Det är sex... och sen fyra, tror jag", sa kvinnan.

Winter hade slagit numret till centralen.

"Det här är kriminalkommissarie Erik Winter på spaningsroteln. Jag har just blivit vittne till en bilstöld. Precis ja. För... en minut sen svängde en vit Opel Omega, 93 eller 94, ut från Heden och mot öster. Bör vara i höjd med Gårda nu. Ja. Just det. Sex och sen fyra, tror vi. Det är vad ägaren vet. Bra."

Winter vände sig till kvinnan.

"Vi gör vad vi kan", sa han, "larmet har gått ut till patrullbilarna."

"Åh Gud."

"Dom tar den nog."

"Jag skulle träffa en väninna på Rubinen men glömde telefonen i bilen, jag upptäckte det efter tio minuter eller så, och när jag kom därborta så såg jag den svänga ut. Jag såg det direkt, att det var den, det är ju inte så många bilar här nu."

"Vad är det för nummer?" frågade Winter.

"Jag vet inte, har ja..."

"Till mobilen."

"07 08 31 24 35."

Fan hade flugit i Winter. Han slog numret och väntade på svar. Kanske, tänkte han. Kanske kan dom arroganta jävlarna inte låta bli.

Det här är nästan som att ringa till medeltiden, tänkte han och väntade.

"Okej, okej, hallå."

"Är det här inuti en vit Opel Omega?" frågade Winter.

Inget svar, bara ett brus som inifrån ett sågverk.

"Inuti en vit stulen Opel?"

"Vem undrar?"

"Det här är polisen. Vi vet var ni är. Jag föreslår att ni kör in till vägkanten och stannar där."

"Vi är på motorvägen."

"Kör in på nästa avfart då. Vilken är det?"

Winter hörde bruset genom luren, bilen på väg i hundratjugo mot ingenstans.

"Du visste ju var vi var, snut!"

"Ta det nu lugnt så inget händer, ställ bara bilen efter avfarten och gå därifrån om ni vill."

"Vi vill inte gå", sa rösten och Winter tyckte att det lät som ett skämt. Nu hörde han sirenerna, starkare, biltjuven sa något men han kunde inte höra vad. Sedan bröts förbindelsen.

"Det lät som dom är fast", sa han.

"Var det där så smart?" sa kvinnan. Hon hade lugnat sig, andningen var återhämtad. Hennes ansikte var rött och friskt, en joggingrunda från Rubinen till centrala Heden. Höga klackar dessutom. Bra gjort.

"Jag kunde inte låta bli."

"Är du verkligen polis?" frågade kvinnan. Hon var i hans egen ålder, kanske lite yngre, men han var inte bra på sånt. Hon var lång, en och åtti. Bara halva huvudet kortare än han.

"Kriminalpolis", sa han, "det är också en sorts polis."

Han visade henne legitimationen.

"Tänk om det hänt en olycka bara för att du ringde så där?"

"Det hade varit mycket tråkigt."

Kvinnan tittade honom i ögonen.

"Vad händer nu", sa hon.

Winter ringde igen, fick information, sa ett par ord.

"Bilen är oskadd och det är alla andra också. Det kommer en patrullbil om några minuter och hämtar upp dig och kör dig till Olskroksmotet."

"Där står den alltså?"

"Ja."

"Vilket äventyr." Kvinnan log mot honom.

"Sånt är livet. Här kommer taxin förresten."

Polisbilen stannade vid parkeringsautomaterna.

"Ja... tack då inspektörn", sa kvinnan.

"Kommissarien", sa Winter.

"Tack ändå", sa hon och log igen. Hon grävde i handväskan, tog fram en plånbok, hittade ett visitkort och strök med en kulspetspenna under ett av telefonnumren på kortet. "Jobbet", sa hon och stack kortet i hans hand. Han kände hur det plötsligt spjärnade i underlivet, blodet i rörelse. Han såg henne vända om, svänga sig bort till snutbilen, glida in baksätet med en smidig rörelse och en vinkning till honom.

Han stoppade kortet i kavajens innerficka utan att titta på det och fortsatte över Heden. Det hade börjat snöa kraftigare, men det var ett snällt snöfall.

Han kände sig vass, klar, kåt, som lyft över alla hinder. Jag ska ta den fan, tänkte han.

13

De hade bestämt sig för hur stort område som skulle dammsugas. Ett polisarbete. Det var bara att bestämma sig: dom husen och dom husen och dom trappuppgångarna, och det betydde att *alla* som bodde där skulle höras, oavsett hur ohygglig dialekten var, eller lukten av vitlök, eller bristen på hygien; sånt som vi i det här landet menar med hygien, flinade en av de unga spanarna som nyss gått ut Polishögskolan med cynismen i behåll. Redan en släng av rasism, den skulle djupna och breddas och Winter gav 25-åringen ögat och la hans namn på minnet: ingenting för mig, jag är långt ifrån politiskt korrekt men såna små skitar vill jag inte ha.

Jamie Robertson hade dött på femte våningen med Chalmersgatan nedanför och Winter tänkte kort på det eventuella sambandet med studenthemmet kilometrar därifrån. Antingen fanns det ett sånt eller så fanns det inte.

Det var tunga hus i den här delen av stan, förankrade i varandra och massiva som en berghäll skapad för miljoner år sedan. Poliserna rörde sig upp och ner, ringde på dörrarna, ett mummel av röster, minnen, sånt som ingen tänkt på då och inte kunde minnas nu.

Lasse Malmström hade tagit på sig kostymen i tre dagar och gått till jobbet de dagarna, och på eftermiddagen den tredje dagen hade allting hunnit ifatt honom.

Det var inte bara kroppen efter hans son som kom med planet den där eftermiddagen.

Tiden kändes som byggd av sten. Han hade tänkt fruktansvärda tankar.Vid touchdown hade han för en sekund hoppats att en av vingarna skulle vrida sig och att he...

Ingenting efter det. Inget jobb, inga kostymer, en tystnad runt honom och nästan ingenting som han ville minnas. Han visste ingenting längre. Han ville vara inom sig själv.

Jag vill inte säga att jag vet hur plågsamt det här är, men det är nödvändigt, tänkte Winter.

Rummet var upplyst av förmiddagen. Lasse Malmström sökte tystnad men inte mörker. Han var orakad och det gav ett större djup åt linjerna i hans ansikte. Han strök sig oavbrutet över hakan. Det var det enda ljud som hördes, som ett filande på någonting, eller ett rafsande i löv som hållit sig torra under skydd hela vintern.

"Vad är det som händer", sa han.

"Är det nåt särskilt du menar?" frågade Winter.

Lasse Malmström sa ingenting, han föll tillbaka i tystnaden, handen i rörelse över nedre delen av ansiktet.

"Jag läste tidningarna tills för tvåhundra år sen", sa han, "ända tills Per kom... hem."

"Det kan finnas många orsaker till att två pojkar dödats här i Göteborg ungefär samtidigt som detta med... Per", sa Winter.

"Orsaker?"

"Jag menar syften, vansinniga syften, galenskaper. Allt sånt, Lasse."

"Jag vet inte om jag ska känna hopp eller förtvivlan inför detta."

"Hur menar du?"

"Eftersom det har hänt betyder det att fler jobbar med det, fler poliser på fler platser, och det kan vara bra oavsett om det finns ett samband eller inte."

Winter sa ingenting.

"När fler blir... dödade betyder det att man sätter in mer... kraft, att det kan leda till att den som... som dödade Per kan tas eller fångas eller vad fan man ska kalla det."

"Det kanske är så."

"Jag vet inte, nu pratar jag om ett samband här, förutsätter det, och det vet jag inget om och så kan det ju vara med er också."

"Vi arbetar på det samtidigt som vi tittar åt alla andra håll."

"Du håller mig väl informerad?" sa Lasse Malmström och titta-de rakt in i Winters ögon.

"Naturligtvis."

"Det är inte bara som du säger?"

"Oavsett vad fan som helst skulle jag hålla dig informerad, det är så vi alltid gör och jag tänker inte göra nåt undantag här."

"Bra."

"Det är inte så att vi sitter och tittar på kollegan och hoppas att han eller hon ska få en bra idé. Vi har bra idéer hela tiden, vi har ett bra system som vi följer, vi hinner inte sucka över att ingen-ting händer."

"Okej."

"Vi rör oss framåt hela tiden. Hela tiden, Lasse. I verkligheten står det aldrig still i en utredning. Det är tvärtom. Vi hinner inte med."

"Okej."

Det är ju sant, tänkte Winter, det är inte bara som jag säger. Han lyssnar. Han hör den där hunden utanför som skäller på hela värl-den. Han har tagit bort sin jävla hand från hakan nu. Jag ställer frågan nu.

"Det är en annan sak, Lasse."

"Ja?"

"Du vet att vi försöker få fram vad vi kan om Pers... bakgrund och vänner och flickvänner och allt sånt."

"Ja."

"Sånt", sa Erik Winter igen som om han tog sats. "Vi pratade med hans flickvän men det var inte riktigt så."

"Va?"

"Det var inte hans flickvän."

"Nu hänger jag inte med här, Erik."

"Du har sagt, eller om det var Karin, att den här flickan var Pers flickvän, men när vi pratade med henne så var det inte rik-tigt så."

"Nej vafan, dom hade väl gjort slut då."

"Snarare hade dom inte varit ihop... på riktigt."

"Är det du eller jag som håller på att anlägga skägg här och har svårt att prata? Säger du att dom var 'bara vänner' liksom eller att Per aldrig kom sig för att knulla den där tjejen?"

Winter dröjde med svaret.

"Va? Svara mig?!"

"Det där sistnämnda", sa Winter till sist.

"Han knullade henne aldrig alltså, det är sånt du menar med att hålla mig informerad?"

Winter började säga någonting men blev avbruten.

"Är det här nån slags ultramodern förhörsteknik, kommissarien?"

"Lasse.Vi behöver få veta allt vi kan få fram om bakgrund och sånt. Det är nödvändigt för arbetet. Det ger oss svar, som vi kan arbeta vidare med."

"Vilka jävla svar?"

"Vi behöver veta så mycket som möjligt om Pers... intressen."

"Som om min son var bög?"

"Var han det?"

Lasse Malmström svarade inte, flydde undan med blicken, drog handen över hakan.

"Jag vill att du går härifrån", sa han.

"Ta dig samman, Lasse."

"Du frågar mig om min son var pederast, och sen ber du mig att ta mig samman?"

"Jag vet ingenting om dins sons sexuella läggning. Det är därför jag frågar."

Lasse Malmström var tyst, han hade lutat kroppen över bordet och nu lyfte han på huvudet.

"Det är därför jag frågar", upprepade Winter.

Malmström sa någonting men Winter kunde inte uppfatta det.

"Förlåt? Jag hörde inte vad du sa."

"Vid Gud om jag vet..."

Winter väntade på fortsättningen.

"Jag är alldeles ärlig när jag säger att jag inte vet. Även om det inte var så många tjejer vad jag förstått sen puberteten så har jag inte tänkt så mycket på det. Jag var själv rätt... sen."

Hunden utanför skällde fortfarande, som om den inte kunde sluta innan Lasse Malmström plågats färdigt. Det är inte hans hund men den känner en sympati med honom, tänkte Winter.

"Har du frågat Karin?" sa Lasse Malmström.

"Inte än."

"Fråga henne."

Det blev tyst utanför, som om hunden blivit utmattad.

"Det är viktigt för oss att få veta", sa Winter, "det är mycket viktigt."

"Jag ljuger inte, även om jag visste att min pojke var bög så skulle jag inte ljuga."

Hur skulle han ha reagerat om Per varit i livet och avslöjat att han var homosexuell, tänkte Winter och såg Mats framför sig: så tunn det sista året, genomskinlig, fylld av febriga drömmar.

"Det är ingen som dömer nån här", sa han.

"Det skulle väl vara jag då", sa Lasse Malmström.

"Nej."

"Jag är ingen böghatare, men det kom lite plötsligt."

"Vi vet ingenting och det är sant, men vi måste få veta. Om det går."

"Du får prata med Karin, och med hans... kompisar. Ska ni leta igenom hans rum en gång till för det här?"

"Nej."

När Winter kom ut tittade han bort mot huset som hans syster bodde i, där han till dels vuxit upp och dit han hade återvänt ibland. Lotta hade skilt sig och därefter blivit lite väl neurotisk för att vara allmänläkare. Det hade blivit bättre när hon köpte huset efter mor och far och flyttat tillbaka med barnen.

Ingen hemma nu. Jag ringer i kväll, tänkte han.

14

Winter passerade killen under filten, en rörelse bakom täckelset och ett ansikte som lyste vitt i skymningsljuset.

Killen satt här i långa pass, en tresträngad gitarr stod lutad mot fasaden bakom honom. Winter hade aldrig hört en ton. Ett par av de senaste kvällarna hade han stått uppe i våningen och sett killen sitta där på andra sidan parken, en ömklig syn.

Winter hade varit polis tillräckligt länge för att önska det där paketet in i en värmeugn. En bra lösning: slut på kylan för killen, och den blöta fläcken på trottoaren skulle torka tills det blev sommar och grönt och vackert i staden. En annan sida av honom, kanske var det den civila, hade i förrgår fått honom att lyfta upp killen och se till att han kom till akuten. Någon Winter kände hade väntat två timmar medan vaktmästarna kom och gick i kulvertarna under Sahlgrenska.

Följande eftermiddag var killen tillbaka bakom spårvagnshållplatsen. Hade han suttit där när den herrelösa vagnen kom störtande nedför Aschebergsgatan och krossade människorna? Det var en dag i mars. Livet var över på ett ögonblick. Winter hade dröjt sig hemma en timme längre än vanligt den morgonen med en elak influensa. Han hade hört vrålen och skriken från kollisionen därnere, han förstod vad som hänt innan han tittat ut, och han var en av de många som ringde larmet direkt.

Han hade sprungit ner och dragit hjälplöst i metalldelar, som alla andra. Han glömde aldrig kvinnan som stått kvar till kvällen och väntat på att tillräckligt mycket skrot skulle lyftas bort från hennes döde son.

Den här gången mumlade killen något och Winter stannade, han lutade sig över byltet och lyssnade. Ett mummel till, otydligt och svävande, men det lät som "några kroner", och Winter rätade på sig och gick därifrån.

Hallen var mörk och sval, ett blekt stråk ljus från våningens andra rum. Han vred av kängorna och plockade upp posten från golvet: ett cirkulärbrev från Mercedes om nya modeller, nya numret av Polistidningen, två vykort från flickvänner som åkt till Thailand respektive Kanarieöarna, ett besked om böcker som fanns att hämta på postkontoret på Avenyn, ett brev med spanskt frimärke, han kände igen sin mors målmedvetna handstil och en liten röd stjärna i kuvertets högra hörn som kunde vara allt möjligt men som troligen var en droppe torkat rött vin.

Winter bar med sig posthögen till köket och la den på bordet. Han lyfte de två plastkassarna han burit med sig från Saluhallen och ställde dem på diskbänken. Han tog fram inköpen: en bit hälleflundra, en äggplanta, en gul paprika, en zucchini, några tomater och ett hekto kalamataoliver och ett par knippor färsk timjan och basilika.

Han skivade äggplantan, la skivorna på en bricka och strödde salt över. Han kärnade ur några oliver. Därefter hällde han lite olivolja i en ugnsäker form, satte på ugnen och skar paprikan, tomaterna och zucchinin i skivor. Winter pressade vätska ur äggplantan och stekte sedan skivorna i en stor stekpanna. Han placerade alla grönsaker i taktegelform tillsammans med skivad vitlök och oliverna, klippte örtkryddor över, hällde på lite mer olivolja och vred några tag med pepparkvarnen. Han satte in fatet i ugnen tillsammans med några halverade potatisar strödda med havssalt. Efter en kvart la han fisken ovanpå grönsakerna.

Han åt sin middag i det stora rummet med fönster ut mot staden, under tystnad och utan någon bok framför sig. Han drack en halv flaska Ramlösa. Jag borde laga min egen mat oftare, tänkte han. Det lugnar mig. Tvivlaren som bor i mig håller sig undan. Jag blir stilla, jag tänker inte på hur man håller ihop fasaden med det som finns innanför.

Winter log och reste sig. Han bar tallrik och glas genom hallen och hörde hissen flämta sig upp till hans våningsplan. Han hörde hissdörren öppnas och stängas och strax därefter ljudet av sin egen dörrsignal. Winter såg på sin armbandsklocka. Den visade tjugoett prick.

Han gick ut i köket, ställde ifrån sig, gick tillbaka till hallen och öppnade. Det var Bolger.

"Inte för sent, hoppas jag?"

"Kom in, grabben."

Johan Bolger klev över tröskeln, drog skinnjackan av sig och sparkade av kängorna.

"Vill du ha lite kaffe?" frågade Winter.

"Gärna det."

De gick ut i köket, Bolger satte sig vid bordet. Winter gjorde i ordning espressobryggaren.

"Så att vi garanterat inte kan sova i natt", sa han.

"Inte för att jag har nåt som gör dig sömnig precis", sa Bolger, "eller sömnlös för den delen."

"Ändå kom du hit."

"Tja..."

"Det var ett tag sen du var här."

"Jag kommer faktiskt inte ihåg. Jag var väl inte nykter."

"Du var förbannad för nåt."

"Alltid ska..."

"Va? Du borde snacka med din tandläkare."

Bolger flinade.

"Tänderna verkar vara i vägen för orden", fortsatte Winter.

Han hällde kaffet i små koppar, ställde dem på bordet, hämtade bryggaren och satte sig mitt emot Bolger. Han ser ut att vara på alerten, tänkte han. Vi har känt varandra sen gymnasiet och han ser inte ut att vara mycket äldre nu än då, om man inte tittar för nära.

"Vad har du hört?" frågade Winter.

"Det verkade vara en populär kille, men det gäller väl många bartendrar."

"Åtminstone i början av kvällen."

Bolger drack av kaffet och gjorde en grimas.

"Det smakar som smält asfalt."

"Bra."

"Är det meningen att man ska tugga det?"

"Ja."

"Populär, som sagt, men det är ju så med dom som jobbar på pubarna och klubbarna... alltid omgivna av folk som väl inte kan kallas vänner direkt."

"Mhm."

"Dom är vad man kan kalla ytliga kontakter."

"Killen Robertson måste väl ha haft några vänner utöver det."

"Ett par pojkvänner", sa Bolger och drack, utan att grimasera den här gången.

"Det är så?"

"Det är vad dom säger. Eller Douglas, som driver stället. Inget han kan bevisa eller så, men... tja... sånt märks väl. Han hade ett par namn, jag har dom här om du behöver dom."

Han tog fram plånboken, drog ut ett papper och gav det till Winter.

"Tack."

"Killar i samma ålder vad jag förstår."

"Mhm."

"Antagligen bögar."

"Ja."

"Vet inte om dom är den våldsamma typen."

Winter svarade inte. Han läste namnen på papperet och stoppade det sedan i bröstfickan.

"Hur har det här annars påverkat folk i branschen?" frågade han sedan han druckit av kaffet. Det *var* starkt, som en besk medicin man sväljer frivilligt och egentligen utan att veta varför.

"Lite störigt förstås, men inget man tar vid sig av direkt."

"Nej."

"Det var väl knappast för att han var bartender som... som det hände?"

"Nej."

"En feldoserad Lumumba. Offret grubblade och grubblade över skymfen och utförde till slut sin hämnd."

"Det är kanske bra att man inte är i restaurangbranschen", sa Winter.

"Eller en martini som inte var tillräckligt torr, eller skakad i stället för rörd."

Winter rörde just nu i sin kaffekopp. Det är nästan som om

skeden kan stå rakt upp i det här, tänkte han.

"Hos mig får isen bara ligga till sig lite i vermouthen och sen häller vi bort den och lägger isen i ginet", fortsatte Bolger.

"Nån skulle kunna kalla det snålhet", sa Winter.

"Våra gäster kallar det stil."

Han såg ut som om han tänkte på någonting annat.

Han har alltid haft ett ansikte som passar dåligt för poker, tänkte Winter. Eller om det passar perfekt.

"Tror du att det här kan ha gjorts av nån inom branschen?" frågade Bolger.

"Du vet att jag aldrig tror", sa Winter.

"Men det är ju möjligt."

"Allting är möjligt och det komplicerar saker, eller hur?"

"Vill du att jag ska fråga runt lite mer?"

"Javisst. All hjälp tas tacksamt emot."

"Douglas sa nåt om att han hade sett ett nytt ansikte rätt många gånger den senaste tiden på puben."

Winter rätade på den långa ryggen.

"Han sa att när ett nytt ansikte kommer tillbaka så lägger man ibland märke till det."

"Det kanske är så."

"När man jobbar så är det svårt att minnas hela sällskap, men om nån kommer ensam tillräckligt ofta så kanske det fastnar."

"Var det nåt speciellt med den här?"

"Han sa inte så mycket mer."

"Jag har inte sett nåt om det här i våra vittnesutskrifter, jag läser allt, men det här har jag inte läst att Douglas sa när vi pratade med honom."

"Du får väl prata med honom själv."

"Ja."

"Lite roadwork för chefen."

Winter sträckte sig efter bryggaren.

"Mer kaffe?"

15

DET FANNS MER än ett tillfälle när Lars Bergenhem funderade över varför dom plockade upp honom till länskriminalen. Eller ner, beroende på hur man såg det. Han hade inte fått välja, eller om han hade gjort det: dom hade redan vetat vad det var han ville göra. Han ville inte till narkotikaroteln, eller utredning, eller till den tekniska roteln, inte till ekonomiska eller utlänning. Tack alla gudar av olika sort för att jag inte hamnat på utlänningsroteln, tänkte han.

När det gällde spaningsroteln hade dom gjort ett gott val åt honom, det valet han skulle gjort själv om han fått en chans. Han hamnade på våld när han kunde ha hamnat på stöld. Våld var gripbart och konkret, klart och utrett innan näsblodet torkade på grabbarna i arresten. Det var smutsigt men oftast självklart, utfört av dessa som kunde rå på varandra i ett slags bisarr jämvikt.

Det var när våldet riktades uppifrån och ner som han fick problem med yrkesrollen. När styrkan fördelades ojämnt. När barn lyftes upp på bårar och kördes iväg till livslånga handikapp. Och då tänkte han bara på de fysiska skadorna, dom som var för alltid. Treåriga flickor som förlorat synen, sexåriga grabbar som spelat fotboll ena dagen och fått benen krossade av pappa den andra.

Han tänkte inte bli hårdhudad. Han ville bli tvärtom, han tänkte på det. Han ville bli en riddare, med oddsen emot sig.

Det var verkligt. Våldet var verkligt. Det var konkret och gripbart, men han gömde ansiktet i Martinas hår så länge att han knappt kunde andas längre. Varför kan inte människor vara snälla, hade han sagt till sin fru. De hade varit gifta i ett år och om en månad skulle Klumpen komma och ljuden skulle bli annorlunda härinne. Klumpen skulle spela fotboll så fort det gick. Bergenhem skulle vara målvakt. Han skulle vara snäll.

Kriminalare så gott som direkt efter Polishögskolan. Han hade känt sig rätt nollställd då, som om han fått ett slags utmärkelse men inte förstått riktigt varför. Han hade varit ett *ämne,* som nån sa. Ämne till vad? Var han för tillfället bara en potatisgrodd? Hade han varit en grodd det här första året på enheten?

Han hade känt sig så ensam den första tiden. Han hade varit lite tillbakadragen redan på skolan, och det blev inte bättre bland de 40 på spaningsroteln, eller de 30 som inte var i personspaning. Bergenhem förstod inte riktigt varför han var kvar i Winters kärngrupp när utredningarna drog ut på tiden.

Den här hade inte planat ut, den kanske aldrig skulle göra det, men Bergenhem hade ett uppdrag och han visste att han skulle vara kvar tills det hände något. Det hände alltid något. Det var Winters kungsord. Ingenting stod stilla, möjligen flöt allt, men hellre ett *panta rei* än ett stillastående där allt ruttnade till slut.

Ensamheten. Han var inte mycket för jargong och han var inte tillräckligt cynisk för att lära sig den, inte än i alla fall. Han kunde inte skratta bort scenerna. Kanske var han tråkig?

Han hade märkt att Winter sällan skrattade. Winter var inte tråkig och han skrattade inte på fel ställen, som Halders kunde göra, eller till och med Ringmar nån sällsynt gång.

Lars Bergenhem beundrade Winter, han ville bli som han, men han trodde inte att det skulle ske.

Det var inte Winters stil, hans elegans eller vad det skulle kallas. Sånt var annars yta men inte på Winter... men det var inte det.

Det var hans hårdhet. Bergenhem hade uppfattat den där hårdheten som en näve av järn i en handske av ull. Det var en hård cirkel kring Winter när han arbetade, en koncentration.

Ansiktet rörde sig men rörelsen nådde aldrig ögonen. Bergenhem visste inte hur Winter var när han inte arbetade. Kanske var han en mjukare människa.

Det gick historier om hans kvinnor, att han släppte på trycket tillsammans med dem. Att han en gång haft ett rykte som skulle varit mycket dåligt om han varit kvinna. Sedan hade det varit tystare och Bergenhem hade bara hört gamla historier sedan han började. Kanske Winter blivit mer diskret eller så hade han lugnat ner sig. Bergenhem gav fan i vilket. Det var inte sånt han tänkte på när han tänkte på Winter.

Var är jag om tolv tretton år? Han drog in doften från Martinas hår. Ligger jag på samma sätt med samma tankar om det som händer runtomkring? Somliga går i trasiga skor. Hur många fler blir det om tolv eller tretton år?

"Vad tänker du på?"

Martina vred sig åt höger, lite klumpigt, hon tog stöd med högerhanden och lyfte benen. Han strök över Klumpen. Martinas mage stod ut som en trubbig kil, eller som en sån där kon lagen använde när dom tränade fotboll. Han spelade inte fotboll längre, och tränaren hade sagt att han hoppades, för Bergenhems skull, att det inte skulle bli några fler allvarliga misstag i den före detta spelarens liv.

"Inget särskilt", sa han.

"Berätta ändå", sa hon.

"Somliga går i trasiga skor."

"Vad menar du med det?"

"Bara det. Somliga går i trasiga skor. Det var så jag tänkte."

"Det låter som en sång eller så."

"Jag tror det är en sång av nån trubadur från forntiden. Men jag har hört låten med Eldkvarn, tror jag. Vreeswijk... Vreeswijk heter han, trubaduren. Eller hette. Jag tror han är död."

"Somliga går i trasiga skor."

"Ja."

"Det är en bra titel."

"Mhm."

"Man kan se dom framför sig. Dom som går i trasiga skor."

"Just nu?"

"Det finns ju en och annan", sa hon och gjorde en obestämd gest ut mot rummet, eller kanske mot staden nedanför berget.

"Tänker du på det?"

"Inte särskilt mycket och inte den senaste tiden om jag är är- lig", sa hon och strök med handen över magen. "Där!"

"Vad?"

"Lägg handen där. Nej där. Känner du?"

Han kände, först var där ingenting och sedan: en rörelse, eller känslan av den.

"Känner du?" upprepade hon.

"Jag tror det."

"Hur känns det?" Hon la sin hand ovanpå hans.

"Jag vet inte om det går att beskriva", sa han. "Ge mig ett par timmar så kanske jag kommer på nåt."

"Det säger du varje gång."

"I kväll kommer jag på nåt."

Hon sa ingenting, hon blundade med handen kvar över hans hand och sin mage, och han kände ett sprittande igen därinne.

De låg så ända tills äggklockan smattrade ute på spishyllan.

"Potatisen", sa hon men utan att röra sig.

"Skiter jag i", sa han och log.

Tycker du jag är för mjuk för det här jobbet?" sa han när de åt.

"Att det verkar som om jag inte pallar?"

"Nej."

"Säg vad du tycker."

"Hur ska jag kunna säga att jag tycker att du är för mjuk, Lars? Ju mjukare desto bättre."

"För jobbet?"

"Va?"

"För mjuk för jobbet?"

"Det är väl bra."

"Att vara för mjuk?"

"Det är väl ett sånt jobb där man blir hård för fort, och det måste väl vara värre."

"Jag vet inte. Ibland känns det som om jag inte kan ta mig igenom dan eller veckan", sa han. "Det kanske är för att det är nytt."

"Håll kvar vid det där tvivlet."

"Va?"

"Du får inte bli styv och hård", sa hon.

"Då är det bättre att vara mjuk?"

"Då är det mycket bättre att vara mjuk som en överkokt sparris."

"Men ibland är jag väl ändå som en okokt sparris?" sa han.

"Hurdå?"

"Styv och hård."

"Skulle du vara styv och hård?"

"Jag pratar inte om hela mig."

"Skulle *den* vara styv och hård?"

"Vilken då?"

"Den", sa hon och pekade på hans överarm och sträckte sig sedan över bordet och kände på hans triceps. "Kokt sparris."

"Jag pratar inte om nånting ovanför midjan."

"Jag fattar ingenting", sa hon och började skratta.

Lars Bergenhem träffade Johan Bolger i Bolgers bar. Han är lika lång som Winter men han verkar dubbelt så bred, tänkte Bergenhem. Kanske är det skinnvästen, eller ansiktet. Jag har varit här i tre minuter och han har inte rört en muskel. Han är jämngammal med Winter, men det är svårt att avgöra hur gamla folk är som ligger och pendlar mellan tretti och fyrti. När man inte har nått dit ser man fortfarande ut som en sparris.

"Du ser inte ut som en uteätare precis", sa Bolger.

"Nej."

"Inte mycket för nattliv?"

"Det beror på natten och livet."

"Vad betyder det?"

"Kan jag tyvärr inte avslöja."

Bolger flinade till och gjorde en gest mot flaskorna bakom sig.

"Visserligen är det dag men synden finns här", sa han, "och eftersom Erik har skickat dig bjuder jag."

"Juice, tack", sa Bergenhem.

"Is?"

"Nej tack."

Bolger tog fram juice ur ett kylskåp under disken och hällde upp i ett glas som han tog från hyllan ovanför.

"Inte för att jag vet så mycket", sa Bolger.

Bergenhem drack. Det smakade som apelsin och något obestämt sött, annorlunda.

"De senaste åren, framför allt det senaste, har klubbvärlden exploderat i den här stan", sa Bolger. "Det går inte att hänga med längre, och då talar jag inte om restauranger i första hand."

"Svartklubbar?"

"Det som kallades svartklubbar åtminstone, men nu är det väl inte så mycket svart längre."

Bolger tittade på Bergenhem.

"Det visar väl att brott lönar sig, eller hur?"

"Hur då menar du?" frågade Bergenhem.

"Man kan starta en svartklubb som får tillstånd veckan efter."

"Ja."

"Och lägga ner den efter två veckor och börja nån annanstans", sa Bolger. "Men det där kan ni."

"Det finns dom som kan det", sa Bergenhem.

"Men det är alltså inte det i första hand du vill prata om?"

"Jag är tacksam för allt."

"Som hur det ser ut i porrträsket?"

"Till exempel."

"Vad är det för idé Erik har?" sa Bolger, men mest till glasen som hängde framför honom.

Bergenhem svarade inte, han tog en klunk till.

"Det har hänt mycket i den där jävla branschen på sistone", sa Bolger. "Det är ett helt annat bollspel nu än när jag var med på ett hörn."

"Hurdå?"

"Hurdå? Det är mer än tuttar och rumpor nu om man säger så."

"Hardcore?"

Bolger flinade till igen, tänderna lyste vita i hans mörka ansikte i dunklet därinne. Fönstren låg i lokalens andra ände.

"Snarare Supercore. Av det lilla jag sett av det nya är det som kommer in i kroppens öppningar inte längre lika viktigt som det som kommer ut. Båda grejerna ska gärna pågå samtidigt förresten."

Han plockade ner ett glas, tappade upp mellanöl och drack när skummet stigit färdigt.

"Jag kom därifrån i tid."

"Finns det svarta ställen där också?"

"Svarta porrklubbar? Det beror på hur man ser det."

"Nu är jag inte med."

"Det finns en fasad som du ser, tidningar och sån skit, filmer, lite böcker och tillbehör och några runkbås och ett par lite större filmrum."

"Strippor."

"Dansöser heter det, såna finns också."

"Och?"

"Vad?"

"En fasad, sa du."

"Nu är det sånt jag inte vet men har hört. Men nåt eller ett par av dom där ställena har nåt rum där man hittar lite mer speciella saker."

Bergenhem väntade.

"Lite annorlunda tidningar, eller en speciell show."

"Filmer?"

"Ja, filmer där skådespelarna gör lite speciella saker med varandra."

"Speciella saker?"

"Ja. Fråga mig inte vad det är men det är inte trevligt."

"Och sånt förekommer?"

"Det sägs så, och det sägs också att det finns ett par anonyma små ställen som inte ens har en fasad."

"Var?"

Bolger slog ut med armarna.

"Kan du ta reda på det?"

"Kanske. Det kan ta lite tid, man får nog vara lite försiktig."

"Vad är det för... kunder?"

"Du frågar som om jag visste."

"Vad tror du? Till skillnad från dom du... hade, eller dom som går till det lite mer... vanliga."

Bolger såg ut att tänka. Han hade tagit på sig ett par smala glasögon när skymningen blev tjockare i puben. De var metallinfattade. De ger en karaktär till hans ansikte som det inte hade tidigare, tänkte Bergenhem.

"Vad jag tror? Jag tror inte att skillnaden är så stor. Jag tror att intresse föder intresse, som när man börjar med lättöl och dricker den första mellisen. Det första gräset och den första silen. All den skiten. Det är samma här."

"En ökad hunger."

"Det finns dom som vill ha mer. Det är den ena kategorin. Mer och mer och mer. Var det slutar är svårt att säga. Och sen är det dom andra, dom som blir sexuellt upphetsade av att nästan bli strypta, eller dom som låter amputera sig, dom som blir krymplingar för att kunna njuta. Vem vet vad dom vill titta på?"

"Var hittar man dom?"

"Dom amputerade?"

"Dom här sjuka jävlarna överhuvudtaget. När dom inte är på klubben alltså, eller hemma eller på hotellrummet."

"Eftersom jag kör BMW så skulle jag säga i Volvos styrelserum", sa Bolger. "Eller i vilket jävla styrelserum som helst. Eller hos Länsstyrelsens direktion. Där finns mycket sjukt. Tillståndsenheten. "

"Det är riktigt otäckt", sa Bergenhem och reste sig.

"Var försiktig därute", sa Bolger. "Jag menar det."

Bergenhem vinkade från dörren och gick ut i ljuset. Han hörde vinden från hustaken runt omkring. Vinden ökade, den lyfte hans krage och drog i hans hår. Ett glas krossades någonstans bakom honom.

16

GRABBARNA VID FRUKTSTÅNDEN skrek obsceniteter till varandra över korsningen och Steve Macdonald duckade sig fram under orden. Det här var Soho och hörnet av Berwick Street och Peter Street och se vad som har hänt med vår stolta fruktmarknadstradition, tänkte han, se hur det gick när man stängde min ungdoms Covent Garden och förde det härliga livet bort från centrum.

Så här blev det, halvfulla kisar slirandes på bananskalen, några patetiska stånd för några få nyfikna turister och desto fler heroinister. Soho svänger inte längre, det kryper och krälar, åtminstone härinne där den där ödetomten är det vackraste inom synhåll.

Det strilade ett glest regn, Macdonald fällde upp kragen på regnrocken och tog ett kliv över en krossad bifftomat. Han gick in i Walker's Court, en gränd så kort och oansenlig och sjaskig att den inte fanns med ens i den nya upplagan av London A-Z. Det kanske var medvetet? tänkte han, Walker's är ingenting att visa upp för de äppelkindade turisterna som kommer neddimpande på Heathrow eller Gatwick, från Italien eller Skandinavien.

Walker's Court var porr utan sidenlakan och utan de kärnfriska modeller som visade urinröret i Playboy, tänkte Macdonald och skakade samtidigt på huvudet åt en ambitiös inkastare utanför en av biograferna. Det här var mer av svettiga sprutnarkomaner på sönderskuren galon, lågbudgetsex för folkflertalet, *books, mags, videos* för sådana som kanske gick hit för att se sig själva, så som de kunde ha varit i en annan värld.

Kanske köper de något av plastplaggen i dessa sofistikerade affärer, tänkte han. Plast är bra i vissa situationer. Eller det där hundkopplet, eller strypsnaran. Det här är ett fritt land, vi har alla rätt till ett privatliv. En del tänder en cigarrett i hemmets stillhet, andra tömmer tarmen i ansiktet på främlingar.

Han passerade grändens stora bokhandel, den såg lite apart ut med sina skyltar om den senaste goda litteraturen, böcker för den bildade medelklassen: Naipaul och Raban, en ny biografi om Chatwin.

Macdonald visste att bokhandelns ägare var en sammansatt karaktär. De övre planen i butiken var svala och blonda, fyllda av romaner, poesi, reselitteratur, kokböcker. De var också märkligt tomma på kunder för att vara en bokhandel i centrala London. I källaren, som man nådde via en trappa bakom ett skynke, bjöds andra typer av böcker. Där fanns tidskrifter som modigt trotsade ungdomskulturen, läsning som "Över fyrtio" och "Över femtio" med bilder på medelålders kvinnor. Källarrummet var alltid fyllt av läsande, alla män, som den där, tänkte Macdonald när han såg en man i hans egen ålder komma ut med någonting i en platt brun påse.

Macdonald skulle läsa mer av den goda litteraturen, från övervåningen, när han blev pensionerad. Han var 37 och han hade tjänat sitt land sedan han var 23. Elva år kvar. Därefter kunde han bli privatdetektiv och söka efter bortsprungna tonåringar från Leeds, på resa i det inre av London. Eller jobba för Harrod's, hålla ett öga på ostronbaren. Eller hålla kalas för sina barn och kanske barnbarn i huset i Kent, aldrig långt till en malt. Dom kan få dra i min hästsvans, tänkte han och väntade medan en bil kryssade förbi på Brewer Street. Sedan gick han över gatan, fortsatte tio meter på Rupert Street, nickade till en svart man i svart skinnrock och gick in på en biograf med skylten Peep Show i neon ovanför dörren.

Det tog honom några sekunder att vänja sig vid skuggorna därinne. Han passerade kassan och knackade på en dörr till vänster om ingången till biografen. Han väntade, lyssnade till stönanden inifrån mörkret, någon skrek "ja, ja ja JA JA", men det lät inte övertygande.

Dörren öppnades och en annan svart man glodde på honom. Dörren stängdes igen, han hörde rasslet från säkerhetskedjorna och sedan öppnades den helt, mannen sträckte fram handen och nickade inåt rummet.

"Stig in, herr kommissarie."

"Du har en bra säkerhet här."

"Naturligtvis."

De skakade hand och Macdonald steg in. Rummet var inte större än tolv kvadratmeter, det luktade av fukt, och av vinäger och fett från resterna av fish & chips som låg på det grova skrivbordet. Ett arkivskåp stod i bortre hörnet. En affisch om det ljuvliga livet på Jamaica var uppsatt bakom skrivbordet, det nedre högra hörnet hade släppt och störde symmetrin i bilden. Vid sidan av tallriken med matrester låg ett anteckningsblock, en penna och ett tangentbord. På skrivbordets högra sida flimrade en datorskärm mer än den borde. Billig skit, tänkte Macdonald, säkert en Amstrad.

"Tyvärr är lunchen slut, men jag kan skicka efter mer", sa den svarte mannen och ställde tallriken på arkivskåpet.

"Det såg gott ut", sa Macdonald.

"Engelskt och klassiskt, ska jag be Johnny Boy därute?"

"Nej tack, jag blev mätt av dom goda dofterna."

Mannen gjorde en gest som om han borstade bort beröm efter att ha bjudit på en femrätters på Wheeler's.

"Då så. Vad kan näringslivet göra för en besökare från Södern?" sa han och lyfte fram stolen som stod bakom skrivbordet. "Sitt här, jag ska gå och hämta en till."

Han återvände med en klumpig möbel klädd i röd skinnimitation och fylld med något grått som Macdonald såg välla fram där sömmarna släppt. Mannen följde hans blick.

"Inte så snyggt kanske men fan så bekvämt." Han satte sig men reste sig genast upp när en flicka kom in i rummet med en bricka. Hon placerade en rostfri tekanna på skrivbordet, två koppar och två fat, en liten kanna mjölk och en sockerskål och gick sedan ut, efter något slags bugning och ett leende. Den svarte mannen pysslade med serveringen.

"Det ska bli gott", sa Macdonald och böjde sig framåt.

Hans värd hade satt sig men reste sig igen.

"Men snälla Frankie, vad är det nu?" undrade Steve Macdonald.

"Kakorna." Mannen som hette Frankie gick ut ur rummet och återvände med ett fat med kakor.

Han satte sig.

"Är vi färdiga med ritualerna snart?" frågade Macdonald.

"Nu är det klart", sa Frankie. "Vi är ett folk som lever ett liv fyllt av ritualer.Vi är inte som ni, vi kommer från en annan värld."

"Du är född i London."

"Sånt går aldrig ur. Generna, du vet."

"Det är spännande det där med generna."

"Är det inte?" sa Frankie och tog upp en nagelfil och synade en av sina fingrar. "Men det var kanske inte det som du kom hit för att prata om?"

"Jag har liksom inte fått en chans."

"Nu är jag idel öra."

"Du är väl inte nervös, Frankie?"

"Nervös? För att jag fått så fint besök?"

"Inte vet jag."

"Snygg rock."

"Mhm."

"Snygg hästsvans, men är det inte lite passé nu?"

"Det var mest för att smälta in här."

"Passé? Här?Vi har alltid det senaste för dom sena gästerna", sa Frankie och började fila på vänsterhandens pekfinger.

Det plongade till i datorn och Macdonald kunde nätt och jämnt se meddelandet "Du har post" på skärmen.

"Ett elektroniskt brev från den andra världen?" frågade han.

"Vet du inte att Jamaica är datortätast i hela Västindien", sa Frankie och hamrade på tangentbordet. Han tittade på skärmen, läste ett brev som verkade mycket kort.

"Fel", sa Macdonald.

"Vad?"

"Brixton. Brixton är datortätast i hela Västindien."

"Haha. Men faktum är att det här brevet kommer från dina domäner", sa Frankie. Han studerade skärmen i några sekunder och knappade sedan bort texten.

"När upphörde dom att vara dina?" frågade Macdonald.

Frankie svarade inte, han log i skumrasket, tog upp filen och började fila på en ny nagel.

"Brixton", upprepade Macdonald.

"Just, det har kommit in en ny leverans kvalitetstidskrifter och kvalitetsfilmer till mitt dotterbolag, och det där var en bekräftelse på det."

"En ny leverans?"

"Som jag sa."

"Varifrån?"

"Är det här ett förhör, Steve?" Tänderna blänkte, mest blänkte en ädelsten i en framtand. Macdonald visste vad den hette men kom inte på det.

"Du känner mig bättre än så, Frankie."

"Bara sen tjufem år, blekansikte."

"Räcker inte det?"

"Vår gemensamma ungdomstid? Att det skulle räcka? Vi från den andra värld..."

"Ja ja, Frankie, den andra världen, men nu är det leveransen som intresserar mig."

Macdonald drack av teet, det hade svalnat men inte kallnat helt. "Du har läst om mordet i Clapham? Grabben som blev slaktad."

"Jag såg nåt på teve", sa Frankie, "men det var ett tag sen. Norsk va, eller var det schweizare?"

"Svensk", sa Macdonald.

"Jaha."

"Det kommer på Crimewatch om ett tag... snart."

"Oj. Det måste vara stort."

"Det är lite speciellt."

"Speciellt? Ja, det kan man kanske säga. Det var en vit gosse som blev mördad."

Macdonald sa ingenting, drack sitt te.

"Crimewatch", sa Frankie, "jo man tackar. När hade dom uppe mordet på en svart gosse senast?"

"Det är så att de..."

"Det är så att det överhuvudtaget inte är intressant om svarta människor blir mördade. Det är ett faktum."

Han hade lagt ifrån sig nagelfilen.

"Hur många mord var det ni hade i sydöst för ett par år sen, du sa det nån gång."

"42 eller om det var 43. 42 tror jag."

"Hur många av offren var svarta?"

"Det ble..."

"Skit, du behöver inte se ut som om du tänker, Steve. Jag *vet* att minst 35 av dom där offren var svarta, det räcker att ha ett hum om statistik för att begripa det. Och jag *vet* också att dom där morden har lika stor chans att hamna i Crimewatch som jag att komma in på en av herrklubbarna på the Mall."

"Vi har försökt."

"Få in mig på en klubb?"

"Få mediernas uppmärksamhet."

"Jag anklagar inte dig personligen, du kan inte hjälpa att du är vit."

"Du vet hur det är."

Frankie svarade inte, han plockade upp nagelfilen igen, andades lugnare.

"Jag griper efter all hjälp jag kan få", sa Macdonald.

"Och därför kommer du till mitt imperium."

"Ja."

"Varför i helvete då för? Vad har min verksamhet med det här mordet att göra?" sa Frankie och la ifrån sig filen igen.

"Det gäller inte din verksamhet som sådan, men det har hänt saker under... det där mordet som vi vill undersöka."

Frankie väntade på fortsättningen.

"Har du läst eller sett på teve att två Londongrabbar har blivit mördade i Sverige? I Göteborg?"

"Nej, det har jag inte sett nåt om."

"Två grabbar. En från Tulse Hill där din moster bor."

"Vita grabbar."

"Ja."

"Mitt hjärta blöder."

"Inte så mycket som dom där grabbarnas hjärtan."

"Förlåt mig, Steve."

"Dom här tre morden har beröringspunkter, och det är möjligt att det som skett finns på... en filmkassett nånstans, eller flera kassetter. Det jag säger till dig nu är känt bara för oss och du vet vad det betyder."

"Förolämpa mig inte, Steve."

"Du förstår varför jag berättar det här för dig?"

"Filmade mord? Varför tror ni det?"

"Det finns sånt som pekar åt det hållet. Några detaljer berättar jag inte."

"Men morden kan alltså ha filmats? Finnas på en kassett?"

"Det är möjligt."

"Nåt sånt här har jag fan aldrig hört talas om."

Macdonald svarade inte.

"Det var jävlar i mig det ruggigaste jag hört."

Macdonald nickade.

"Nu har du fått nåt att bita i, Steve."

Macdonald nickade igen, förde koppen till läpparna men insåg att teet blivit alltför kallt.

"Det här är annat än crackmördarn som väntar snällt och förvirrat tills polisen kommer tjutande", sa Frankie. Han reste sig och drog med näven över ansiktet. "Och så kommer du till mig för att leta efter *snuffmovies.*"

"Jag kommer till dig för att få information", sa Macdonald, "som till exempel hur mycket sån skit det finns i branschen."

"Jag håller mig borta från sånt, jag svär vid den heliga stranden här", sa Frankie och såg mot affischen på väggen.

"Hade jag trott annat hade den här testunden varit ett regelrätt förhör på HQ i Eltham."

"Men du vill att jag ska fråga runt?"

"Så diskret du kan."

"Ja, det här kräver diskretion, det är en sak som är klar."

"Känner du nån som har ett inre rum innanför det inre rummet?"

"Javisst."

Macdonald reste sig upp.

"Men inte där man visar snuff", sa Frankie, "inte vad jag vet. Det är tillräckligt otäcka saker ändå, sånt som får det jag visar här att framstå som en familjeutflykt på stranden, men inget som det du har den dåliga smaken att prata om."

"Hör efter i alla fall."

"Du har väl dina vanliga skvallerkärringar? Den där lille hallicken på Old Compton Street till exempel."

"Låt mig bestämma sånt."

"Okej okej."

"Ring mig om ett par dar oavsett vad du får veta, och var försiktig."

"Snuff..." Frankie skakade på huvudet.

"Kom igen", sa Macdonald, "det kan inte var första gången du hör talas om att människor blir mördade på film."

"Nej, men det här är inget du hittar i butikerna, Steve. Det finns andra distributionskanaler för sånt, särskilda nätverk som löper högt ovanför vår lilla snaskiga värld härnere."

"Skit flyter neråt", sa Macdonald. "Eller så möts det mitt emellan. Nånstans i detta paradis vi kallar Soho finns det nån som vet."

"Jag avundas dig din optimism."

"Tack för teet, Frankie."

"Jag ringer på fredag", sa Frankie.

Macdonald höjde handen och gick ut från kontoret. Han tog till höger på gatan utanför biografen, korsade Wardour Street och fortsatte Old Compton Street österut. Regnet hade upphört, folk satt vid borden utanför kaféerna och låtsades som om det var vår. Jag avundas dom deras optimism, tänkte han.

Han nådde Greek Street och gick in på Coach and Horses, beställde en Theakston och krängde av sig rocken. Puben var halvfylld av litterära wannabees och hasbeens och sådana som var en livsfarlig kombination av de två kategorierna. Han kände ett par författare, en gång lovande, som drack bort resterna av sina liv här. Ingen var på plats, dagen var ännu för fräsch. En berusad kvinna tre stolar bort förde ett samtal med två män som satt vid ett bord bredvid bardisken.

"Ni har ingen jävla aning om vad gentlemannaskap vill säga", hörde han henne skrika samtidigt som han förde sitt glas till munnen.

17

Rotelchefens rum var rensopat, utan fläckar eller papper på skrivbordet. Erik Winter kunde beundra sådant: koncentration på en sak i taget, inget som skräpade omkring och påminde om allt som inte nått en lösning, inga rester av tankar som aldrig tänkts färdigt; dom jävla rapporterna som saknade slut, likt en berättelse som aldrig blivit skriven till punkt.

Sture Birgersson gick under namnet "kamrern" i Polishusets korridorer, men det berodde mer på tjänstens karaktär än på hans personlighet. Birgersson satt alltid på rummet och väntade. Han räknade inte. Han läste. Gud vet var rapporterna hamnade efteråt, tänkte Winter där han satt på andra sidan bordet.

Birgersson var en lapplänning som hamnat i Göteborg mer av slump än av längtan, och blivit kvar. Till skillnad från alla andra norrifrån åkte han inte "hem" och jagade på hösten. Han tog två veckor och åkte någonstans men ingen utom Winter visste vart, och han skulle inte säga det till någon. Aldrig att Winter behövt ringa Birgersson under dessa höstveckor, under de år Winter varit ställföreträdande rotelchef. Han kunde inte tänka sig en situation som han, Winter, inte skulle kunna hantera.

"Jag måste säga att du har fantasi", sa Birgersson med den egendomliga dialekt den får som lever ungdomen i Malmberget och vuxenlivet vid Mölndals Bro.

Winter svarade inte, han strök bort något från slipsen, lyfte baken och drog i byxorna eftersom det stramade lite över ena låret.

"Inte så mycket resultat men desto mer fantasi", sa Birgersson och tände en cigarrett.

"Det går framåt", sa Winter.

"Berätta", sa Birgersson och log ett leende som stramade i hans

60-åriga ansikte.

"Du har läst allt."

"Det är så tröttsamt att kasta sig mellan dom olika prosaformerna." Han slog ut med handen mot den öde bordsskivan som om det låg travar av papper där. "Som Torgny Lindgren ena minuten, Mickey Spillane den andra."

"Vilken stil föredrar du?" frågade Winter och tände en av sina Corps.

"Lindgren förstås, han är ju hemifrån nästan."

"Men inga resultat."

"Nej."

"Jag håller inte med dig. Folket jobbar med vittnesuppgifterna, vi granskar alla register över våra kändisar och en del av de okända. Det är inte bara jag som surfar på nätet. Och alla de goda kontakterna är inkopplade, och då menar jag alla."

"Mhm. Har du pratat med Skogome?"

"Inte än."

"Varför inte?"

"För att det är för tidigt, Sture, jag vill inte ha en profil från en rättspsykiater innan jag har mer resultat."

"Se där."

"Vad?"

"Mer resultat. Det är vad jag pratar om."

"Vad du pratar om är tjockare rapporter och mer dösnack till pressen och nåt som ser så konkret ut att det kan gå upp av sig självt till Ledningen", sa Winter.

"På tal om pressen så hoppas jag att du är beredd."

"Ja."

"Det har kommit ett nytt plan engelska journalister, och den här gången tar dom inga fångar", sa Birgersson.

"Du hyr för mycket videofilmer, Sture, ditt språk har blivit alltför angliserat."

"I eftermiddag vill jag ha dig by my side."

"Så du är med?"

"Ledningen vill ha det så."

"Jaha."

"Du ser för valpig ut när BBC sänder till imperiets undersåtar."

Birgersson fimpade cigarretten. "Du kommer att vara kändis i London innan du hunnit dit."

"Jag åker i morron."

"Det här är inofficiellt."

"Naturligtvis."

"Police force to police force."

Winter rökte, väntade, sökte med blicken efter papper någonstans i rummet. Ingenting.

"Jag vet inte vad jag ska vänta mig av det där", sa Birgersson, "men deras DSI verkade veta vad han pratade om. Detective Super Intendent", förtydligade han.

"Jag vet", sa Winter.

"Naturligtvis. Han hade mycket gott att säga om din kontakt, om den där DI:n..."

Sture ser ut som en dvärgbjörk som gett sig fan på att räta ut sig och kliva ner från fjället, tänkte Winter. Att jag inte sett det förut. "Macdonald", sa han.

"En kommissarie på väg uppåt. Precis som du, Erik."

"Åtminstone i morron vid elvatiden från Landvetter." Winter la sin halvrökta cigarill i det askfat Birgersson tagit upp ur en av skrivbordslådorna.

"Du kanske kommer hem med en lösning. Under tiden ska vi försöka hålla ställningarna här", sa Birgersson som om han skulle ta egen aktiv del i spaningsarbetet när Winter var i London.

"Jag känner mig trygg", sa Winter och log.

"Då föreslår jag att du går till ditt rum och förbereder dig mentalt för presskonferensen."

"Räcker det inte med betablockerare?"

Birgersson raspade ur sig ett skratt som kunde vara taget från en av de videothrillers han brukade hånflina sig igenom en kväll varje vecka.

Presskonferensen började illa, rätade upp sig ett tag i mitten och slutade i kaos. Birgersson blev förbannad och tjurig efter en kvart. Winter svarade på frågor som kom i loskor av ostrons storlek.

Det var den brittiska pressen. Svenskarna visade återhållsamhet. För folket från Aftonbladet, Expressen, GT och Kvällsposten gällde det att se och lära.

"Är det ditt första fall?" frågade en karl som var det fulaste Winter hade sett. Hans ansikte påminde om två kilo blandfärs, format av en reumatisk keramiker. Mannen verkade berusad men var det inte. Liksom sina brittiska kolleger bar han en sliten kostym och hade landat i Norden utan ytterplagg.

"Är mördaren svensk?" löd en annan fråga.

"Hur många liknande fall har ni haft?"

"Vilket är mordvapnet?"

"Vad gjorde pojkarna här? Egentligen?"

"På vilket sätt är detta ett sexmord?"

"Förlåt?" sa Winter och synade frågeställaren. Det var en kvinna, blå under ögonen, blond med svarta rötter, smalt ansikte och elak mun. Tyckte Winter. Just nu tyckte han det.

"Sexmord?" sa kvinnan. "På vilket sätt är morden sexmord?"

"Vem har sagt att det är sexmord?" frågade Winter.

"Är inte det uppenbart?"

Winter svarade inte utan flyttade blicken och såg ut som om han väntade på en ny fråga om något annat. Vädret eller hans favoritlag i Premier League, något sådant.

"Svara för fan på frågan", ropade en röst i mängden.

"Hear, hear", hördes från flera håll och Winter visste att det betydde bifall.

"Vi har ingenting som tyder på att det är sexmord", sa han.

"Som vad?", frågade en engelsk röst.

"Förlåt?"

"Ge oss nåt av det där ingenting", sa rösten, och några flabbade till.

"Vad sägs om sperma?" sa Winter och väntade på följdfrågorna. Det var tyst några sekunder.

"Nä nu fattar jag inte vad du menar", sa en av de svenska journalisterna, på svenska.

"Vi har inga spår av sperma", svarade Winter, "vilket betyder att vi inte kan vara hundraprocentigt säkra på att detta är sexmord, eller hur?"

"Men det kan vara det?" frågade den svenska journalisten.

"Javisst."

"Tala engelska", sa en engelsk röst.

"Vad var det med sperma?" frågade en annan.

"Dom har hittat en jävla massa sperma", sa den fule engelske journalisten.

"Vems sperma?" ropade kvinnan framför Winter.

"Vad har analysen visat?"

"Har det varit sperma vid båda morden?"

"Var fanns sperman?"

Winter såg att Birgersson längtade tillbaka till sitt rum, det svala, tomma. När Winter rett ut en del oklarheter och vädjat till pressen om hjälp med sådant som polisen ville ha ut kom en och annan fråga av relevans. Hela tiden surrade tevekamerorna, de engelska och de svenska.

"Har ni kollat alla som rest in från England den senaste tiden?" frågade en svensk journalist.

"Vi jobbar på det."

"Hur är det med dom som rest härifrån?"

"Vi jobbar på det", ljög Winter.

18

HANNE ÖSTERGAARD HADE skottat sig ut från radhuset, traktorerna råmade i Örgryte. Första söndagen i fastan och Ekorrdungen var mjuk och vit när hon skyndade till kyrkan. Vintern var verklig och obarmhärtig, det var som om den ville bevisa sin existens och kraft efter de senaste veckornas barmarksväder. Det hade blåst nära 15 sekundmeter ett par dagar, som en markering. Nu kom snön.

Hon knirkade upp en av sidodörrarna och gick in i kyrkans mörker. Hon tog av sig rocken och hucklet, tände i det lilla kontoret, satte sig och andades, förberedde högmässan som en av de delaktiga i kampen mot frestelsen, för ståndaktigheten. *Frälsaren omintetgör djävulens gärningar,* hon skulle snart stå därinne och hålla tron och hoppet vid liv för den lilla församlingen som satt nedanför henne:

> Kära barn, låten ingen förvilla eder. Den som gör vad rättfärdigt är, han är rättfärdig, likasom Han är rättfärdig. Den som gör synd, han är av djävulen, ty djävulen har syndat från begynnelsen. Och just därför uppenbarades Guds son, att han skulle göra om intet djävulens gärningar.

Så enkelt, tänkte hon, att göra om intet det onda som sker. Kampen mot frestelsen. Ståndaktigheten i frestelsen. I skriften fanns svaren, att följa för alla människor på jorden.

Hon förde handen sakta över ljusets låga på bordet framför sig. Det är ett spännande arbete jag har, tänkte hon. Tre dagar i veckan får jag möjlighet att lägga teori till verklighet.

Hanne Östergaard började med psalm 346, den första versen, *Upp, kristen, upp till kamp och strid! Med andens kraft dig rusta Mot köttet och en farlig tid* och sången mumlade sig ut och täcktes av vitt på Skårs allé.

Hon kände igen ansiktena på de första bänkarna, äldre ansikten, kvinnor som kom ensamma när männen följt statistiken och begravts härutanför när den dagen kom. Kvinnorna nickade mot henne, eller som inför sig själva när orden nådde dem, ord om hur de skulle få kraft att stå fasta mot alla fiendens anlopp, få en hjälp i frestelsens stund.

En siren tjöt förbi nere på Sankt Sigfridsgatan och hon tänkte hastigt på den unge polisen med sina onda drömmar. Han skulle vetat åt vilket håll, och varifrån.

Hon hämtade sin högmässotext ur Matteus. Hon hade tänkt tala om det som skedde nu, runt om, men aldrig riktigt kommit in på den väg hon försökte forma. Ondskan fanns hela tiden, ibland mer tydligt, alltid närvarande.

> Då tog Petrus honom avsides och begynte ivrigt motsäga honom och sade: "Bevare dig Gud, Herre! Ingalunda får detta vederfaras dig." Men han vände sig om och sade till Petrus: "Gå bort, Satan, och stå mig icke i vägen; du är för mig en stötesten, ty dina tankar äro icke Guds tankar, utan människotankar."

Frestaren i vännens gestalt. Hanne Östergaard talade om det, utan att försöka så split i sin församling: här kunde folk lita på varandra.

När hon kom hem hade Maria gjort sockerkaka. Det var den fjärde kakan denna sportlovsvecka. Hanne borstade snö på trappan, lite i hallen. I backen uppför Olof Skötkonungsgatan hade en rostig bil stopp i halkan. Två män baxade bakom, "nu skulle en behöva änna skötkonung till hjälp", sa en av männen när Hanne passerat, en blinkning, ett leende och ett drag med handen över ansiktet för att få bort svetten. Plötsligt fick bilen fäste och snömodden yrde över männen och henne.

"Jag har gjort sockerkaka", sa Maria.

"Perfekt."

"Jag hade i ett par extra ägg."

"Mmmm, det doftar verkligen."

"Du tycker inte den är för lös?"

"Inte det minsta", sa Hanne, "du har verkligen blivit en expert."

"Jag har ändrat mig, jag vill göra praon på ett kondis."

"Går det att ändra?"

"Jag har pratat med dom på Kringelkroken och dom sa att det var okej. Jag ringer syon i morron."

Allt uträknat, klart. Krångligare än så behöver det aldrig vara, tänkte Hanne Östergaard.

Flickan hade kaffet klart, kakan i mitten på bordet, formen på och när hon lyfte den satt ingenting kvar från kakan på formens sidor. En vacker kaka i fastan.

"Jag har lärt mig att smöra och bröa ordentligt", sa hon.

"Perfekt."

Hon har lärt sig att sockra ordentligt också, tänkte Hanne med en mjuk och doftande bit i munnen.

Diskbänken var fylld av karotter, skålar med äggsmet. Flickan hade mjöl på nästippen och Hanne Östergaard tänkte än en gång på hur mycket hon liknade sin pappa; må det stanna i ansiktet, må frestelsen begränsas till ett sockerkaksbak om dagen, eller i timmen om det vore så.

Hanne Östergaard hade blivit mor vid tjugoett, de hade flyttat ihop men det hade inte varat mer än ett halvår. De upptäckte snart att de inte kände varandra, inte skulle komma att göra det. Han flyttade och lämnade staden. Flickan hade inte hört från sin pappa på tio år. Kanske var han död. Hanne kunde se att tanken plågade dottern. Den plågade henne själv. Hon försökte prata om det och Maria lyssnade, och snart skulle alla frågorna komma en gång till. Sockerkakorna var en förberedelse. Nu hörde Hanne sirenen igen, det lät som om den kom från Sankt Sigfrids Plan, ett ljud som inte släppte taget. Göteborg halkade runt denna söndag.

"Du kanske blir sockerbagare", sa Hanne Östergaard till sin dotter och skar en ny bit.

"Jag tycker faktiskt att jag *är* sockerbagare", svarade Maria med tillgjort förnärmad min.

"I högsta grad."

"Ska jag göra en till?" sa Maria men den här gången var det ett skämt.

Angela kom för att "hjälpa till med packningen" men Winter reste lätt, skulle köpa en del i London och han ville ha plats för annat, för hemresan.

"Om du kommer iväg", sa Angela.

"Skyarna lättar", sa Winter.

"Ring till Landvetter i morron bitti."

"En mycket bra idé."

"Vad förväntar du dig av det här? Att ni ska få fast den här seriemördaren?" sa hon och strök efter kragen på en av Winters skjortor, överst i traven på sängen.

"Det är ingen seriemördare", sa han.

"Va?"

"Det här är ingen seriemördare", upprepade han och vek två par strumpor och stoppade ner dem i resväskan. Jag vill ha plats för några böcker tillbaka, tänkte han.

"Nehej", sa hon.

"Inte som man tror."

"Nehej."

"Det är värre", sa han och vände sig mot henne. "Kan du ge hit byxorna där."

"Nej. Kom och ta dom själv."

"Du frestar mig att göra nåt dumt."

"Kom... och... ta...", sa hon och såg på honom med ögon som blivit stora och som beslöjade. Som om de fått en extra hinna.

Han störtade över sängen, slet byxorna ur hennes grepp, slätade till dem och la dem på stolen vid sängen. Han grep hennes händer, förde dem bakom hennes rygg och hon böjde sig framåt, mot sängen.

"Nu... är... jag... fast...", sa hon.

Han vek upp hennes långa kjol halvvägs över hennes rygg,

drog med handen över hennes högra höft och lirkade in fingret under troslinningen. Han förde handen nedåt, hon särade sina ben och han kände hur fuktig och beredd hon var. Det dunkade i hans tinningar och hon gav ifrån sig små ljud och lyfte hakan framåt, uppåt. Han förde försiktigt två fingrar längre in i henne och grep med vänsterhanden om sin livrem och fick upp den, han drog ner blixtlåset och han var fylld av blod därnere, allt blod finns i picken och ingen annanstans, tänkte han, och nu var han befriad och han la den mot hennes lår en sekund, hon gav ifrån sig större ljud nu och han kom sakta in i henne, en lång rörelse och han höll sig stilla när han inte kom längre in och sedan rörde han sig sakta, fram och tillbaka.

Hon rörde sig emot honom, efter några sekunder var de i takt med varandra. Han höll henne över höfterna, det var som om hon svävade under honom, som om hennes knän sökte stöd i luften en decimeter ovanför sängen.

Han böjde sig framåt, drog med händerna innanför hennes smala lite sträva tröja, han kupade sina händer runt hennes bröst och hon svävade nu alldeles fritt under honom. Han nöp försiktigt i hennes små hårda bröstvårtor, kupade händerna igen. Hon vände ansiktet åt sidan, bakåt mot honom och han strök henne över kinden med sin vänstra hand, över läpparna, hon öppnade munnen och slickade hans fingrar, han formade dem och hon öppnade munnen större och fortsatte att slicka och suga hans fingrar. Hennes tunga kändes sträv, nästan som tröjan.

Deras tempo ökade, han tog stöd med vänster knä mot sängen, grep med båda händerna om hennes höfter igen och det var som om han fick ta all sin styrka för att hålla emot när hon skakade, skrek och kastade med huvudet fram och tillbaka och han blev snabbare och snabbare och SNABBARE och sedan blev hans syn dimmig och det var som om allt blod i hans kropp tömdes in i henne och han förlorade medvetandet. De rörde sig emot varandra en sista dröjande gång och han höll henne kvar i sina händer.

19

EFTER SNÖN KOM kylan. Allting stelnade över natten, frös. Måndagsmorgonens ljus var utfrätt i kanterna av inversionen, vackert och lockande och giftigt.

Lars Bergenhem huttrade i köket, bryggde kaffe, drog upp persiennerna och såg ut genom fönstret. Träden var svepta i flera lager kall ånga. Medan han stod här steg röken därute och landskapets färger drogs samman efter natten. Det var som om dom kom tillbaka från nåt viloläger, tänkte han, som om färgerna hämtat ny styrka och nu gled tillbaka in i tingen. En enbuske som varit blek och genomskinlig fick sin färg tillbaka när klockan var en liten bit över åtta; staketet därborta, knappt synligt nyss, växte fram ur snön, fick tillbaka sina konturer; hans bil började blänka under snöhättan, träffad av några stänk sol.

Han hade eftermiddagspasset. Martina sov. Han kände en dov rastlöshet i kroppen, som en svag viskning i bröstet. Han drack kaffet snabbt, ställde koppen i diskmaskinen och gick ut i badrummet och daskade vatten i ögonen. Sedan borstade han tänderna, kände med tungan över en sargig kant på en av hörntänderna; en isning där när han sköljde munnen med vatten.

Lars Bergenhem gick försiktigt tillbaka in i sovrummet och grep sina kläder på en av de två pinnstolarna till höger om dörren. Martina rörde sig i sömnen, eller i en halvdvala, lakanet hade glidit ner och hennes höft blottades mot det vita i sängen, som en kulle av hud och värme i ett snölandskap. Han tassade fram till henne och strök sakta över kullen, nuddade den med läpparna. Hon gav ett litet ljud ifrån sig, rörde sig igen, fortfarande i sömnen.

Han klädde sig, en tjockare tröja, kraftigare kängor och skinnjackan, mössan och vantarna. Han fick ta i för att få upp dörren, nattens snö pressade på utifrån.

Därute grep han snöskyffeln intill dörren, högg upp den hårda skaren som låg som ett fruset lock över den mjuka snön där-under. Han skottade sig ner genom gången, fram till bilen. I sommar blir det en carport, tänkte han, bara jag hittar billigt virke nånstans.

Han borstade bilen fri från de yttre lagren, försökte öppna vänster framdörr för att få ut en skrapa men nyckeln kom inte in ens en halv millimeter. Han stod dum och korkad med blicken på låsoljan som låg innanför rutan, i dörrfacket på andra sidan. Korkad, tänkte han igen.

Bergenhem prövade andra framdörren, bakdörrarna och baga-geluckan, men fick inte upp något lås. Han gick in i friggeboden bakom bilen, rotade fram tre decimeter grov ståltråd, gick tillbaka och förde ner stålet innanför dörrplåten och bröt sig på tio se-kunder in i bilen. Han lät nyckeln ligga på biltaket, sprutade olja i låsen, väntade och prövade med nyckeln och fick resultat ome-delbart. Han stoppade plastflaskan med olja i skinnjackans ficka, tog upp skrapan och drog med långa rörelser isen från rutan. När arbetet var klart kände han en liten tillfredsställelse, som om bilen rakats, snyggats till inför dagen.

Bilen hostade igång, han vred upp fläkten och värmen maxi-malt och tryckte på radion mitt i Phil Collins. Han rattade sig vidare mellan kanalerna men tröttnade och stoppade in en kassett i bandspelaren, R.E.M:s Automatic for the People som han be-höll i bilen fem år efter det att den släppts. Tvåa på Englandslistan den vintern, han visste det eftersom de hade gjort ett studiebesök i London under sista terminen på Polishögskolan, 1992. Han hade blivit glad och full på en pub i Covent Garden och hamnat hemma hos en glad flicka uppe i Camden, men han mindes inte riktigt hur och när de kommit dit.

Automatic for the People.

Jag står automatiskt alltid på folkets sida eftersom det är mitt jobb, hade han sagt och druckit strävt vin och hon hade fnittrat ända ner i sängen.

På våren efteråt hade han träffat Martina.

Han körde söderut, landskapet vände från fält till storstad på en kilometer. Volvos fabriksstad rök till höger, Älvsborgsbron tornade upp sig rakt framför honom. Den såg ut att hänga ner från himlen. När han närmade sig fästet glimmade oljecisternerna vasst.

Morgonens andra våg rörde sig sakta på motorvägsnätet, pendlare från norr på väg in till kontoren i city.

Han körde upp på bron, nådde högsta punkten, vred snabbt huvudet åt höger och såg det violetta bandet som var horisontlinjen. Den såg olika ut beroende på årstiden. Under vintern var horisonten sluten de flesta dagar, som om en mur byggts över havet. Morgnar som den här var den möjlig att se igenom, svävande i violett och sedan i blått. Staden var öppen igen.

Han körde av bron, fortsatte västerut utan mål. Känslan av rastlöshet fanns kvar, den var inte främmade för honom; en känsla som viskat i honom så länge han kunde minnas, som fått honom att resa sig och gå och som blivit tydligare den senaste tiden, månaden... han tänkte att det kunde hänga ihop med konen som pekade mjukt och trubbigt ut från Martinas mage, att det hade att göra med Klumpen, och han skämdes för de tankarna.

Bergenhem körde till Frölunda torg, vände utan att stanna eller stiga ur och körde tillbaka genom Gnistängstunneln. I mörkret därinne blev han som svart i huvudet, han fick ruska och blinka när tunneln öppnade sig och skärpan från himlen sved honom i ögonen. Nu kände han en plötslig rädsla, som en aning. Han frös och försökte skruva värmen förbi sitt maximala läge. Han körde tillbaka över bron och höll blicken fäst rakt fram.

Taxin krängde i höjd med Mölnlycke, fick fäste igen där i ytterfilen, väste förbi flygbussen som gjorde de två fordonen upp om rallyt Göteborg–Landvetter Airport. Vilket i stort sett var vad som hände här. Till flygplatsen kör man som gällde det sekunderna, tänkte Winter i taxins baksäte. Jag har ingen brådska men chauffören kan inte komma fram fort nog.

Telefonen surrade i kavajens innerficka. Han drog ut antennen och svarade. Det var hans mor.

"Erik!"

Hon lät lite andfådd, som efter en joggingtur mellan köksbordet och kylskåpet.

"Är du hemma?"

"På väg till flygplatsen."

"Du är så duktig, Erik."

Han såg på chauffören. Mannen tittade stint och stelt framåt, som funderade han på att gira in i högerfil och köra in i bergväggen.

"Du reser iväg på dina tjänsteresor", sa hon.

"Dom flesta dar promenerar jag mellan Vasaplatsen och Ernst Fontells plats", sa han.

"Fontell... vadå?"

"Platsen framför vårt polishus. Den heter Ernst Fontells plats."

"Jaha."

"Där har du mina tjänsteresor. Ibland cyklar jag."

"Inte nu. Vart ska du åka?"

"London."

"Det är annat, även om det är en otrevlig stad."

"Vi har pratat om det där."

Winter lyssnade på linjens ljud, ett statiskt brus där han tyckte sig höra rester av röster, ordfragment som flätades in i varandra, som ett helt nytt språk.

"Vad ville du?" fortsatte han.

"Måste jag ha en anledning att ringa min son?"

"Vi är framme vid avtagsvägen till flygplatsen nu", ljög han.

"Eftersom du frågar så ringde jag Karin. Hon sa att du hade varit så fin mot dom."

Winter sa ingenting.

"Hon sa också att Lasse tagit det väldigt hårt, att hon var förvånad över att hon verkade klara det bättre än han."

Winter väntade på fortsättningen. Bilen kröp ner i hastighet, chauffören krängde till höger och nådde avtagsvägen. Winter hörde ett svepande hårt ljud bakom dem och vände sig om. Bussen hade hunnit upp dem, nu låg den alldeles bakom, som om bussföraren var redo att göra en vansinnig omkörning i höjd med företrädestecknet hundra meter längre fram.

"Det är många känslor", sa Winter till sin mor.

"Va?"

"Det är många känslor som kommer att finnas där nu efter att Per är borta. Under lång tid."

"JÄVLA IDIOTJÄVEL", skrek taxichauffören plötsligt, en vild blick i ögon som tidigare verkade gjorda av porslin. Chauffören blängde i backspegeln, inte på Winter, blicken gällde bussen bakom som bromsat häftigt och stannat någon decimeter från bilen framför.

"Dom är inte kloka dom jävlarna", sa han med spegelblicken på Winter, "kör ut hit som om dom inte kan komma fram fort nog."

"Det är väl tidtabellerna", sa Winter med handen över telefonens mikrofon.

Chauffören fnös till svar.

"Erik vad säger du?" hördes hans mors röst ur mikrofonen.

"Ingenting."

"Vad är det som händer?"

"Vi är framme nu."

"Glöm inte att ringa Lotta."

"Nej. Adjö, mor."

"Se upp i Lon..."

Han hade lyft telefonen från örat och knäppte av förbindelsen.

I avgångshallen stod han i kö i en kvart och lämnade sedan över biljett och pass till kvinnan bakom disken. Till höger checkade resenärerna till Kanarieöarna in, ett förväntans mummel i luften ovanför den långa breda kön.

Winter bad om en plats vid mittgången, gärna vid en nödutgång för benens skull, icke-rökare, men British Airways flög nu alla rökfritt till London.

När kvinnan hanterade hans papper tänkte han på högarna av flyglistor som kommit till hans spaningsgrupp. Ett omöjligt arbete. Alla som rest med flyg till Göteborg från Storbritannien de senaste två månaderna, som någonting att visa upp om någon frågade; ja, där ligger listorna, vi har allt material där. När vi får tretusen man till och tre år av ny tid så ska vi gå igenom alla namn och hoppas att alla reser i sitt eget.

Sitter Macdonalds folk med detta? tänkte han. Säkert ligger listorna där, som hos oss. Och man vet aldrig. *Man vet aldrig*, och han tog emot biljetten, passet och sitt boardingcard och såg väskan skumpa iväg på bandet. Han log mot kvinnan och gick uppför trapporna till passkontrollen och röntgen och visitationen.

Aneta Djanali såg andedräkten framför sig. Det var kallt i skuggorna under husen, extra mörkt när man hade känt solskenet vid änden av gatan.

"Sånt här är du väl inte van vid?" frågade Fredrik Halders.

"Vad menar du?"

"Sån här kyla. Det kan du väl inte vara van vid?"

"Nu får du nog förklara dig", sa Aneta Djanali, men hon visste vad det handlade om.

"Snö heter det", sa Halders och pekade, "och kyla." Han gjorde en griprörelse i luften.

"Aha."

"Sånt har ni väl inte hemma hos er?"

"Var exakt är det?"

"Hemma hos dig? Det vet du väl bättre än nån annan."

"Jag vill höra det från dig."

Halders andades ut ett nytt moln, vred på skallen och tittade ner på det svarta kvinnoansiktet vid sin sida.

"Ouagadougou", sa han.

"Förlåt?"

"Ouagadougou, platsen du kommer ifrån."

"Jaha."

"Det är huvudstan i Övre Volta."

"Jaha."

"Numera mest känt som Burkina Faso."

"Aldrig hört talas om det."

"Burkina Faso", sa han.

"Jag föddes på Östra sjukhuset", sa hon.

144

"Östra sjukhuset i Ouagadougou", sa han och plötsligt började de båda att skratta.

De gick in i en port, den första nedåt gatan från *där det hände.* Det var den andra omgången för att höra med dem som inte varit hemma tidigare, inte svarat på meddelanden. Det var en dubbel-port, den hängde via en gång ihop med den uppgång där Jamie Robertsons lägenhet låg.

Morgonen var sen. Ljuset fanns över staden som en lampa på låg wattstyrka, ett dovt sken som ändå överraskade: efter midvintern var allt ljus en överraskning.

Aneta Djanali ringde på dörren på andra våningen och hörde ett brus någonstans ifrån, en röst från våningen ovanför och steg innanför dörren efter tredje signalen. Dörren öppnades brett, en man som kunde vara trettiofem eller fyrtio, med håret i behåll och breda hängslen över en vit skjorta, manschetterna oknäppta som inför påklädnad, kanske fest. Runt kragen hängde en oknuten slips. Fest, tänkte Aneta Djanali, något mitt i veckan för de icke så enkla människorna. Han ser elegant ut, på ett utlevat sätt. Hans händer darrar lite. Han har vätska under ögonen. Han super.

"Ja?"

"Det är från polisen", drumlade Halders med sedvanlig arrogans. Han gillar det här, tänkte Aneta Djanali, han gillar hemfridsbrott. Det är därför han går här år efter år, han kommer inte längre. Han förstår inte det, eller så har han förstått men det är ändå för sent.

"Ja?" sa mannen och drog med fingrarna över slipsen. Italiensk, tänkte Djanali, siden kanske, och kanske dyr. Winter skulle veta om han var här.

"Får vi komma in ett litet ögonblick?" sa Aneta Djanali.

"Vad gäller saken?"

"Vi skulle vilja ställa några frågor."

"Om vad?"

"Får vi komma in?" sa Halders med en gest mot trappan som för att visa hur olämpligt det var att ställa frågorna här, mitt i dörren.

Mannen backade, som vore han överbevisad. Eller som inför två rånare som hotat honom. Han dröjde tills de kommit in, stängde dörren efter dem och gjorde en rörelse inåt hallen. De gick igenom den och in i ett stort rum, större än de sett i någon annan av lägenheterna här. Aneta Djanali såg sig om: takhöjden, stuckaturen, rymden och allt annat som varit så svårt att se i det rum där Jamie dött. Hans lägenhet hade varit mindre, enklare, takhöjden hade funnits där men det var allt.

"Det var ett stort rum", sa hon.

"Jag har slagit ut en vägg", sa mannen.

"Ensam?" frågade Halders.

Mannen tittade på honom som någon studerar en komiker som kanske sagt något roligt.

"Är det mordet ni är här för?" frågade han nu, vänd mot Djanali.

Ingen av de två kriminalinspektörerna svarade. Halders höll blicken på den norra väggen, Djanali tittade tillbaka på mannen.

"Mordet på pojken i grannuppgången", sa mannen.

"Ja", sa Djanali, "vi har ett par frågor om det."

"Ja?"

"Var ni hemma ungefär vid tiden när det hände?"

Hon sa vilken tid det var, det ungefärliga klockslaget.

"Jag tror det. Men i så fall reste jag iväg direkt efteråt. Direkt på morgonen."

"Ni vet vilken pojke vi talar om?"

"Ja. Det har inte gått att undvika."

"Varför säger ni det?"

"Pressen, och teven. Inte för att jag tittar så mycket, men det har inte gått att undvika. Jag har bara varit hemma en halv dag men så mycket har jag sett, eller läst", sa han och pekade på högen med tidningar på bordet.

Aneta Djanali gick dit och såg att de senaste två dagarnas tidningar var uppbläddrade, de låg i ark på golvet vid sidan av bordet.

"Ni är alltså nyss hemkommen", sa Aneta Djanali.

"För några timmar sen."

"Var har ni varit?"

"Det spelar väl ingen roll?"

"Om det inte spelar nån roll så går det väl bra att svara på frågan."

"Semester. Gran Canaria", sa han. "Syns inte det?"

Han såg plötsligt orolig ut, som om han inte fått någon solbränna och resan därför varit förgäves. Han gick ut i hallen, kom tillbaka med en liten väska och tog fram ett biljettkuvert.

"Här är beviset", sa han.

"Kommer ni ihåg pojken från... tidigare?", frågade Halders utan att titta på beviset.

"Vad är det för fråga?"

"Har ni sett pojken gå in eller ut här?"

"Ja."

"Ja?"

"Som jag säger. Det verkade som om vi ibland hade samma tider, vilket kan betyda sena tider för mig, och... tja... jag såg honom några gånger. Jag kör spårvagn", fortsatte han som en förklaring till de sena tiderna.

Det är alldeles riktigt, tänkte Aneta Djanali, sena tider var vad man kunde förknippa med spårvagnen. Ibland så sena att vagnen inte kom alls. Ser man på. Han ser mer ut som en ung bankdirektör än en spårvagnsförare. Hon såg framför sig hur Erik Winter satt inne i glashytten på förarplats och hackade fram med en spårvagn utmed Brunnsparken.

"Var han ensam?" frågade hon och hoppades att hennes inre leende inte syntes.

"Va?"

"När ni mötte pojken. Var han ensam de gånger ni mötte honom?"

"Inte alla gånger."

"Inte ensam", upprepade Halders.

"När var den senaste gången ni såg pojken tillsammans med nån annan?" frågade Aneta Djanali.

Mannen såg ut att tänka, och när det han såg ut att försöka fånga i tankarna visade sig för hans inre blev han plötsligt blek, på en sekund var han alldeles vit i ansiktet och de två poliserna såg honom ta ett steg åt sidan och ta stöd mot det bord där tidningarna låg.

"Guuud", sa mannen.

"Vad är det?" sa Halders som rört sig framåt för att stödja honom.

Han minns, tänkte Aneta Djanali, han minns och han tror att han har sett djävulen. Jag kommer inte att lägga några ord i hans mun. Det här är en helvetes helvetes viktig minut.

"När var den senaste gången ni såg pojken tillsammans med nån annan?" upprepade hon.

"Ddddet måste ha varit den dä..."

"Förlåt?"

Mannen klarade strupen, fick tillbaka rösten.

"Jag såg pojken med en man", sa han och sjönk plötsligt ner på alla fyra.

Halders och Djanali tittade på varandra.

"Ett ögonblick", sa mannen och bläddrade i tidningsarken på golvet, "jag såg ett... ett datum här."

De kunde säga datumet men de väntade.

Mannen reste sig med tidningen i handen.

"Herrejesus", sa han och tittade på sin biljettkopia. "Det var då."

"Vad var då?" frågade Halders.

"Jag mötte pojken kvällen innan dddet... det hände", sa mannen och tittade på poliserna. "Det mås... måste ha varit då."

"Och det säger ni först nu?" sa Halders.

"Planet gick ju tidigt på morgonen... efter."

"Gran Canaria?"

"Ja. Puerto Rico."

"Det ligger väl för fan inte på Gran Canaria."

"Jjjooo", sa mannen tvekande som om han nu blivit osäker om var han tillbringat de senaste veckorna.

"Där finns det svenska tidningar", sa Halders.

"Jag läste inga tidningar", sa mannen och lät nu oändligt sorgsen. Aneta Djanali förstod vad han menade och hon gjorde ett tecken till Halders.

"Jag visste ingenting förrän nu."

"Nej", sa Aneta Djanali.

"Ingenting", sa mannen.

"Skulle ni känna igen den som var i sällskap med Jamie Robertson om ni fick se honom igen?"

Mannen gjorde en obestämd gest mot allt och intet.

"Jag såg mest bara ryggen."

"Men det var en man?" frågade Aneta Djanali.

"En lång en, de gick uppför trapporna när jag kom förbi för att gå igenom den där passagen därnere. Eller om de stod vid hissen..."

Halders tittade på Aneta Djanali.

"Vi skulle vilja att ni kom med oss för ett lite längre och grundligare samtal om det här", sa han.

"Grundligare? Är jag misst... misstänkt?"

"Ni har mycket intressanta upplysningar att ge oss, och vi vill att ni kommer med för att prata om det när ni nu får tänka över det lite mer."

"Jag är rätt... trött."

Få mig inte att säga att vi kan hålla dig sex plus sex timmar grabben, tänkte Halders.

"Javisst", sa mannen som svarade han på en fråga han ställt sig själv. "Ursäkta mig bara ett ögonblick." Han halvsprang ut i hallen och de hörde hans plågade ljud när maginnehållet tömdes i toalettstolen.

"När går Winters flyg till London?" sa Halders och vände sig till Aneta Djanali.

"*Nu* tror jag", sa hon och tittade på sin armbandsklocka, "kvart i elva sa han, och det är om tio minuter."

"Ring till den jäveln på stört", sa Halders och pekade på Aneta Djanalis högra jackficka. Hon drog upp mobiltelefonen och slog numret.

"Hur klarade vi oss nånsin utan den där skiten tidigare", sa Halders men mest för sig själv.

"Han svarar inte", sa hon efter tio sekunder.

"Avstängd, han har steppat ombord och stängt av och börjat tänka på drinkarna och kolla flygvärdinnornas ben."

De hörde en ny kräkattack utifrån badrummet.

"Ring Landvetter", sa Halders.

"Jag har inte num..."

"Nittifyra tie nollnoll."

"Du kan det utantill", sa Aneta Djanali och knappade in numret.

"Jag kan allt."

Aneta Djanali fick svar och sa vad det gällde, och två minuter innan planet skulle rulla ut mot startplattan kom den kvinna som nyss tagit emot Winters boardingcard ombord och sa hans namn i högtalaren och han reste sig och en halvtimme senare steg han ur bilen på Ernst Fontells plats.

20

MANNEN HETTE BECKMAN och han hade supit ute på altanen på Altamar, med horisontlinjen nedanför från väster till öster. Han hade varit nykter på planet hem. Det var allt.

Han var inte det första vittne de kallat. Men det här brände mer än de tidigare, det kändes så när Winter tog hissen upp, med portföljen i handen. Resväskan skulle komma senare, möjligen efter en vända till London .

Beckman hade svag abstinens, inget delirium men ett rörelsemönster som lyssnade han på hip hop. Körde han spårvagn? Här är spår-vag-nen som går till him-mel-en, Jesus kööör och Gud är konduktör, tänkte Winter och satte sig mitt emot mannen. Vilken hemkomst för honom, och jag som inte ens kom iväg.

Han presenterade sig. Bandet rullade och ute i korridoren skrattade någon kort och klart.

"Det är inte mycket jag kommer ihåg", sa Beckman efter inledningens formaliteter.

"Vad var klockan när du kom tillbaka från arbetet den kvällen eller natten, när du såg Jamie Robertson med den här... mannen?"

"Inte mycket efter tolv, nån minut eller så", sa Beckman. "Men det var inte riktigt så."

"Vad var inte så?"

"Det var så här", sa Beckman. "Jag gick tillbaka när jag sett dom första gången, och då tyckte jag att jag såg den där mannen igen."

"Du såg honom en gång till?"

"Jag hade tappat min halsduk nånstans, det låter konstigt men den var borta och jag tänkte att jag... att den dragits av när jag knäppte upp rocken nere i porten, så jag gick tillbaka och då såg jag ryggen av han igen när han gick uppför trappan."

"Var han ensam då?"

"Ja, den andra gången."

"Försök beskriva honom."

"Det är inte lätt."

"Försök beskriva honom ändå."

"Men det är en annan sak också."

"Ja?"

"Jag vet inte hur jag ska säga det."

Winter väntade på fortsättningen. Utanför kom skrattet tillbaka en gång till.

Beckman kanske blir lugnad av det där, tänkte Winter, eller så blir han mer stirrig. Just nu dammsuger vi hans lägenhet. Han dödade pojken och flög upp i skyn. Nu kommer han att säga det, och sedan bekänner han det andra. Han kanske har varit i London. Det är sånt vi är så bra på att kontrollera. I kväll kan vi fira, ända tills nästa gång. Det är tillfälligheterna som gör det, ett stänk tur eller ett stort drag med penseln. Det är rutinerna, proceduren är det. Säg att du dödade pojken och sen var det bara att flyga iväg upp i himlen.

"Det är som om det var nåt jag kände igen... nu när jag har kunnat tänka på det lite", sa Beckman.

Winter nickade, väntade. Luftkonditioneringen susade i hörnen, som en inre andning. Rummet kändes instängt av sin egen lukt. Det luktade svagt av svett och något som kunde vara rakvatten buret för länge sedan.

Lysrören gav skarpa skuggor som blev djupare och längre när dagen gick mot sen eftermiddag. Winter hade inte tänt skrivbordslampan, inte än.

Winter nickade igen, en uppmuntran på vägen.

"Det var hans jacka tror jag... det är väl därför jag kom att tänka på det nu, eller la märke till det då."

"Du kände igen hans jacka?"

"Det var nåt med den... jag kommer inte på vad det var... eller är... men det kommer från körningen."

"Körningen?"

"När man sitter som jag bakom buren och kör så lägger man ju nån gång märke till folk. Inte så mycket nu som när vi hade fasta linjer, men ändå."

Beckman lyfte ett vattenglas och drack, hans hand darrade men inte mer än att han fick i sig vattnet.

"Man känner igen en del av dom som åker mer eller mindre regelbundet", sa han och satte tillbaka glaset på bordet.

"Du kände igen honom?"

"Jag tror att jag har sett nån med en sån jacka åka några gånger, men det är också allt."

"Vad var det med jackan?"

"Det är det jag försöker komma på."

"Färg?"

"Det var en svart skinnjacka, men det är inte färgen."

"Skinn?"

"Det var nåt...", sa Beckman och drog på orden, "nej, jag kommer inte på det."

"Knapparna?"

"Knapparn... nej."

Herregud, tänkte Winter, vi får plocka med oss den här killen runt i stans alla affärer.

"Nån text på ryggen?"

Beckman skakade på huvudet.

"Jag kommer inte på det", sa han, "men det var nåt..."

"Var den här mannen mycket lång?" frågade Winter för att bryta dödläget.

"Jag tror det, ja han var lång."

"Längre än pojken?"

"Det verkade så men det är svårt att säga när dom gick i trappan."

"I min längd?" sa Winter och reste sig.

"Kanske nåt sånt."

"Hur gick han?"

"Som... vanligt väl."

"Ingen haltning eller nåt sånt."

"Nej, men det är inte lätt att se när folk går i trappor. Att gå i trappor är ju egentligen ett sätt att halta", sa Beckman men utan att le. "Håret var förresten långt, långt och mörkt."

"Hur långt?"

"Ner till axlarna, tror jag."

"Så långt?"

"Jag tänkte på det då, att man inte ser så många med så långt hår nuförtiden."

Han hade blivit lugnare, som om han fått en sup, eller om det var hans egen röst och minnena som undan för undan fick honom att bli mindre darrig och ryckig, som om musiken i hans huvud ändrat rytm.

"När man för femton år sen tänkte på hur folk såg ut i mitten på sextitalet eller så... tja, man tyckte att dom såg rätt annorlunda ut, kläderna och framför allt håret. Men kollar man i dag på bilder från sextifem så är det som att kolla på bilder från nu."

"Som fotbollslag", sa Winter.

"Va?"

"Bilder på fotbollsspelare från sextitalet skulle med nåt spelarundantag kunna vara tagna nu, åtminstone när det gäller frisyrerna."

"Ja."

"Men mannen hade alltså långt hår?"

"Som en argentinsk fotbollsspelare", sa Beckman och log för första gången. "Det såg overkligt ut. Håret. Som en peruk nästan."

"Peruk?"

"Jag vet inte."

"Toupé?"

Beckman ryckte på axlarna.

"Men han hade glasögon."

"Glasögon?" upprepade Winter.

"Kraftiga saker med svart runt om tror jag, men där är jag inte så säker."

"Hornbågade?"

"Ja, det kanske det heter."

"Vi kommer att jobba på det vid datorn sen."

Beckman svarade inte, han såg förbi Winter som om han redan börjat förbereda sig på att beskriva ett ansikte han inte sett.

"Han bar på en bag", sa han. "När han gick uppför trappan

ensam, den andra gången."

"Kan du beskriva den?" sa Winter, och Beckman gjorde så gott han kunde.

"Märkte du om han såg dig på nåt sätt?" frågade Winter sedan.

"Jag tror inte att han såg mig. Jag var tyst, jag var trött och tyst."

"Han tittade inte åt ditt håll?"

"Inte som jag såg."

"Du hörde ingen röst?"

"Nej."

Erik Winter gick hemåt över Heden, kylan höll kvar himlens blå även nu när det blivit mörkt. Han kände sig som husvill, som den känner sig som plötsligt får avbryta en resa. Han ville inte gå hem. Resväskan hade dykt upp. Han hade lämnat kvar den på tjänsterummet men ångrade sig nu och gick tillbaka till Polishuset. En patrullbil körde hem honom. Han tog hissen upp, slängde in väskan i hallen och bläddrade igenom posthögen utan att se någonting som behövde öppnas.

Han var hungrig och rastlös. Han drog av sig kläderna i hallen utanför badrummet, tog en dusch och bytte till svart halvpolo och en grå, mjuk vinterkostym från Ermenegildo Zegna. Han ringde ett kort samtal.

Han drog med handen genom håret som kändes alltför fuktigt, gnodde huvudet hårt med handduken och kammade sig sedan. Telefonen ringde och han lyssnade på systerns röst på telefonsvararen medan han tog på sig de svarta strumporna. Det ringde igen och Bolger meddelade bara att han just kommit på att Winter var i London.

När han kom ut kändes minusgraderna i hans fortfarande fuktiga hår. Han tog på en svart stickad mössa, drog ner den över pannan och gick Vasagatan västerut, genom ett öde Haga och över Linnégatan till restaurangen Le Village på Tredje Långgatan.

Han gick igenom bistron, hängde av sig inne i restaurangen och fortsatte över till hovmästarinnans pulpet.

"Ett bord för en. Det är beställt. Winter."

"Varsågod", sa kvinnan och visade honom till ett bord i lokalens bortre ända.

"Någonting att dricka?" frågade hon när han hade satt sig.

"En flaska Ramlösa."

Han beställde blåmussel- och basilikasoppa, därefter halstrad rimmad torsk. Han drack en halv flaska Sancerre till fisken, ingenting till kaffet. Han satt länge över kaffet, drack två koppar och tänkte.

21

"Nämen?!"

Johan Bolger med förvånad min, Erik Winter plötsligt vid baren och timmen var sen.

"Jag trodde du satt på nåt ställe i Soho vid det här laget."

"En annan dag", sa Winter.

"Det kan ju inte vara vädret som stoppade flighten."

"Nånting kom emellan."

"Får jag bjuda på ett gott vatten?"

"Ramlösa i ett glas med is och lite lime."

"Du vill inte testa nåt annat?"

"Ge mig en Ramlösa och säg vad du tror om min unge medarbetare."

Bolger gjorde i ordning beställningen vid hyllan på andra sidan disken, under spegeln.

"Verkar lite valpig, men han hade en blick som kanske kan bli användbar om han lär sig bruka den också i mörker", sa han när han kommit tillbaka och ställt glaset framför kriminalkommissarien.

"Vad betyder det?"

"Det betyder att man får skärpa sig."

"Jag tror att han har den förmågan. Han är ung men det är inte alltid en nackdel."

"I de flesta fall."

"Inte alltid."

"Nej."

Det var snart midnatt, vid tre av lokalens sju bord satt gäster och deras röster ringlade runt i lokalen som ett särskilt dis inuti röken.

Två kvinnor satt långt till höger om Winter vid bardisken med cigarretter mellan fingrarna och ett uttryck i ansiktena som sa att de till slut funnit meningen med livet och upptäckt att det inte gjorde någon skillnad.

En av kvinnorna sneglade mot Winter och hennes ansikte förändrades. Hon sa några ord till sin väninna, fimpade cigarretten och tände genast en ny. Hon plockade med det tunna paketet på disken framför sig som om hon ville försäkra de få cigarretterna om att de inte var ensamma.

"Jag vet inte om grabben tycker att det är en så bra idé", sa Bolger. "Han var nog inte så klar över syftet."

"Det beror väl på vem som förklarar det för honom", sa Winter.

"Du alltså", sa Bolger.

Winter svarade inte. Han funderade på att tända en cigarill, men en blick på de två kedjerökande kvinnorna fick honom att avstå. Den ena av dem, hon som tidigare tittat på Winter, gjorde ett tecken åt Bolger och han gick bort till henne. Hon gjorde en beställning och Bolger pysslade vid bänken igen och ställde sedan glaset framför kvinnan. Hon drack och Winter tyckte att hon såg besviken ut när hon ställde tillbaka glaset.

"Hon ville ha detsamma som 'gentlemannen' som sitter här", sa Bolger och log och ställde sig mitt emot Winter. "Hon trodde nog att det var en G&T."

"I kväll kunde jag ha varit en gentleman i gentlemännens stad men jag fick inte chansen."

"Aldrig fri från jobbet."

"Jag tror att det finns saker under ytan som vi inte kan ana", sa Winter och tände en cigarill i alla fall.

"Självklart."

"Ibland kan det räcka med att röra upp lite damm för att saker ska hända."

"Ska din grabb röra upp lite damm?"

Winter svarade inte, rökte, sneglade mot kvinnorna men vände bort blicken när de sneglade tillbaka.

"Kanske mer än så", sa Winter. "Jag tror du vet en del som du inte säger, Johan, som du kanske inte vill prata om."

"Om vad?"

"Om branschen."

"Vilken bransch?"

"Jag är lite trött."

"Okej, okej. Branschen."

Winter drack igen, hörde musikslingan som gled igång i de fyra högtalarna i taket: Sinatras femtital, en frasering som ingen annan. Och jag var inte ens född, tänkte han.

"Men krogbranschen och porrbranschen är inte samma sak", sa Bolger, "det är två saker på varsin sida om planeten."

"Naturligtvis."

"Min insyn i... det andra kommer från de sena tiderna. Nattlivet."

"Det försiggår väl på dan med?"

"Ja, Men mörkret känns tryggare för de flesta."

"Du har annan erfarenhet... också", sa Winter.

Bolger svarade inte.

"Hur har stan förändrats? Det har ju hänt nåt, eller hur?"

"Den har blivit hårdare", sa Bolger, "men exakt vad det är kan jag inte säga."

"Det är samhällets fel", sa Winter och såg ut som om han skulle le.

"Naturligtvis."

"Till viss del är det ju sant. Flyttlassen rullar igen in till metropolerna."

"Jag ska säga dig nåt", sa Bolger och lutade sig närmare, "det kommer in allt fler unga tjejer från landet till stan, och det är inte för studierna. Det finns inga jobb därhemma i dom halländska kuststäderna eller vad fan det nu är dom kommer ifrån, och det finns inga jobb här heller märker dom när dom kommer hit."

"Men dom kommer hit?"

"Dom kommer och det finns grabbar redo nere på stationen, bokstavligen som det heter. En lantlolla steppar av tåget och killen är där."

"Det låter som nånting från dom forna öststaterna."

"Tjejerna hinner knappt installera sig hos moster eller i kyffet som rumsförmedlingen i gamla Nordstan förmedlat, dom hinner ibland inte ens lämna in väskan på förvaring innan killen har gjort sina förslag."

"Mhm."

"Och inte bara tjejerna."

"Mhm."

"Efterfrågan på unga pojkar är stor. Den ökar faktiskt."

"Vad beror det på?"

Bolger gjorde en rörelse med armarna som om Winter frågat om hemligheten med evigt liv, eller efter vägen till inre frid.

"Men jag kan ge dig några namn", sa Bolger.

"Namn på vad?"

"Namn på såna som kan mer om den här trafiken än jag."

"Det är bra", sa Winter och askade cigarillen i glaspjäsen som Bolger hasat fram över bardisken.

"Man vill ju inte skada folk", sa Bolger.

Winter tittade på honom.

"Du vet vad jag menar", sa Bolger och gick bort till kvinnorna som börjat vifta igen. En av dem sa någonting och Bolger kom tillbaka till Winter igen.

"Dom undrar om dom får bjuda på nånting", sa han.

Winter vände sig om, gjorde något slags sittande bugning som tack och skakade lätt på huvudet, pekade på sitt vattenglas och var så vänligt avvisande han kunde.

"Kan vara värt det", sa Bolger.

Winter svarade inte.

"Snälla glada flickor men ändå inte från dom halländska kust- städerna."

"Det är väl snarare såna jag är intresserad av. Du hade en del kunskap om det."

"Egentligen är väl det rätt oskyldigt om man ser på det med hyfsat mörka glasögon", sa Bolger. "Dom här flickorna erbjuds jobb som värdinnor på klubbarna, vilket innebär att dom fyller i läsk i gästernas glas och sen går upp på borden och rör sig till den vackra musiken. Eller på scenen."

"Eller bakom glas och ram i ett av de inre rummen."

"Ja."

"Prostitution?"

"Så småningom, inte för alla men för en del av dessa änglar."

"Pojkar och flickor."

"Ja."

"Dans."

"Dans för änglar", sa Bolger.

"Dans med en ängel", sa Winter.

"Om man vill se det så."

"Det går att se det på många sätt, när vi talar om morden går det att se det på många sätt."

"Där vet du mer än jag."

"Vad vet du om filmindustrin?" frågade Winter och var på vippen att beställa ett glas Ramlösa till när han kom ihåg kvinnorna tio meter bardisk österut. Han ville inte förolämpa dem.

"Inte så mycket", sa Bolger.

"Kom igen."

"Inte mycket mer än du. Du vet så mycket."

"Det finns annat än det som ligger framme på hyllorna", sa Winter, "så mycket vet vi."

"Vi är så pass liberala nu i det här landet att rätt mycket kan ligga framme", sa Bolger.

"Inte barnen."

"Var går gränsen?"

"Nånstans i de inre regionerna av nån affär eller nåt lager finns det en gräns som några kan gå över", sa Winter.

"Det räcker med nätet", sa Bolger.

"Internätet?"

"Ja. Men där vet du nog mer än jag."

"Säg inte det."

"Men folk dödas inte på Internet."

"Säg inte det."

"Låt mig fråga dig en sak, Erik. Har du nånsin hyrt en porrfilm?"

"Nej."

"Eller sett en porrfilm på en porrbiograf?"

"Nej."

"Så egentligen vet du inte vad detta handlar om."

"Vad?"

"Jag menar att du själv aldrig känt en promille eller så av det som gör att nån kan hyra eller köpa en film med sexuella handlingar av olika slag", sa Bolger.

"Det är alltså olika känslor", sa Winter.

"Jag vet inte, men du är ju vad man skulle kunna kalla erotisk, åtminstone har du väl varit det, innan du blev för gammal. Men du har tydligen haft möjlighet att tillgodogöra dig det där behovet på det sätt som det ska tillgodogöras på."

"Detta är mycket intressant."

"Det är inget skoj, jag menar att det som är det näst bästa eller tredje bästa tar över på nåt sätt, att tillfredsställelsen blir tillräcklig ändå."

"Mhm."

"Det är inte det fysiska i första hand, det kanske är motsatsen. Upplevelsen blir större utan en fysisk kontakt, den blir utan krav."

Winter lyssnade. väntade, fick ett glas till av Bolger utan att beställa. Kvinnorna hade gått, utan fler ögonkast.

"En del av stackarna i visningsrummen skulle bli dödens skraja om dom fick hålla i levande kött", sa Bolger. "Dom jävla stackarna ryggar för det."

"Jag kanske förstår", sa Winter.

"Men aptiten växer, och då talar jag inte om dom svåraste fallen, dom exklusivaste kunderna. En naken kropp på bild är inte nog."

"Och det finns inga gränser. Är det vad du försöker säga?"

"Jag försöker säga att en del vill komma så nära verkligheten det går utan att faktiskt bli en del av den. Så *nära* verkligheten det går att komma. Då kan kraven på underhållningen bli rätt höga. Fruktansvärt höga. Fruktansvärda. Förstår du?"

"Du hade några namn", sa Winter.

"Inte när det gäller det vi pratar om här", sa Bolger.

"Man vet aldrig."

"Med dig vet man aldrig."

"Jag har nog aldrig förstått mig på dig heller."

De var de enda kvar i lokalen. De tre vid bordet i lokalens mitt hade gått, en halv hand till hälsning åt Bolger.

Bolger spelade Albert Ayler för Winter nu, tonerna från tenorsaxofonen som ett eget väsen därinne: New York Eye and Ear

162

Control, inspelad den 17 juli 1964 och Erik Winter hade varit fyra år och tre månader.

"Vi förstod oss aldrig på dig när du startade jazzklubben på Rudebecks", sa Bolger som en kommentar till musiken.

Winter hade organiserat små konserter för dem som gitte på privatgymnasiet. Efter hans tid var det slut på sådant.

"Hör du John Tchicais alt där?" frågade han och Bolger slöt ögonen.

"Aldrig förstått mig på dig", sa han. "Pengarna har förstört dig."

Winter log och tittade på klockan.

"Tänker du mycket på den tiden?" frågade han.

"Ungdomen? Bara när jag ser dig", sa Bolger.

"Du ljuger."

"Ja."

"Jag saknar det aldrig."

"Det beror på vad man menar."

"Jag menar allt", sa Winter. "Det var en så osäker tid att man inte visste från ena dan till den andra vad i helvete det var som hände runt en."

"Mhm."

"Ingen kontroll alls över livet."

"Och det har du nu?"

"Nej."

Jazzen ryckte i väggarna, slet i borden. Röken hade sjunkit till golvet när de sista gästerna gått.

"Det där med att inte veta vad som händer runt om en låter som en bra beskrivning på ditt jobb", sa Bolger.

"Det är bara ett jobb", sa Winter.

"I helvete heller att det är för dig."

Bolger sträckte sig bakåt mot ljuspanelen och sänkte ljuset över bordet. Diskmaskinen slamrade i köket.

"Nån gör alltid ett misstag", sa Winter.

"Till exempel länskriminalen."

"Förr eller senare upptäcker vi det och rättar till det", sa Winter. "Det är alltid på det sättet."

"Då kan det vara för sent."

"Vad säger du?"

"Det kan vara för sent."

"För sent? För vem? Ett offer, eller för myndigheten? Eller för allmänheten?"

Johan Bolger ryckte på axlarna.

"Förr eller senare upptäcker vi alla misstag", sa Winter, "alltså våra egna men också andras. Det är så det fungerar hos oss, eller hos mig. Har nån gjort ett misstag upptäcker vi det, och alla gör misstag. Ett eller flera, men för oss räcker det med ett."

Bolger applåderade stilla. Sedan länge var det en ny dag. Han gäspade, såg på Winter.

"Du har hittat ditt drömjobb", sa han.

"Javisst."

"Så vad händer nu?"

"Va?"

"När bär det iväg till London på riktigt?"

"I övermorron tror jag."

"Det var längesen man var där. Många år sen faktiskt."

"Jaha. Det har du sagt förut. Åk dit då."

"Du åker över rätt ofta."

"Inte så ofta som jag brukade."

"Specialsydda skor från den där snobbgatan. Du är speciell, Erik."

"Alla människor är unika."

22

WINTER VANDRADE I våningen, återvände till sina anteckningar på arbetsbordet, läste, vandrade igen.

Beckman i morgon, eller i dag snarare, igen. Mannen var ett vittne. Hur viktigt? Det fick dom se när dom skapat ett ansikte på skärmen, om det gick.

Och alla andra de hört: fragment av syner, allting sammanlänkat i Möllerströms dator.

Kunde de tränga in under ytan? Han visste att det fanns en fruktansvärd... näringsverksamhet i stan, inte stor men den fanns. Varför skulle den inte finnas? Norden var inte en frizon. Norden var sen länge förknippad med pornografi men i betydelsen frigörelse. Kläderna av. Ett slags naivitet som gripit också lagstiftarna, tänkte han, det hade alltid varit så men nu var det värre, tyngre. Det påverkade människorna. Fick dom att förgöra sig, fick dom att förtära sig själva.

Den yttersta förnedringen blev en viktig näring, möjlig på grund av de styrandes okunnighet, naiva korrekthet och deras prat, prat, prat.

Han gick fram till musikanläggningen och höjde volymen och musiken klöste runt i rummen. Han gick i cirkel och tänkte och hans tankar bröts i bitar av musiken, lösgjorde sig åt andra håll och förenades delvis eller någon gång helt.

Som musiken, det var musiken: John Coltrane, The Father And The Son And The Holy Ghost; känslorna och tankarna kan inte poleras, eller tvingas in i symmetrin, i nånting som är vackert på ytan. De måste explodera när de föds, omedelbart, i en utmanande dissonans, ett *sound* som gör ont i örongångarna ända in i hjärnan.

Som Coltranes musik på Meditations, skivan som snurrar här

hos mig: i sökandet efter tankarnas enighet, eller helhet... i det sökandet måste jag kasta mig in... och igenom den smärta som särskiljandet innebär, tänkte han och log. När Coltranes och Pharoah Sanders tenorsaxofoner vandrar egna vansinniga vägar är det bara en sträcka på väg mot helheten. Det är som havet, tänkte han, som vågorna som bryts på ytan, men havet är alltid *ett*, alltid i rörelse.

Ska jag lösa det här fallet måste jag tänka dissonant, asymmetriskt, här finns ingenting som är korrekt.

Det här jobbet är ett sökande, som musiken här i mina rum är ett sökande. Ingenting är färdigt från början, sällan efteråt heller, när det verkar vara klart.

Finns det en mening?

Han tänkte kort på Mats som dött innan saker börjat hända i det som skulle bli hans liv, på sorgen som han, Winter, hållit ifrån sig och han tänkte på sin egen plats i världen.

Han tittade på klockan, den visade ett par minuter över tre.

Det finns inget slut, hade Coltrane sagt en gång, det finns alltid nya tankar att nå, och det viktiga är att förenkla och rena dom tankarna, eller känslorna, och ljuden, så att vi till slut kan se klarare vad vi gör och vilka vi är.

Jag är en allvarlig fan, tänkte Winter och log igen.

Han stod åter vid skrivbordet, strök i anteckningarna, skrev till någonting och knäppte på datorn men knäppte av den igen. Musiken tystnade. Winter lyssnade efter nattens ljud, han hörde först ingenting och sedan en traktor som bökade i snön. Han sträckte på sig, gäspade, öppnade dörren till balkongen och gick ut.

Det fanns en början till rörelse under honom, en stad som sakta och stelt vaknade till en ny kall dag. Ljudet från traktorn var kraftfullt nu, det verkade komma från andra sidan universitetet, som om någon beslutat om utgrävningar i parken, med omedelbar verkan.

Varför är det så att jag känner mig iakttagen? tänkte han. Det har varit så under hela den här tiden. Det enda som saknas är ett brev från en mördare, en hälsning. Eller en bön om räddning. Nej, inte det. Detta är nåt annat. Kanske ett meddelande.

Kommer det att ske igen? Kommer vi att hitta likadana spår? Är det samma vapen som använts i London och Göteborg? Är det samma person? Varför? Vem åker mellan städerna? När? Kan det vara så?

Kolla passagerarlistorna för dom resor pojkarna gjorde. Från Göteborg. Från England. Gå igenom alla namn, hör alla som var med på dom flighterna. Det är en början i en av ändarna. Det är ett stort arbete, bara det tar oerhörd tid. Är det värt arbetet? Vad kan vi göra i stället?

Jag reser till London och då kommer nånting att hända inom mig, tänkte Winter, det är vad vi behöver nu... om jag nånsin kommer iväg. Jag behöver stå i det där rummet där det hände, gå vägarna i närheten.

Rastlösheten rev fortfarande i honom, han gick på högvarv. Det spolade i en toalett i lägenheten under honom. Tidningen daskade ner på mattan under dörren och han gick ut i hallen.

Hans arbete hade förlorat sin plats på förstasidan, och han visste inte om det egentligen var bra eller dåligt; skulle han komma tillbaka som en hjälte, eller fylld av misslyckande?

Kunde det hända igen? Jag är inte mer än människa, tänkte han, men jag gör mitt bästa.

Artikeln på sidan sex innehöll inga spekulationer och ingenting som inte var känt för honom. Ibland kunde han finna fantasifulla tolkningar av verkligheten, men inte denna natt. Det var mer som om en stor väntan steg upp från texten, från sidan. Vad händer nu?

Han blev stående därute i hallen, släppte tidningen på golvet och gick tillbaka in i skenet från lampan på skrivbordet. Han hörde en kaja skria utanför, och ett svar kort därefter. Det gick att uppfatta flera ljud nu när natten försvann. Hans sinne var spänt, liksom sprött av vakan och tankarna.

Han tänkte på Bolgers ord om flickorna som kom till stationen och fångades upp av männen. Han hade hört det tidigare men det var inte verkligheten som han såg den. Verkligheten var inte flickor som landade med landsbygdens dofter ännu i kläderna och med oroliga föräldrar framför brasan i de röda stugorna. Det var en annan förnedring som lyste som en ond sol här: kvinnorna som dansade på borden på klubbarna och som rörde sig bakom glasrutorna och som tog emot männen inuti sina kroppar hade varit på väg dit sedan de föddes, eller långt tidigare. Ingen steg in i det röda skenet med rosor på kinderna. Mänskligheten som han ville känna den fanns nån annanstans, aldrig i rummen där de här flickorna växte upp. Eller pojkarna. Samhället? Var fanns det goda samhället?

Winter ställde sig under duschen, tankarna igång under strilarna mot huvudet. Han stod länge, en del av trötheten sögs ut ur kroppen och gled med vattnet utmed hans kropp och ner genom avloppet. Han torkade sig hårt med en stor frottéhanduk, kände en rodnad och en svag värme. Han borstade tänderna, drog på en badrock och gick in i sängkammaren och vek upp sängkläderna. Han satte sig på sängen och blev sittande.

Jag är en man med moral, tänkte han, men jag vet inte hur den ser ut och det kanske inte spelar nån roll.

Jag vill rätta till de fel jag ser, men jag kommer alltid för sent. Jag försöker skita i traditionerna när jag inte behöver dom, och det för mig ut på fasansfulla stigar. Jag försöker undersöka bakgrunderna och sedan känslorna hos de offer jag möter, både de levande och de döda. Jag bryter mig in i andras liv och död. Jag tillåter mig själv att känna med dessa människor, jag såras som dom. Det är detta som håller mig igång. Det skulle kunna få mig att mest bli sittande, men det är inte så det fungerar för mig. Jag håller ihop mitt ansikte.

Han tänkte på de obscena bilder som fanns inom räckhåll. En mordplats var en obscen plats, det fanns ingenting värre för de levande att se. Bilderna förföljde honom som en rabiessmittad hund skulle förfölja honom på gatan.

Winter hade återvänt till de två rummen, de två pojkarnas sista tid i livet. Det var för två dagar sedan. Han hade gått dit via olika vägar i området, funderat över omgivningarna, dröjt sig kvar i rummen, gått tillbaka med långsamma steg.

Vad hade hänt efteråt? Vilken väg hade mördaren tagit? Winter drog med handen över bröstet, kände sängens mjukhet, tänkte tillbaka: han hade stått på trappan till studenthemmet och sett ut över området nedanför, och efter lång tid var det som om han såg en skymt av en väska och en armbåge svänga runt ett hörn och det stramade i huvudet och han blundade. Han öppnade ögonen och rörelsen var borta. Han visste att det var det hörnet, i riktning mot Eklandagatan. Han hade gått bort till det hörnet där han sett rörelsen och stannat och tittat åt nordöst och sett den svängande armbågen igen, den tungt svängande väskan.

Han rusade efter. Han sprang mellan bilarna, blicken rakt fram på det som blivit en hel rygg, ett bakhuvud nedför backen i höjd med hotell Panorama, och Winter skrek för att fånga uppmärksamheten hos varelsen därframme, för att få den jäveln att vänta tillräckligt länge för att han skulle kunna se vem det var och sed...

Winter var närmare nu, ingen verkade höra honom när han ropade, eller se honom där han sprang allt vildare, och han var inte långt från gestalten som rörde sig bestämt nedför backen, armbågen svängde i en egen rytm och väskan slog mot det ena låret för varje steg, och det var nånting med mannens skinnjacka som han hade sett tidig... det fanns nåt han kände igen, och nu var han tre meter ifrån och mannen reagerade därframme, knöck till med kroppen och vände sig om och Winter skrek en gång till när han såg vem det var.

Winter höjde handen till skydd och kom ännu närmare. Då hörde han musiken, den klöste honom över ögonen, ett vansinnigt upptempo.

Han hade slagit ut med armen och vräkt ner väckarklockan på bordet vid sängen. Han darrade, som i ett efterskalv från drömmen. Han tittade rakt fram, in i väggen. Det stramade i sidan och över höfterna, han halvlåg i sängen med benen kvar på golvet. Han hade somnat mitt i en tanke, sittande på sängkanten, och han måste ha fallit rakt ner mot kudden utan att märka det.

Han kände sig torr i halsen, som om han hade skrikit sig tom i sin dröm. Han låg kvar i samma ställning. Han återvände till sekunden före uppvaknandet. Det var alldeles nyss. Han försökte se ansiktet som varit så nära. Nu var det borta.

23

LARS BERGENHEM HADE flinat sig in i en sån där butik två eller tre gånger för länge sedan, men det var också allt. Han kom inte ihåg mer än att det hade varit människohud på papper överallt och en liten känsla av skam som kletade fast efteråt.

Han parkerade hundra meter därifrån och gick över gatan, bort mot Riverside. Det var den fjärde klubben han besökte. Han hade också varit inne i ett par andra, som inte skyltade lika intensivt.

Ingången till Riverside var ändå diskret, en dörr i väggen och en skylt bredvid med ställets öppettider. Han drog upp den tunga dörren och steg rakt in i ett stort rum med tidningar utefter väggarna, som ett bibliotek fyllt av tidskrifter. Han såg män vid hyllorna, men bara några få. Han tog till vänster, kände sig allt annat än obesvärad, tittade in mot tidningsställen och fortsatte framåt.

I bortre delen av rummet fanns en dörr med ett skynke och ett slags hytt där en man tog emot inträde. Bergenhem betalade. Där innanför hängde han av rocken i en obevakad garderob och satte sig vid ett av borden. Fyra andra män satt här, alla ensamma vid sina bord. En flicka kom fram till honom och frågade vad han ville dricka. Han beställde en lättöl. Hon gick tillbaka in genom en svängdörr och återkom med hans flaska och ett glas.

"Välkommen till Riverside", sa hon och log.

Lars Bergenhem nickade tillbaka och kände sig dum som fan. Det var samma känsla som på de andra ställena. Ska jag be henne slå sig ner? tänkte han. Är det inte meningen att hon ska erbjuda sig?

"Showen börjar om fem minuter", sa hon och log en gång till.

Bergenhem nickade igen. Undrar hon varför jag kommer hit? Läser hon på universitetet annars och betraktar mig med förakt?

Spelar det nån roll? Varför tänker jag så när jag ju är här i tjänsten? Det är sånt som skiljer mig från dom riktiga proffsen. Vet dom om att jag är snut i samma stund som jag kliver över tröskeln?

Showen började. Tina Turner sjöng, på hög volym. Två kvinnor dansade i varsin ända av en upphöjning i golvet som fungerade som scen. Kvinnorna rörde sig snabbare till musiken och Bergenhem kom att tänka på Friskis & Svettis.

Stripshowen var över efter en kvart. Han hade sett brösten och skinkorna, den ena kvinnans bröstvårtor hade varit stora och bruna, som utsmetade över halva bröstet.

Den andra kvinnan var yngre och rörde sig sämre till musiken, som om hon nyss lärt sig dansa. Hon hade en tunn kropp som verkade frysa under strålkastarna.

Hon hade satt sig på en stol med ryggen åt publiken och skrevat med benen och tittat bakåt mot männen med spelat okynne i blicken. Hon var ännu inte någon bra skådespelare. Bergenhem kände sympati och kanske blygsel. Hon är främmande här precis som jag. Hon är inte van vid den röda belysningen.

Det här är inget man blir lycklig av, tänkte han, inte ens kåt, inte ens när dom gör dom där cirkelrörelserna med brösten. Inte lycklig, inte kåt, bara ett stort ingenting som får en att längta efter annan luft.

Kvinnan därframme, den yngre och tunnare... såg *skadad* ut, som om hon skyddade sig själv innanför sin kropp, tänkte han, som om det fanns nåt annat och värre när hon gick ner från scenen. Som om detta är den ljusa sidan av saken. Detta är bara ett stycke dans.

Han reste sig, gick därifrån och in till vänster där dörren öppnades till biografavdelningen. Riverside hade 30 privata visningsrum med fjärrkontroll, papperskorg och en rulle toalettpapper och denna EROTIC NIGHTCLUB hade också tre större biografer som visade samma sak som de andra klubbarna Bergenhem besökt.

Ljuden var desamma, rörelserna, inte så mycket svett och inte så mycket möda. Bergenhem hade hoppats att han skulle bli upphetsad när han satt i den första salongen den första gången, men hans kropp hade tröttnat och slaknat efter en kort stund. Könet hade lagt sig till vila igen mellan hans ben.

Nu satt han så igen, och åter kände han sig som någon som tjuvtittar på något han egentligen inte är intresserad av. En häftig känsla, tänkte han, jag kan inte riktigt jämföra den med nåt.

Han hade letat i hyllorna i butikerna men inte hittat något annat än han väntat sig. Längst in i prången fanns tidningarna med toasex, men det var också väntat. Här dröjde sig alltid någon kvar och försökte se ut som om han bara passerat utan att vara intresserad. Det kunde se egendomligt ut, som om mannen var på väg åt flera håll samtidigt.

Alla de filmer Bergenhem sett hade varit närgångna, men det var också allt. Han hade frågat på ett par ställen men inte fått något svar, bara en blick. Inte heller där hade han väntat sig något annat. Han hade pratat med några av flickorna, ett par ur personalen.

Det hade varit som han tänkt sig. Det hade varit nödvändigt att det skulle ta tid och nu, här på Riverside, kände han sig redo för ett steg till.

Winter satt med ett ansikte som Beckman motvilligt låtit datorn skapa, men Winter visste faran med att lita på ansikten. Det här var ett nylle som skapats utifrån ett bakhuvud och en profil, och det var inte mycket att arbeta med. Han tittade länge men såg ingenting han kände igen.

Beckman hade fått i uppdrag att tänka på sina spårvagnslinjer, när han kört och vad han då sett. Bertil Ringmar hade sagt "Lycka till", och både Beckman och Winter hade sett på den biträdande spaningsledaren med misstro.

Nu reste sig Winter, grep rocken på kroken vid dörren och gick igenom korridoren till hissen. Vinterregnet slog mot rutorna i trapphuset.

Den värsta sorten, tänkte Winter, den jävla skiten gör ingen som helst nytta. Snön är redan bortskvalad, grundvattennivån är redan räddad, allt regnet gör är att det tar sig in under kragen och gör allt kallare och sänker humöret till under noll. Och jag som var så glad för en vecka sedan, så lycklig.

Han körde den korta vägen till en adress på Kobbarnas väg och ställde bilen bredvid en handikapparkering. Douglas Svensson bodde på fjärde våningen och när Winter stod i pubägarens vardagsrum hade han delvis utsikt mot sin arbetsplats inne i stan.

"Jag har ju redan pratat med snu... polisen", sa Douglas Svensson.

"En gång är ingen gång", sa Winter.

"Va?"

"Ibland måste vi göra uppföljningar", sa Winter och funderade över om mannen var den rätta typen för en pubägare. Douglas Svensson såg ut som om han tvingats upp på en scen, eller som om han var tvungen att säga någonting när han bestämt sig för att inte tala med världen. Winter hade aldrig besökt hans pub. Där var han kanske en solstråle.

"Vassego och följ med upp", sa Svensson.

De hade pratat med de två pojkar som Bolger gett Winter namnen på, de som Douglas Svensson nämnt för Bolger, Jamie Robertsons bekanta. Det hade inte gett mycket, inte mer än att pojkarna möjligen hade en homosexuell läggning men att de inte kunde säga om Jamie haft detsamma. Men det skulle snart ha visat sig, hade de sagt och Winter hade funderat på vad de menade. Sedan hade de inte velat tala mer om det. Winter hade fått intrycket att de var rädda.

Det var förvirrande, på mer än ett sätt.

Nu väntade Douglas Svensson på att polisen skulle säga någonting. Winter tog fram fantombilden ur sin portfölj och räckte över den.

"Är det här ansiktet bekant på nåt sätt?"

"Vem är det?"

"Jag vill bara veta om du känner igen nåt i det här ansiktet?"

"Nåt? Som näsan då, eller ögona?"

Douglas Svensson tittade ner på bilden, vred den lite i händerna och tittade tillbaka på Winter.

"Det ser ut som nån från Mars."

"Det är en datorbild från ett ögonvittne."

"Dator, eh?"

"Ja."

"Vad ni kan."

"Känner du igen ansiktet?"

"Nej."

"Ingenting?"

"Inte ens näsan."

Winter funderade på hur han skulle fortsätta. Det kunde vara viktigt. Douglas Svensson tittade på honom, misstänksam inför fortsättningen.

"Hur var... Jamie som person", sa Winter.

"Va?"

"Jamie Robertson. Hade han lätt att komma överens med folk?"

"Vadå för folk?"

"Om vi börjar med dig och dom anställda."

"Det är jag och en till och en halv till. Nu alltså, efter detta."

"Nu alltså", fortsatte han, "efter detta."

"Jag vet."

"Varför frågar du då?"

"Frågan gällde hur ni kom överens."

Pubägaren såg ut som om han tänkte säga någonting men sedan höll han inne med det. Hans ansikte fick en annan nyans, som om han först nu förstått vad som hänt. Huden mörknade, blicken tog en annan väg. Kanske är det ett slags sorg, tänkte Winter.

Han väntade. Den tunga trafiken ute på leden härjade förbi, till och från Tingstadstunneln. Det är ett ljud det måste vara svårt att vänja sig av med, tänkte han.

Nånstans här utanför fick jag kontakt med två biltjuvar, och han såg offret framför sig: hennes telefonnummer låg i hans plånbok som en försäkran inför sämre tider. Han hade funderat på att ringa, mest av nyfikenhet, men det hade inte funnits tillräckligt med tid.

"Vi kom alltid överens", sa Douglas Svensson nu. "Jamie var en omtyckt kille och hans engelska, eller skotska får man väl säga, var ju en tillgång för puben."

"Aldrig nåt bråk?"

"Med nån av oss? Aldrig."

"Inte med nån annan?"

"Bråk mellan anställda på min pub och våra gäster? Varför skulle sånt inträffa?"

"Det är vanligt."

"Hos mig?"

"Överhuvudtaget."

"Men va fan... det är när man hyr psykfall till dörrsluskar. Vi har inga dörrsluskar och därför inga psykfall. Jag har inte ens en garderob."

"Okej", sa Winter, "men om vi vänder på det då. Fanns det några stamgäster som Jamie pratade lite mer med?"

"Det vet jag inget om."

"Stamgäster har du väl?"

"Många. Fler än nere på häktet tror jag", sa Douglas Svensson utan att med ansiktet avslöja om det varit menat som ett skämt.

Winter tänkte på vad Bolger sagt. Douglas Svensson hade pratat om ett ansikte som dykt upp, fler än en gång. Ingen stamgäst, eller ny stamgäst. Winter ville inte nämna Bolgers namn. Han lirkade sig runt och runt, kom närmare, styrde samtalet i sin riktning så försiktigt han kunde och samtidigt så målmedvetet han vågade.

"Inga nya stammisar?"

"Va?"

"Inga nya typer som hängde runt bardisken och pratade med Jamie eller så?"

"Alla och ingen pratar med en bartender", sa Douglas Svensson som tränade han på att skapa nya bevingade ord. "Bartendern lyssnar när vi människor har det svårt och det lyfter oss en bit."

"Det var bra sagt."

Douglas Svensson nickade som Aristoteles skulle ha gjort mot en lärjunge: Tragedin är vägen till rening, min son.

Vi sätter vår tro till Den Store Bartendern i skyn, tänkte Winter, The Father And The Son And The Holy Ghost, och han hörde en splittrad samling toner i huvudet.

"Så Jamie Robertson var en bra lyssnare?"

Douglas Svensson slog ut med armen som om det varit en

självklarhet. Pojken må ha varit ung men han var Bartender.

"Nån särskild som han brukade lyssna till?" frågade Winter.

"Det går ju inte att säga direkt, man har liksom fullt själv när man jobbar därbakom."

"Men ingen särskild?"

Douglas Svensson svarade inte.

"Ingen särskild?" upprepade Winter.

"Det fanns nån... som jag inte sett innan men som brukade komma en del... kanske nåra veckor innan Jamie... innan det hände", sa Douglas Svensson.

Äntligen, tänkte Winter. Det här är ett underbart jobb när bollen rullar i hålet efter trettionde försöket.

"Du kände alltså igen ett särskilt ansikte?

"Det vet jag inte om jag kan säga. Om jag skulle känna igen nån nu, alltså. Men det var nån som satt vid baren nåra gånger eller så och jag hade inte sett honom innan."

"Pratade du med honom?"

"Det kommer jag inte ihåg."

"Men Jamie pratade med honom?"

"Den här snubben satt eller stod nåra gånger där när Jamie hade pass, eller när det var happyhours och vi jobbade båda, alltså täckte varsin del av disken."

"Så han kunde ha pratat med Jamie?"

"Han måste ju ha beställt."

"Skulle du känna igen honom igen?"

"Jag vet inte har jag sagt."

"Men han liknade inte det där?" sa Winter och pekade på bilden som låg på bordet mellan dem.

"Inte ett skit", sa Douglas Svensson.

"Då gör vi en bättre", sa Winter.

Bertil Ringmar höll ihop utredningen tillsammans med Winter, flåsade alla i nacken. Han hade fått en halv influensa, visade det inte, hostade av sig under de tidiga morgontimmarna och höll sig undan för den dåliga luften under arbetsdagarna. Han hade gärna haft ett ord med Birgersson men sökte det inte.

De stötte ihop av en slump mellan fjärde och femte våningen, i trappan som omväxling mot tysta möten i hissen. De hade ingenting att säga varandra men skakade hand.

"Det går bra hör jag", sa Birgersson.

"Mycket", sa Ringmar.

"Tack vare dig Bertil", sa Birgersson.

Ringmar svarade inte utan böjde bara ödmjukt på huvudet som för att visa hur mycket de goda orden betydde för honom.

"Se till att Winter inte springer i vägen för mycket", sa Birgersson, "den där spolingen har en förmåga att göra det och sen är det vi gamla uvar som får röja upp i ruinerna."

Med vänner som du behöver man inga fiender, tänkte Bertil Ringmar. Det håller en på tårna oavbrutet, får en att göra sitt bästa.

"Så är det", sa han efter en liten stund.

"Vad?" sa Birgersson.

"Det är vi poliser som får röja upp i dom rykande ruinerna av det svenska välfärdssamhället."

Birgersson stirrade på honom.

"Så är det", sa Ringmar, "det är bara såna gamla uvar som vi som begriper det."

"Vi måste diskutera vidare", sa Birgersson. "Jag behöver höra din syn på fallet så fort som möjligt."

"I eftermiddag?"

"Eh... jag har ett möte men... nej, jag måste kolla. Jag ringer."

Ringmar nickade och log kamratligt. Det där handslaget var smittsamt, tänkte han. Du kommer att få förhinder, Sture.

"See you", ropade Detective Super Intendent Sture Birgersson och var borta.

Ringmar gick in till sig, grep telefonen som genast börjat ringa, som var den kopplad till en varningsvajer över tröskeln.

"Hallå?" grymtade han.

"Här är ett samtal jag tycker du bör ta", sa Janne Möllerström.

"Varför det?"

"Det är brevvännen. Den andra brevvännen."

"Vem?" frågade Ringmar men begrep sedan. "Förfan koppla hit honom direkt."

"Det knäppte i örat på Ringmar, en röst hördes.

"Ja, hallå?"

"Kriminalkommissarie Bertil Ringmar här."

"Ja..."

"Vem är det som ringer?"

"Måste jag säga det? Jag ha..."

"Vad gäller saken?" avbröt Ringmar.

"Jo det var det där som stått i tidningen förut... att ni har sökt nån som kanske brevväxlat med den där engelske killen som... som blev dödad."

"Ja?"

"Det är jag", sa rösten i telefon.

Ringmar väntade på mer. Rösten lät ung men man kunde aldrig veta. Ibland hade han föreställt sig telefonröster som tjugo max och när de fått ett ansikte hade han fått lägga på femti år.

"Hallå?" sa rösten.

"Du har brevväxlat med Geoff Hillier?"

Inget svar.

Bertil Ringmar upprepade frågan.

"Ja", svarade brevvännen.

"Det här är väsentligt för oss, jag behöver träffa dig för ett samtal om det här."

"Samtal?"

"Ja. Det är inte frågan om nåt förhör", sa Ringmar.

"Räcker det inte så här?"

"Nej."

"Jag vet in..."

"Vi behöver hjälp med att klara ut det här och du kan vara den som avgör hur det går för oss."

Snart säger jag att det här samtalet spåras just nu och att vi är i hans bostad om tio minuter, tänkte Ringmar.

"Vi kan skicka en bil."

"Nää... jag kommer själv."

24

Lars Bergenhem hade gått tillbaka in i rummet där showen fortsatt. På scenen stod två kvinnor han inte kände igen omedelbart. Efter en liten stund såg han att den ena, den äldre, var kvar. Den yngre kvinnan var inte där.

Han hade satt sig igen vid bordet. Lokalen hade blivit mindre, tätare och rökigare. Männen var fler här nu, de fyllde upp runt borden, följde stripshowen med hungriga ögon. Tina Turner sjöng en sång om vad kärlek har med saken att göra.

Bergenhem såg nu den yngre kvinnan, hon satt vid ett av borden och talade med två män, och han tyckte inte om vad han såg.

Han kände en förvåning omedelbart efter det att han känt att han inte tyckte om scenen; han gillade inte att hon talade med dom där två jävla svinjävlarna. Det är inte god moral som får mig att känna en låga av varm vrede eller sorg eller vad fan det är jag känner, tänkte han, jag har inget med det att göra, men jag tycker inte om att hon sitter där och pratar med dom.

Hon är i min ålder om hon inte är en fjortonåring som åldrats snabbt. Gubbarna är fyrtifem och bortom räddning. Jag skiter i dom. Jag bör inte tycka nåt alls om det här.

Nu reste hon sig och en av männen följde efter. De gick in genom en dörr till höger, nedanför scenen. Bergenhem följde dem med blicken.

"Inspektör Bergenhem?"

En rörelse vid hans högra sida. Han tittade upp på en man som kommit fram till bordet utan att han hört det; blont hår i hästsvans, en kostym som glänste matt i färgerna från scenen, en kropp därunder som lyft ett och annat kilo, tänkte Bergenhem, men jag ser inte så bra i det här ljuset.

Han rätade på sig lite.

"Ja?"

"Du hade frågat efter mig?"

"Ja just det", sa Bergenhem och reste sig, "det var ett par frå..."

"Ska vi kanske gå in på mitt kontor?" sa mannen och såg sig om i lokalen, han tog in scenen med en blick och tittade sedan på Bergenhem igen. "Den här vägen", fortsatte han och visade mot rummet där tidskrifterna stod rad på rad.

De gick in i ett rum omedelbart till vänster efter draperiet. Rummet hade ett fönster mot bakgården och det förvånade Bergenhem. Det var det första fönster han sett på Riverside. Mannen hade blivit stående innanför dörren, som väntade han på att Bergenhem skulle göra någonting, säga någonting.

"Jag är glad att du kör med öppna kort", sa han sedan.

"Va?"

"Öppna kort", sa mannen, " det är bra att polisen inte smyger runt och låtsas vara några andra."

"Det skulle väl vara omöjligt."

"Efter ett tag."

"Se där."

"Men det är irriterande, som om vi inte är betrodda att ta hand om oss själva här, bedriva vår verksamhet."

Bergenhem sa ingenting. Han hörde fragment av verksamheten genom den södra väggen, Tina Turner, men mest basgångar på botten av den flottiga soulen och det lät som om Tina sjöng med en tunna över huvudet.

"Och nu har du frågat efter mig", sa mannen.

"Du hade inte behövt hämta mig därute", sa Bergenhem.

"Här har vi ingenting att dölja."

"Det tror jag inte heller."

"Så vad gäller saken?"

Bergenhem berättade så mycket han hade befogenhet till. Han lyssnar som om han har öronproppar inkilade i huvudet men jag ser att allt fastnar, tänkte Bergenhem, han lyssnar på allt och svarar på det han säger att han har hört.

Bergenhem gav inga detaljer från utredningen. Han gav ljus åt en misstanke, det var allt.

"Snuffilmer? I Göteborg?"

Mannen satt bakåtlutad i en av rummets två fåtöljer, det ena benet över det andra. Han rökte en cigarrett; röken drev sakta mot fönstret och försvann genom en springa ut i natten.

Bergenhem hörde två tågsignaler genom öppningen. Bangården låg trehundra meter bort, öde och genomblåst och glest bebodd av godsvagnar som stöttes mot varandra.

"Aldrig hört talas om sånt", sa mannen med ett tydligt tvivel i ansiktet. "Varför kommer du till mig?"

"Vi kommer till alla som bedriver verksamhet i den här branschen", ljög Bergenhem.

"Aldrig hört talas om det", upprepade mannen.

"Det måste du väl ha gjort?"

"Tror du jag ljuger?"

"Den typen av filmer", förtydligade Bergenhem, "du måste väl ha hört talas om den typen av filmer?"

Mannen tittade på Bergenhem som om han drev med honom.

"Driver du med mig?"

"Förlåt?"

"Saken gällde väl snuff i Göteborg, om jag fattat rätt. Inte vad fan man håller på med i Colombia eller Los Angeles eller London, eller var det där är populärt."

"Har du aldrig sett en sån film?" frågade Bergenhem och kände direkt att han gjort ett misstag. Jag är klumpig, tänkte han, men det är för en god sak.

"Jag sitter här av fri vilja och svarar snällt på dina idiotiska frågor."

Bergenhem sa ingenting, han funderade på fortsättningen. Vinden därute förde med sig något som lät som en sammanstötning mellan två vagnar, järn mot järn.

"Men för all del", sa mannen, "jag har aldrig sett en sån film. Har du?"

"Va?"

"Har du sett nån sån film? Du är kriminalinspektör, jag antar att du har sett det mesta."

"Aldrig det."

"Och varför inte?"

Bergenhem sjönk ner en liten bit i fåtöljen. Basgångarna genom väggen blev tyngre och djupare, som om dansen därinne ändrat tempo. Han hörde inga ljud av röster genom väggen, ingenting genom dörren.

Mannen fimpade sin cigarrett, reste sig, gick bort till fönstret och öppnade det två decimeter som för att vädra ut den giftiga luften.

Bergenhem hörde bara en tystnad därutifrån nu, som om den tidigare springan varit en förutsättning för att ljuden skulle uppfattas. Ett öppet fönster betydde tystnad. Det är som dom nya tågen, tänkte han. Dom har en högre hastighet men ett mindre ljud. Till slut hör man dom inte alls och märker inget förrän dom har kört över en.

Mannen stängde fönstret och vände sig mot sin gäst.

"Du har inte sett nåt sånt eftersom det inte finns att se", sa han. "Götet är inte vad det varit när det gäller godhet, men det finns ingen marknad för snuff i den här stan."

Bergenhem lyssnade, väntade.

"Du tycker jag är... idealist, tror folk här i stan om gott? När det gäller sånt har du kommit till fel person. Men det där skulle inte gå här. Vi är inte tillräckligt onda än, eller tillräckligt frustrerade och vridna."

"Än?"

"Än ja, det kommer men vi är inte redo riktigt än."

"Du verkar rätt säker."

"Vet du varför jag säger nåt om det här överhuvudtaget till dig? Det är för att det finns en moral även hos oss."

"Hur ser den ut?"

"Va?"

"Hur ser den moralen ut? Består den av lika delar människokärlek och vinstintresse?"

Mannen tittade på honom som om han funderade på var han skulle dumpa kroppen efteråt.

"Det finns gränser", sa han kort.

"Bara här i stan alltså?"

Mannen svarade inte, plockade med en söm i kavajen, strök sig över näsryggen och skulle inom en minut resa sig och tacka för uppmärksamheten. Så mycket förstod Bergenhem. Skulle den här mannen säga nånting om han hade några misstankar åt nåt håll? Talet om moral hade bullrat stort och ihåligt, som basljudet genom väggen. De hade slutat nyss, showen måste ha tagit en paus.

"Du har aldrig fått några önskemål från... gäster som vill veta lite mer om nåt speciellt?" frågade Bergenhem.

"Bara från dig", svarade mannen.

"Ingenting som går utöver det synliga sortimentet?"

"Det synliga sortimentet? Det var nåt nytt."

"Du vet vad jag menar."

"Nej."

"Du vet inte vad jag menar? Kom ige..."

"Jag menar att jag inte får några såna önskemål eftersom vi har allt som våra gäster kan önska sig. Jag vet inte hur mycket du känner till om den moderna filmkonsten, men jag tror att du skulle bli förvånad över hur mycket som är lagligt i dag, inspektörn."

"Okej."

"Nåt mer?"

Inte just nu, tänkte Bergenhem, men jag kommer tillbaka. Det finns nåt som du har sagt till mig här som jag inte har uppfattat... inte än. Jag borde ha haft en bandspelare. Jag måste härifrån och skriva ner samtalet.

"Nej", sa Bergenhem och reste sig.

De gick ut ur rummet. Bergenhem hörde musiken rulla igång igen och gick bort till draperiet och öppningen in till showrummet. Han gick in, såg på dansen, den yngre kvinnan var där och hon rörde sig till Tina Turners röst, ögonen riktade in i en annan värld. Bergenhem blev stående. När han gick därifrån tittade mannen efter honom.

De satt i Ringmars rum. Eftermiddagen var sen. Winter läste förhörsprotokollet.

"Vad tycker du?" frågade Ringmar.

"Inte så mycket att säga om", sa Winter.

"Det var som om han skämdes", sa Ringmar.

"För att han inte hörde av sig om brevet?"

"Du vet vad jag menar."

"Det är ju fan att folk ska behöva smyga med det fortfarande, trots all öppenhet."

"Kan det finnas nåt annat brev?" Det var Ringmar som tänkte högt.

"Att ett annat brev var en av lockelserna för Geoff Hillier att komma till Göteborg? Det tror jag när jag ser det."

"Är det vanligt det där med nätet?"

Ringmar hade pekat på protokollet.

"Folk får rätt mycket kontakt på Internet", sa Winter. "Hillier och den här killen fick ju tydligen det."

"Han kunde ju inte riktigt svara på varför dom fortsatte med vanliga brev", sa Ringmar.

"Jag ser det."

"Kanske för att vara... diskreta."

"Kanske det. En tillbakagång till det gamla. Det hemliga."

"Men det här får vi lägga i lådan", sa Ringmar.

"Jag har funderat på varför Hillier inte hade nåt brev hos sig från den här brevvännen", sa Winter. "Han hade väl ingen anledning att förstöra det?"

"Nej."

"Var är det då?"

"Han kanske inte var typen som sparade brev?"

"Ett brev från en pojkvän? Som var en stark anledning till att han åkte hit?"

Bertil Ringmar slog ut med armarna som till försvar.

"Nog fan sparade han det", sa Winter, "men nån annan tog hand om det."

"Varför?"

"För att där stod nåt som avslöjade nåt."

"Vad då?"

"Jag tänker på det."

"Och han tog det? Hitchcock tog det?"

"Ja."

"För att där stod nåt som kunde ge oss ett ljus?"

"Vet inte. Jag tänker på det."

Winter grep efter sina Corps men insåg var han var. Ringmar var ingen vän av cigarillrök i rummet, slingor och doft dröjandes kvar under ljusår.

"Ska vi gå in till mitt?" frågade Winter.

"Vad är det för fel på mitt rum?" sa Ringmar och log elakt. "Ro hit med paketet."

"Va?"

"Ge mig det stinkande paketet", upprepade Ringmar.

Winter tog upp det ur innerfickan och slängde över det till kollegan. Ringmar höll upp paketets ena sida framför ögonen som en gravt närsynt.

"Tobacco seriously damages health", sa han.

"Det finns ett meddelande på baksidan också", sa Winter och Ringmar vände på paketet.

"Smoking causes cancer", sa Ringmar.

"Det är bara cigariller", sa Winter, "och jag drar inga halsbloss."

"Då hade dom inte behövt lämna dom här små lapparna här, eller hur?"

"Du är en politiskt korrekt person, Bertil. Du kommer att bli kedjerökare."

"Mhm."

"Det är så det går för dom korrekta."

"Vad har det med självmord att göra?"

"Självmord?"

"Dom här grejerna", sa Ringmar och kastade tillbaka paketet. Winter fångade det och stoppade tillbaka det i innerfickan.

"För att tala om nånting annat", sa Winter och la ifrån sig papperen, "TV 3 vill hoppa på det här så fort som möjligt."

"Jag vet."

"Vi kan nog behöva det."

"Jag undrar hur mycket vi ska säga?"

Winter sa ingenting. De hade prövat med programmet Efterlyst tidigare. Resultatet hade varit blandat, men de hade alltid fått in en mängd spaningsuppslag. Människor läste inte tidningar, som i forntiden, tänkte Winter. De såg på teve. Något de sett på teve kunde leda utredningen vidare. Problemet var att få ett program på deras, polisens, villkor. Det handlade inte om tevefolket. Det var mer en planeringsfråga: hur mycket som skulle sägas, hur mycket de kunde hålla inne med och ändå få hjälp.

Det fanns fall som hade lösts med hjälp av Efterlyst. Grova våldsbrott.

Det svåraste var att beskriva ett beteende, tänkte han. En våldtäktsmans eller mördares beteende... De kunde aldrig lämna ut offrens detaljer från... händelsen, men de kunde hjälpa till med att skapa en bild av hur en brottsling kunde vara. Hans beteende. På flera sätt. Om han hade rört sig på ett speciellt sätt. Sådant.

"Jag tänker på våldtäkterna förra året", sa Ringmar.

"Det gör jag faktiskt också", sa Winter.

"Det var programmet som gjorde det."

"På sätt och vis."

"Det var vad vi behövde."

Så var det, tänkte Winter nu, de hade haft en serie våldtäkter och en bil och beskrivningar av vad som skett och hur det sett ut inne i bilen. Våldtäkterna hade begåtts inne i mannens bil.

Därinne fanns saker som offren hade sett men dom, Winters spanare, hade inte gått ut med dessa detaljer.

Dom hade inte pratat om en spricka i en av rutorna, sprickan som såg ut på ett speciellt sätt beroende på varifrån man såg den. Eller vad som hängde ifrån backspegeln.

Det hade alltid varit mörkt men offren hade sett samma saker, små saker som var viktiga men som inte hjälpte spaningsarbetet tillräckligt långt framåt. Vi behövde nåt mer, tänkte Winter. Vi visste inte vad det var för en bil. Mannen gick fri. Det skulle hända igen, så mycket visste vi.

Efter att programmet sänts två gånger ringde en dam som tillbringade en del tid bakom sitt fönster i lägenheten i Landala. Det var Ringmar som hade tagit emot samtalet.

"Jag tror att jag såg en man som gick in i en bil och han var så där som ni visade", hade hon sagt, obestämt, ett drag av vimsig gammal kär...

"Ja", hade Bertil sagt, lyssnat på ännu ett vittne som trott sig se något.

När hon sa var hon bodde hade han satt sig lite rakare. Det var där... en av våldtäkterna hade skett i det området. Hon visste när hon sett mannen. Det stämde i tiden.

"Det var lite konstigt", hade damen sagt. "Kanske är jag bara dum, men jag skrev i alla fall upp bilnumret."

När dom sen kollade honom så stämde allt, tiderna, var han varit. Sprickan i rutan var fixad men det räckte inte för honom. Efter det var det bara en förhörsteknisk fråga. Det tog nio dar och sen var det klart, tänkte Winter.

"Vi gör väl ett försök men inte riktigt nu", sa han. "Häromnatten tänkte jag på flygtrafiken."

Det lät som om Ringmar suckade.

"Vi har begärt in passagerarlistorna", sa han, "och dom börjar komma nu. Det behövs ett extra rum för det här. För att inte tala om extra personal."

"Tre månader bakåt?" frågade Winter.

"Ja", sa Ringmar.

"Hur länge sparas dom därute?"

"Avgående här från Landvetter sparas ett år på det dom kallar Stationstjänst."

Winter väntade på fortsättningen.

"Det är ett skott i mörker, Erik."

"Hur många flighter är det varje dag mellan London och Göteborg?" frågade Winter.

"Fem tur och retur varje vardag", sa Ringmar. "Den första med SAS tio över sju och den sista kvart i sex med British Airways. På söndagarna flyger SAS till Heathrow tio i sex, det betyder sex flighter fram och tillbaka under söndagar."

"Alla går väl inte härifrån till Heathrow?"

"British Airways har en kärra kvart över sju på morron till Gatwick."

"Jag har tagit den nån gång."

"Ja, just det, du har väl klippkort?"

"Hade", sa Winter.

"Det sitter mellan hundra och hundratjuge passagerare i varje plan mellan Göteborg och London och omvänt", sa Ringmar.

Winter nickade.

"Vet du hur många det blir på ett år?" frågade Ringmar.

"Jag har inte miniräknaren med mig", sa Winter.

"Trehundra tusen passagerare på ett år."

"Det är många."

Ringmar svarade inte.

"Vi begränsar oss i tiden", sa Winter.

"Inte tillräckligt."

"Nånstans måste vi börja."

"Jag föreslår att vi börjar, förutsatt att vi hinner alls, med dom där flighterna som pojkarna satt på", sa Ringmar. "Men vi har inte fått statistiken från London än för avgångarna till Göteborg."

"Och sen går vi bakåt vecka för vecka", fortsatte han.

"Vi får göra så", sa Winter.

"Det är en jävla massa passagerare ändå."

"Jag antar att flygbolagen har angett slutdestination för varje namn på listorna?"

"Jag vet inte än."

"Det borde vara så. Så vi kan sortera bort dom som checkade in i Göteborg men fortsatte till Blackpool eller Kapstaden."

"Om dom inte luras."

"Jag försöker vara konstruktiv här mitt i detta omöjliga uppdrag som jag har gett oss", sa Winter.

"Förlåt förlåt."

"Då återstår dom som bara åkte mellan London och Lilla London tur och retur."

"På sina egna pass."

"Ja."

"Dom kollar alla biljetter mot passen men den som åker falskt…" sa Ringmar utan att avsluta meningen.

"Då behöver vi ju bara spåra upp och kolla alla som rest med sina riktiga pass", sa Winter och log, "det är bara en fråga om uteslutning. Vi hugger dom som inte kan visa upp sina pass."

"Vi kan först kolla dom som rest tur och retur inom kort tid… en vecka eller så", sa Ringmar.

"Det är konstruktivt."

"Det är ett konstruktivt idiotarbete."

"Vi rensar bort så mycket vi kan", sa Winter. "Nån måste jobba med det."

Bertil Ringmar svarade inte, han såg ut som om han kämpade med nästa fråga, kliade sig på överarmen.

"Det kanske är konstruktivt att se ett samband här men jag är inte lika övertygad som du, Erik."

"Jag är aldrig övertygad", sa Winter.

"Det finns egentligen inget som säger att vi har en resande mördare", sa Ringmar. "Det finns inget som faktiskt *säger oss* att vi har *en* mördare."

Winter svarade inte eftersom det inte fanns något svar. De arbetade utifrån teorier och prövade dem en efter en, ibland flera åt gången.

De släppte ingenting förrän de inte kom längre, och även då släppte de det aldrig helt.

"Dom tre grabbarna har blivit mördade på liknande sätt, men det här kan hänga ihop utan att mördaren är samma person", sa Ringmar men mest för sig själv eftersom de varit igenom det här resonemanget hundra gånger tidigare under utredningen.

Vi fortsätter lik förbannat, tänkte Winter, vi tänker högt och plötsligt är det nån som säger nåt som inte sagts förut och då hakar man kanske på. Vi fortsätter alltså.

"Morden är beställda men inte utförda av en och samma person", sa han.

"Kanske."

"Varför?"

"Varför dom är beställda? Kommersiella skäl. Jag tror på det här med filmerna. Jag borde kanske inte göra det men jag gör det."

"Vi har inte hittat nåt samband mellan pojkarna", sa Winter.

"Inte mer än att dom kanske var homosexuella eller bisexuella alla tre."

"Men det vet vi inte till hundra procent."

"Grabbarna fick inte chansen att utveckla sin läggning", sa Ringmar.

"Men där finns alltså ett samband."

"Kanske."

"Och det kan vara detta som blev deras död, indirekt och sen mycket direkt."

"Förklara."

"Det var nyfikenheten på nåt hemligt eller förbjudet som fick dom att bjuda in en främling", sa Winter.

"Det kan ha varit nåt annat", sa Ringmar.

"Som vad?"

"Vad skulle få dig att följa med?" frågade Ringmar.

"Mycket pengar?"

"Nej."

"Ett filmkontrakt?"

"Nej."

"Massor av whisky?"

"Nej."

"Nån jag kände."

"Ja."

De satt tysta. En ängel rörde sig genom rummet.

"Jag känner att håren reser sig på huden", sa Winter.

"Nån dom kände", upprepade Ringmar.

"Det är möjligt", sa Winter, "men jag undrar."

Ringmar svarade inte, han tänkte vidare, lyssnade bakåt i samtalet nyss.

"Jag tror det är samma person", sa Winter. "Han har varit här och där och han är här eller där nu också. I Göteborg eller i London."

"Vi letar efter den här personen i pojkarnas förflutna", sa Ringmar, "finns han där så hittar vi honom."

"Vi kommer inte att hitta honom där", sa Winter, "inte i deras förflutna."

"Det förflutna", upprepade Ringmar, "var går den gränsen?"

Winter svarade inte.

25

POJKEN VÄNTADE MED de andra. Ingen sa någonting, alla var slutna i sig själva. Dörrarna öppnades och han gick igenom och upp på flygbussen. Han var trött och det var också de flesta andra omkring honom.

Bussen körde runt i centrum och resenärerna steg på. De huttrade med sina väskor utanför Park. Några flygplatsanställda klev på vid Korsvägen. Uniformerna var skarpa i vecken, de gav sina bärare ett vaket uttryck som inte nådde ögonen, som om kläderna höll dem uppe.

Ute på motorvägen försökte chauffören ta sig igenom ljudvallen. Pojken hörde inte bangen, han var mellan sömn och vaka, Ijahmans reggae i lurarna.

Bussen stannade utanför ingången till utlandshallen. Han grep väskan och gick av. Det snöade igen, resande halvsprang med sina vagnar från bilparkeringen.

Därinne steg röster som en sömnig bisvärm mot taket. Framför SAS incheckningsdiskar stod alla och väntade. Personalen gjorde sig färdig och det blev en liten rörelse i kön. Klockan var kvart över sex på morgonen. Pojken var i god tid. SAS-planet till London Heathrow skulle enligt tabell lyfta tio över sju. Han hade inte ätit frukost, han hade tänkt ta en kopp kaffe och en ostsmörgås före avgång.

Nu var det hans tur. Han höll upp väskan så att hon skulle se den.

"Är det ditt bagage?"

"Bara den här. Jag tar med den på planet."

Kvinnan i blått tittade på hans väska och nickade, kontrollerade biljetten och passet.

"Var vill du sitta?"

Han ryckte på axlarna. För honom gjorde det detsamma.

"Fönsterplats i mitten? Blir det bra?"

Han ryckte på axlarna igen och kvinnan log, hon prånglade fram ett boardingcard ur maskinen och överlämnade det tillsammans med returbiljetten och passet.

"Trevlig resa."

Han nickade och tog emot dokumenten, stoppade dem i skjortans högra bröstficka, lufsade bort vänsterut till rulltrapporna och åkte upp till passkontrollen.

I kafeterian såg han någon han kände. Han hade druckit sitt kaffe och ätit mackan. Han hade tid kvar till avgång. Han satt mest och tittade på alla som gick mellan taxfreebutikerna. Han hade lovat köpa parfym till morsan men han hade sagt att han väntar tills han åker hem igen. Han hade lappen i plånboken. Dom måste väl ha den parfymen i London också, annars var det skit.

Den han kände kom fram till honom. Pojken knäppte av Dr Alimantado när doktorn stod utanför skjulet i Kingstons slum och baktalade polisen i stan. Musiken tog tvärt slut i en lång baktakt. Han drog hörsnäckorna ur öronen.

"På väg nånstans ser jag."

Pojken nickade.

"London", sa han.

"Samma här. Men bara över dan."

"Över dan? Är det nån mening?"

"Dom vill att jag ska hämta nåra papper. Kurir alltså."

· "Det finns väl post", sa pojken, "vanlig postgång."

"Inte för allting."

"Nähä."

"Hur länge blir du där?"

"En vecka... tror jag", sa pojken.

"Är det inte klart? Man blir änna avundsjuk."

Pojken svarade inte, solade sig i den andres avund. Det var som en extra kick i resan, att kunna säga det en gång till innan planet stack upp.

"Har du varit i London förut?"

"Ja, men bara en gång", svarade pojken.

"Har du fixat boende?"

"Nä för fan."

"Har du fått några bra tips?"

"Morsan och farsan pratar ju om sina charterställen i Bayswater så det blir väl nåt där, eller så bor jag på ett par ställen", sa pojken. "Alltså flera ställen."

"Jobbar du inte nu?"

"Pluggar."

"Okej."

"Det är egentligen därför jag åker över, eller för att jag ska ha en anledning. Kolla upp utbildningar, jag har fått lite papper och ska prata med ett par."

"Institutioner?"

"Ja."

"Vad ska du plugga?"

Pojken vek servetten framför sig på bordet i allt mindre rutor. Han tittade på tavlan, nu kom uppmaningen att han skulle gå till gaten.

"Kanske engelska", sa han, "eller design och foto på en skola som verkar rätt intressant."

"Svårt att komma in?"

"Jag vet inte, men nu får vi nog gå om vi ska komma med planet."

"Det är ingen brådska."

"Sen är det musiken", sa pojken och grep sin väska och började resa sig från bordet.

"Musiken?"

"Jag gillar ju den nya reggaen, så jag tänkte att jag skulle åka ner till Brixton typ och köpa lite nytt och hitta en del av det gamla som inte går att få tag på här."

"Mhm."

"Jag har hittat flera ställen på nätet."

"Skivaffärer?"

"Allt möjligt, affärer, dansställen, klubbar.Verkar cool."

"Brixton? Är inte det långt iväg?"

"Tunnelbana en bit, inte mer. Guns of Brixton med Clash. Farsan har den. Har du hört?"

"Nej."

De gick till gate 18, lämnade över pass, biljetter och boarding-card och gick ombord. Pojken lämpade upp väskan på hyllan ovanför sätet och lirkade in sig till stolen vid fönstret.

Han spände säkerhetsbältet och såg ut genom rutan. Träden var svarta borta i kanten av flygplatsen. Startbanorna var ett hav av betong.

Snön kletade på fönstret och blev till vatten. Han hörde ett meddelande som handlade om säkerhet men han lyssnade inte till slut, pluggade in Dr Alimantado igen och blundade, slog takten med handen mot låret.

Efter en stund kände han att han trycktes bakåt i stolen. Han öppnade ögonen och såg betonghavet brusa utanför, som grå fartränder mot en genomskinlig bakgrund.

Efter det såg han ingenting. De lyfte rakt igenom molnen och snart var de ovanför. Han försökte komma ihåg när han sett en blå himmel senast, det hade inte varit så länge sedan. Men den hade inte varit blå som den här. Det här är livet, tänkte han.

26

Rastlösheten fanns i honom igen, han kände det som om den väntade i mellangärdet, som ett väsen.

Är jag inte mogen för den här familjen? tänkte han. Är steget för stort eller är det nåt annat som är fel?

I kväll hade han känt Klumpen sparka. Det var som om handen fortfarande vibrerade. Den dunkade ömsom av värme, ömsom av kyla.

Jag sitter på mellanhand, tänkte han när han kände sina fingrar röra sig utan att han styrde dom. Det krävs nåt av mig och jag är inte säker på vad. Jag får göra nåt av det här. Det lilla extra, tänkte han och gjorde något med ansiktet.

"Vad är det?" frågade Martina och granskade honom.

"Ingenting."

"Du gjorde nån grimas som om du tänkte på nåt otäckt."

"Jobbet."

"Vad är det då?" sa hon igen.

"Det är bara dom sena tiderna."

"Har du eftermiddagsskift hela veckan?"

"Ja, fast det borde heta kvällsskift."

"Eller nattskift. Du kommer hem och luktar rök."

Han körde vägen ifrån radhuset och ut på bron. En dag, eller två nu, hade ljuset varit annorlunda, som ett löfte. Är det samma sensation om femton år? Är man alltid beredd att vänta på våren? tänkte han. Om femton år har träden vuxit upp runt huset och jag är kommissarie och har en Klump som ska börja i gymnasiet.

Då åker vi till hemlig ort, som Birgersson, den sista veckan i februari när allt bara är en väntan. Sture är inte brun när han kommer tillbaka. Var i helvete håller han hus? Har en vuxen människa rätt till hemligheter?

Rester av is flöt på vattnet nedanför honom. Skymningsljuset träffade ytan och fick älven att likna en flod av krossat glas.

En kutter klöv den skarpa ytan på väg mot öppet hav som om den haft diamanter i propellern. Väster om bron mötte den Havskatten, på ingång från Danmark. Katten flöt genom luften. Ingenting hördes därnerifrån, svävaren var en stor rörelse utan ljud.

Lars Bergenhem körde av bron och in i den tystnad som verkade driva in över stan från havet därborta.

Det kan inte vara omöjligt att få tag på en segelbåt till mänskligt pris, tänkte han. Martina skulle bli glad. Jag skulle vara ur vägen när hon var med Klumpen. Det kanske blir bäst så, tänkte han och förundrades över sina tankar.

Han pluggade in kassetten i bandspelaren och höjde volymen till det outhärdliga. Trafiken flöt ljudlös utanför bilfönstren.

Skylten lyste som förut. Han ställde bilen på samma ruta. Dörren såg annorlunda ut nu när han visste hur det såg ut innanför. Riverside hade funnits i två år och haft en publik från första dagen.

Bergenhem gick rakt igenom tidskriftsrummet och in till showen. Det fanns män runt alla bord utom runt det som stod närmast dörren och draperiet, och det var där han satte sig.

En kvinna dansade på ett av borden längst bort, intill scenen, och männen applåderade hennes rörelser. Det fanns ingen musik nu.

Tina Turner är värd en paus, tänkte Bergenhem och satt stilla och väntade. En man i vit skjorta och mörk fluga kom fram till honom och tog hans beställning. Servitören återvände med hans cola. Bergenhem lyfte glaset och sög in en isbit, tuggade, väntade.

"Redan tillbaka?" sa Hästsvansen som kommit in genom skynket.

"Du är snabb", sa Bergenhem.

Hästsvansen sa ingenting.

"Det var ett par frågor till", sa Bergenhem.

Hästsvansen förblev stående, en cigarrett i handen.

"Det går bra här", fortsatte Bergenhem, "vi behöver inte gå in på kontoret."

"Fråga på."

"Är inte det där draperiet i vägen?"

"Är det den första frågan?"

"Jag kom just att tänka på det."

"Det är ett vackert draperi. Sexigt."

"Det är som nåt ur en stumfilm."

Hästsvansen gjorde en gest som kanske skulle uttrycka mild resignation och satte sig mitt emot polismannen. Han tittade på Bergenhems glas.

"Du kan få det spetsat om du vill", sa han.

Bergenhem tänkte. Hur skulle Winter gjort?

Han drack ur glaset igen, kände iskylan mot tungan.

"Med vad?" frågade han.

Hästsvansen visade med kroppsspråket att han kunde erbjuda all sorts alkohol och alla andra substanser därtill.

"Har ni rom & cola?" frågade Bergenhem.

Hästsvansen reste sig och gick bort till baren. Han sa något till bartendern och efter några minuter kom servitören med två glas.

"Endast för polisen", sa mannen när servitören lämnat dem. "Endast för våra vänner."

Det här är ett oskyldigt spel, tänkte Bergenhem. Det är ett test men jag vet inte av vad.

"Jag kom på att jag kör", sa han.

"En klunk kan du ta."

"Det här är ren taktik från min sida", sa Bergenhem och lyfte glaset.

"Det var nåt mer du ville?"

Bergenhem hörde musiken vältra igång, som en pålkran genom sten. Basen fläkte honom rakt igenom öronen. Är det ett test till? tänkte han.

Mannen iakttog honom. Någon hittade volymknappen. Dånet sänktes och diskanten höjdes och kvinnorna gjorde entré på scenen. Tina Turner sjöng.

Mannen lutade sig över bordet.

"Det var nåt mer du ville", upprepade han.

"Har ni bara Tina Turner?" frågade Bergenhem.

Mannen granskade honom, tittade mot scenen och vände ansiktet mot honom igen. I kväll hade Hästsvansen en smårutig skjorta som var öppen i halsen, hängslen, ingen kavaj, mörka byxor med slag. Alla färger var röda därinne, från de målade lamporna längs väggarna.

"Man rör sig bäst till Tina Turner", sa Hästsvansen efter en halv minut.

"Jag blev inte kvitt den frågan", sa Bergenhem.

"Är det här en provokation?"

"Nej för fan."

"Vad var det du ville då?"

"Jag glömde be dig tänka igenom vad det är för typ av gäster som kommer hit. Och om dom skiljer sig från gäster på dom andra ställena."

"Det är ju omöjligt att säga."

"Är det? Ställena har väl olika profil?"

"Jag vet varför du ställer den där frågan."

Bergenhem såg mot scenen. Han kände igen båda kvinnorna. Den yngre såg ännu tunnare ut. Hennes mun var röd som blod. Han ville inte titta på mannen tvärs över bordet nu.

"Du har kommit fullkomligt fel", sa mannen."Se dig om, jag ser att du redan kollar mot scenen."

Bergenhem tog ögonen från kvinnorna. Musiken upphörde och gungade omedelbart igång igen. Tina Turner morrade om den bäste, helt enkelt den bäste.

"Det här är ingen gayklubb", sa mannen.

"Du har haft en och annan transafton", sa Bergenhem.

"Var du här?"

"Det är inte det saken gäller. Vi har inga fördomar."

Mannen skakade på huvudet och reste sig.

"Sitt gärna kvar tills drinken är slut", sa han och rasslade ut genom draperiet.

Dansen fortsatte åtta eller tio minuter till och sedan försvann kvinnorna från scenen. Bergenhem satt kvar, luktade en gång på glaset och lät det stå. Han ville inte lämna bilen kvar därute över natten. Han hade trott att mannen skulle stanna en liten stund till om han drack, men det hade varit en felbedömning. Kanske var det bra.

Den tunna kom ut från dörren bredvid scenen och gick fram till det närmaste bordet. Tre män reste sig på gentlemäns vis och hjälpte henne, skrapade fram en stol. Hon var klädd i en klänning som såg svart ut i det röda ljuset. Hon tog fram en cigarrett ur sin handväska och en av männen var snabb med tändaren. Han sa någonting och hon skrattade. Bergenhem satt kvar.

Kvinnan reste sig och gick tillbaka ut genom dörren. Mannen som tänt hennes cigarrett följde efter. Bergenhem satt kvar. Vid många av borden satt kvinnor. Det var fler män än kvinnor. Bergenhem väntade.

27

FREDRIK HALDERS TOG paus, det var bara han och Sara Helander i kantinen och han fortsatte att fråga henne om vad som hände på fotografierna.

"Så det är inte dansstegen i första hand?" frågade han.

Hon tittade på honom. Han såg medlidande i hennes ögon. Han skrattade kort, som åt ett skämt som bara han kände till.

"Var det där egentligen en sån bra idé?" sa han.

"Dansstegen var bara för att göra det begripligt för dig", sa Sara Helander.

"Händer det nåt när du tittar på bilderna?" frågade Fredrik Halders.

"Hur menar du?"

"Vad ser du när du tittar?"

"Blod", sa Sara Helander.

"Det försvårar jobbet, inte sant?"

"Jag tycker synd om dig, Fredrik."

"Det är inte en pistol jag har här i fickan, jag är bara glad att få träffa dig."

"Du är rasist och sexist", sa Sara Helander.

Halders böjde på huvudet.

"Jag är allting", sa han, "men berätta nu vad du ser när du sitter lutad över bilderna."

Lokalen var plötsligt fylld av poliser som flydde arbetet. Det klirrade av porslin mot porslin, raspade när fat drogs över de billiga bordsytorna.

Ljuden av röster gled samman till en enda. Den steg uppåt och splittrades igen när den nådde taket. Där surrade utredningarna från alla händelser i undre världen, den stigande räntan och de ökande boendekostnaderna, jackpotten på 60 miljoner, priset på en motorsåg, lördans melodifestival som ingen skulle se och flera nämnt och all smuggelsprit som mognade till ingen nytta.

"Vad är det du är så intresserad av?" frågade Sara Helander.

"Det är du som ska ha den skarpa blicken", sa Halders, "det är därför du har kommit med i vårt sammansvetsade team."

"Det finns en rörelse där", sa hon efter några sekunders eftertanke.

"Spelar det nån roll?"

"Om dom har rört sig eller inte?"

"Ja."

"Det kan säga oss nåt om vad som hände innan... det hände."

"Kan man se sånt i spåren?"

"Man kan se om det var tvång redan från början."

"Är det så tydligt?"

"Vadå?"

"Är spåren så tydliga?" frågade Halders.

"På många sätt", svarade Sara Helander.

Flera gick från kantinen, stolarna skrapade mot stengolvet med ett ohyggligt ljud. Varför har dom aldrig lärt sig att lyfta stolen, tänkte Halders. Det var det första jag fick lära mig och det räddade mitt liv, det gjorde mig till en första klassens samhällsmedborgare.

"När jag ser bilderna får jag intrycket att det var en lek från början", sa han, "som om det hade gått rätt långt innan det började gå för långt om du förstår vad jag menar."

"Ja."

"Om det var så undrar jag vad dom pratade om", sa Halders, "vad det fanns att säga i dom där rummen."

"Ja."

"Tror du det är viktigt?"

"Jag vet inte."

"Finns det inte en uppenbar arrogans i dom här mönstren?"

"Hur menar du då?" frågade Sara Helander.

"Som om han inte bryr sig om han åker fast."

"Hur då?"

"Han går runt med sina skor i blodet, eller dansar eller vad fan det nu är för rörelser, och han måste veta att det lämnar spår. Efter skorna om inte annat."

"Dom mönstren sitter på hundratusentals skor i det här landet", sa Sara Helander.

"Det vet väl inte han?"

"Jag tror mördaren visste det", sa Sara Helander.

"Kanske vill han åka fast", sa Halders.

"Nej."

"Är han inte den typen?"

"Om det nu är en han."

"Det är en han", sa Halders.

"I vilket fall finns det inget rop här", sa Sara Helander, "inget rop på hjälp som blir starkare och starkare tills det blir så tydligt att vi hör det."

"Det låter lite melodramatiskt."

"Tolka det som du vill."

"Vi får lita till oss själva, alltså?"

Sara Helander sa ingenting, hon reste sig för att gå upp till rummet och fotografierna.

"Sitter du hela tiden och tittar på det där jävelskapet?" frågade Halders.

"Bara tills det värker i ögonen."

"Hur mår du av det?"

"För jävligt. Är inte det en del av jobbet?"

"Ja, det är så", sa Halders, "det är en del av det här jobbet att lida."

"Det syns ju på dig."

"Man lider alltid när man är snut", sa Halders.

De gick ut ur rummet, genom den tegelklädda korridoren.

"Se på den här väggen", sa Halders, "det är som om vi jobbade i en bunker eller i en fängelsehåla. Det är genomtänkt, vi ska vara taggade när vi kommer ut från den här byggnaden."

"Då fungerar det ju på dig."

"Jag ska berätta en sak", sa han.

De väntade vid hissarna. Ventilationen susade i ett stigande och sjunkande som hade den ett eget hisschakt. Halders tryckte på knappen men ingenting hände.

"Ska vi ta trappan?"

"Nej."

Han tryckte igen. Lampan tändes. Det rosslade till några våningar ovanför dem.

"I helgen ställde jag bilen utanför en tobaksaffär på Storgatan, vid Heden, och gick in för att köpa tidningen snabbt som fan och sen ut igen."

"Din bil?"

"Va?"

"Det var ingen polisbil?"

"Var är det för jävla fråga? När åkte vi omkring i snutbilarna?"

"Förlåt, förlåt."

"Ska jag berätta det här?"

"Jag vill gärna höra", sa Sara Helander och försökte se ut som om hon menade det.

"Jag lämnade bilen igång med nyckeln i för jag skulle inte vara borta mer än den lagliga minuten, och när jag kommer ut efter förtifem sekunder så ser jag baken på min egen privata bil svänga höger på Södra vägen. Stöld."

"Jag förstår."

"Förtifem sekunder."

"Ja."

"Påpassligt nog kommer det en kärring och stannar till för att köpa gudvetvad och jag kastar mig in på passagerarsidan och skriker 'följ efter den där bilen runt hörnet' och kärringen trycker gasen i botten!"

"Vad hade hon att välja på?"

"Jag visade ingen legitimation eller nåt."

De hade stigit in i hissen och tryckt sig uppåt. De var ensamma därinne. Halders lutade sig över Sara Helander.

"Så vi sitter där i bilen och jag förklarar situationen och jag tror inte att biltjuven har märkt att han är förföljd. Han svänger höger vid Berzeliigatan och kör över Götaplatsen och upp mot Vasa sjukhus. Är du med?"

"Jag är med."

"Vi kommer upp till Vasa och den förbannade skiten stannar vid rödljusen innan Landala och jag hoppar ut och rusar fram till förarsidan och slår till på dörren. Och vet du vad jag ser då, på tal om vad du sa när vi pratade om Hitchcock?"

"Jag kan gissa."

"En jävla brud", sa Halders, "en jävla pundarbrud. Hög som ett hus, och hur hon rattat sig genom stan är mer än jag begriper. Men hon fattar vad det handlar om och låser dörren kvickt som fan på båda sidor."

Halders såg upphetsad ut, som om han återupplevde hela händelsen här i hissen.

"Men det finns en springa mellan rutan och karossen och där får jag in fingrarna och drar och plötsligt exploderar hela jävla rutan i händerna på mig! Ett stort jävla hål och splitter överallt och bruden kryper ihop under ratten och skriker 'slå mig inte, slå mig inte' och folk börjar samlas runt oss."

Sara Helander lyssnade, såg scenen framför sig: Halders röd och flammande, som en tvåmeters galning i full amok i centrala stan.

"Vad hände?"

"Vad som hände? Det som hände var att jag fick ut bruden ur bilen och ringde på mobilen som jag snott från Aneta på fredan och så försökte jag vänta på kollegerna. Och vet du vad som hände då? En idiot grep tag i armarna på mig och försökte få mig att släpa bruden!"

"Du hade väl sagt vad det var frågan om?"

"Jag fick inte en chans. Folk runt om började kalla mig saker och ett par kärringar skrek 'fascist' och sånt."

"Inte rasist eller sexist?"

"Va?"

"Ingenting."

"Det var ruskigt", sa Halders, "och inte blev det bättre när jag fått fram legget och försökte förklara för idioterna."

"Det hjälpte inte att du var polis?"

"Tvärtom."

"Eller att det var din egen bil som blivit stulen?"

"Hade jag sagt det hade det bara blivit värre."

"Ingen sympati?"

"Ingen som helst, bara ett jävla polisförakt. Dom snackar om politikerförakt men vad det handlar om är polisförakt."

De hade gått ur hissen och fortsatt till sammanträdesrummet.

Två datorskärmar blinkade otåligt i väntan på information. Bilden fladdrade i vågor, som en teveapparat som bara har ett par veckor kvar att leva. Rummet var varmt och slutet, ljuden från datorerna som ett enda elektroniskt tonläge.

"Du tog det inte tillräckligt personligt", sa Sara Helander.

"Inte till... vad menar du med det?"

"Det var inte polisen dom var förbannade på", sa Sara Helander, "det var just dig det handlade om. Fredrik Halders."

Han kom hem med en solbränna och en känsla som kunde ha med hans samvete att göra. Det var som om några sandkorn fastnat i kragen, det gick inte att få bort dom, han kände hur sanden skavde. En ny skjorta men känslan var densamma.

Lena hade inte frågat mer om pengarna. Hon hade njutit av resan. Det fanns ett ljus också för småfolket, hade han sagt, och det hade hon inte gillat. Hon hade sin stolthet.

Han hade legat lågt dagen efter återkomsten, och dagen efter den första dagen. Han hade pratat med sin hälare och fått en ny kontakt, men det var allt.

Det var dags att jobba igen men det var något han måste göra först.

Han hade återvänt till huset och gått förbi snabbt som fan. Han hade inte vågat stå kvar utanför för att se när killen kom hem.

På stranden var det så annorlunda... han som bor där har inte med det här att göra... men nu är värmen borta, tänkte han, nu är vi tillbaka här och nu tror jag inte längre honom om gott. Innan var det en tillfällighet men nu är det inte så längre. Det var för mycket blod.

Vad kan dom göra med ett tips? Ett anonymt dessutom? Håller det alls?

Gör jag det inte och det händer nåt en gång till så blir det tungt. Jag gör det, tänkte han. Jag gör det tror jag.

★

Efter en dag här kände hon sig mer ensam än vanligt. Jag behöver nån själv, tänkte hon. Det är svårt att lyssna. Det samlas inne i mig och det finns ingen som jag kan lasta över på.

Hanne Östergaard var fortfarande osäker på sin roll i huset, för polismännen. Hon hade omedelbart blivit en tröst, men hon var inte säker på vad det gjorde för nytta. Vi får tillsätta en utredning, tänkte hon, en opartisk utredning och resurserna kommer från fullmäktige. Kyrkofullmäktige.

Det är killarna, inte tjejerna, som har dom största problemen, tänkte hon. Om man ska kalla det problem. Som reagerar med dom kraftigaste känslorna, eller står som i ett vinddrag när efterreaktionerna sätter in. Dom får ledigt resten av passet och en del kommer till mig men det räcker ju inte. Det finns för mycket att se därute.

Hon hade suttit en timme med Lars Bergenhem. Han berättade om sina drömmar efter det att de hittat pojken på Chalmersgatan, den engelske pojken, eller den skotske. Bilderna hade inte försvunnit.

Hon hade frågat och han hade inte sagt så mycket mer än det. Han hade pratat om bilderna, och att det inte hade släppt sen på morgonen.

”Det finns dom som verkar klara det bättre”, sa han.

”Varför tror du det?”

”Det verkar så”, sa han.

”Ni pratar väl med varandra? Du pratar väl med dom andra kollegerna?”

”Jo.”

”Det brukar hjälpa.”

”Ibland känns det mest som om man lastar av sig.”

”Det är det bästa. Man behöver inte vara rädd för att lasta av sig, den som lyfter alltihop sjunker ihop på bänken.”

”Har du hållit på med bänkpress?”

”Det är några år sen.”

”Säkert?”

”En präst talar alltid sanning.”

De hade talat lite mer. Bergenhem dröjde i orden som om han

tänkte på något annat än det han talade om. Orden hade andra ord under sig som ville komma fram.

"Jag känner mig rätt rastlös ibland", sa han.

"Vi ska ha barn", tillade han. "Jag vet inte hur det blir, om det är arbetstiderna eller allt annat omkring mig men nåt måste hända."

Vad är det som ska hända dig? tänkte Hanne Östergaard. Det är inte ovanligt att mannen våndas när det första barnet ska komma. Det är mycket som händer.

"Inga... komplikationer med graviditeten?" frågade Hanne Östergaard.

"Va? Nej, det kan man inte säga. Tvärtom."

"Kan du inte lägga om tiderna lite nu på slutet?"

De hade pratat om kvällarna som drog sig in i nätterna.

"Jag vet inte om jag vill", sa han och tittade på sin själavårdare. "Det är det jag tänker på bland annat, att just nu vill jag vara borta ibland när jag borde vara hemma."

"Det här... fallet är tungt", sa hon.

"Det är som en jävla tanks som har rullat in i stan."

Han märkte inte sin svordom, såg på någon punkt vid sidan av henne.

Han har inte tittat mig i ögonen en enda gång, tänkte hon. Han lider av överansträngning. Eller utbrändhet eller vad man ska kalla det. Han är så ung och han är inte van vid det som inte är godhet. Hur kommer han att vara om femton år? Hur talar jag med honom utan att låta som en präktig gumma?

Hon tänkte på Erik Winter. Hon visste inte hur han hade blivit, hur han hade utvecklats, mognat, från det att han var som den här unge polisen framför henne.

"Har du pratat med din chef?"

"Erik Winter?"

"Ja."

"Om det här? Om hur jag ser fallet? Eller att få barn och det?"

"Varför inte pröva allt."

28

WINTER TOG HISSEN upp ur underjorden och passerade genom spärrarna med hjälp av kortet från London Transport. Ute på Earl's Court Road kände han lukterna av staden: förbränd bensin, friterad fisk, förmultnade sopor och den där doften av sten och gatans damm som finns i de riktigt gamla städerna, den som sticker i näsan. När det regnar i London blandas den med vattnet och blir till cement som täpper till näsan och ögonen, tänkte han.

Han kände också våren därute, mitt i trafiken. Solen fanns, bakom ett engelskt dis. Det var varmare än tidig vår hemma i Göteborg. Han hade sett tecknen på resan från Heathrow. Piccadilly Line gick över jord en god bit österut, genom Hounslow, Osterley, Ealing och Acton: lönnarna beredda, husens trädgårdar i ett nyvaket tillstånd, barnen på nytt språng efter bollen ute på Osterley Parks vidder. Barnen sprang året om, men aldrig som under den tidiga våren.

För Winter var det en syn han kände igen. Han var en främling, men mindre för varje resa. Han återvände.

Människorna i vagnen var den vanliga blandningen av förväntansfulla och de som sett allting en miljon gånger. Från terminalerna reste ungdomarna med ryggsäck, de medelålders paren, några ensamma som studerade kartan de 45 minuterna in till Kensington och vidare. Winter hörde italienska, tyska och något han trodde var polska. Han hörde svenska talas av flera, någon talade norska. Det fanns en dominerande känsla av förväntan härinne.

När de kom närmare centrum steg lokalbefolkningen på: männen i kritstreck med portfölj och Daily Telegraph. De svarta kvinnorna med barn som tittade stort på alla främmande människor. De tunna vita unga kvinnorna vars hud var som diset på

himlen. Våren var på gång i dag men kvinnorna frös i sina kort-
skurna dräkter. Winter hade plötsligt känt sig klumpig i sin ulster,
överlastad.

Han väntade på grön signal, gick över Earl's Court Road med
väskan rullande efter, han tog vänster och sedan höger på Hog-
arth Road och fortsatte några hundra meter till Knaresborough
Place. Han gick över den lugna korsningen och hörde mullret
från Cromwell Road borta till vänster. Här, bara ett kast därifrån,
gick det att lyssna till fåglarna.

Winter ringde på dörren med en åtta, väntade. Arnold Nor-
man öppnade, handen var redan utsträckt.

"Kommissarie Winter! Så trevligt att ses igen."

"Detsamma, Arnold."

"Varför har det dröjt så länge?"

"Det undrar jag också."

En yngre man stod bakom Arnold Norman, som i kö, och när
föreståndaren för det lilla lägenhetshotellet steg åt sidan grep den
yngre tag i Winters väska och gick snabbt bort till skuggan under
den trappa som skymtade tio meter innanför.

Winter hade bott här de senaste tio åren när han besökt Lon-
don. Läget var bra, en bit från slamret uppe vid Piccadilly och på
promenadavstånd till King's Road nere i Chelsea och till Ken-
sington High Street och Hyde Park.

"Jag har reserverat T2", sa Arnold Norman när de satt inne i
hans lilla kontor.

"Utmärkt."

"Du ser ut att vara i god form."

"Äldre", sa Winter.

Arnold Norman gjorde en gest med vänsterhanden. Han hade
överlevt, hundra meter från Cromwell Road.

"Snart är såna bekymmer över", sa han och sträckte över fak-
turan till Winter.

"Du är ju bara tio år äldre än jag eller så", sa Winter.

"Jag menar inte det", sa Norman, "jag pratar om ett gäng galna
skottar som har börjat klona fårskallar uppe i högländerna."

"Är inte det förbjudet?"

"Att klona fårskallar?"

"Att klona."

"Jag tror dom glömde fråga."

"Vad har det med ålderdomen att göra?"

"Dom kommer att skapa en ras som aldrig kan dö", sa Arnold Norman, "och det som oroar mig är att det är skottarna som får evigt liv. Inte nog med att dom ska se likadana ut, vilket dom ändå gör, utan dom kommer att leva i evighet också."

"Så det hade varit en annan sak om försöken gjorts i England?"

Hotelldirektören tittade på Winter med låtsad överraskning.

"Vad är det för en fråga?"

Winter log och reste sig.

"För mig till min svit", sa han.

Sviten låg på första våningen, med fönster mot öster och mot den lugna innergården. Våningen hade ett sovrum med två sängar, ett vardagsrum och ett stort pentry med matplats. Badrummet var funktionellt och därmed ovanligt för att vara engelskt: kranarna gick att vrida utan förstudier i antikens rörläggningssystem.

Han tog av sig kavaj och skjorta och skulle börja tvätta sig under armarna när han bestämde sig för att ta av allt och ställa sig under duschen. Det kunde bli en lång dag.

Han ringde från telefonen på väggen, med handuken om midjan. Han hade bara varit femton minuter i rummet. Klockan var halv två på eftermiddagen. Han hade dragit undan draperierna. Lägenheten var ljusare än han kom ihåg från tidigare besök. Kanske var det våren. Genom fönstret kunde han se ett stycke himmel, blå mot de sotade fasaderna däruppe.

"Four Area South-east Major Investigation Pool, Detective Constable Barrow", svarade en kvinnlig röst.

"Det här är kriminalkommissarie Erik Winter från Sverige och jag söker kommissarie Steve Macdonald."

"Ett ögonblick", sa rösten, inga nyanser i tonen, ingen nyfikenhet.

Winter hörde ett mummel i luren. Kvinnan sa något till någon bredvid. Det skrapade i Winters öra.

"Macdonald."

"Winter här."

"Ahh Winter. Ännu ett förhinder?"

"Jag är i London."

"Bra. Var är du?"

"På mitt hotell. Earl's Court."

"Jag kan skicka en bil. Men det tar en liten stund."

"Går det inte lika snabbt med British Rail?"

"Det beror på om man vet vart man ska."

"Om du är nere i Thornton Heath nu så vet jag hur jag kommer dit", sa Winter, "enligt min tabell går tåget från Victoria."

"Det tar tjugofem minuter", sa Macdonald, "en resa genom några av de vackraste platserna på jorden."

"Då är valet lätt."

"Du tar District Line från Earl's Court direkt till Victoria, det är bara ett par stationer."

"Jag vet."

"Du vet tydligen allt?" sa Macdonald och Winter kunde höra att han redan hade bestämt sig: här kom en Bror Duktig från Skandinavien.

"Naturligtvis", sa Winter.

"Ring när du kommer ner till Thornton så skickar jag en bil till stationen", sa Macdonald och la på luren.

Winter stod på Victoria Station med den stora världen omkring sig. Om man kunde stiga på Orientexpressen just nu, tänkte han. En stilla utredning ombord, alla misstänkta samlade i barvagnen.

Världsstaden kändes aldrig så nära som på denna station. Winter stod framför de södra utgångarna, blicken uppåt på uppgifterna som flappades fram om avgångar till höger och vänster: nu kom beskedet om tåget till Tattenham Corner, med stopp i Thornton Heath.

Han gick ombord, vagnen var nästan tom. Tåget knöck igång och körde långsamt ut från stationen. Himlen glödde bakom skorstenarna vid floden. De åkte över vattnet och stannade i Battersea Park: rött tegel, graffiti men mindre än han trott, en väntan på bänkarna. Det var så tyst därutanför.

Det är alltid tyst utefter linjerna, tänkte Winter, inte bara här utan överallt där folk reser. Dom är bara borta för tillfället, dom är inte hemma och inte hos nån annan. Dom, eller vi, är mitt i ett resandets ingenstans som är tyst och som verkar fyllt av leda, ordlöst är det, och det består mest av väntan.

Det var som om resan och den nya solen gjort honom sorgsen. Han tänkte på syftet med sin resa hit till London, och nu till de södra delarna av denna metropol.

Döden fanns med på den här resan. Han kände det han hade känt i början av utredningen: de hade bara sett början. Fortsättningen var ordlös, obeskrivbar i sin ondska. Det kändes som om han reste in i ondskan, oberoende av vilken riktning han valde. Han var ensam, han kände sig plötsligt utan tilltro till något.

Utanför vagnens fönster låg södra London, aldrig beskrivet i guideböckerna, sällan besökt av främlingar. Han hade själv bara varit söder om floden vid ett par tillfällen, och då inte längre än till Putney och Barnes, intill Themsen, för att lyssna på jazz.

Husen han såg nu var byggda av medeltida tegel, som en evig stad utan slut. Ingenting reste sig högre än två våningar så långt han kunde se i motljuset. En man joggade i kortbyxor över Wandsworth Common. Efter stoppet vid stationen såg han några skolbarn spela fotboll på en liten grusplan mellan brandväggarna. Barnen hade gröna jackor som förstärkte intrycket av vår.

Staden här var grönare än han hade trott, de öppna fälten fler än i norr, som om husen i söder en gång byggts utan tanke på världsstaden.

Vid Streatham Common reste sig en moské mot Allah, ett torn som glittrade. Kvinnor med beslöjade ansikten väntade på grova bänkar. Två svarta män steg in i hans vagn: skinnjackor och stickade mössor, byxor av skinn. Winter hörde musiken från männens öronsnäckor, som ett surr långt bortifrån.

En station senare steg han av. Thornton Heath låg i skugga, perrongen var sänkt under gatunivån. Han gick uppför trapporna. En tidning fladdrade nedför i vinden, den passerade hans ben.

Stationshuset var obemannat. Tre svarta flickor väntade i ett hörn på att någonting skulle hända. Trafiken hördes genom den öppna portalen. Han gick ut på Brigstock Road och kände sig som var han i ett långt mer fjärran land än England. De flesta människor som passerade var svarta, indier eller pakistanare, människor med västindiskt ursprung, folk med kinesiskt utseende, koreanskt, indianskt, afrikanskt.

Han gick nedför den korta backen, fortsatte High Street till en korsning och gick tvåhundra meter på Whitehorse Lane. Om han fortsatte en halv kilometer till skulle han komma till Crystal Palace Football Ground, döpt till Selhurst Park, arenan för de lite stötta och nötta supportrarna i de fattiga delarna av Croydon. Winter hade sett en del fotboll i London, men bara på de stora och trygga arenorna i norr.

Han vände före viadukten och gick tillbaka förbi Mame Amesah's Foreign Food som skyltade med "new puna yam" på handtextad kartongbit; jamsrötterna låg i flätade korgar utanför butiken, bananer hängde på stockar innanför fönstret. Winter passerade puben The Prince George och kom tillbaka till stationen. Han tog upp mobiltelefonen och slog numret till polisstationen. Macdonald svarade efter första signalen, som om han suttit och väntat vid telefonen.

"Jag står vid blomsterståndet utanför stationen nu", sa Winter.

"Om du går nedför backen till vänster och svänger vänster igen vid Woolworth's så är du på Parchmore Road", sa Macdonald. "Jag känner för en promenad, så om du följer Parchmore på högersidan så möts vi om tio minuter så där."

"Okej."

Winter noterade att Macdonald inte frågat om hans utseende. Han känner igen en snut på gången, tänkte han.

Han gick tillbaka mot korsningen och skulle just svänga framför varuhuset när han blev vittne till hur en vit man greppade en ung svart kille i nacken utanför stora ingången.

"Du är här igen och snor din fan", sa den vite som bar en bricka på bröstet. Varuhusdetektiv, tänkte Winter. Flera svarta män stod i ring runt detektiven och den misstänkte. De två rörde sig som i en gatans egen dans.

"Jag har inte gjort nåt", sa den svarte killen.

"Vad är det här då?!" sa den vite mannen och höll upp en rakapparat.

"Den är inte min", sa killen.

"Följ med här nu", sa mannen och de två gick ut ur ringen, den ene böjd framför den andre.

Winter fortsatte över Parchmore Road, tog vänster och kryssade sig norrut mellan vägarbetets grushögar.

Steve Macdonald gick nedför trapporna, genom garaget och ut på gatan. Dagen var varm i hans ansikte. Han lät skinnjackan hänga öppen och handskarna ligga kvar i fickan. Vi bjuder svensken den vackra sidan, tänkte han. Han kan få en felaktig uppfattning redan nu.

Macdonald började gå söderut. Han var stel efter en förmiddag i stolen, lutad över vittnesprotokollen. Ögonen kändes som om de fixerats i ett enda stramt läge. Han kände sig onödigt tung i kroppen, som om hans själ därinne var värd något lättare.

Hundra meter framför sig såg han en man i ljusbrun, oknäppt kamelhårsulster, en kostym som kunde vara blå eller stålgrå med slag vid benen, vit skjorta och slips.

Det måste vara han, han hade en sån röst, tänkte Macdonald.

Att han inte har blivit robbad från stationen och hit. Har han gått med polislegitimationen på armlängds avstånd framför sig?

Macdonald visste inte hur gammal den svenske kollegan var men han hade gissat på någon i sin egen ålder, och hade gissat riktigt: ännu på rätt sida om de 40. Eller på fel, om man längtade tillräckligt mycket efter pension.

Mannens hår var blont och verkade mittbenat, som på en skådis från 50-talet. När Macdonald kom närmare såg han att killen var lång, kanske lika lång som han själv, han verkade kantig och hård innanför snobberiet och hade ett slags arrogant gångstil. Han var slätrakad, öronen stod ut lite, ansiktet var brett och snutfagert och Macdonald såg inte fram emot det här.

Winter blev överraskad när han tilltalades av den mötande. Mannen var någon centimeter längre än han själv, kanske 1.94. Det mörka håret stramade bakåt i en hästsvans och han hade någon dags stubb i ansiktet, en sliten skinnjacka som såg bekväm ut, en storrutig skjorta i vitt och blått, svarta jeans och spetsiga boots

214

som blänkte matt i solskenet. Egentligen borde han bära hölstret över höften, hann Winter tänka innan mannen sa något. Han ser fanimej livsfarlig ut.

"Kommissarie Winter?"

Mannen hade ett leende som var svårplacerat, ett par rynkor runt munnen, inga påsar under ögonen men en trötthet i dem som gav blicken ett slags dovt fokus. Ingen ring i örat.

"Kommissarie Macdonald", sa Winter och sträckte fram handen.

"Jag tänkte att vi skulle ta en pint nere på Prince George", sa Macdonald, "där är lugnt och tyst nu. Lugnare än på stationen."

De gick tillbaka samma väg som Winter gått nyss, över korsningen och in på High Street. Winter märkte att Macdonald haltade lätt.

"Söndagsfotboll med publaget", sa Macdonald, "jag går så här efter varje match. Folk runt om här tror att det är en gammal skottskada och det får dom gärna tro."

"Jag la av för några år sen", sa Winter.

"Fegt", sa Macdonald.

Puben var tom. Dammet dansade i ljuset från fönstret. Bartendern nickade åt Macdonald som man gör åt en stamgäst.

"Vi sätter oss härinne", sa Macdonald och pekade mot en långsmal salong på andra sidan disken.

Winter hängde rocken över en av stolarna och satte sig. Macdonald gick iväg och kom tillbaka med två glas öl, ännu grumliga efter tappningen.

"Du kanske ville ha en lager?" sa Macdonald.

"Jag dricker alltid ale när jag är i London", sa Winter och försökte undvika att få det att låta som om han ville glänsa.

"Det här är Directors", sa Macdonald, "dom har Courage Best här också och det är inte så vanligt."

"Jag gillar Directors", sa Winter.

Macdonald tittade på honom. Han är en snobb men han kanske inte är en idiot, tänkte skotten.

"Är du ofta i vår stolta stad?" frågade han.

"Det är ett tag sen nu", sa Winter. "Det är en jättelik stad. Här har jag aldrig varit förut."

"Vi ser sällan några främmande ansikten, av nån anledning fastnar besökarna uppe runt Leicester Square."

"Dom missar Mame Amesah's jamsrötter."

"Va?"

"Femti meter bort säljer hon färska jamsrötter."

"Vi är att gratulera."

"Jag gick en liten runda när jag kom."

"Jag förstår det."

"Inte ända bort till Selhurst Park."

"Har du varit där nån gång?"

"Nej."

"Det är ett skitlag men det är folkets lag."

"Är du supporter?"

"Till Crystal Palace?"

Macdonald skrattade, drack öl och tittade på Winter.

"Jag jobbar visserligen här", sa han, "men jag behöver inte vara så lojal mot området. Om jag överhuvudtaget håller på några engelska lag så är det på Charlton, dom kommer aldrig att hamna i Premier League men, tja, när jag flyttade ner hit till röken för väldigt länge sen så hamnade jag i Woolwich runt The Valley så nåt känner man väl för det lokala."

"Du låter annars som en skotte", sa Winter.

"Det beror på att jag är det", sa Macdonald.

Två män kom in i den lilla salongen och nickade mot dem, eller mot Macdonald. Han nickade tillbaka men tydligen på ett sätt som fick dem att förstå att de skulle sätta sig i rummet mot gatan.

"Inte så många främmande ansikten alltså", sa Macdonald, "men ibland händer det att dom kommer hit och ibland går det åt helvete."

"Jag kände den där killen, Per Malmström", sa Winter.

Hans kollega sa ingenting, lyssnade.

"Det är en annan av anledningarna till att jag ville åka över", sa Winter.

"Jag förstår."

"Gör du det?"

"Vi kommer att åka ner till det där hotellet om en liten stund", sa Macdonald. "Vi har lämnat det precis som det var då."

"Du förstår verkligen."

"Jag tänkte åka över själv till din stad men jag ville vänta tills du kom hit."

"Har du gjort nåt sånt här förut?" frågade Winter. "Åkt iväg på ett fall eller tagit emot nån?"

"Jag hade en amerikansk snut här för ett par år sen. Det gällde också mord, uppe i Peckham som är vår norra gräns kan man säga. Och jag har själv varit på Jamaica, i Kingston", sa Macdonald och drack ur glaset.

"Jamaica?"

"Två veckor. Ett mord här med förgreningar dit. Inte så ovanligt, för vår del av London. Kan vi följa spåren härifrån så går dom ofta till Västindien, och just Jamaica."

"Hur gick det?"

"Den lokala polisen var inte så glad åt sällskapet och jag fick naturligtvis inte göra nåt, men det hände lite och vi kunde lösa det till slut, när jag kom hem igen."

"Vi hoppas väl på detsamma nu?" Macdonald tittade på Winter. "En till?" sa han och pekade på Winters nästan urdruckna glas.

Winter skakade på huvudet och tog fram sina Corps.

"Det där är livsfarligt", sa Macdonald. "Jag hämtar en till i alla fall", fortsatte han och reste sig, "så hinner du röka färdigt under tiden."

Winter tände och drog in den goda smaken. Fler hade samlats i rummet utanför nu, men ingen kom in till dem. Han måste ha makt här, tänkte Winter, men till priset av hur många glas Directors?

"Det blev Courage Best den här gången", sa Macdonald när han kom tillbaka med två nya grumliga pints. Han satte sig. Musik hördes från rummet mot gatan. Winter kände igen den som reggae, men en modernare, tyngre variant.

"Så du kände honom?" sa Macdonald efter en minuts tystnad.

"Inte kände egentligen men han växte upp på min gata", sa Winter. "Jag kände honom mest när han var barn."

Barnet fick ett fruktansvärt slut, tänkte Macdonald. När jag kommer in i det där rummet igen vet jag inte om jag orkar höra skriken från dom förbannade väggarna.

"Vad har du känt när du har stått i det där rummet?" frågade Winter plötsligt.

Macdonald tittade på kollegan. Han förstår, tänkte han. Han förstår verkligen.

"Jag har hört ropen och skriken", sa han.

"Ja", sa Winter och drack ur det nya glaset, "precis så är det. Jag har hört dina pojkars skrik och du har hört ropen från min pojke."

29

MACDONALD KÖRDE CROYDON ROAD mot nordväst, genom Mitcham, Morden, Merton, västerut på Kingston Road och upp genom Streatham till Wandsworth och Clapham. Kilometer efter kilometer av radhus i rött och grått tegel, parker, skolgårdar, affärer som plötsligt mötte i klungor och genomfartsleder som blivit till tvärgator. Bussar i två våningar som lutade sig över trafiken och krängde sig runt hörnen. Bilar åt alla håll, förarnas handflator på rattens signalhorn. Fler affärer med blommor och grönsaker på trottoaren. Det tog aldrig slut.

"London är mer än Soho och Covent Garden", sa Macdonald. "Och allt detta är mitt." Han slog ut med handen mot allt levande och halvdött därutanför bilens rutor.

"Det är en stor stad", sa Winter.

"Det är mer än så. Sa jag att Croydon är Englands tionde största stad?"

"När du ringde."

"Egentligen ska jag hålla fingrarna borta från Clapham, det tillhör kollegerna i sydväst. Men det är mitt gamla distrikt och höjdarna tyckte att jag skulle ta den här utredningen."

"Vad säger kollegerna då?"

"Ett mord på en vit utlänning? Dom dunkade mig i ryggen och skrattade sen bakom den."

"Du är populär alltså."

"Mer än nånsin", sa Macdonald och väjde i sista stund för en fruktkärra som sköts ut från en gränd till vänster. Han blängde på den svarte mannen som kom efter, hängande i handtagen som om det var kärran som körde honom.

"Sa jag att den här så kallade huvudgatan heter Kingston Road?"

"Ja."

"Det är ingen tillfällighet."

Winter svarade inte. De körde igenom Tulse Hill. Han hörde en tågvissla och såg tåget på viadukten ovanför. Det kom rasslande rakt igenom några huskroppar och stannade sedan mjukt vid stationshuset.

"Här i närheten bor föräldrarna till den förste pojken som dödades i din stad. Geoff Hillier. Studenten."

Winter nickade.

"Jag vill träffa dom", sa han.

"Jag ska göra vad jag kan", sa Macdonald, "men mannen har just kommit hem från sjukhuset efter ett allvarligt sammanbrott. Det hände när *jag* träffade dom."

Macdonald körde Christchurch Road västerut och fortsatte rakt fram i korsningen.

"Den där vägen till höger är Brixton Hill", sa han, "den leder rakt in i Västindien."

"Brixton", sa Winter.

"Har du varit där?"

"Nej. Men det är bekant, förstås."

"Guns of Brixton. The Clash."

"Va?"

"The Clash."

"Är det ett band?"

Macdonald såg hastigt åt vänster, på Winter. Han skrattade till, bromsade in och släppte ut en taxi från vägkanten.

"Nej, det är ett engelskt uttryck för sammandrabbning", sa han.

"Rock är inte min musik", sa Winter.

"Jag förstod med en gång att det var nåt konstigt med dig."

Macdonalds radio smattrade meddelanden. Winter kunde knappt uppfatta vad som sas, namn på stadsdelar han aldrig hört. Den kvinnliga rösten från sambandscentralen koordinerade med rutin, som läste hon från ett välstuderat manuskript.

"Brixton är ett intressant land", sa Macdonald. "Jag har ett par av mina bästa vänner där."

De hade hamnat i en kö på Poynders Road.

"Jag tänkte på passagerarlistorna när jag tog planet över", sa Winter och vände sig mot sin skotske kollega.

"Mhm."

"Det är ett jävla jobb."

"I det här fallet får man pröva *allt*", sa Macdonald, "pröva och pröva ända tills man kör pannan i väggen och förstår att det är omöjligt. Det där Jamaicafallet jag pratade om förut, där tog vi in och kollade alla passagerarlistor över en period på tre veckor, och bara det kan man kalla för ett omöjligt arbete."

"Vi har begärt in dom i alla fall", sa Winter.

"Samma här", sa Macdonald, "men om det är nån som rest mellan länderna med intention att döda, jag säger *om*, så är det knappast så att du använder din rätta identitet. Det är väl rätt uppenbart?"

"Såvida inte den här personen vill att vi ska komma och hämta honom."

"Du menar att allt vi behöver göra är att gå igenom alla namnen på listorna och eliminera en efter en och till slut kommer vi fram till den rätte och han sitter där och väntar på en knackning på dörren?"

"Ungefär så. Det är hans önskan."

"Det är en tanke ", sa Macdonald. "Har du pratat med en rättspsykiater?"

"Inte än. Men vi kan ju ändå inte släppa allt annat."

"Jag ska ge dig ett exempel på det där", sa Macdonald.

Bilkaravanen började röra sig igen, i en halvcirkel runt en bil som dragits in till vägrenen och nu höll på att halas upp på en bärgningsbil.

"Det var förresten en sån där", fortsatte Macdonald och nickade mot den döda bilen, "du ser Fiestan som dras upp på begravningsbilen?"

"Javisst."

"Vi hade ett mord i Peckham förra julen, och det vi hade att gå på var att en man i en bil lämnat mordplatsen ungefär vid tiden för mordet. Det fanns vittnen på det."

"Mhm."

"Vi har vittnen som säger att bilens färg är 'silver', nån säger att bilen har en 'ljus' färg. Ett vittne säger att det definitivt var en Mark One Ford Fiesta. Han såg den inte men han hörde när den körde iväg i natten, och han säger att 'jag har ägt Ford Fiestas hela mitt liv och det var definitivt en Ford Fiesta som körde iväg'."

"Han var trovärdig?"

"Han verkade mycket trovärdig", sa Macdonald. "Så vi satte igång att kolla alla Mark One Ford Fiestas, och vi koncentrerade oss först på sydöstra England. Det handlade om 10 000 bilar! Omöjligt.Vi kunde inte kolla upp alla dom, det fanns inte folk till det."

"Så ni bestämde er för att gå på färg?"

"Just det", sa Macdonald och tittade hastigt på Winter, "vi bestämde oss för 'silver' och hamnade då på 1 800 bilar. Fortfarande rätt omöjligt med tio personer som jobbade med annat samtidigt, andra spår."

"Ja."

"Då koncentrerade vi oss på Peckham och avgränsande delar, East Lewisham... det blev 150 eller 160 bilar, men vi avslutade aldrig det riktigt eftersom vi fick information från annat håll som gjorde att vi kunde lösa fallet ändå. Och då visade det sig att bilen var grön! Men det var en Fiesta."

"Det visar att man ska lita mer på vittnens hörsel än på deras syn."

"Ja, men det visar framför allt vad vi står inför om vi gräver ner oss i alla listor på en gång. Men vi tar in dom och har dom redo."

Macdonald hade sagt "put it in the backburner" och Winter hade förstått vad han menat.

"När vi väl hittar mördaren kan vi jämföra med listorna och kanske se att, aha, han flög dan efter den där pojken", sa Macdonald.

De stod i rummet. Winter hörde röster ute i korridoren, ingenting från några angränsande rum. En bil sprutade iväg från Cautley Avenue och ut på South Side. Den skarpa eftermiddagssolen skar in genom fönstret och lyste på väggen mitt emot. Det torra blodet fick en lyster som fick Winter att sluta sina ögon. Han såg pojken framför sig. Per Malmström hade gått in över tröskeln där, och det som varit hans liv fanns nu på väggarna och golvet. Winter svettades. Han drog i slipsknuten. Han kände en sur smak i munnen efter det överjästa ölet och cigarillen.

"Vill du vara ensam", sa Macdonald.

"Ja."

Macdonald gick ut.

"Stäng dörren tack", sa Winter.

Han blundade igen och såg fotografierna för sin inre syn. Macdonald hade visat dem på sitt kontor, innan de åkte hit. Winter hade inte sett någonting mer än han sett i Göteborg. Pojkarna hade suttit på samma sätt, lutade mot stolen i en makabert ledig pose, med ryggen mot dörren som om de studera... Winter öppnade ögonen igen, flyttade sig så att han hade dörren i ryggen och ställde sig bakom stolen. Den stod på samma plats där den stått när pojken suttit här, när Macdonald kommit hit.

Hade han sett någonting... då? Hade Per Malmström suttit surrad här för att han skulle se någonting som utspelades på väggen? Hade han varit vid liv då?

Pojkarna hade haft märken efter rep men det var mer som om repen funnits där för att hålla kvar deras kroppar på stolen... inte för att hålla dem bundna. Det fanns inga märken efter kamp, inget slitande i de tunna repen.

Hade Per tvingats titta på andra... mord? En film? Det kunde väl int... pojken i Göteborg, den förste, Geoff... han hade mördats vid ungefär samma tidpunkt... hade mördaren hunnit fram och tillbaka? Det var möjligt. Om det var densamme. Hade fler mord begåtts som de inte kände till? Var det ett sånt Per hade sett minuterna innan han dog? Eller spelade det inte nån roll hur han satt, i vilken riktning?

Winter tittade på golvet, där fanns märkena efter blodet som snabbt levrats, det hade tjocknat och klibbat under tiden som det hände härinne, fastnat i skor, vridits runt i ett mönster på mattan, som i en... dans.

Hade det varit musik? Macdonald hade inte funnit nån musik här, ingen skivspelare och inga skivor. Ingen hade hört musik från rummet. Inga skrik från människor. Bara ett oerhört vrål från väggarna och från golvet, det steg upp mot Winter, kastades mot honom. Han hade blundat igen och öppnade nu ögonen och solen var borta, väggen var utan lyster, den var matt och tung och om det inte hade varit för skriet hade Winter kunnat tro att den inte längre kom ihåg vad som hänt.

Han gick ut i korridoren. Macdonald väntade vid trappan.

"Det kommer att hända igen", sa Winter.

De stod utanför Dudley Hotel. På andra sidan gatan andades Clapham Common, som en lunga för Battersea, Clapham, Balham och Brixton. Winter såg skolklasser i klasar runt en damm och en lekplats, uniformer som blev till starkt blå och röda rektanglar när lärarna samlade barnen, ställde dem i rader.

Människor rastade sina hundar, som en första åtgärd efter jobbet. Vinden var fortfarande mild i Winters ansikte. Han kände doften av vår igen, starkare här än norr om floden. Solen tecknade molnen brännande orange mellan träden i parken.

"Stora delar av Clapham befolkas av övre medelklass", sa Macdonald som följt Winters blick, "det finns pengar i Clapham och mest finns det nog här runt the Common. Jag gjorde några år som kriminalinspektör här, det är det jag har nytta av nu. Eller vad man ska kalla det."

Två flickor gick förbi dem på väg från hotellet, ryggsäckarna var större än flickornas överkroppar, högre än deras huvuden. De svängde vänster och var snart borta, bakom husen.

"Och ni, eller vi, vet fortfarande inte vad han gjorde härnere", sa Winter.

"Om inte hans föräldrar kommit med nåt nytt", sa Macdonald.

"Ingenting."

"Det är möjligt att han var här några dar för musiken."

"Musiken?"

"Vad jag förstår finns det en nytändning för reggaen och det nya kommer förstås från Jamaica igen, och Brixton. Killen kunde ha kommit hit för det."

"I hans rum hemma fanns det lite reggae men inget som visade på ett specialintresse."

"Det kan ändå ha varit en orsak till att han kom hit."

"Då borde väl nån ha känt igen honom", sa Winter, "när ni

frågade runt efteråt... efter mordet."

"Här känner ogärna nån igen nån annan", sa Macdonald, "det tillhör kulturen."

"Man är skraj?"

"Ja."

"Även när det är så... så apart som det här?"

"Ingen ändrar beteendemönster bara för en sån här sak", sa Macdonald. "Här är folk genuint rädda för varandra. Det finns mycket droger i delar av Clapham och i Brixton. Många brott är crackrelaterade till exempel."

"Så ingen känner igen en vit kille som varit runt och kollat musik?"

"Nej. Men det kan också bero på att dom faktiskt inte kommer ihåg honom. Även om Brixton är en svart stadsdel så väller dom vita ner från Victoria med tunnelbanan. Och det är mest ungdomar. Och det handlar om musiken."

"Och inte ens din bakgrund här kan hjälpa till?"

"Åtminstone inte än."

Winter strök sig över pannan. Svetten hade torkat och lämnat håret strävt vid fästet. Han var trött efter resan, efter intrycken och synerna, och den rädsla han känt inne i rummet fanns kvar i kroppen som en dov kyla.

Han var hungrig. Det var som en opassande känsla, en paradox. Men han hade inte ätit någonting efter kycklingsalladen på planet, syltbakelsen och de två kopparna te. Ölet han druckit hade nu gett honom en dröjande värk bakom ena ögat. Eller om det var tröttheten.

"Har du fått nån lunch förresten?" frågade Macdonald.

"Bara på planet", sa Winter, "nåt litet skulle inte vara dumt."

"Jag vet ett ställe", sa Macdonald.

Macdonald körde österut på South Side och in på Clapham High Street. Efter några hundra meter svängde han vänster, fortsatte ytterligare trehundra meter och kilade in sin Vauxhall utanför en restaurang med markis och en uteservering som var tre bord med stolar.

"Det här är El Rincón Latino", sa Macdonald, "och ägarinnan

är en av mina gamla kont... ähh, vänner får man väl säga."

De gick uppför halvtrappan och in genom den öppna glasdörren. Restaurangen började med en bar till vänster, fortsatte i högerbåge runt bardisken och blev ett långsmalt rum inåt.

Lokalen var ljus av glasväggarna mot Clapham Manor Street. Färska blommor fanns överallt där de kunnat placeras och Winter kände doften av örter och chili. De var ensamma därinne.

"Hola, Gloria", sa Steve Macdonald och kramade om en kvinna i hans egen ålder. Hon var mörk, kort, hon hade kikat fram inifrån köksdelen när de steg in och snabbt kommit ut, med ett leende.

"Como está, Stefano?!" hade hon ropat.

"Estoy bien", hade Macdonald svarat och tittat på Winter när han gripit tag i kvinnan. Hennes panna var i nivå med hans bröstkorg.

"Det här är en svensk kollega", sa han och presenterade Winter.

"Buenas tardes", sa Winter.

"Habla espanol?!" sa Gloria Ricot-Gomez.

"Un poquito", svarade Winter.

Mina föräldrar är skatteflyktingar i Spanien och jag har snappat upp en del men jag vet inte vad skatteflykting heter på spanska, tänkte han.

" Un poco de tapas?" frågade kvinnan, vänd mot Macdonald.

"Du kan väl välja några", svarade han på engelska och tittade mot Winter som nickade.

"En flaska vin?" frågade kvinnan.

"Jag tar vatten", sa Macdonald, "jag vet inte vad..."

"Vatten för mig också", sa Winter.

Hon gick ut i köket men återkom direkt och pysslade bakom en glasdisk i två våningar som innehöll långsmala fat med små kalla maträtter.

"Det blir nåt varmt och nåt kallt", sa hon.

"Stället har 45 sorters tapas", sa Macdonald.

De satte sig vid ett bord kvinnan anvisat, nära bardisken. Någon stekte någonting i köket.

"Det är hennes syster som steker", sa Macdonald.

De satt länge över halstrade laxfiléer, grillade räkor med vitlök, ungsbakade fyllda milda chilifrukter, *queso blanco*, oliver fyllda med sardeller och chili, ångade majsbröd, bläckfisk i svart sås, fyllda skogschampinjoner och grillade auberginer med potatisklyftor. Maten serverades i små lerkrus.

Kvinnan kom till bordet och frågade om allt var i sin ordning.

"Ingen cerveza?"

"Kanske en liten karaff", sa Macdonald och Winter nickade igen.

"Gloria hade egna matlagningsprogram i Bogotá för inte så länge sen", sa Macdonald när hon kom tillbaka med öl i en vid glaskaraff.

"Bara tjugo år sen", sa hon och ställde karaffen på bordet. "Stefano är en sån gentleman."

"Det här var var fantastiskt gott", sa Winter.

"Tack."

"Fantastiskt", upprepade han.

"Min dröm var alltid att ha en restaurang och till slut måste jag välja mellan att vara hemmafru eller restaurangägare, och nu är jag skild", sa hon med ett leende.

Macdonald hällde upp öl till Winter och till sig själv.

"Hennes son David är nitton och har ett provkontakt med Crystal Palace", sa han. "Och systersonen står i mål i Wimbledons juniorlag."

"Dom är båda lokalpatrioter", sa Winter och tuggade på en salt oliv.

Gloria Ricot-Gomez återvände till köket. Macdonald la ner gaffeln. Ett äldre latinamerikanskt par kom in. Systern visade sig inte. Det var mörkt därute nu. Winter kunde se kollegans biltak blänka i ljuset från restaurangen. Dörren var fortfarande öppen. Ett sällskap på fem personer steg in. De verkade alla vara från Sydamerika.

"På söndagarna kommer alla latinamerikaner i stan till the Common för att spela fotboll eller för att titta på varandra", sa Macdonald. "Det bor många från Colombia och Peru och Ecuador här."

"Det är ett mångkulturellt samhälle du har i ditt London", sa Winter.

"Då finns det alltid ett hopp", sa Macdonald.

De satt tysta en minut, drack ölet.

"Det har blivit lite lättare för oss att jobba", sa Macdonald och satte ner sitt glas.

"Hurdå?"

"För tjugo månader sen ungefär bestämde man sig för att skapa permanenta mordutredningsteam, och jag är alltså chef för ett sånt. Tidigare var det så att om ett mord till exempel inträffade i Clapham så plockade man ihop en utredningsgrupp med folk härifrån och från en del andra platser också, men det betydde att andra delar av stan blev lidande, tappade folk helt enkelt. Det saknades folk hela tiden, på alla stationer, spanare skickades hit och dit. Det var ingen ordning."

Winter lyssnade, hörde röster från gästerna vid baren.

"Nu har man skapat fyra områden för hela Storlondon", sa Macdonald, "och jag jobbar i det sydöstra området, eller hörnet. Four Area South-east som det heter. Vi är 103 kriminalare i vårt område, delade i åtta lag, och varje lag har tre inspektörer och nio assistenter plus civil backup för indexkort och datorkörningar och sånt. Jag är alltså chef för ett sånt gäng, och vi jobbar alltid tillsammans med alla fall."

"Då gäller det att ha de rätta medarbetarna", sa Winter.

"Jag såg till att jag fick dom bästa", sa Macdonald och log, "framför allt dom från söder om floden men också ett par från Yarden. Vi har skapat en bra laganda."

"Bara mord?"

"Vi utreder bara mord, vi är 103 snutar som utreder mord i ett område som har över tre miljoner invånare."

"Det är många människor att skydda."

"Förra året hade vi 17 mord i sydöstra området och vi klarade upp alla. Hundraprocentig succé. Det berodde troligtvis på att vi inte hade så mycket att göra, med så få mördare. Vi hade gott om folk som kunde jobba på ett fall i taget. Året innan var det 42 eller 43 mord här. Skillnaden kan jag inte förklara."

"Var ni hundraprocentiga då också?"

"Vi har haft ett mord under de senaste tjugoen månaderna som vi inte kunnat lösa, om jag inte räknar den svenske grabben."

Winter sa ingenting.

"Offret var en man som levde på att göra inbrott hos sina grannar, en riktig notorisk tjuv. Alla som kände till honom, eller hade drabbats av honom, var glada att se karln död."

"Inga vittnen?"

"Inga vittnen."

"Och nu är det dags igen."

"Vi kommer att klara det här, vi har släppt allt annat. Jag delar chefen över mig med ett likadant lag och vi jobbar båda gängen med fallet."

"Tjugosex spanare", räknade Winter.

"Tjugosju om man räknar vår Detective Super men det är jag som håller i det i praktiken", sa Macdonald.

"Det är stort."

"Större än du kanske tror, du får se i morron när journalisterna kommer."

"Du är optimist och det är bra."

"Vad menar du?"

"Du sa att vi kommer att klara upp det här."

"Vi är poliser och realister, eller hur?"

"Det är en bra kombination."

"Jag skulle nog säga att den är nödvändig", sa Macdonald, "och om du har fått nog nu så kör jag dig bort till järnvägsstationen."

30

POJKEN HADE FÅTT ett rum på The New Dome Hotel för 25 pund natten, och det bästa var att det var promenadavstånd nedför Coldharbour Lane till Brixtons station. Han visste för han hade gått med väskan därifrån och hit till Camberwell Church Street. Kyrkan låg mitt emot och ett sjukhus lite längre bort.

Han visste också att det gick en buss längs Coldharbour men det var så jävla gött att gå. Det fanns en sol. Han hade musiken i öronen, Sugar Minotts musik. Det sista skriket från reggaevärlden, men han visste att han skulle få höra på annat snart. Han kanske skulle träffa nån som hade bra röka. Han skulle vara försiktig. Han höll egentligen inte på med det. Det var musiken.

Han gick. När han kom närmare stationen såg han en skylt till höger: Cooltan Arts Centre. Coolt, tänkte han. Världsmusik live på fredagar. Det var bara några dar dit. Han skulle vara kvar.

Nu var han inne i gyttret kring stationen, de små gatorna, marknadsvagnar som kom rullande ur stora portar. Alla svarta ansikten.

Musiken från affärerna. Till höger därframme såg han några plakat på trottoaren, pundtecken och namn på grupper och han visste att han kommit rätt.

Han gick in i Blacker Dread Music Store och allt han önskade fanns runt honom. Jag är i himmelriket, tänkte han, åtminstone när det gäller reggae. Eller jag är i Jamaica.

Han plockade bland skivorna. Han såg flera kunder därinne som kunde vara svenskar eller tyskar, eller danskar, men han ville inte snacka med nån. Han lyssnade inte efter några språk.

Han hittade Natty Dread Rise Again med The Congos, och den dubbla Heart of the Congos. Och Super Cat med Scalp Dem. En del från Acid Jazz, Roots Selection. Beenie Man, Lady

Saw, Wayne Wonder, Tanya Stephens. Och Spragga Benz.

Han hittade Bounty Killer, den nya, My Xperience. Skivan skulle inte komma till Götet på tre år, och då bara på import. Han kollade titlarna: Fed Up. Living Dangerously. War Face, en remix. The Lord Is My Light & Salvation. Han gillade den titeln. The Lord Is My Light & Salvation.

Han hittade en Bounty Killer till, Guns Out, inspelad tillsammans med Beenie Man.

Han drogs till Bounty Killer, de hårda texterna, gefaniandet, som en äkta rebell. Han kollade titlarna: Kill Or Be Killed. Deadly Medley. Det var bra. Deadly Medley. Mobster. Nuh Have No Heart. Off The Air Bad Boy. Det var hårt, som utan kompromiss.

Han hittade mer Sugar Mínott. International på RAS Records, med Hopeton "Scientist" Brown som producent.

Jag skulle kunna göra av med tietusen härinne, tänkte han.

Han bläddrade i häftet till History of Trojan Records. Han ville ha den.

Han fick till slut en plats vid lurarna och räckte över sin hög. Killen bakom disken hade rastalockarna smyckade med blå rosetter i ändarna. Kanske var det en grej för stället, tänkte han.

Pojken lyssnade: Shaggy, Trinity med African Revolution. Chaka Demus & Pliers, och en klassiker med Culture som han inte hört sen nån jävel lånade den och den försvann.

Dr Wildcat. The Dread Flimstone Sound. Gamle Gregory Isaacs.

Han lyssnade på Congos, Sodom and Gomorrow.

Det bästa var Somma. Skivan hette Hooked Light Rays och han visste att allt var rätt när han hörde rösterna. Bara röster, som en svart gregoriansk kör eller nåt, eller afrikanska slavar nere i skeppets lastrum, på väg till Amerika.

Han bestämde sig för att vara restriktiv den första dagen, liksom suga på det. Köpte han allt nu skulle han inte kunna koncentrera sig på något när han pluggade in musiken i sin bärbara cd. Det skulle bara bli ett enda plockande med skivorna på gatan. Han kunde bli robbad. Han skulle inte kunna koppla av, vara lugn.

Han köpte Somma och darrade nästan när han placerade skivan i spelaren. Han tryckte in snäckorna och hörde rösterna igen när han gick ut ur butiken. Han gick Atlantic Road ner mot stationen och den stora marknaden. Rösterna steg och sjönk, plötsligt kom dom vansinniga klangerna, som om en dåre var lös i kastrullskåpet men ändå inte. Det skrek i hans öron. Musiken var levande, som en person som tog sig igenom en lång tunnel eller en korridor och ylade sig fram med instrumenten framför sig och den tunga kören bakom.

Han stod utanför tunnelbanestationen, med viadukten till höger. Viadukten var grön och vinröd, eller ljusröd. Mitt emot på Brixton Road låg Red Records. Lugn nu, tänkte han, det kommer fler dar.

Tidningskiosken framför honom hade svarta kunder och svarta tidskrifter. Ebony, Pride, Essence. Blues & Soul.

Han kände dofter han aldrig känt förut. Människor kom bärande på djurdelar han aldrig sett förut, eller frukter och grönsaker. Plötsligt var han hungrig, så hungrig som han aldrig varit någon gång tidigare i hela sitt liv. Han hade gått förbi ett häftigt ställe som det såg ut, på Coldharbour. Aunty nånting. Cuisine nånting var det. Han gick tillbaka och in på Electric Avenue. Det var det bästa namn på en gata han nånsin hade sett.

31

DET VAR MORGON och Winter gick igenom polisgaraget och uppför de smala trapporna till spanarnas rum. Han mötte två män som bar skyddsvästar och hade automatvapen i händerna. Väggarna i trapphuset var utan färg, som om den normala världen tog slut när man steg in från Parchmore Road. En fläkt surrade. Han hörde telefoner ringa oavbrutet.

I korridoren efter trappan gick män och kvinnor in och ut ur rummen. Väggen till vänster om trappan täcktes av en grafisk bild som verkade höra hemma mer i ett rymdlaboratorium än på en station för regionala kriminalpoliser; från ett centrum utgick tusentals linjer åt alla håll, mot en större cirkel. Bilden var som ett solsystem, med planeten Jorden i mitten.

Macdonald hade förklarat i går. Varje streck på bilden var ett samtal från telefonen i centrum, från ett mordoffers telefon; de arbetade med ett stort drogrelaterat fall med anknytning till Västindien, USA. Samtal tvärs över London, Storbritannien, det västra halvklotet.

Utefter korridoren låg dörrarna till kommissariernas rum. Övriga spanare arbetade i två halvstora kontor och i det öppna landskapet längst bort från trappan. Här hade skrivbord skjutits samman till större arbetsytor.

Överallt datorer, skrivmaskiner, arkivskåp, telefoner, högar av papper: vittnesprotokoll, renskrivna anteckningar; fotografier stack ut ur högarna, som skuggningar mot det vita och gula. Allt gav intryck av ett slags gammaldags effektivitet, hade Winter tänkt, det påminde om hur det hade sett ut hemma när han började sin karriär... om man kompletterade med datorerna.

Det här är ett mer suggestivt sätt att arbeta, tänkte Winter när han stod i korridoren. Här finns en känsla av anarki och frihet och närhet till besluten som vi saknar. Vi är inte tillräckligt tätt inpå varandra i fästningen vid Skånegatan.

Macdonald var tätt inpå sig själv i sitt rum, tio kvadratmeter, högar av dokument, telefoner, tung skyddsutrustning klämd innanför dörren där den skulle vara omöjlig att nå vid ett akutläge, tjänstevapnet i sitt slitna läderhölster på skrivbordet. Det engelska ljuset silade genom persiennerna och strimlade Macdonalds ansikte.

"Vill du ha te?" frågade han.

"Ja, gärna det."

Macdonald gick ut i korridoren och sa något som Winter inte uppfattade, till någon han inte såg. Kollegan kom tillbaka, satte sig i sin stol och visade med handen mot besöksstolen som var rank men som hade hållit för Winters vikt den korta stunden i går.

"Teet kommer", sa Macdonald.

"Vi får hämta själva i Göteborg", sa Winter.

"England är fortfarande ett klassamhälle, de svaga hämtar te åt de starka."

"Vi är på väg tillbaka till den tiden, den världsberömda svenska modellen passar inte längre."

"Du ger inte intryck av att vara en klasskämpe precis."

En yngre kvinna, klädd som servitris i vit blus och svart snäv kjol kom med en bricka. Där stod tekoppar i vitt porslin, en vit kanna, en sockerskål och en förpackning mjölk. Macdonald tackade henne och bad henne lämna brickan på bordet efter det att han skjutit undan en trave formulär. Hon ställde ifrån sig teet, log mot Winter och gick därifrån.

"Ser alla kriminalpoliser i Sverige ut som du?" sa Macdonald och lyfte en kopp i Winters riktning.

"Bara på tjänsteresa."

"Här kommer vi som vi är, och i det här området är det nog det bästa. Den här stationen ligger mycket bra till, och som du har sett är vi inte så intresserade av att skylta med verksamheten. Vi är för oss själva här, ur vägen, vi kommer alltid tillbaka hit så fort som möjligt efter jobbet därute i röken. Vi har våra datorer här. Det är här vi tänker och snackar med varandra."

"Och svarar i telefon."

När Winter sagt det ringde telefonen framför Macdonald. Han svarade och mumlade i en halv minut och la på.

"Hilliers föräldrar kan träffa oss i morron."

"Bra."

"Det får vi se."

"Går det att beskriva det här området du jobbar i... den sydöstra fjärdedelen av London... finns det nåt generellt att säga?"

"Nej", svarade Macdonald, "inte mer än att ju längre bort från London du kommer desto trevligare blir det. Färre brott, trevligare hus, snällare människor. Det är inte så illa i Croydon, här finns ett stort citycenter med pengar i rörelse, men just häromkring är brottsnivån rätt hög, det är den fattiga delen av Croydon. Sen blir det än värre uppåt norr... Brixton, Peckham... mycket brott, lite eller inga pengar, hög etnisk population som aldrig får en chans."

"Ja."

"Jag har varit snut i alla dessa år och jobbat härnere i söder, och en sak är klar och det är att dom som hade få chanser förut inte har några alls nu", sa Macdonald.

"Det betyder brott."

"Det betyder brott och det betyder tystnad. Innan var det så att dom som är rika höll inne med det, var lite diskreta, men nu finns det ett öppet förakt i det här samhället vi lever i. Dom som har... dom skiter öppet och arrogant i dom som inte har. Jag kan se det dagligen."

"Men det är väl inte bara fattigdomen, och hudfärgen."

"Va?"

"Det är hela utanförskapet. Avvikelsen... på flera sätt."

"Ja."

"Vi börjar också se dom tecknen", sa Winter.

"I Sverige? Du vet inte vad du talar om."

"Jag tror det."

"Att det skulle bli som här? Gud bevare er."

"Är det den cyniske polisen som talar?"

"Jag vet inte", sa Macdonald och sörplade en munfull te.

"Men det är den där känslan som snut...", sa Winter, "den som skapar en cynisk person av en... man får känslan av att det bara är jag, att man är ensam, att ingen annan bryr sig ett enda skit. Man upptäcker att folk ljuger så förbannat mycket, hela tiden. Det är inte bara den misstänkte... inte bara en brottsling som är överbevisad, söndervittnad... utan också andra."

"Och sen kommer dom skyldiga, vilka dom nu är, undan för lätt. Jag försöker tänka bort det men det är svårt. Det är såna tankar som gör en cynisk", sa Macdonald.

"Och dom hemska sakerna."

"Förlåt?"

"Det man ser."

Macdonald svarade inte.

"Effekterna av våld. Det skapar en cynism."

"Ja."

"Och ändå är det den dagliga kontakten med folk som är det enda viktiga, det som håller oss igång."

"Vi arbetar mycket med det här", sa Macdonald, "när människor blivit mördade, när dom försvunnit. Vi sätter upp lappar överallt som du sett, och vi får tusentals samtal från allmänheten, som du hör just nu."

Macdonald gjorde en rörelse med armen ut mot korridoren. Signalerna hördes från rummen, svaga men tydliga.

"Vi hade ett fall för några år sen", sa Macdonald, "en pojke, inte mer än tolv, hade sexmördats och skändats och håren stod rakt upp på skallen på oss allihop. Vad i helvete var det vi hade fått på halsen, *vem* i helvete var lös?"

"Känslan är bekant."

"Vi fick ett samtal från en man som sa att han hade varit tidningsbud som liten i det där området där pojken hittats. Det bodde en man där och han tog på mig, sa han som ringde. Det fanns historier om honom men man sa ingenting. Nu är jag 32 men jag har aldrig glömt det där äcklet, sa han."

"Hade han namnet?"

"Han hade namn och adress och vi gjorde en rutinkoll och, jo, gubben bodde där och han var inte direkt lastgammal. Vi skrapade på honom och, jo, det var han. Han föll ihop direkt."

"Det händer inte så ofta", sa Winter.

"Nej, men det handlar inte bara om tur. Inte om man ser det i ett större perspektiv. Hade vi inte funnits tillgängliga och hade inte folk varit medvetna om att vi fanns tillgängliga, om än lite undanskymda, så hade inte den där killen ringt."

"Vi väntar på ett sånt samtal nu", sa Winter. Han hade glömt att dricka sitt te. Macdonald snackade hela tiden.

"Vill du ha nytt?"

"Det är bra."

"Det är inget besvär."

"Inte för dig nej."

Macdonald tittade på honom, gned sitt knä.

"Hur är det med fotbollsskadan?" frågade Winter.

"Den är borta på söndag och tillbaka på måndag. Vill du vara med förresten?"

"På vad?"

"Spela en match med publaget?"

"Var?"

"Bortåt Farningham. Det är i Kent, tre mil down the road. Jag bor där. Puben ligger där."

"Om jag är kvar då."

"Du är kvar", sa Macdonald.

"Jag kan ta en kopp i alla fall", sa Winter för att avleda samtalet.

Macdonald reste sig och gick ut i korridoren och var borta en stund. Han kom själv tillbaka med brickan.

"Tjänstekvinnan är upptagen vid datorn."

"Så det fick bli sonen", sa Winter.

"Va?"

"Tjänstekvinnans son", sa Winter och hoppades att "the Servicewoman's Son" skulle duga.

"Det är en bok av en av Sveriges världsberömda författare", sa han.

"Strindberg", sa Macdonald.

"Vem är det som kan allt?"

"Jag har den i översättning, och jag kommer att läsa den nåt av dom närmaste åren direkt efter pensionen."

Winter drack av teet. Det var starkt och sött. Värmen utifrån kändes genom fönstret, rakt på hans rygg. Macdonald hade linjer i ansiktet och de kom inte längre från persiennerna. Kollegan hade rakat sig. Huden tonade i blått. De svarta ögonbrynen växte nästan samman. Ett par läsglasögon låg bredvid dokumenthögen. När Macdonald nu fingrade på dem såg de ut som gjorda för ett barn, de försvann i hans hand. Han måste vara fruktansvärd på fotbollsplanen, tänkte Winter. Värre än jag.

"Har du vittnen på den där mannen?" frågade han.

Macdonald släppte de oinfattade runda glasögonen. Linjerna i ansiktet djupnade när han böjde sig framåt.

"Några stycken", sa han, "och det bästa vittnet tycker att vår man ser ut som jag."

"Som du?"

"Det var vad han sa."

"Vad menade han?"

"Vad jag förstår handlar det om en stor kille som hade långt mörkt hår."

"Vi har kommit fram till det också", sa Winter. "Stor och mörk."

"Det kan vara en bekant och ingenting mer", sa Macdonald.

"Nej."

"Inte?"

"Tror du det själv?" frågade Winter.

"Egentligen inte."

"Mannen som gick med Per Malmström genom parken är vår man. Vilket skäl har han annars att hålla sig undan?"

"Det finns andra skäl, en avvikande sexuell läggning kan vara ett av dom."

"Att mannen skulle vara gay? Att han inte vill att hans familj ska få veta det?"

Macdonald ryckte på axlarna.

"Din gissning är lika god som min", sa han. "Vi har flera som har anmält sig själva, men det har varit våra vanliga knäppgökar."

"Jag har sett anslagen", sa Winter.

Han hade sett dem på Clapham High Street-stationen där Macdonald släppte av honom i går kväll: bilden på Per som Macdonald fått från Sverige. Texten om mordet, platsen, parken; de fakta polisen velat lämna ut. Uppmaningen att lämna in uppgifter.

Anslaget såg ut som en absurd affisch, som någonting ur en film. Winter hade känt ett blixtsnabbt illamående.

Det hade inte varit någon förvarning.

Papperet hade fransats i nederkanten. Det hade redan fått den bleka beläggning som säger att allting är för sent. Anslagen satt på tre pelare och var alla i samma skick eftersom de klistrats fast vid samma tidpunkt. Tågen kom och gick och några läste texten och ringde Thornton Heath, men hittills förgäves.

När Winter kom till Victoria Station upptäckte han, på en av pelarna vid utgången, det nedre högra hörnet av ett anslag om Per Malmströms död. Det fladdrade i vinden av tågen som fortfarande kom och gick. Det var det enda som fanns där av affischen, resten var borta. Det var som någon rivit bort större delen av en Londonkarta och lämnat kvar den den sydöstra staden.

Det var ett egendomligt sammanträffande, som om det betydde någonting, som om det i sig var ett meddelande.

32

LARS BERGENHEM VÄNTADE utanför. Männen kom och gick. Dörren svängde och en fackla av elektricitet slog ut genom kvällen när den öppnades.

Han stod vid sidan av ljuset från huset. Godstågen knäppte i sitt järn bakom honom. Det lät som suckar efter långa dagar ute på rälsen. Bangården lystes upp av ett tunt ljus från glest placerade glödlampor, fästa på stolpar som stack upp mellan vagnarna. Ett lok rullades in någonstans i mitten av den tysta trafiken. Han hörde ett rop och ett svar, ett gnissel av bromsar och sedan ljud som av slag med ett tungt och trubbigt föremål.

Dörren svängde igen och hon kom ut. Hon var ensam. Han väntade men hon gick inte över gatan till parkeringen.

Hon gick snabbt ut på Odinsgatan och bort mot Polhemsplatsen. Bergenhem följde efter. Hon korsade när spårvagnarna passerat och sneddade över parkeringen. Bergenhem kände en kyla stiga från Fattighusåns vatten när de gick över bron. Hon fortsatte längs Vallgraven. De mötte inga andra.

Trädgårdsföreningens park var mörk på andra sidan graven. Hon gick snabbt och såg sig inte om. Bergenhem fick öka stegen för att inte förlora henne när hon svängde runt hörnet vid Bastionsplatsen.

När han själv nådde fram såg han hennes gestalt i ljuset från Kungsportsplatsen. Hon höjde armen i vinkel, som tittade hon på sitt armbandsur. Hon fortsatte över Kungsportsbron, passerade Stora Teatern och väntade på grönt, före Nya Allén. Bergenhem kontrollerade tiden. Han gick dröjande mot övergångsstället. Hon stod där tillsammans med fyra eller fem andra. Det var en minut efter midnatt och han tyckte att trafiken var tät med tanke på att timman var så sen.

Hon gick in i Vasastadens skuggor. Husen skymde himlen. Bergenhem följde efter runt Röhsska museet men hon var borta.

Han vände sig om. Här fanns inga öppna kaféer. Det fanns en port framför honom men den var tyst och tom. Längre bort låg en restaurang men dit hade hon inte hunnit. Den var ändå stängd, belyst enbart av ett rör ovanför matsedeln på väggen bredvid fönstret.

Han såg en bil stanna femton meter bort. Bilens innerbelysning tändes när dörren öppnades på passagerarsidan. Han såg ett suddigt ansikte över ratten och en man som steg ur. Mannen hukade sig in genom bildörrens öppning och sa någonting. Sedan stängde han och bilen sprätte iväg norrut, nedför lutet mot Vasagatan. Mannen vände sig om och gick rakt in i väggen och var borta.

Vad i helvete, tänkte Bergenhem.

Han gick bort dit och såg dörren i patricierhusets sockel. Den var grov som sten runt om med ärgade järn, som en nedgång till en jordkällare. Den måste öppnas inåt, tänkte Bergenhem. Han hade inte sett något ljus när det skedde. Här fanns inga skyltar, ingenting runt om. Inget ljud genom muren.

Nu såg han knappen till höger, som en del av gångjärnet. Han tryckte dit pekfingret och väntade. Han tryckte igen. Dörren öppnades.

"Ja?"

Han såg konturerna av ett ansikte och en kropp framför sig, ett svagt ljus som kom uppför en trappa, bakom gestalten.

"Ja?" sa rösten igen.

"Är det... stängt?"

"Va?"

"Är det ingen show?" frågade Bergenhem.

Många frågor men inga svar, tänkte han. Jag är säker på att hon gick in här. Varför sa Bolger inget om det här stället? Har det nyss öppnat? Många frågor och inga svar, tänkte han igen.

"Jag fick ett tips av en klient. Han sa inget om att man måste vara medlem."

"Medlem i vad?" frågade rösten.

"Ja, inte fan vet jag, får man komma in och se showen eller är det hemligt?"

Gestalten steg ut på gatan, nära Bergenhem. Han såg ett ansikte han inte sett förut.

"Vad vill du?"

"Bara ha lite kul."

"Är du full? Vi tar inte emot fulla här", sa ansiktet.

"Jag dricker inte."

En annan man dök upp bredvid Bergenhem och vakten nickade mot den nyanlände. Han gick in genom dörren, Bergenhem kunde se honom gå nedför trappan, och det var som om detta fått gorillan framför honom att fatta ett beslut.

"Okej", sa han, "men jag kommer att kolla dig."

"Vad? Varför?"

"Vi har respektabla gäster", sa gorillan som till en uteliggare, som om Bergenhem kommit hit klädd i en kartong.

"Får jag gå in?" frågade Bergenhem.

Mannen såg sig om, flyttade sig för att Bergenhem skulle kunna vika in sig i dörröppningen. Mannen kom efter och stängde. Ljuset blev starkare därnerifrån. Bergenhem hörde svag musik. Det lät som något arabiskt, eller som om tonerna förvreds i källarkrökarna.

Vid trappans fot satt en kvinna vid ett bord, ett kassaskrin av klassisk modell stod framför henne.

"250", sa hon.

Bergenhem betalade men fick inget kvitto. Han hängde jackan i ett prång till höger, på en galge av plast.

"En drink ingår", sa kvinnan och log vackert och gav honom en bricka, också den av plast.

Hon dansade på ett av borden och Bergenhem satt där. Han såg hennes revben men hon var mycket vacker, tänkte han, hennes bröst var större än han kom ihåg från Riverside och han tyckte att hon tittade på honom, som om hon kände igen honom.

Musiken var svart men det var inte Tina Turner. Den steg och hon rörde sig uppåt i dansen. Hennes ögon var svarta, under dem hade hon mörka halvmånar.

De två andra männen vid bordet drack och följde hennes rörelser. På tre andra bord i rummet dansade kvinnor. Det var som i en grotta.

Bergenhem kände en lukt av sprit och svett och parfym, och av ångest, rädsla och något från honom själv som han inte visste vad det var... mer än att det fått honom att gå hit.

Han visste inte var utredningen slutade, och var det här andra tog vid.

När musiken tystnade slutade hon omedelbart att dansa och leendet i hennes ansikte torkade ihop till ett streck. Hon såg plötsligt dubbelt naken ut, tänkte han, som om soulmusiken varit hennes kläder och skydd. Han räckte fram en hand och hon skyggade till.

"Jag ska bara hjälpa dig ner", sa han.

Hon tittade på honom och sträckte fram armen och han stödde henne när hon klev ner från bordet på stolen. Hon gick därifrån utan att säga något, hon tittade inte på honom. En av männen vid bordet sa något men han hörde inte vad. Hon rörde sig i en mjuk rörelse över golvet, på de höga klackarna. Hon försvann genom en dörr bakom baren. Där stod gorillan med ögonen på Bergenhem. Han vände bort blicken och satte sig.

Han satt länge. En kvinna kom över från baren. Hon tände en cigarrett och han kände nu en rå smärta i halsen från röken i rummet.

"Ska du inte be mig slå mig ner?" frågade hon.

Bergenhem reste sig igen, drog ut stolen bredvid.

"Naturligtvis", sa han.

De två andra männen hade gått till baren där de fått sällskap.

"Det är tillåtet att bjuda på nåt", sa hon.

Hennes hand var i höjd med hennes ansikte. Det var brett och dolt under färg. Det hår hon bar nu var blont. Bergenhem kände först inte igen henne.

"Jag kände inte igen dig", sa han.

Hon svarade inte.

"Vad vill du dricka?" frågade han.

"Det här", sa hon och höll upp glaset som en man från baren ställt framför henne.

"Kan du inte spelreglerna?" frågade hon och tittade på honom över glasets kant.

"Vad kostar den? Tusen spänn?"

"Nästan", sa hon och ställde ner drinken på bordet. "Jag kan dansa privat för dig."

"Nej", sa han.

"Är det inte det du vill?"

"Vad?"

"Vill du inte ha en privat föreställning?"

"Nej."

"Vad är det du vill egentligen?"

"Vad?"

"Mig. Vad är det du vill mig?"

"Dig? Ing... ingenting."

"Ingenting? Tror du inte jag känner igen dig? Jag är ingen jävla pundarhora. Du har suttit nere på Riverside jag vet inte hur många kvällar."

"Bara ett par gånger."

"Jag känner igen dig", sa hon och släppte ut röken ur munnen som i ett rör och fimpade cigarretten i en kopp på bordet, "och jag gillar inte att vara förföljd."

"Förföljd?"

"Tror du inte jag såg dig utanför Riverside? Tror du inte jag märkte att du följde efter mig hit?"

Bergenhem sa ingenting, drack sitt öl.

"Vad vill du?"

"Ingenting", sa han igen.

Hon tände en ny cigarrett med snabba, pressade rörelser.

"Jag vet att du är snut."

Han svarade inte.

"Eller hur?"

"Ja."

"Jag har inte gjort nånting, om du är ute efter att sätta dit den här klubben så varsågod men dom öppnar igen om ett par dar."

"Det är inte det."

"Nähä."

"Vi utreder två mord."

Eller fler egentligen, tänkte han.

244

Hon tittade på honom, rökte igen, rörde inte sin drink.

"Jag vet", sa hon.

"Vad?"

"Du har ju frågat folk på Riverside, eller hur?"

"Ja."

"Dom visar filmer här."

Han grep om sitt ölglas, satt stilla men önskade att han kunde luta sig fram över henne.

"Det är ingen hemlighet för gästerna eller i stan, men det är inget man ser på andra håll."

"Vad då för filmer?"

"Bondage", sa hon. "Vet du vad det är?"

."Ja."

"Det är inte förbjudet."

Han svarade inte eftersom han inte var riktigt säker.

"Inga barn, då skulle jag inte jobba här. Även strippor har en moral."

"Var är det?"

"Vilket då?"

"Filmrummet?"

"Hur så?"

"Jag vill se", sa han.

"Det kommer inte igång förrän senare och då är jag ändå borta."

"Varför det?"

"Det angår väl ändå inte dig?"

Bergenhem kände en svett på ryggen. Han hoppades att den inte syntes i hans panna. Det drog i skrevet som om hans boxer-shorts var gjorda av sandpapper. Han drack av ölet och märkte att hans hand darrade lätt. Han såg att hon märkt det.

"Vet du vad du utreder?" frågade hon.

Han satte ner glaset igen, strök sig över munnen med baksidan av handen.

"Det... var viktigt för mig att följa efter dig, men inte som du tror. Vi försöker få en uppfattning om vad som sker på klubbarna. Om du är så insatt så förstår du varför."

Hon tittade länge på honom.

"Jag ska säga en sak", sa hon, "men då får du bjuda på en drink till. Annars måste jag gå. Vi får inte sitta här mer än viss tid för varje drink."

"Okej."

Hon måste ha gjort ett tecken han inte sett. Ett nytt glas stod framför henne. Servitören bar bort det gamla, orört.

"Du verkar vara en snäll pojke och därför vill jag varna dig", sa hon tyst, som mellan tänderna. Han lyssnade genom röken.

"Det här och på Riverside verkar fridfullt men det är livsfarligt", sa hon, "det är business och bara business och ingen går säker."

"Har nån sagt till dig att säga det här till mig?"

"Du får tro vad du vill", sa hon och vände sig mot honom och log, som spelade hon teater inför någon som betraktade dem. Det är som hon talar om nåt annat, tänkte Bergenhem.

"Vad är det som är livsfarligt?"

"Du är en söt pojke, håll dig borta från mig."

"Va?"

"Jag vet inte om du har problem hemma eller vad det är", sa hon och han såg att hon sneglade mot ringen på hans vänstra ringfinger, "men den här nattjänsten du håller på med tror jag inte du kan gå till chefen och få övertid för."

"Det här är mitt jobb."

"Är jag ditt jobb?"

"Nej."

"Vad är detta då?"

"Jag vet inte. Vad heter du?" frågade han men hon svarade inte.

När han kom ner i sängen rörde sig Martina i sömnen, hon tittade hastigt upp och mumlade något om att det måste vara sent. Han svarade inte och hon föll tillbaka ner i de djupa regelbundna andetagen.

Han kände lukten av rök från håret och ansiktets hud. Munnen var sträv, när han drog med tungan uppe i gommen var den som en grotta av cement. Martina låg på rygg, magen som ett litet tält över henne. Han fick en längtan att lägga handen på toppen, men han lät bli.

Det rosslade från frysboxen i hallen. Han kunde inte sova, han lyssnade efter allt, alla ljud.

Han gled ur sängen och gick nedför trappan till köket. Han öppnade kylskåpet och drack direkt ur förpackningen med lättmjölk. Han drack länge, ända tills den var tom. Han kände sig fortfarande törstig, som om det brann inne i honom. Han öppnade en förpackning apelsinjuice och hällde i ett glas. Han drack. Det smakade sött och fränt efter mjölken.

Vad i helvete är det med dig, tänkte han.

"Kan du inte sova?" sa Martina när han lagt sig i sängen igen.

"Det går nog nu", sa han.

"Mhm."

"Godnatt", sa han.

"Mhm", sa hon, på väg igen.

Han hade skrubbat sig en gång till, hårdare med den starkare tvålen, men lukten av röken ville inte gå bort. Han tyckte att han kände hennes parfym här i sovrummet. Det spelar ingen roll vad hon heter, tänkte han. Varför frågade jag det?

Han kunde inte sova. Nu lyssnade han efter måsarna som började slita i tidningarna och skratta åt nyheterna. En helikopterdivision måsar anlände varje gryning, från basen i havsbandet.

33

DE SATT PÅ TÅGET norrut. Det var tidig eftermiddag och de var ensamma i vagnen. Winter såg en joggare i kortbyxor över Wandsworth Common, en kortärmad tröja som fylldes av vind och fladdrade i ryggen. Han tyckte att han kände igen mannen från resan ner i går, och från i morse. Kanske var det en vansinnig som sprang här, fram och tillbaka, timme efter timme.

Geoff Hilliers föräldrar hade sagt nej till intervjun i sista stund. Mannen hade inte orkat. En annan dag. Winter gjorde nu resan genom den södra staden igen. Han hade blivit pendlare.

"När kommer Jamie Robertsons mor hem?" frågade han och såg en av stationerna komma och gå.

"Om två veckor", svarade Macdonald.

"Och fadern kan ni inte hitta?"

"Nej", sa Macdonald. "Det är inte ovanligt."

När de stigit av vid Victoria visade Winter på den trasiga affischen. Macdonald rev bort den och slängde den i en papperskorg.

"Sätter ni upp en ny?"

Macdonald ryckte på axlarna.

"Antagligen", sa han, "trasiga bilder blir som trasiga minnen. De är inget att hålla sig till."

"Du har blivit poet", sa Winter.

"Poet of crime", sa Macdonald, "jag har blivit en brottets poet."

De fortsatte med tunnelbanan till Green Park, steg av och vandrade genom katakomberna till rulltrappan. De kom ut i solen.

"Där bor drottningen", sa Macdonald och nickade in mot parken, "hon är till för alla undersåtar, såväl skottar som engelsmän."

"Irländare och walesare då?"

248

"Dom också."

De tog en taxi österut uppför Piccadilly och in i Soho. Frankie satt i sitt rum och datorns skärm var svart.

"Den pajade", sa han när Macdonald presenterat honom för Winter.

"Billig skit", sa Macdonald, "jag sa till dig att undvika all engelsk hårdvara."

"Som om skottarna kan bättre", sa Frankie.

"Det kan vi."

"Ge mig ett exempel", sa Frankie.

"Macintosh."

"Haha."

Macdonald log mot Winter.

"Får man bjuda på lite exklusivt västindiskt te?" frågade Frankie.

"Det finns väl inte", sa Macdonald. "Te från Västindien? Det är väl ungefär som att säga att det här kaffet är odlat i Sverige."

Frankie tittade på Winter igen men Winter slog ut med händerna som en okunnig.

"Jag har hört mig för lite", sa Frankie som beslutat sig för att inte bjuda på någonting. Kanske senare, men inte nu, inte när Steve hade en sådan otrevlig attityd gentemot hans rötter och ursprung. "Så diskret jag kunnat", fortsatte han.

Macdonald nickade.

"Jag blev förvånad", sa Frankie, "förvånad över mänskligheten."

"Sluta med det där hyckleriet", sa Macdonald.

"Här håller man sig till den rätta vägen och det är inte utan att man undrar varför kunderna inte kommer längre som dom brukade göra."

De två männen från polisen väntade. Winter hörde ett rop utifrån hallen, som på hjälp. Det följdes av ett skratt och en kommentar han inte förstod.

"Jag snackar inte om barnporr", fortsatte Frankie.

"Vad snackar du om då?" sa Macdonald.

"Jag pratar om tortyr här", sa Frankie.

"Tortyr?"

"Ja."

"Vadå för tortyr?"

Frankie svarade inte, han hade börjat gunga fram och åter med små rörelser, som om han rörde sig efter rytmen i en svart sång.

"Frankie", sa Macdonald.

"Jag vill inte prata om det mer", sa Frankie.

Macdonald väntade. Han följde den svarte mannens rörelser med ögonen. Winter gjorde detsamma. Winter kände en kyla över bakhuvudet. Det blev absolut tyst runt dem. Inga ljud hördes utifrån.

"Frankie", sa Macdonald igen.

"Jag säger bara vad jag hört, och det är att nån erbjuder filmer i London som innehåller tortyr av människor och det ska vara på riktigt."

"Namn."

"Aldrig i livet."

"Det kan bli farligt för dig", sa Macdonald. "Du måste förstå."

"Jag förstår", sa Frankie, "men det får i så fall bli jag som kollar vidare. Du har varit med, Steve. Du vet att jag inte kan sätta dig och ditt blonda bombnedslag här på mina kontakter. Dom vet inte mer än jag, och dom kommer aldrig i detta liv att säga nåt till er även om dom visste mer."

"Men du kan ju inte komma tillbaka och fråga mer. Eller gå vidare till andra namn."

"Ska det göras måste det bli på mitt sätt."

Macdonald svarade inte. Winter hörde ljuden runt sig igen, som om världen inte längre kunde hålla andan.

"Tro mig", sa Frankie, "det här är nåt jag inte vill ha i min stad eller i min bransch. Det gäller alla oss som är rena. Men det blir för mycket oro om snuten rusar in här och rör upp känslor hos oss och hos våra rena kunder."

"Och under tiden kanske nån dör", sa Macdonald.

"Risken är mindre om jag, eller vi, får sköta det."

" I morgon."

"Så fort jag kan."

"I morgon", sa Macdonald och vände sig till Winter. "Några frågor Erik?"

"Det här du pratar om visas inte i Soho, antar jag?" sa Winter
och tittade på Macdonalds kontaktman.

Frankie svarade inte, men Winter förstod att han hade rätt.

"Det här är privat", sa Winter. "Nåt för privathemmen."

"Ja", sa Frankie.

"Var försiktig", sa Winter.

"Tack o store vite man", sa Frankie och tänderna blänkte till i
hans ansikte, "din omsorg om mig är stor."

Winter kände sig som en idiot. Macdonald såg uttrycket i hans
ansikte. Frankie höll kvar leendet, som gjorde han en imitation av
en bomullsplockare på ett fält i Mississippi.

"Det vore gott med lite te nu", sa Macdonald.

"Jag har skotskt, gjort på torkade havregryn", sa Frankie.

"Mmmmm", sa Macdonald.

"Jag gick in och kollade datorlänkarna i går", sa Macdonald när
de lämnat Cinema Paradiso och vandrat igenom kvarteren. Det
var milt i solen, kyligt i skuggorna mellan husen.

De satte sig på en upplyst bänk mitt på Soho Square. Winter lät
rocken hänga löst runt kroppen. Den förtidiga våren var en värme
i hans ansikte. En engelsk fågel sjöng en originalsång för honom.

"Vi har ett särskilt datasystem för mord, för hela landet", sa
Macdonald. "Det föddes efter en katastrofal utredning åttisju, en
serie mord och spanarna gick om varandra som blindgångare. Vi
litade för mycket på det gamla kortsystemet, för lite på databaser-
na. Det var unga pojkar som dog då också, och vi fick grava
anklagelser för inkompetens."

Fågeln i lönnen bakom dem hade fått sällskap eftersom det nu
fanns publik därnere på bänken. Kören tog sig igenom sina vår-
klassiker.

"Det fanns ju skäl för det", fortsatte Macdonald.

"Men nu länkar ni", sa Winter.

"Det heter HOLMES."

"Vad?"

"Datasystemet. Det heter Holmes efter vår store litteräre före-
gångare. Men varje initial står för något, i det här fallet Home
Office Large Major Enquiry System."

"Vi är förtjusta i initialer i den här branschen", sa Winter.

"Jag kan gå direkt in och titta i de andra områdenas filer, och hoppas att det dessutom sitter nån vaken person uppe på Yarden."

"Vilken roll spelar Scotland Yard för dig, eller oss, i det här fallet?"

"Yarden är numera mest en administrativ enhet, det har till exempel inte funnits nån mordrotel vid Scotland Yard under dom senaste tjugofem åren. Dom har ett par rotlar kvar bara, till exempel anti-terroriststyrkan. Men annars handlar det mest om papperarbete, om att vara hjärtat i datasystemen, indexsystemen."

"Ingen aktiv utredningsroll vid mord?"

"Om det är nödvändigt beställer vi ett särskilt teknikergäng från Yarden", sa Macdonald, "dom har specialistkompetens och en utrustning som inte finns ute i områdena. Dom plockar fram fingeravtryck som suttit i väggen i tio år, ja du vet."

"Ja."

"Dom var med nere i Clapham."

"Jag förstår."

"Vår egen FSHU gör fingeravtrycken, mönstren, krossåren och bitmärkena och dom från Yarden kommer in för det riktigt finstilta."

"Har du förtroende för dom här gängen?"

Solen var bakom ett moln och det drog om nacken. Fåglarna höll tyst, väntade. En öppen lastbil travad med ölbackar skramlade runt torget och stannade utanför en italiensk restaurang i ett av de södra hörnen. Två unga kvinnor gick förbi dem i parken och tittade båda mot bänken. Macdonalds ögon var försvunna bakom de svarta glasögonen. Han ser ut som en knarklangare och jag ser ut som hans kund, tänkte Winter. Eller om det är tvärtom.

"Förtroende? Jag tror det", sa Macdonald. "Det är kriminalinspektörer som är chefer för teknikenheterna. I England är tekniker civila annars, men i London är dom här cheferna snutar. Det finns bara tio stycken. Vi kallar dom labbinspektörer. Dom kommer med sitt folk och sina grejer till mordplatsen. Det blir alltså samma folk som håller i alla riktigt svåra tekniska utredningar. Dom kommer till brottscener över hela London. Det ger en kontinuitet förstås."

"Det låter bra", sa Winter.

"Dessutom ligger labbet i Kennington och det är söder om floden", sa Macdonald och log. "I sällsynta fall begär vi en patolog till mordplatsen också, speciellt om det finns sexuella indikationer."

Sexuella indikationer, tänkte Winter. Det lät som titeln på en film.

"Hur länge får ni köra heltid med det här?" frågade han.

"Med det här fallet? Jag släpper det inte. Policyn för min högste boss i vårt område är att han ger oss tolv veckor, beroende på hur mycket vi har att göra med annat. Om det inte händer nåt nytt och vi inte får några nya ledtrådar så sparkar vi in fallet i byrålådan efter tolv veckor och går på ett nytt. Men som jag sagt förut så löser vi våra mord i sydöst."

"I värsta fall vet vi vem som gjorde det men vi kan inte sätta dit den jäveln formellt", sa Winter.

"Va?"

"Vi vet inne i våra hjärtan vem som gjorde det men apparaten räcker inte till för en fällande dom", sa Winter.

"Det gör en cynisk, eller hur?"

"Inte alltid, man kan bära med sig känslan av att man haft rätt och att det förr eller senare händer nåt som ger den sista lilla biten som man letade efter."

"Ja."

"Då är man beredd, man är alltid beredd."

"Alltid redo", sa Macdonald.

"Har du varit scout?" frågade Winter.

"Scout? I betydelsen... pojkscout? Eller spanare?"

"Pojkscout."

"Den där paramilitära smygfascistiska rörelsen som grundades av den sydafrikanske rasisten Baden-Powell? Nej, den har jag inte varit med i."

"Det har jag", sa Winter, "där lärde man sig att uppträda korrekt."

"Och därför blev du kriminalkommissarie i vuxenlivet?"

"Naturligtvis."

Det var åter varmt i deras ansikten. Solen fanns mellan två

huskroppar och inom en halvtimme skulle den vara borta, sjunken i Themsen. Macdonald nickade tvärs över torget, mot Greek Street.

"Där ligger Millroy's som är världens bästa butik för maltwhisky."

"Jag vet."

"Naturligtvis."

"Jag vill att vi går i musikaffärerna nere i Brixton i morron", sa Winter, "jag måste höra med dom där vittnena som ni har förhört."

"Du får gå själv", sa Macdonald, "jag hinner inte."

"Det är inte tillåtet, jag är här enbart som observatör."

"Du är lika mycket polis som jag och mer engelsman är jag nånsin kommer att bli, så vem skulle protestera?"

"Då säger jag att du var med."

"Säg vad du vill."

"Då säger jag att det är min födelsedag i dag", sa Winter.

Det hade precis slagit honom, som ett gammalt minne eller ett namn som plötsligt dyker upp i medvetandet.

"Jag ber att få gratulera. Hur många år handlar det om?"

"Trettisju."

"At the age of thirty-seven, she realised she'd never ride through Paris in a sportscar, with the warm wind in her hair", sjöng Macdonald. "Eller nåt ditåt."

"Vem konstaterade detta?"

"Lucy Jordan, har du inte hört Ballad of Lucy Jordan?"

"Nej."

"Var i helvete kommer du ifrån egentligen?"

"Inte från samma stad som Lucy Jordan i alla fall."

"Det är en klassiker", sa Macdonald, "versionen med Marianne Faithfull får det att knottras i själen."

"Vem?"

"Marianne Faithfull. En sjungande renlevnadskvinna från detta rike."

"At the age of thirty-seven", upprepade Winter.

"Det är då man inser vad man har och vad man aldrig kommer att få", sa Macdonald. "1960. Det år den moderna världen föddes.

Lustigt nog är det mitt födelseår också."

"Ni åldras snabbare i Storbritannien..."

"Jag hade precis tänkt bjuda på ett litet glas nere på The French, men nu vet jag inte längre."

"... med vissa tydliga undantag."

"Ska vi gå då?" sa Macdonald och reste sig från bänken.

De hade suttit över ett litet glas på The French, Winter med en känsla av stillestånd i huvudet. Han var trött av intrycken, tankarna och samtalen med Macdonald och hans män, med vittnen.

Han hade gått gatorna som pojken hade vandrat och kunde ha vandrat, han hade jämfört och diskuterat med sin kollega. De hade tidigt funnit ett samförstånd.

Han hade fattat det rätta beslutet när han åkt över. Samtidigt hade känslan av undergång kommit över honom. Det skulle hända igen.

Han hade helt kort tänkt på Angela och funderat på att ringa, i går kväll. Han hade avstått. Vad betydde hon för honom? Varför tänkte han så? Det satt en vacker blond kvinna en bit ifrån, med ett löfte i sin kropp. Var det därför? Hon var som Angela, en perfekt skapelse: en bred röd mun, det där löftet i kroppens linjer, som en kallelse.

"Du märker hur tyst jag blir när vi kommer in på en bar", sa Macdonald.

Winter nickade, med ögonen kvar på kvinnan. Väntade hon på en man?

"Vi skottar har mer gemensamt med kontinenten än med England", sa Macdonald.

"Ni tiger och lider över glaset."

"Du förstår", sa Macdonald.

"Ni böjer huvet framåt och begraver det i händerna och tystnar och låter den sorgsna musiken fylla er med ljuv förtvivlan. Ni lyssnar på suckarna från hjärtat."

"Du förstår verkligen."

De skildes på Piccadilly. Macdonald försvann ner i underjorden och Winter gick tillbaka västerut, korsade Cambridge Circus och fortsatte några hundra meter på Shaftesbury till nummer 180. Han gick in i Ray's Jazz Shop. Han hade kommit hit sedan tonåren. Det som inte fanns någon annanstans fanns alltid här.

Winter kände lukterna från väggarna, de gamla LP-omslagen: damm, bläck, gammalt styvt papper, som en blå slinga, som något syrligt eller sötsurt som kom från den tysta musiken innanför pappen.

Hyllorna med cd-skivor hade blivit fler sedan sist, men det var den enda förändringen. Den svarte killen bakom den centralt placerade disken stoppade in en cd-skiva och musiken började. Winter kände genast igen den: New York Eye and Ear Control, från den 17 juli 1964, Ayler och Cherry och Tchicai och Rudd och ett helvetes klös, som en erotisk upplevelse.

Det var ett egendomligt sammanträffande. Han hade nyligen hört den musiken, på samma sätt som nu, från väggarna. Det var inte musik man hörde var dag. Han sa det till killen vid disken.

"Det finns inte många ex kvar", sa killen. Han bar svarta glasögon. "Dom som kommer in till oss går direkt."

"Mitt eget är väck nånstans", sa Winter.

"Då hade du tur nu."

"Jag har åkt från Sverige och det här är belöningen."

"Jag kan bara minnas att vi haft en skiva dom senaste veckorna, före den här, och den gick till en annan från Skandinavien."

"Jaså?"

"Den accenten går det inte att ta miste på", sa killen, "jag bodde faktiskt ett tag i Stockholm och jag känner igen den. Jag var där för en av era kvinnors skull", tillade han och log. "Men hos dig hörs inget direkt."

"Det är för att jag är noga med allting", sa Winter. Det är för att jag är en jävla snobb, tänkte han.

"Då har du kommit rätt. Det här är det bästa man vet i Skandinavien."

"Jaså?"

"Han som var här sa det."

"Jaha."

"Kommer det in nåt ljushuvud så spela den så säljer du den sa han."

"Jaså."

"Eller så kommer nån skandinav att fråga efter den."

Winter köpte Aylerskivan och Julian Argüelles Quartets senaste, Django Bates' Human Chain, en del annan modern brittisk jazz. Det var svart musik som kändes allt tyngre i handen när han bar runt den inne i Ray's.

Han gick tillbaka på Shaftesbury, över Piccadilly och in på Jermyn Street. Det var männens gata. Han hade varit här många gånger. Det var hans födelsedag, eller hur? Jag kan unna mig nåt, tänkte han.

Han skulle åka tillbaka till Knaresborough Place för att skriva något och tänka en stund, men först skulle han gå till Harvie & Hudson och köpa några skjortor.

Han passerade Herbie Frogg och gick tillbaka och in. Han kunde köpa en Cerruti-kostym för under 7000 kronor, men avstod efter en minuts tvekan. Det var ett bra pris men han behövde den inte.

Han behövde egentligen nya skor och gick till Foster & Son, men kände inte tillräcklig ro i kroppen för att stiga in. Därinne fanns hans egna läster. Det var en idé från hans far, och många av Winters skor var gjorda härinne. Jag känner inte ro, tänkte han igen, jag kan inte gå in nu.

Han köpte två skjortor på Thomas Pink och en på Harvie & Hudson och fortsatte sedan till hörnet av Jermyn och St James's. Han gick in på Davidoff Fine Cigars och köpte en liten låda Havana Cuaba Tradicionales av en kvinna bakom zinkdisken.

"Herr Winter", sa en äldre man i kritstreck. Han hade dykt upp ljudlöst invid Winters högra sida.

"Herr Baker-Baker."

"Er far var här för inte så länge sen", sa tobakshandlaren, "kanske ett halvår sen. Ett stycke före jul."

"Det visste jag inte."

"Han såg ut att vara i strålande form."

"Det är den varma spanska vinden."

"Det var länge sen vi hade nöjet att se er här."

"Tyvärr."

"Vi saknar alltid de trogna gamla kunderna."

"Cigarrer har blivit den stora saken nu vad jag förstår", sa Winter.

Baker-Baker gjorde sina ögon stora, log ett tunt leende.

"Amerikanarna kan inte få nog", sa han, "som ni kan se fyller de upp Cigar Room."

Winter följde hans diskreta uppmaning och tittade genom glasdörrarna in i det allra heligaste. Han såg flera unga män i polisonger och svindyra Miro-rockar i ivrig diskussion över cigarrer.

"Amerika har upptäckt cigarren", sa Winter.

"Vi är naturligtvis glada för det", sa Baker-Baker torrt.

Winter skrattade till.

"Naturligtvis."

"Populärast nu är Cohiba Esplendidos, en box på 25 stycken för 525 pund. Och de nya kunderna kan inte få nog."

Sextusenfemhundra, tänkte Winter, det är ett stiligt pris.

"Varsågod och stig in", sa Baker-Baker, "jag vill visa er nåt."

Han höll upp dörren och Winter steg in i Cigar Room. Det doftade som i ett annat land.

Baker-Baker höll upp en låda med 15 stycken Corona Especial.

"Nyss inkomna", sa han och Winter tog upp en av de små torpedformade cigarrerna, drog in doften och rullade den försiktigt mellan fingrarna. Det var ett konstverk han höll i handen.

Det är ju ändå min födelsedag, tänkte Winter, och han sa det också.

"Det här är en present", sa Baker-Baker, den gamle mannens ansikte var allvarligt och vackert.

"Absolut inte."

"Vi insisterar", sa Baker-Baker som om resten av personalen stått i givakt bakom honom.

"Absolut inte", upprepade Winter men visste att han hade förlorat.

"Låt mig hitta något att svepa runt asken", sa Baker-Baker och gick tillbaka ut i butiken.

Åt den som har skall varda givet, tänkte Winter.

34

WINTER HADE STÄLLT sin Powerbook på det runda bordet i pentryt och satt nu lutad över den. Ljuset var bättre vid fönstret men bordet var för lågt. Han hade försökt i femton minuter och sedan var det som om ryggen inte skulle kunna gå att räta mer. Det är det pris man betalar för att fylla trettisju, hade han tänkt och rest sig med svårighet och hört senornas och musklernas musik i kroppen.

Han sammanfattade dagen, intrycken. Staden var tröttande, överväldigande i sin tyngd. Han var tvungen att låta den tona bort i huvudet innan han kunde tänka på varför han var här.

Han såg de döda pojkarnas ansikten när han böjde sig över skärmen. Så länge han gjorde det skulle han kunna uträtta någonting. Därefter återstod bara trötbeten. Han drack sitt te. Staden mumlade dovt bortanför den innergård han kunde se genom fönstret, men han hade nu lyckats reducera staden till denna lägenhet på Knaresborough Place.

Han arbetade med en skiss som innehöll tre poler som skulle föreställa tre ansikten. Han skrev de sista minuterna i pojkarnas liv. Han tänkte på Frankie och sedan på Bolger, som en parallell, och då ringde telefonen som låg på bänken bakom honom och det var Johan Bolger.

"Är du på rummet?" frågade Bolger.

"Jag är i min svit."

"Du är ensam?"

"Ja."

"Känner du igen dig i stan?"

"En del ställen finns kvar."

"Det var längesen man var där."

"Var det i Manchester din faster bor?"

"Bolton", svarade Bolger, "farsan tog en del av namnet därifrån. Och du kollar väl efter jazzskivor som vanligt, spanar efter rariteterna?"

"Naturligtvis."

"Går till dom rätta affärerna?"

"Ray's", sa Winter, "och ett nytt litet ställe i Soho."

"På min tid fanns det nåt intressant i södra delarna", sa Bolger, "det hette Red och låg i Brixton."

"Brixton?"

"Ja. Red Records. Pröva där."

Winter väntade på att Bolger skulle säga något mer, under tiden sparade han sitt dokument på skärmen. Den lyste med ett skarpare sken nu när skymningen fälldes ut över bakgården. Våningen blev sakta mörkare. Det började i bortre hörnet där Winter satt.

Han hörde hur ett stort ljud rumlade förbi i trappan utanför dörren, rumlet av tunga väskor som bärs uppför.

"Jag ville egentligen inte störa dig, men jag var inte säker på när du skulle komma tillbaka", sa Bolger.

"Det är jag inte heller", sa Winter. "Ett par dar till kanske."

"Jag tänkte att jag skulle prata med dig lite", sa Bolger.

"Bertil Ringmar håller i utredningen när jag är här."

"Jag känner inte Ringmar, och om du vill kan du se det här samtalet som från en kompis."

Winter väntade. Han sträckte sig snett bakåt och tände belysningen över spisen. Han kunde se stänkskydd och lysrör återspeglas i datorskärmen.

"Erik?"

"Jag är kvar."

"Det var nån som hörde av sig till mig med en förfrågan."

"Ja?"

"Det gällde din unge medarbetare."

"Bergenhem?"

"Han som du skickade till mig för en briefing. Bergenhem, ja just det."

"En förfrågan till dig?"

"En gammal kontakt. Han tyckte att din kollega kom för nära."

"För nära vad?"

"För nära en verksamhet som sköts snyggt och legitimt."

"Det var för helvete meningen att han skulle komma nära. Då gör han sitt jobb."

"Många av gästerna har börjat ställa frågor skulle man kunna säga. Vad det handlade om. Varför polisen var där."

"Det här är en mordutredning."

"Jag vet."

"Bergenhem hade väl inte uniform på sig?"

"Inte vad jag vet."

"Han kanske var påstridig", sa Winter, "men jag skiter i det bara det blir nåt resultat. Kanske ger det nåt. Jag kan inte känna sympati för kunderna på en porrklubb."

"Det verkar som om Bergenhem blivit för intresserad", sa Bolger.

"Va?"

"Han har hängt efter en av brudarna lite för mycket sägs det."

"Brudarna?"

"Stripporna."

"Vem säger det? Gästerna eller vad dom ska kallas? Eller din gamla kontakt eller vad han ska kallas?"

"Det är bara vad jag har hört."

"Vad vill du säga med det här?"

"För fan, Erik, du känner mig. Du skickade killen till mig. Jag blir orolig."

"Bergenhem vet vad han gör. Träffar han en av tjejerna så finns det ett syfte."

"Det brukar det göra."

"Jag pratar inte om det nu."

"Jag tror grabben är utanför banan."

"Han vet vad han gör", sa Winter.

"Det är inte ofarligt."

"Talar vi inte om en verksamhet som sköts snyggt och legitimt?"

"Jo."

"Då finns det väl inget farligt här?"

"Du vet vad jag menar. Ligger det nån sanning i din misstanke så är det farligt", sa Bolger.

Det *ska vara* farligt, tänkte Winter, faran är själva meningen med det här. Bergenhem ska komma nära faran och sedan dra sig ur. Han klarar det och det kommer att göra honom till en bra polis.

"Jag är tacksam för att du håller koll", sa Winter.

"Det vill jag inte säga att jag gör", sa Bolger, "det här är bara vad jag hör."

"Hör du nåt mer så låt mig veta det."

"Du förstår väl allvaret?"

"Jag förstår."

"Så vad gör du i kväll?"

Winter tittade på sin skiss. Skulle det bli hans kväll? Eller tevens? Han tittade på den där den stod i hörnet. Han hade inte slagit på den sedan han kom hit. Han tittade på klockan. Nyheterna borde börja nu, om han mindes rätt.

Bolger verkade tröttna på tystnaden.

"Tar kollegerna inte hand om dig?"

"Jag behövde vara ensam i kväll."

"Så vad gör du då?"

"Jag går ut och äter om en stund."

"Indiskt?"

"Det får bli nåt i närheten. Kinesiskt tror jag. Det ligger ett gammalt bra ställe på tvärgatan här."

Winter såg nyheterna. Det var samma blanka bilder som hemma, sjaskiga och utfrätta, som färgsatta i efterhand, slarvigt.

Lokalnyheterna erbjöd samma pratsjuke reporter på fältet, ett vindpinat ansikte på platsen för brottet eller olyckan eller mötet, journalisterna som ett slags reproducerande konstnärer av vardagens händelser. En stormarknad hade blivit utsatt för rån; en bil låg upp och ner i floden; någonting hade hänt i parlamentet; en bild på Diana när hon lämnade Kensington Palace, inte långt från där Winter nu satt med fötterna på bordet i ett rum som lystes upp av tevebilden.

Vädret skulle hålla i sig. Väderkvinnans ansikte sken i kapp med solen på bilden bakom henne.

Ingenting om något mord. Hade jag väntat mig en bild på Per Malmström? tänkte Winter. En sönderriven affisch, som den på pelaren som höll upp taket på Victoria? Ett genombrott i spaningarna?

Telefonen ringde igen. Han funderade på att låta svararen ta samtalet men tänkte på Macdonald.

"Winter."

"Erik! Med en enkel tulipaaan uppå bemärkelsee..."

"Hej mor."

"Gratulerar på födelsedagen!"

"Det var snällt av dig att ringa."

"Vad är det för en mor som inte ringer sitt barn på födelsedagen? Även om hela världen är emellan dom."

"Ja."

"Pappa hälsar."

"Hälsa tillbaka."

"Vad är det för väder i den där hemska stan."

"Strålande sol."

"Det tror jag inte."

Winter kommenterade det inte. En show hade börjat i teverutan. Två personer skojade med varandra på en scen. Människorna i publiken skrattade. Det var svårt att höra vad de två på scenen sa eftersom publiken skrattade så högt. Winter lyfte fjärrkontrollen och sänkte ljudet.

"Här har det varit en strålande dag."

"Naturligtvis."

"Har ni löst fallet?"

"Vi är nära."

Winter hörde en röst strax intill modern.

"Pappa undrar om du köpt några cigarrer."

"Det har jag gjort."

"Du måste ringa till Lotta."

"Ja."

"Hon har hört av sig igen, Erik. Hon har det inte lätt."

"Nej."

"Så hur firar du din stora dag?"

"Jag dricker te och skriver lite på den portabla här på mitt rum."

"Det låter rysligt tråkigt."

"Det är det liv jag valt."

"Är det samma ställe du bor på?"

"Ja."

"Då har du åtminstone några rum."

"Ja."

"Men trafiken på den där gatan utanför är fruktansvärd."

"Jag väntar ett annat samtal nu från min kollega här", sa Winter.

"På din födelsedagskväll?"

"Jag är här för att arbeta, mor."

"Du måste koppla av lite också, Erik."

Han hörde strilet i rören bakom väggen i hallen. Gästerna i lägenheten ovanpå hade varit på toaletten. Det är som om dom har tjuvlyssnat på samtalet och fått nog och nu spolar dom skiten, tänkte Winter.

"Tack för att du ringde, mor."

"Gör nåt trevligt i kväll, ponken."

"Adjö", sa Winter och tryckte av.

Han lyfte fjärrkontrollen igen och höjde volymen. Showen fortsatte. De på scenen hade blivit fler. Två par kämpade med att klä på varandra fotbollsställ samtidigt som en fotboll måste hållas kvar innanför tröjan. De tävlande skrattade som vansinniga. Publiken skrattade. Programledarna skrattade. Och Winter skrattade, mer och mer skrattade han. Han fortsatte att skratta, som om han behövde det. Han kände tårarna i ögonen, smärtan i mellangärdet.

Skrattmusklerna behöver träning, tänkte han, det är på tiden tamejfan.

Skrattet stillnade till ett par hickningar och ett snörvel.

Han reste sig och gick till kylskåpet och tog fram en flaska Cava. Han hade köpt den i en Oddbins-butik på Marloes Road, några hundra meter därifrån. Han öppnade det spanska vinet med en smäll och hällde upp lite i ett av våningens dricksglas.

Det är torftigt men det är det liv jag valt, tänkte han och drack och bubblorna rullade på tungan.

Han gick tillbaka till soffan med glaset i handen. Datorskärmen glödde på bordet i pentryt, som en påminnelse om ondskan i världen. Han gick förbi soffan och öppnade fönstret. Kvällen var sot och guld, från ljuset bakom husen. Han hörde trafiken på Cromwell Road som ett dis av ljud. Han kände en grön doft. Det var milt och samtidigt kyligt, som om luften var lagd i lager.

En siren började tjuta norröver och klipptes av efter några sekunder. Det var stadens musik. Himlen var en ruta indigo när han höjde blicken. Det är en kväll för jazz, tänkte han och tände en Especial. Han stod i röken som doftade av läder och torkade tropiska frukter. Han höll dofterna kvar i munnen och blåste sedan utåt i kvällen, genom det öppna fönstret. Röken steg och var borta.

Genom den hade han tyckt sig se en gärningsman. Det var en otydlig bild av en iskall mördare.

Jag måste tänka mig bort från det, tänkte Winter. Gärningsmän saknar inte känslor. De kan sakna minnen, men känslorna finns nånstans. De har lärt sig att stänga av. De hemska känslorna avvärjs. Det finns alltid nånting i botten. Vi måste söka oss mot botten. I stället för att gå nedåt följer vi bara det som händer med känslorna, vad som sker efteråt. Vi förstärker en stereotyp bild.

Brottet är traumatiskt för alla. Det måste vara så annars är vi förlorade för all framtid, tänkte han och tog ett bloss.

Han tyckte att han såg ett ansikte igen i dimman han skapat, det var tydligare nu men det flöt bort med slingorna och löstes upp. Minnena, tänkte han igen. Det finns nåt i minnet som kan hjälpa mig med det här fallet. Vad är det? Är det nåt jag själv minns? Är det förlorade minnen? Vad var det Macdonald sa? Han sa nåt om minnen och fragment. Nån annan har sagt nåt till mig. Minnet, tänkte han och grep sig över pannan: jag är otillräcklig, jag har ett svar men jag är otillräcklig, jag kan inte ens ställa en riktig fråga.

Han gick till bordet och hällde upp mer vin i glaset. Han drack men det smakade som kolsyrad vinäger i hans mun. Jag kan inte leva med mig själv om vi inte löser det här, tänkte han och lät glaset stå. Han stängde av teven och slog numret hem till Bertil Ringmar.

"Möllerströms dator har exploderat", sa Ringmar.

"Vad innebär det?"

"Det innebär att han har fått visa oss andra hur långt framme han ligger, hur förutseende han varit genom att spara allt i andra datorer och på disketter och i andra program."

"En stor dag för Janne alltså", sa Winter.

"Men det var ett tecken", sa Ringmar, "våra burkar buktar bokstavligen utåt av all information."

"Jag vet."

"Det är ett oerhört tryck på oss nu och du är inte här och snackar engelska med den brittiska pressen."

"Jag har klarat mig undan det hittills här, men nu går det inte längre säger Macdonald."

"Hur är han?"

"Bra."

"Är det meningsfullt?"

"Jag tror det. Jag ska göra en del intervjuer i morron, förhör."

"Vi har nya vittnesuppgifter."

"Och?"

"Inget som vi hunnit kolla vikten av än men det finns en intressant grej."

Winter väntade. Cigarren hade slocknat i hans hand och han la den i ett askfat av glas. Fönstret gled igen med ett mjukt skrap.

"Undre världen har känt sig manad", sa Ringmar.

"Vi samarbetar väl med dom hela tiden?" sa Winter.

"Vi fick ett brev i dag från en inbrottstjuv som skriver att han bröt sig in i en lägenhet där det fanns blodiga kläder."

"Herregud."

"Mhm."

"Hur många lägenheter i Göteborg har innehållit blodiga kläder, de senaste veckorna?"

"Fråga inte mig."

"Många", sa Winter.

"Den här killen verkar inte vara en knäppgök", sa Ringmar.

"Är det allt? Blodiga kläder?"

"Han skriver att tiden stämmer."

"Tiden? För vilket av morden?"

"Det första."

"En inbrottstjuv? Har han gett oss adressen till lägenheten?"

"Ja."

"Inget om vem som bor där?"

"Bara att det är en man."

"Inget mer?"

"Nej."

"Varför ödslar vi tid på att ens prata om det här?"

Ringmar svarade inte.

"Bertil?"

"Jag vet inte... kanske för att det finns en ton i det här brevet... eller kanske helt enkelt för att en tjuv skrivit det. Han verkar känna för vad han sett, om man säger."

"Mhm."

"Vi lägger det här åt sidan... men synligt", sa Ringmar.

"Du kan göra en diskret koll av adressen och hyresgästen när du hinner", sa Winter.

"Jag har skickat Halders."

"Diskret sa jag."

Ringmar flinade till.

"Hur är det med Bergenhem?" frågade Winter.

"Va?"

"Lars. Hur går det för honom?"

"Jag vet faktiskt inte, han kommer och går. Han verkar vara djupt koncentrerad på att utreda branschen du satte honom på."

"Prata lite med honom, jag tror han behöver det."

"Jag tror inte han vill. Han verkar tycka att han är något särskilt nu när du satt honom på spåret. On a mission from God, eller så."

"Säg att jag vill att han rapporterar till dig nu."

"Okej."

"Hej."

Winter tryckte av och gick in i duschen. Han torkade sig med hårda tag och klädde sig i skjorta, byxor och kavaj och lät slipsen hänga. Han drog på sig de lätta kängorna och gick de 250 metrarna till Crystal Palace. Maten var fortfarande lika bra. Han fortsatte att tänka på minnen.

35

POJKEN MÖTTE ÄGARENS son i trappan nästan varje gång han lämnade sitt rum eller kom in från gatan till New Dome Hotel. Sonen måste vara över trettio och han verkade lite störd. Han gick uppför de sju trapporna i det vindlande trapphuset och där vände han och gick nedför igen och igenom foajén och ut på trottoaren där han vände och fortsatte sin klättring tillbaka.

Han log ett egendomligt leende när de möttes. Ansiktet splittrades och det var som om ögonen vändes inåt. Det såg förbannat kusligt ut och pojken gick förbi så snabbt han kunde.

Om han lyssnade inifrån rummet kunde han höra idiotens steg. De skedde med en exakt regelbundenhet.

Efter det att han checkat in såg han aldrig till ägaren. Hallen var alltid tom. Det fanns aldrig någon bakom disken. Man fick ringa, men han ringde aldrig. Han hade ingenting att fråga om, han behövde ingenting. Han kunde sätta sig i den röda galonsoffan vid den motsatta väggen och vänta på att idioten skulle gå förbi men så roligt ville han inte ha det.

Han hade spanat in dom två grekiska restaurangerna på andra sidan gatan, eller grekcypriotiska om man skulle vara noga. Han hade gått söderut på gatan som började där vid restaurangerna. Han hade aldrig sett så häftiga hus, byggda för hundra år sen eller nåt men maxade. Det växte mycket grönt på husen. Folk stod ute och tvättade sina bilar på ett par ställen. Det var en lång gata och det låg en pub en bit upp som hette Grove House Tavern. Det fanns tre bord därute och stolar. Solen sken rakt på, från över husen på andra sidan. Han gick in och köpte ett glas öl och gick ut och satte sig igen.

Det satt ingen annan härute. Därinne satt tre gubbar och dom var vita allihop. Den här gatan var en typiskt vit gata. Man kunde se det på husen.

Det var lustigt att det var så, för nere på gatan han bodde på och på den stora breda vägen ner till Brixtons centrum var det mer och mer svart och sen blev det helsvart. Han log. Det var som att komma hem, tänkte han. Här var det liksom annorlunda. Han satt ensam härute, omgiven av det vita.

En svart kille på en vit pub.

Jag är svart utanpå och vit inuti och nu ska jag fan bli lite svart inne också, tänkte han.

Det var en konstig känsla att gå runt som turist och känna sig som dom andra vita, men ändå vara liksom en i mängden. Det var nog första gången han känt så. Han hade ett vitt namn men han såg inte ut som en Christian Jaegerberg. Jag ser mer ut som en Beenie Man eller en Bounty Killer, tänkte han och drack igen. Han kände sig cool.

Han satt i tystnaden från träden utefter gatan. Musiken låg i fickan.

Han hade varit på Red Records och frågat efter några grejer. Killen bakom disken hade sett förvånad ut när han inte snackat som en inföding. Rastalockar men en svensk brytning. Det lät kanske konstigt men han skämdes inte. Han skämdes inte för götebosskan i uttalet heller. En gång hade Peter berättat att han stått på resebyråns kontor på Mallorca eller var det var och en kille hade kommit in och sagt "då jåå hävv änni albyyyl" och resebyråtjejen hade sagt att "jaså du är från Göteborg" och killen hade sett förvånad ut eftersom han ju pratat engelska. Men skämts hade han inte gjort.

Det hade stått en vit kille inne på Red Records. Killen hade hört honom. Han hade sagt nåt när han skulle gå ut, eller när de gick ut, samtidigt. Han var lång och kanske trettifem, förti.

"Svensk?" hade killen frågat.

"Det hörs kanske?"

"Han därinne blev förvånad i alla fall."

"En chock."

Killen hade skrattat.

"Här håller man sig cool annars", hade han sagt.

Själv hade han inte svarat utan hållit sig cool. De hade blivit stående på trottoaren på Brixton Road, mitt emot tunnelbanestationen.

"Har du hittat nån bra musik då?"

"För mycket."

"Somma?"

Han hade tittat på killen.

"Hur fan vet du det?"

Killen hade slagit ut med armarna, men det var mer en ryckning från axlarna och neråt. Han är stark, hade han tänkt, som en lyftare ledig från gymet.

"Du såg ut att hålla reda på det senaste."

Han hade känt sig smickrad.

"Det är därför jag är här."

"Jag förstår."

Han hade börjat gå åt vänster, mot övergångsstället.

"Jag åker hit då och då för att köpa upp musik", hade killen sagt.

"Köpa upp?"

"Jag har en agentur för distributionen i Skandinavien."

"För reggae?"

"För all svart musik."

"Och då åker du hit?"

"This is the place."

"Vad har du skaffat för titlar den här gången?"

Han hade velat testa killen.

Killen hade räknat upp det bästa.

"Köper du mycket?"

"Ja, men jag tar knappt med mig nåt hem."

"Göteborg?"

"Ja. Det märks väl."

"Men du har ingen affär eller så?"

"Bara distributionen, runt hela Skandinavien och en bit i norra Europa. Jag har några bra... prover kan vi kalla det som jag kunde visa dig, eller ge dig till och med, för en test liksom... men det hinns inte med."

"Nähä."

"Jag har ett möte om en halvtimme."

"Okej."

Han visste inte ens om han var intresserad. Men det lät ju intressant, som nåt riktigt nytt kanske.

"Kul att träffas", hade killen sagt. "Lycka till med musiken."

"Tack."

"Och språket."

Musiken låg fortfarande i fickan. Han hörde tystnaden i träden. Han kände hur det blev kallare i ansiktet, som om solen gått i moln, och öppnade ögonen. Någon stod framför det värmande. Han fick vänta tills ögonen hängde med och då såg han att det var agentkillen.

"Jag tyckte väl att jag kände igen dig", sa killen.

"He...hej."

"It's a small world."

Agentkillen hade flyttat sig åt sidan och pojken hade nu ljuset i ansiktet. Han kisade först och satte sedan handen för ögonen. Killens ansikte låg i skugga. Det såg ut som om han log, det blänkte från tänderna. Vad gjorde han här?

"En av mina kontakter bor på den här gatan", sa killen som svar på den fråga han inte fått. "En riktig västindier. Uppe vid sjukhuset, har du sett det? Södra Londons största, tror jag."

"Nej, jag har inte sett det. Jag trodde inte det bodde några svarta här."

"Han är svart, men det är en lustig del av stan. Som ett schackbräde. Vit, svart, vit, svart."

"Ja."

"Nu är jag på väg till en annan kille nere på Coldharbour och han är vit", sa killen och det blänkte till igen bland tänderna. "Jag hade gärna bett dig följa med men han gillar inte mer än en besökare åt gången."

"Okej."

"Jag hinner precis med en snabb öl. Vill du ha en till?"

"Okej."

Killen gick in i puben. Solen höll på att sjunka i en skorsten på huset mitt emot. Den var som en fackla runt stenen. En ambulans körde långsamt förbi och pojken tänkte på sjukhuset uppe på höjden, eller var det låg.

En man och en kvinna hade kommit från det håll där pojken bodde och satt sig vid bordet bredvid. Efter en kort stund reste sig mannen och gick in. Kvinnan satt kvar och kisade mot skorstenen som nu fylldes av sol. Agentkillen kom ut med två pintar. Det rann lite skum nedför glasen. Pojken tog emot sitt och det kändes kallt i handen. Han satte ner det och tog efter plånboken i jackans innerficka.

"Jag bjuder på det här", sa killen.

"Okej."

"Så kan du berätta om dina favoriter medan jag häver i mig."

Pojken berättade.

"Jävligt bra", sa killen, "låt mig skriva upp det där."

Han tog fram en liten anteckningsbok och en penna och bad pojken upprepa några titlar medan han skrev.

"En sån som du kunde man ha hjälp av", sa han.

"Nä för fan", sa pojken.

Mannen som var i sällskap med kvinnan kom ut från puben med ett glas öl och ett glas som kunde vara vin. Han satte ner det framför kvinnan.

Pojken hörde att hon sa att de hade gått hemifrån för sent. Solskenet var borta. Det är i alla fall varmt, svarade hennes sällskap. För årstiden är det varmare än vad jag kommer ihåg, sa han.

"Jag måste gå", sa agentkillen.

"Okej."

Killen reste sig. Han hade en liten portfölj.

"Bor du i närheten?"

"En bit bort."

"Ursäkta om jag låter påflugen men du kan göra mig en tjänst."

"Jag?"

Agenten öppnade sin portfölj och tog fram en hög cd-skivor, minst åtta, eller fler. Han satte sig igen.

"I morgon ska jag träffa en annan av mina kontakter och vi ska bland annat diskutera dom här", sa han, "och det är meningen att jag ska lyssna på dom i kväll, eller i natt. Egentligen betyder det kanske inte så mycket men han är lite... tja, han vill gärna att kunderna vet vad dom får. Jag måste kunna säga nåt. "

Pojken lyssnade. Paret bredvid hade tagit sina glas och gått in. Det hade blivit kyligare.

"Nu är det så att jag har en dam här i London som kräver sin man om du förstår vad jag menar."

"Jag förstår."

"Kan inte du lyssna på grejerna lite?"

"Jaaaa..."

"Ett expertråd liksom."

"Tja..."

"Om jag hinner kommer jag förbi och hämtar dom sent i kväll, men då har jag bruden på armen", sa killen, "det bästa är väl att du lägger dom i receptionen."

"Men då vet du ju inte vad jag tycker."

"Herregud, vad tänker man med."

"Är det den där bruden som ställer till det?"

"Ja det är inte huvet man tänker med då", sa killen och skratta-de till.

"Nej."

"Jag kan skjuta på det där mötet med kontakten, och då kan vi säga att jag kommer förbi dig en kort stund i morron kväll och så snackar vi lite om musiken."

"Jag vet inte om jag kan vara till nån hjälp."

"Musiken är din förstås. Du får behålla allt."

"Vilken tid då?"

Killen tog fram sin anteckningsbok igen.

"Jag har en middag vid åtta", sa han, "så vi skulle kunna ses en liten stund efter det. Är elva för sent?"

"Nej."

"Säkert?"

"Visst."

"Kanske följer den här damen med, men hon kan sitta i ett hörn när vi pratar."

"Visst."

"Du ska få mitt telefonnummer till mobilen om det är nåt", sa killen och rev en lapp ur anteckningsboken och skrev på den.

"Fan, telefonen funkar ju inte här av nån anledning" , sa han och stoppade papperslappen i fickan. "Jag kommer inte ihåg numret till mitt hotell, men jag ringer till dig eller till din reception och ger dom numret när jag kommit tillbaka."

"Okej."

"Jag måste gå", sa killen.

Pojken kände sig yr av de två ölen. Han hade börjat gilla den här killen. Lite speedad men såna var väl businesskillarna.

Den här hade rest sig.

"En liten detalj", sa han.

"Va?"

"Jag måste nog få veta vilket ställe du bor på."

36

DE HADE TRÄFFATS tre gånger efter den första gången på stripp-stället i Vasastan.

Bergenhem hade blivit två människor, eller tre. De olika sam-vetena stötte i honom, som isflak.

När han var hemma med Martina förstod han inte vad han gjorde hos Marianne. När Klumpen sparkade hatade han den han var, den andra människan som också var Lars Bergenhem.

Hon hette Marianne men när hon dansade hette hon Angel. Hon hade ett par små vingar fästa vid skulderbladen. De var vita och glänste som fiskfjäll. Allt stämde med sjaskigheten runt om-kring. Namnet och scenkostymen, om den kunde kallas så. Han kom inte på något annat. Allt var solkigt, som världen genom en bils fönsterrutor.

Den tredje människan som var han var polismannen. Någon-stans i de svagt belysta rummen under jord försvann polisen i honom. Det var därför han träffade Marianne. Om någon frågade var det så, men den ende som frågade var han själv. Tvivlet fanns därinne i honom, ställde frågor. Han hade också sett en fråga i Martinas ögon, som om hon visste och som om han visste att hon visste.

Det blåste som på toppen av ett berg. Han var på väg hem till Marianne. Hon bodde på en båt vid Gullbergskajen. Han hade först inte trott henne men det var sant.

Hon var inte ensam vid kajen men hon hade en egen båt som han inte hade sett än. En fiskebåt som inte fick nån fisk längre, förtöjd vid Drömmarnas kaj.

Han hade hört det namnet men aldrig varit där. Faktiskt har jag aldrig varit där, tänkte han.

Egentligen ska man komma på sommaren, hade hon sagt. De

275

båtar som kunde röra sig la ut från kajen på den enda seglatsen för året, till Älvsborgs fästning och tillbaka igen. Det var som en tävling, hade hon sagt.

De Brustna Illusionernas Regatta, hade hon kallat det.

Bergenhem väntade vid övergångsstället på leden. Vinden slet i honom där han stod, ensam. Det sjöng i byggnaderna. Allt var nytt här. Väggarna i husen var som av aluminium. De glänste men kunde komma störtande mot gatan.

Han gick Gullbergs Strandgata förbi NCC-husets fasad och tog höger på Stadstjänaregatan. En man hukade utanför Holmens krog som väntade han på sällskap. En dörr öppnades i Landstingets fasad och några stadstjänare kom ut för att äntligen gå hem.

Bergenhem stod vid vattnet. Det flöt trögt, som tjockolja. Vintern visade sig i sjok av is nedanför den halvfrusna kajkanten. Till vänster skar Götaälvbron himlen i två. Horisonten var som något han målat som barn när han blandat alla de röda och gula färgerna.

Österut rostade restaurangbåten G A Skytte. Han gick förbi den. Han hörde ett ensligt slag av en slägga eller något annat tungt inifrån Gotenius varv tvärs över älven. Varvet såg ut som en hangar som svävade över vattnet.

En skylt av trä framför honom, slipad av vinden, meddelade ett välkommen till Fartygsföreningen Gullbergskajen.

Han kände plötsligt doften av snus, kraftig och fuktig. Till höger, bakom snåren på andra sidan Torsgatan, skriade tiotusen kajor över Swedish Match jättelika distributionscentral. Fåglarna var ett svart moln över den mörka byggnaden med sitt kinesiska tak. Den täckte hela kvarteret där på andra sidan och doften kunde inte varit kraftigare om han så kört näsan rakt i en dosa General.

Han passerade trålare i vila och tvåmastade seglare som blivit bostäder. En Albin G 62. Och något annat han inte kände igen.

En Passat stod bredvid relingen till en av träseglarna som om någon försökt köra ombord bilen men misslyckats. Passaten var ett främmade föremål i denna vattenvärld. Eller kustvärld, tänkte Bergenhem.

Det rök ur skorstensrören. Brevlådor hängde på rad. Han dröjde vid en anslagstavla, som ville han skjuta upp sitt besök. Han kunde vända. Han tänkte på det.

Ett plastat meddelande satt fästat mitt på tavlan: en träbåt till salu, lack'ad kärnfuru, akterspegel i mahogny, 9,15 x 2,40. 25 000 spänn.

Två parkbänkar stod bredvid, invid häcken, som en liten park för sommarkvällarna.

Hon bodde kanske femtio meter längre bort. Gasklockan låg framför honom när han gick dit.

Vad det var för sorts båt hade han inte en aning om, och han undrade om någon annan kunde säga det. Skrovet var av trä och femton meter eller så. En husbåt som aldrig skulle kunna ge sig ut på regatta. Det rök i röret. Det var så mörkt ute nu att han såg ljuset därinne. Han gick försiktigt över den hala kajkanten och klev ombord.

"Du säger inte mycket om din bakgrund", sa Bergenhem när de satt med en kopp kaffe.

"Det här är otroligt", sa hon.

"Vad?"

"Jag fattar inte att jag sitter här med dig."

Han sa ingenting. Han trodde att det skulle höras något utifrån, likt vatten mot kanten eller så, men det var tyst.

"Du utnyttjar mig", sa hon.

"Nej."

"Varför sitter du här annars?"

"Jag vill vara här", sa han.

"Alla utnyttjar."

"Är det din bakgrund?"

"Jag vill inte prata om den."

"Hur länge har du haft båten?"

"Länge."

"Den är din?"

"Den är min."

"Känner du några av dom andra som bor här?"

"Vad tror du?"

Han svarade inte, drack kaffet och lyssnade efter vattnet. Nu hördes ett fartyg ute på älven.

"Hör du dina kolleger?" frågade hon.

"Va?"

"Det är sjöpolisen som gör en runda, man vet aldrig vad man träffar på, eller hur?"

"Dom kan träffa på mig."

"Vad skulle dom säga då?"

"Dom känner mig inte."

"Precis som jag", sa hon, "jag känner dig inte."

"Och jag känner inte dig."

"Är det därför du sitter här?"

"Ja."

"Det är vansinnigt."

"Du vet inget mer om det där med filmerna?", sa han hastigt som för att byta till sin andra roll.

"Nej."

"Inget om det dolda i branschen, eller vad vi ska kalla det?"

"Nej", sa hon igen men han hörde något annat i svaret.

"Är du rädd?"

"Varför skulle jag vara rädd? En liten strippa?"

"Är det farligt?"

"Det är farligt att vi ses."

"Vad vet du?"

Hon skakade på huvudet, som för att få frågorna över bord.

"Tror du att ingen känner till att du har träffat mig? Kanske har nån följt efter dig hit för att kolla vad som händer."

"Ja."

"Du hoppas på det?"

"Jag vet faktiskt inte."

"Du vill provocera fram nåt och då använder du mig."

"Nej."

"Det gör du visst."

"Jag hade inte suttit här om du sagt till mig direkt att vi aldrig mer skulle ses."

"Det sa jag."

"Inte tillräckligt många gånger", sa han och log.

Hon såg ut att tänka på något av det de sagt. Hon tuggade på underläppen; han hade sällan sett någon som gjorde det.

Hon tände en cigarrett och öppnade en av fönsterventilerna. I det svaga elektriska ljuset var hennes ögon djupa och mörka när hon höjde hakan för att blåsa ut röken. Handen darrade, men det kunde vara av råkylan utifrån.

När hon rökte igen darrade hon. Det är som om hon suger på en istapp, tänkte Bergenhem. Hennes hud är blå. Händerna är kallare än snö.

"Jag vill att du går nu", sa hon.

Hon är rädd, tänkte han, hon vet mer än att nåt fruktansvärt har hänt, och kan hända igen. Hon har kanske ett namn eller en händelse, eller nåt som nån har sagt, men hon vet inte mer. Och det gör henne rädd.

Hur har hon fått veta det? Vad är det? Vem är det? Har det här fört mig närmare det vi söker... eller är det bara en förhoppning... önskar jag mig hennes rädsla och kunskap för att kunna försvara mig själv... för att jag sitter här?

"Låt mig tänka", sa hon.

"Va?"

"Låt mig tänka för fan men gå nu."

Bergenhem ringde Bolger men svarsignalerna bröts, han var inte inne. Bergenhem lämnade ett meddelande.

Bolger hade gett honom ett par namn till och dom hade mest verkat roade när snuten kom, som ett avbrott i vardagen.

Bergenhem kände sig som ett urspårat tåg. Han tänkte på Marianne och sedan på Martina.

Hon ska ge fan i vad jag gör, tänkte han. Det är jobbet jag gör.

Han ville prata med Bolger. Kanske kunde Bolger ge honom ett råd, han var en gammal vän till Winter och Winter litade på honom. Bolger kunde fälla en syrlig kommentar om Winter, så som bara gamla vänner vågade.

"Han är så jävla duktig", hade Bolger sagt när de setts för... två dar sen.

"Han *är* bra", sa Bergenhem.

"Det har alltid varit så", sa Bolger.

Bergenhem hade inte svarat. Bolger hade skrattat.

"Det mesta kretsar kring din chef", sa Bolger. "Vi hade en kompis som hette Mats som dog tidigare i vintras, och han var min kompis också."

"Ja?"

"Men Erik sörjer så att det inte finns plats för nån annan. Han tar ett jävla stort utrymme."

Bergenhem visste inte vad han skulle säga. Samtidigt kändes det som om han fick ett förtroende och han tyckte om det.

"Det är ett exempel", sa Bolger och skrattade igen.

Han sa ett par saker till om stan när de växte upp.

"Bodde ni nära varandra?"

"Nej."

"Men ni träffades."

"Mitt i tonåren. Eller i början."

"Det är knappt man minns", sa Bergenhem, "allt försvinner så snabbt och när man ska ha reda på hur det var då minns man fan inte, eller så minns man helt fel."

Bolger sa nåt som han inte uppfattade. Han frågade.

"Ingenting", sa Bolger.

37

SVARTA MÄNNISKOR ÄR inte nere för räkning", sa J W Adeyemi
Sawyerr som drev konsultfirma i rummen ovanför Pizza Hut på
Brixton Road.

Winter hade träffat honom i affären nedanför och följt med
honom upp. Sawyerr hade en gång kommit från Ghana för åratal
sen.

"Det var bättre förr. Nu görs ingenting för de svarta längre.
Bidragen för att få igång jobb är borta", sa J W.

"Men det bor inte bara svarta här", sa Winter.

"Dom flesta. Men det finns vita som står och hänger i gathör-
nen också."

"Du sa det därnere."

"Jag kan se dom från det här fönstret. Kom hit och titta."

Winter gick över dit och ställde sig bredvid honom. J W stod
på tå och Winter fick huka sig ner.

"Det hänger en del typer utanför Red Records som du ser där
tvärs över gatan", sa J W, "det är ett av dom nya ställena."

"Jag ska gå dit sen", sa Winter.

"Dom säger inget därinne."

"Då får jag lyssna på musiken."

"Ingen säger nåt i Brixton."

"Det finns samma rädsla på andra ställen också."

"Kanske det."

"Visa mig nån här som vågar säga ett par ord", sa Winter.

J W Adeyemi Sawyerr ryckte på axlarna. Han pratade om sin
värld, på sitt sätt.

"Här finns så många möjligheter... men det lokala kunnandet
utnyttjas inte trots att kraften som finns här är stor. Det här är
Europas största centrum för svart kultur. Folk borde komma hit

och se det."

Winter tog farväl och gick nedför den knörkiga trappan. Det luktade av starka kryddor och desinfektionsmedel. Detto, tänkte Winter. Dom använder Detto i alla fattiga länder vid Medelhavet, och i tropikerna.

Han hade varit inne i arkaderna i den ljudliga matmarknaden som var störst i Europa för afrikaner, västindier och alla de övriga. Det luktade blod och kött. Golvet var blankt och slipprigt av blodet och av djurens inälvor. Det här är soul food, tänkte han: kofötter, getmage, gristarmar, tjurballar i håriga klumpar; färgerna som exploderade från mango, okra, chili i drivor över bänkarna; ropen, fyllda av främmande ord.

Han frågade efter Per Malmström på Red Records och höll fram fotografiet.

"Det kommer så många turister", sa killen.

"Dom kan ha varit två", sa Winter.

Killen skakade på huvudet medan han höll i kortet.

"Går inte att säga", sa han, "vi har blivit världens centrum igen och det kommer mycket folk hit."

"Många vita?"

"Se dig om", sa killen, och han hade rätt.

På eftermiddagen körde de till Geoff Hilliers föräldrar. Stadslandskapet började bli bekant för Winter, men det kanske berodde på att husen aldrig bytte karaktär.

"Meningen är att jag ska stanna hemma och läsa men du vet hur det är", sa Macdonald.

"Monotont", sa Winter.

"Monotont utav helvete. När vi har jobbat så länge som nu med ett fall så skapar det en vacker hög med pappersarbete. Man kan bara ta in en viss mängd information åt gången, sitter man kvar längre trubbar man av instinkten."

"Går du på den? Instinkten?"

Macdonald skrattade till, kort. Det lät som om någon drog en skrapa mot bilens taklack.

"Varför är du själv här i London?" frågade han och tittade snabbt sidledes på Winter. "Instinkten är kanske det viktigaste vi har i det här jobbet. Intuitionen, i betydelse förmågan att uppfatta undertexterna omedelbart, eller så småningom."

"Rutinerna kan bara ta oss halvvägs", sa Winter. "Därefter krävs det nåt mer, nåt annat."

"Det låter djupsinnigt", sa Macdonald.

"Men du måste vara på platsen för brottet, eller hur?"

"Vi har ett joursystem", sa Macdonald, "vi roterar med åtta veckors intervall. Åtta lag under åtta veckors rotation. Från sju på morron tisdag till sju på morron nästa tisdag."

"Det är väl inte alltid idealiskt?"

"Nej, men folk kan inte alltid vara närvarande."

"Ni kan vara mitt i en annan mordutredning också."

"Ja."

"Men om du har jour och lämnar över till ett annat gäng efter fyra fem timmar så är det förlorade timmar."

"Kan vara det", sa Macdonald.

"Dom är förlorade."

"Det är inte bra, nej."

"Vilka sticker ut den här veckan?"

"Macdonald faktiskt", sa Macdonald.

"Och ännu har inget nytt hänt", sa Winter.

Tågen kom och gick utanför Hilliers hem. Allt var som tidigare. Mannen satt i soffan och det luktade alkohol i rummet. Kvinnan bar en bricka. Mannen tog fram tre glas och hällde i whisky. Macdonald nickade svagt mot Winter. De satte sig. Mannen ställde glasen framför dem. De var fyllda till randen.

"Jag har inget mer att säga", sa han.

"Vi gör allt vi kan och det kommer att ge resultat", sa Winter.

"Det sa han också", sa mannen och pekade på Macdonald.

"Han har rätt", sa Winter.

"Är det er vi har pratat i telefon med tidigare", frågade mannen.

"Nej, en kollega", svarade Winter.

"Pratade bra engelska. Mötet med polisen är viktigt, undersökningar har visat att mötet med polispersonalen utgör en kritisk punkt för brottsoffer och efterlevande."

Winter nickade och tittade på Macdonald.

"Stödjande attityd från polisen tycks vara en skyddande faktor mot depression", fortsatte mannen, "medan negativa reaktioner från polisen i det akuta skedet tycks vara en bidragande orsak till att depressioner utvecklas."

Mannen talade med monoton stämma och blicken riktad till höger om Winter, som läste han från en textmaskin som rullade vid en kamera på golvet bredvid den svenske kriminalpolisen.

"Känner ni er illa behandlad, herr Hillier?" frågade Winter.

"Polisen tycks i vissa fall också förvärra svårigheterna för brottsoffret genom att de indirekt får honom att känna sig skyldig eller rädd", mässade mannen.

Macdonald vände sig till kvinnan. Geoff Hilliers mor.

"Ni har inte hittat nåt mer som... tillhörde Geoff... som ett brev..."

"Kontakten kan bli en kollision mellan brottsoffrets känslomässiga behov och polisens sökande efter detaljerade uppgifter om brottet", sa mannen och drack igen.

"Det finns inget motsatsförhållande där", sa Winter men Macdonald skakade mjukt på huvudet och tittade mot dörren.

"Vi ber om ursäkt", sa kvinnan.

"Se där", sa mannen, "nu har ni fått min fru att be om ursäkt igen."

"Vi hade verkligen tänkt försöka", sa kvinnan.

"Vadå? Vadå?" sa mannen.

De reste sig.

"Vi återkommer gärna", sa Macdonald stilla.

"Hellre spänner jag ut mina vingar och flyger till Coventry", sa mannen.

De satt i bilen, Macdonald svängde ut.

"Puben?" frågade han och tittade på Winter.

"Varför inte."

"Brottsoffer som möts av en kompetent personal som är tränad i att bemöta människor som utsatts för brott eller konsekvenserna av dom kan i sin tur också vara till hjälp för polisen", sa Macdonald.

Han kunde koppla den bärbara cd-spelaren till tevens högtalare. Beenie Man kunde höras ut till idioten i korridoren när han passerade. Han tyckte synd om idioten. Han hade nickat vänligt men den stackaren tittade stint rakt fram, som gick han på en lina.

Pojken lyssnade på det nya han fått av agentkillen men han tröttnade efter ett tag. Det var bra men det visste han innan.

Det började bli sent. Killen skulle inte komma och det var lika bra.

Han kunde gå ut i natten, ner till Brixton Academy eller The Fridge. Dom hade häftiga dj's på Fridge. Han hade varit där två gånger. Han kunde tipsa agentkillen om det om han dök upp, men han måste väl ha varit där själv.

Nu hörde han den stackars token hasa förbi igen. Han måste väja därute för trappräcket som svänger i nitti grader utanför dörren och då skrapar han emot dörren och jag har sett märkena, tänkte pojken. Det måste ha pågått i åratal.

Det rattlade till på dörren. Han kom i alla fall, tänkte han. Undrar om han har bruden med sig. Jag har köpt öl.

Han öppnade och killen stod där och log. Först trodde pojken att det var nåt fel, fel dörr eller så. Han kände inte igen killen. Sen såg han att han hade en jävla rastaperuk på skallen, eller som en svart peruk med långt hår som han hade krullat några rastalockar i. Det var ett jävla konstigt skämt.

Killen var inne nu och han stängde dörren efter sig och började rota i bagen som han hade med sig.

38

DET VAR MIDNATT och Winter steg ur taxin utanför sitt hotell. Han betalade och gick uppför halvtrappan och öppnade ytterdörren med sin nyckel. När han stod i hallen hörde han röster från någon av sviterna ovanför. En teveapparat höll någon sällskap.

Hans huvud var ihåligt, som renat invändigt av musiken på Bull's Head nere i Barnes. Han hade tagit droskan därifrån direkt efter det att Alan Skidmore Quartet spelat sitt sista extranummer.

Alan Skidmore spelade en massiv Coltrane-influerad musik på tenorsaxofonen, och ibland på sopranen. Bättre kan brittisk musik inte låta, hade Winter tänkt.

Han hade behövt timmarna på Bull's Head. Hjärnan kändes rensad. Han hade suttit mitt i vinddraget.

Musiken hade varit som sex, tänkte Winter när han klev in i sviten: när det är bra är det fantastiskt och när det inte är så bra är det ändå fantastiskt.

Han hade trott att han skulle behöva sex i London men musiken hade gett honom det han behövde. Han hade inte tittat åt kvinnorna på klubben. Förpackningen med kondomer låg obruten i hans plånbok.

Han öppnade fönstret och drog för gardinerna. Han kände kroppens lukt av rök och svett.

När han tvättade ansiktet var huvudet fortfarande som rent på insidan. Han klädde av sig och ställde sig under duschen. Det var som om hårdheten i kroppen återvände när vattnet rann nedför den, det var en god och stark känsla.

Efteråt drog han på sig ett par rena boxershorts och blev sittande i soffan. Det smakade fortfarande rök i munnen och han gick upp och borstade tänderna en gång till. Han satte sig igen och lyssnade på musiken som undan för undan klingade av inom honom. Sedan blev det tyst. Han försökte minnas allt längre bakåt. När han la sig fortsatte minnena, stycken av samtal.

Mitt i den tunga sömnen hörde han en tenorsaxofon skrika till honom som i en galen meditation av Coltrane. Skriken försökte klyva hans medvetslöshet.

Det skrek igen. Det skrällde och tjöt och Winter vaknade och hörde mobiltelefonen ringa från golvet där den låg för laddning med sladden in i kontakten. Rummet låg i mörker. Det var fortfarande natt.

Han vältrade sig ner på golvet och grep telefonen och tryckte på svarsknappen.

"Winter."

"Steve här. Du har en bil utanför om tio minuter eller så."

Winter fläkte sig över golvet och grep armbandsuret på bordet vid sängen. Det visade tre.

"Det har hänt", sa Macdonald.

"Nej."

"Släng på dig och gå ut på gatan så kommer en av mina bilar."

"Var?"

"Camberwell, mellan Peckham och Brixton."

"Ett hotell?"

"Ja."

"Svensk?" frågade Winter.

"Ja."

"Herregud."

"Klä på dig nu."

"När?"

"I natt, men ös på nu för fan, Erik."

Rummet var fyllt av människor när Winter kom till New Dome Hotel. Allt var ohyggligt bekant.

"Jag kunde inte vänta", sa Macdonald.

Winter svarade inte. Macdonald var blek.

Arbetet fortsatte i rummet. Blodet fäste på alla ytor. I ljuset från starka lampor blänkte polisens plastpåsar i obscena skuggningar.

"Vi vet ju inte än om det är Hitchcock", sa Macdonald.

"Nej."

"Det skedde sent i går kväll. Jag har pojkens namn här", sa Macdonald och tog fram ett papper. Winter läste namnet.

Pojken var bortburen. Winter såg spår på golvet, skor i rörelse i ett mönster från dörren och till stolen i mitten av rummet.

Sängen såg orörd ut. Det låg en liten hög cd-skivor på den. En nerdragen rullgardin stängde ute natten. Ett murr av röster i en lågmäld professionalitet. Fotoblixtar.

Överallt plastpåsar märkta med siffror och bokstavskoder och fyllda med hår, tänder, blodig hud, människokött och kroppsutsöndringar.

Vi är i helvetet, tänkte Winter.

Helvetet på jorden är här, i detta rum.

Han rörde huvudet fram och tillbaka. Tomheten var nu fylld av hans blod. Det buktade under pannbenet, dunkade i örongångarna.

Macdonald berättade vad han hittills visste.

Det var en kritisk timme, ett kritiskt tillstånd för alla.

"Han blev avbruten", sa Macdonald.

"Va?"

"En kille gick förbi dörren och hörde nåt. Han bankade på och fortsatte visst att banka.

"Va?"

"Han sitter i ett rum innanför vestibulen därnere. Det är ägarens son och han är utvecklingsstörd och dessutom chockad som fan. Han sitter med sin pappa. Jag har försökt prata med grabben, men vi fick sluta och nu ska jag göra ett försök till."

"För fan det är bråttom, Steve."

"Jag sa att jag ska göra ett försök till. Det finns en läkare med därnere också."

De gick ut i hallen. Det luktade spyor. Winter hade inte känt stanken tidigare.

"Våra konstaplar", sa Macdonald, " det händer hela tiden."

"Det är en mänsklig reaktion", sa Winter.

"Vi har tiotusen man som knackar dörr i kvarteren nu."

*

Far och son satt som skruvade på varsin stol. Mannen höll sin son i handen. Sonen var en man runt de tretti, men han kunde vara yngre, tänkte Winter. Sjukdomen förgrovade hans drag. Ögonen rörde sig utan fokus. Han ville resa sig men fadern höll honom i handen på ett sådant sätt att han blev sittande.

"Jag vill gååå", sa han med en röst som var som tyngd av stenar.

"Snart James", sa fadern.

"Gååå", sa sonen igen.

"Han går runt i hotellet", sa fadern, "det är det enda han gör."

Macdonald nickade och presenterade Winter. De satte sig på två stolar som en uniformerad polis hämtat dit från foajén.

"Berätta igen vad som hände", sa Macdonald till fadern.

"James kom ner hit och skrek och stampade med foten i golvet. Han drog i mig och jag följde med upp efter ett tag."

"Det fanns ingen annan i trappan?"

"Nej."

"Ingen dörr som öppnades?"

"Inte då."

"Och sen?"

"Vad?"

"Vad hände sen?"

"Sen kom vi upp och då såg jag det. Allt... blodet."

"Vad gjorde James?"

"Han bara skrek."

"Såg han nåt eller nån?"

"Jag har försökt prata med honom."

"Du såg ingen själv som gick upp i rummet?"

"Nej. Jag sitter väl inte ute vid disken så mycket som jag borde."

"Inget spring i trappan... efteråt?"

"Nej."

"Ingenting?"

"Inte som jag hörde."

"Men James hörde nåt?"

"Det måste han ha gjort", sa fadern, "och det måste ha varit nåt... annorlunda för han stannar aldrig till och besvärar gästerna."

"Han avbröt det", sa Winter.

Sonen vände sitt ansikte mot Winter och hans ögon föll i fokus.

"Hahahahaan kom uuut", sa sonen.

"Han kom ut?" sa Winter.

Sonen nickade häftigt, grep sin fars hand.

"Kom pojken ut?" frågade Winter, "pojken som bodde där?"

Inget svar.

"En stor man kom ut?"

Sonens ögon var på vandring igen, återvände och stannade på Winter.

"Jag booonkade", sa sonen.

"Ja."

"Jag boooonkade på dörren."

"Ja."

"Haaan kom uuut."

"Vem kom ut, James?"

"Haaan."

"Pojken?"

Den utvecklingsstörde sonen skakade allt häftigare på huvudet.

"Haaan."

"Nån annan? Inte pojken?"

"Haaan", sa sonen och darrade i hela kroppen.

"Det måste vara nån annan han menar", sa fadern, "nån besökare. Inte den här grabben."

Han vände sig till sin son.

"Var han vit som han?" sa han och tog tag i Winters arm och petade med ett finger på huden.

Sonen svarade inte. Han fortsatte att darra medan han rörde sig från sida till sida som till en sång.

"James. Var han som inte bodde i det rummet vit som dom här två som sitter här på stolarna?"

Sonen svarade inte.

"Jag tror att han behöver komma till sjukhuset nu", sa fadern.

"Svaaart", sa sonen plötsligt och tog sig för huvudet och drog händerna nedåt, strök sig längs ansiktets sidor.

"Svart?" sa fadern och nöp sig i sitt eget skinn och höll armen framför ansiktet på sonen, "svart som du och jag?"

"Svaaart", sa sonen igen och skakade på huvudet och drog händerna längs ansiktets sidor.

"Svart hår. Hade han svart hår?" frågade Macdonald och drog i sitt eget vid högra tinningen.

Sonen ryckte till.

Macdonald tog bort gummisnodden runt hästsvansen och hans hår föll ut över axlarna.

"Svart långt hår?" frågade han igen och drog i sina långa strån.

Sonen ryckte i kroppen, vaggade från sida till sida som en djupt sörjande. Ögonen var som svarta hål.

"Svaaart", sa han igen och pekade mot Macdonald.

"Och vit?" sa Macdonald och strök över ansiktet, tryckte på kinderna.

"Vit? En vit man? Vitt skinn?"

"Viiit", sa sonen.

39

De satt i Macdonalds rum, ensamma för första gången på ett halvt dygn. Macdonalds ögon var som bitar av koks. Huden i ansiktet var som som tejpad direkt på kindbenen. Håret var fortfarande utslaget över axlarna. Skinnjackan hängde över stolen.

Winter bar kavaj och svarta jeans, en grå button-down, ingen slips, svarta boots. En stubb skuggade hakan och kinderna.

Slut med den skandinaviska elegansen, tänkte Macdonald.

"Du är mer än en observatör nu, men det fattar du väl själv", sa han.

"När ska alla ses?" frågade Winter.

Macdonald höjde armen och tittade på klockan.

"Om en timme."

Det var skymning. Macdonalds ansikte var skuret i blå strimlor av det sista ljuset genom persiennerna.

"Vi kommer aldrig mer så här nära", sa Winter.

"Om det är vår man."

"Annars har vi ett nytt problem, inte sant?"

"I så fall är det vår man", sa Macdonald.

Det skrällde under några papper. Macdonald rafsade bort dokumenten och grep telefonen. Winter såg att det var en del av en utskrift av Macdonalds policy-dossier. Jag håller hårt i den här pärmen, hade Macdonald sagt tidigare, den ska rättfärdiga allt jag gör. Jag vill ha ryggen fri, kunna motivera mina beslut när jag möter DSI en gång i månaden för genomgång.

"Ja?"

Winter såg Macdonalds panna rynkas i koncentration. Kollegan grep en penna och skrev i sitt block. Winter hörde honom ställa några korta frågor.

Han kände igen allting i detta ondskans kretslopp som han och

Macdonald och alla andra mordutredare världen runt var en del av. Han själv kunde sitta där med telefonen tryckt mot ett ömt öra, Macdonald hade kunnat sitta här där Winter satt, eller de hade kunnat vara två andra snutar i ett trångt rum i Singapore eller Los Angeles eller Stockholm. Eller i Göteborg. Allt var detsamma och alla var utbytbara i ondskans kretslopp. Det var större än livet: det fanns där innan vi kom, det finns kvar när vi är borta.

Winter såg Macdonald stelna med greppet runt pennan.

"Det var Kennington", sa Macdonald. "Yardens labb."

"Jag minns."

"Samma tillvägagångssätt", sa Macdonald.

"Exakt?"

"Efter vad dom kan se hittills."

"Avtryck på golvet?"

"Ja."

"Jesus", sa Winter.

"Han hade fått bråttom."

Winter väntade på fortsättningen. Skymningen var över och Macdonalds ansikte var en silhuett.

"Vårt stackars vittne hade bonkat på dörren och tjutit en galen sång och det hade satt stopp för det", sa Macdonald. "Det hade inte orsakat nån panik men det hade satt stopp."

"För oförsiktigheten också?"

"Vad menar du?"

"Gjorde det att han blev oförsiktig, eller tvingades till det?"

"Ja."

"På vilket sätt?"

"Dom har hittat en lös metallhylsa till ena stativbenet."

Winter frös till is, omedelbart, som om han nu satt i en fryscontainer. Hans hår lyfte. Fingrarna blev till gummi.

"Gud är ändå med oss", sa han.

"Du tror på den store Fadern?" sa Macdonald.

"Ja."

"Han kanske finns just nu."

"Den där hylsan, det kan inte vara nåt som blivit liggande i rummet?"

"Du underskattar några av världens bästa rättstekniker."

"Förlåt."

"Det finns ett stråk av arrogans i allt det här som får mig att undra om det verkligen var slarv."

"Jag har tänkt på det också."

"Arrogansen?"

"Ja. Och att det kan vara ett meddelande, eller en hälsning."

"Eller ett rop på hjälp", sa Macdonald, "men där får vi ta stöd av rättspsykologin."

"Inte hjälp", sa Winter, "det är nåt annat. Det ligger nära. Jag hittar inte ordet."

"Det räcker att du har det inom dig själv, alltså det svenska ordet."

"Jag hittar det inte, jag hittar det inte på nåt språk."

Det blåste från norr och Bergenhem kände för första gången hur båten rörde sig från sida till sida. Det pep från ventilen, som från en flöjt.

"Ventilen är otät", sa han.

"Ljudet är okej för mig", sa hon, "jag är van vid det."

"Jag kan fixa det."

"Det vore konstigt att inte höra det", sa hon.

"När du är Angel...", sa han efter en stunds tystnad.

"Vad?"

"När du... jobbar."

"Ja?"

"När du går iväg från borden med nån."

"Vad fan är det? Vad vill du?"

"Vad gör... ni när det är nån som följer med från ett bord och in bakom baren eller var det är."

"Vad är det du vill?"

"Jag skulle bara vilja veta... vad som händer."

"Om jag knullar med dom?"

"Ne... jag tänkte att dom säger ett och..."

"Du vill veta om jag är en riktig hora?"

"Nej!"

"Du tror att jag är en hora."

"Nej för fan."

"Jag är ingen hora. Jag har aldrig gjort det för pengar, inte det som du pratar om."

Bergenhem sa ingenting, han tänkte ingenting mer än att han nu var nån annan. Hans händer var knutna och dom var nån annans.

"Hallå!? Är det nån hemma?" sa hon och kom närmare.

"Stanna där", sa han.

"Va?"

"Kom inte så nära."

"Du tror att jag är det."

"Det är inte det."

"Vad är det du pratar om."

Han svarade inte. Han drack av vinet igen. Det var den andra flaskan. Han var officiellt ledig i kväll, men för Martina var han i tjänst. Jag önskar att du hade varit hemma i kväll, hade hon sagt. Det känns som om det är dags för vattnet när som helst.

"Jag dansar för dom jävlarna", sa kvinnan framför honom nu. "Jag dansar."

Bergenhem hade tappat intresset för sin fråga. Han blundade. Han såg ett barn på ett bord bakom en skärm. Han stod framför, tillsammans med Martina. Angel dansade för dem och hon log mot nåt som hon höll i hand...

Han kände rörelsen i skrovet starkare nu, som om en orkan slet i båten, lyfte den och vräkte den tillbaka i älven. Han mådde plötsligt intensivt illa. Det pulserade i hans händer, hundra liter blod forsade i storm genom fingrarna. Det var inte hans egna händer. Huvudet var inte hans eget.

"Som när jag var liten", fortsatte hon, "har jag berättat hur kul det var när jag var liten?"

Hon hade berättat om barnet som var hon och det hade varit en av orsakerna till att han stannat. Han hade tänkt på de höga och de låga. Det fanns ingen rättvisa, naturligtvis. Det skulle inte bli bättre. Alla signaler som glödde in i tvåtusentalet... dom var röda som fan, med samma sken som på porrklubbarna, tänkte han, ett falskt ljus för människors välfärdande mot underjorden.

"Vilken stjärna jag var på mammas och pappas jävla fester", fortsatte hon och Bergenhem störtade upp från sängen och försökte flyga upp på däck och däruppe dök han med huvudet över relingen och tömde sig ner i vattnet. Ögonen fylldes av tårar och han såg bara ett svart hål. Han kände en hand i ryggen. Hon sa någonting han inte uppfattade.

"Inte längre ner. Lutar du dig längre framåt glider du ner i vattnet."

Hans andning blev lugnare. Han kunde se. Älven var mörk under honom mellan båten och kajens sten. Båten stötte mot stenen. Därnere fanns ingen väg ut, han förstod det.

Hon torkade honom i pannan med en blöt handduk. Nu märkte han regnet på kroppen. Det var tätt och stort, skjortan klibbade mot huden som om han legat i vattnet. Hon stödde honom tillbaka ner under däck. Hans fötter gled åt alla håll på brädorna.

Winter hällde upp det heta vattnet från tryckkokaren. Klockan var åtta och morgonen var i full gång i London. Fåglar han inte visste namnet på hade redan sjungit sig hesa på bakgården, genom hans öppna fönster.

Om några timmar skulle han sitta i en tevestudio tillsammans med Macdonald och obekanta engelska journalister. Programledningen för Crimewatch hade ringt igen och Macdonald hade omedelbart sagt ja.

I går kväll hade de suttit i ett av de större rummen på Parchmore Road, fjorton spanare inklusive Winter. Det hade stått en flaska whisky på bordet. Alla berättade om sina tankar. Macdonald försökte dra ut det bästa ur alla.

Kunde de bära med sig ett destillat av detta till den brittiska allmänheten? Winter var inte nervös och han hoppades på ett genomslag efter teveprogrammet.

"Vi har fått erbjudandet tidigare och nu är det dags", hade Macdonald sagt under kvällen, "vi hoppas att några anonyma medborgare därute sett någonting."

"Ja."

"Teve är ett paradoxalt medium", hade Macdonald sagt.

"Den anonyma offentligheten", hade Winter sagt.

Aneta Djanali hade ett svart skinn men en ljus själ. Det är därför jag är så slängd i käften, tänkte hon. Den som ser ljuset kan också hämta ett självförtroende därifrån.

Jag vet att jag klarar det här bättre än killarna, tänkte hon när hon satt i bilsätet med vittnesprotokollet framför sig. Jag har ingenting att försvara. Jag är inte vit. Fredrik är vit men det är också det enda han är. Fast han är snäll, som så många dumma människor. Alltså dom som är dumma på ett trevligt och lite oförargligt sätt, som kanske till och med är smartdumma i en del situationer.

Fördelen med att vara snut var att man jobbade i ett team. Men det var också den stora nackdelen, om man hamnade bredvid de icke så anpassningsbara. Hon och Fredrik Halders hade anpassat sig till varandra, vilket kunde ge resultat. Han var dum och ibland smart, på ett lite småskuret sätt, och hon var intelligent till hundra procent. Han visste det.

Det var också en annan sak. Hon hade en förmåga att vila i arbetet. Inte så att jag somnar i sätet, tänkte hon. Men jag kan koppla bort det onda ibland, hålla undan det för att inte allt ska bli svart rakt igenom. Det är en nödvändig egenskap. Alla hemska berättelser som vi utsätts för måste också innehålla ett ljus och ett hopp. Det finns alltid en epilog, och åtminstone den kan få innehålla ett hopp om en framtid.

De var på väg till en adress i väster.

"Vad är meningen med livet?" frågade Aneta Djanali.

"Va?"

Fredrik Halders snurrade i rondellen vid Högsbo industriområde. Han sänkte radion för att uppfatta vad den svarta drottningen nu hade på hjärtat.

"Meningen med livet. Vad är meningen med att du finns till, Fredrik?"

"Jag är glad att du ställde den frågan."

"Ta dig tid att fundera på svaret."

"Behövs inte."

"Du har svaret?"

"Naturligtvis", sa Halders och körde längs Flatås. Han bromsade bakom en buss och släppte över en kvinna med en barnvagn.

Kommunens män högg ner träd utefter vägen. Eller om de bara beskar grenarna; resultatet blir ändå detsamma, tänkte Aneta Djanali.

"Vad är svaret då?"

"Det ska jag berätta i kväll."

"Du vet inte."

"I kväll har jag sagt."

"Du får två timmar", sa hon.

"Okej."

De körde förbi kiosken.

"Vill du ha en korv?" frågade Halders.

"Det är inte nyttigt."

"Det var inte det jag frågade."

"Jag är inte hungrig."

"Jag vill ha en."

Halders bromsade, gjorde en U-sväng och körde tillbaka till kiosken.

"Dom har byggt om den", sa han.

"Vi får gå in", sa hon.

"Ska du följa med?"

"Jag är törstig och så är jag stel också. Det är inga bra säten."

De parkerade och gick in i kiosken som förvandlats till restaurang. En vägg skymde sikten mot vägen. Det luktade fett och... fett, tänkte Aneta Djanali. Fredrik är typen som beställer det som kallas nötbit i gatuköken och som innehåller något obeskrivbart.

Halders läste på tavlan. Rätterna var skrivna med tusch, lätta att sudda, att byta mot annat gott som tillagades à la minute.

"Jag tror att jag tar en nötbit", sa han.

"Ett bra val."

"Va?"

"Det är mer näring än i en korv... mer av allting skulle man kunna säga."

"Är det inte tillräckligt fint för dig?"

"Jag har inte sagt nåt."

"Det här är riktig mat för människor som inte gör sig till."

"Glöm inte gurkmajonnäsen."

"Va?"

"Gurkmajonnäs. Då blir det ännu riktigare."

Halders fnyste, beställde sitt mellanmål.

"Jag tar en Pucko också", sa han och hon kunde inte hålla gapskrattet borta.

De gick ut och bilen var försvunnen.

"Va i helv...", sa Halders och tappade nötbiten.

Aneta Djanali tjöt av skratt.

"Skrattar du din jäv..."

Aneta Djanali försökte säga något mellan skrattanfallen.

"Vad fan säger du", sa Halders och stirrade med galen blick.

Hon torkade tårarna.

"Nu tror jag dig", sa hon, "du *är* förföljd."

"Va? Va?"

"Du är förföljd, Fredrik. Det är en komplott. Du får alla bilar du kör stulna."

"Det kan du ge dig jävulen på", sa Halders och ringde efter snuten.

De väntade, studerade trädmarodörerna på andra sidan vägen.

"Meningen med livet är att få tag på biltjuvar", sa Halders och la in en snus.

"Är det allt?"

"Det är allt."

"Här kommer kollegerna."

"Livet går vidare."

Winter rostade två skivor bröd och bredde dem med smör och apelsinmarmelad som smakade beskt, från de många skalen. Han hade tidigare på morgonen gått Hogarth Road bort till ett tidningsstånd på Earl's Court Road och köpt Guardian, Independent, Times och Daily Telegraph.

Det ringde på mobilen. Det var Bertil Ringmar.

"Jag vet att ni är en timme före men jag antog att du var uppe", sa Ringmar.

"Det är full dag här."

"Vi har fått ett till brev från den där inbrottstjuven."

Det tog ett par sekunder för Winter att följa tankekedjan bakåt. Inbrottstjuv. Lägenhet. Blodiga kläder. Tid som stämde. Långsökt. Så in i helvete långsökt.

"Erik?"

"Jag är med", sa Winter och sköljde ner bröd och marmelad med en munfull te.

"Han var påstridig", sa Ringmar, "som om han ville rättfärdiga sin senfärdighet nu, ställa till rätta."

"Ja?"

"Så vi tittade lite närmare på den här personen. Fredrik och Aneta fick lite tid till det när bil..."

"För helvete Bertil strunta i kronologin och säg vad som hänt."

Winter var stilla i stolen. Det här var något som betydde något. Ringmar förberedde någonting till chefen, en present.

"Vi kallade till förhör."

"Ja?"

"Där var inget svar men sen fick vi kontakt."

"Bertil!"

"Okej, okej. Lyssna noga nu. Killen var inte i Göteborg först eftersom han var i London."

"Va?"

"Jag sa att du skulle lyssna noga. Han var i London."

"Hur fan vet ni det?"

Winter kände känslan av kyla i kroppen igen. Det stack i hårbotten. Han gjorde rent bord, svepte ner tidningarna på golvet, gick tre steg till bänken och grep anteckningsblocket. Han satte sig med pennan i hand.

"Hur vi vet det?" svarade Ringmar. "Det är inga hemligheter, killen jobbar som purser på SAS och rätt mycket på linjen mellan Göteborg och London."

"Herregud."

"Och det är inte slut där. Han har en lägenhet i London. Han bor där och har en övernattningshistoria i Götet, eller om det är tvärtom."

"Är han britt?"

"Kärnsvensk verkar det som, åtminstone heter han Carl Vikingsson."

"Vikingsson?"

"Ja. Och han jobbar på ett plan som heterViking nånting dessutom."

"Har vi nåt på honom?"

"Nix. Alldeles ren."

"Var är han nu?"

"Han är här hos oss", sa Ringmar.

Winter blev plötsligt torr i halsen. Han drack sitt ljumma te men kände inte någon smak från drycken. Det kunde ha varit fotogen, eller blåbärssoppa.

"Vi har inte hunnit höra honom än", sa Ringmar.

"Inget alibi?"

"Vi vet inte som jag sa. Det kan ju bli komplicerat."

"Ge mig adressen här", sa Winter. "I London."

"Han bor på nåt som heter Stanley Gardens, nummer 32 Stanley Gardens."

"Vänta lite", sa Winter och la ner telefonen och gick bort till soffbordet och tog sin A-Z och slog upp registret. Han lyfte mobilen igen. "Det finns sex Stanley Gardens i London."

"Åh fan."

"Jag måste ha sifferbeteckningen för området, som NW 7 eller nåt sånt."

"Vänta", sa Ringmar och Winter väntade. Han tog en klunk fotogen igen, kände känslan av jakt i sin kropp. Det skrapade i luren.

"Vi har ett visitkort här, det är... nu ska vi se... Stanley Gardens W 11."

Winter tittade i registret. W 11. Adressen låg på 7 H 59. Han bläddrade fram blad 59 och letade i rutan: Notting Hill, Kensington Park Rd, Stanley Cr... där. En tvärstump till den stora gatan.

"Uppe vid Portobello", sa han.

"Whatever you say", sa Ringmar.

"Håll honom sex plus sex."

"Vi har inte hört han än."

Winter hade bestämt sig. Om det vid förhöret framgick att de ville fortsätta diskussionerna med förhörspersonen kunde de ha vederbörande som gäst i sex plus sex timmar, med "nödig vila och mat" som det hette.

"Sex plus sex", sa Winter, "skit i alla eventuella alibin."

"Inte mig emot", sa Ringmar, "och Gabriel kan knappt bärga sig längre."

Förhörsledaren. Gabriel Cohen. Han hade väntat och läst, väntat och läst och suckat.

"Vänta med Gabriel", sa Winter.

"Va?"

"Håll nere det först, ta det själv först."

"Han måste ju sitta med."

"Men bara som en god vän, det här måste bli perfekt från början."

"Mjukt och stilla", sa Ringmar.

"Inga misstag", sa Winter.

"Förolämpa mig inte. Vi har antagligen inte kommit längre än till väderleksutsikten för i morron när du kommer hem."

"Bra."

"När kommer du förresten?"

"Jag vet inte. Teveinspelningen vi snackade om i går är i eftermiddag. Vi måste kolla den här adressen direkt. Jag vet inte. Vi får höras om nån timme eller så."

"Erik?"

"Ja?"

"Vi vet en sak. Vikingsson var i London när det här senaste hände. Pojken Jaegerberg. Christian Jaegerberg. Han var i London. Vikingsson."

"Inte på ett plan, i luften?"

"Ja, fan det kan det ju hända. Men han var inte i Sverige."

De ringde av. Winter tryckte de elva siffrorna till Thornton Heath. Någon svarade.

"Detta är kriminalkommissarie Erik Winter. Jag söker Steve Macdonald."

"Ett ögonblick."

Winter väntade. Han hörde kollegans röst.

"Erik här. Jag fick ett samtal från Göteborg. Dom har tagit en en kille för förhör och han har en lägenhet i London. Det kan vara ett långt skott men vi bör kolla den."

"Lägenhet här?"

"Uppe i Notting Hill."

"Aha. Fint område."

"Jag vet ingenting om killen men vi bör kolla upp lägenheten."

"På utsidan?"

"Va?"

"Jag känner ett par bra domare men ingen skulle låta oss gå in och kolla en lägenhet i London utan lite styrka i argumenten."

"Jag vill åka dit ändå. Jag sticker nu. Vi ses i hörnet mot Kensington Park Road."

"Hörnet av vad?"

"Förlåt. Killen har en lägenhet på Stanley Gardens."

"Okej."

"Då ses vi om en timme."

"Jag flyger", sa Macdonald.

40

WINTER HEJDADE EN norrgående droska på Earl's Court Road. Det tog femton minuter till Notting Hill Gate på de mindre gatorna förbi Holland Park. Han hade vandrat en del därinne, i ett yngre liv.

Husen på Kensington Park Road blänkte som marmor. I korsningen till Pembridge Road klädde en kaféägare sina utebord med·rutiga dukar. Människor väntade redan på årets första cappuccino i det fria.

Byggnaderna på Stanley Gardens låg tysta, i skugga. Nummer 32 hade en portal där tusen kunde gå in och ut. Winter fortsatte gatan ner och vände tillbaka ut till Kensington Park Road. Han stod stilla i hörnet. Ett par i hans egen ålder kom förbi och stannade. Mannen tilltalade honom, med svensk accent.

"Could you tell us the way to Portobello Road?"

"It's the parallell street", sa Winter och pekade tvärs över Kensington Park Road, "you just turn right down there."

"Thank you", sa paret i korus och Winter log sitt anonyma engelska leende.

Han stod i ett slags svenskbygd. På gångavstånd österut låg Bayswater, området där de flesta svenska charterturister bodde, på hotellen runt Queensway.

En droska parkerade framför Winter. Kollegan krängde sig ur.

"Tåg och sen taxi från Victoria", sa Macdonald, "det är snabbaste sättet."

"Det är därborta", sa Winter och nickade mot porten.

"Har du varit inne i huset?"

"Nej."

"Jag har ordnat bevakning utanför från den stund vi går härifrån", sa Macdonald.

"Bra."

"Jag har snackat med en motvillig domare, som givetvis sa nej, så nu behövs det snabba resultat från förhören."

De gick in i porten och Winter läste på namnskyltarna. Han drog i den tunga dörren till det norra trapphuset. Den var låst.

"Jag förutsätter att du har koden", sa han till Macdonald. Skotten nickade, hästsvansen i ordning igen.

"Vi vet var vi har våra fastighetsskötare", sa han.

Hallen luktade skugga och polerat trä. Ljuset snurrade i spiral uppåt, längs trappan till taket. De följde ljuset och stannade på tredje våningen. Macdonald tog på sig ett par handskar och knackade med den lejonformade dörrklappen.

"En rest från kolonialtiden", sa han urskuldande.

De väntade. Macdonald dunkade igen, mässing mot trä.

"Ingen inneboende", sa han.

"Det vet vi inte", sa Winter.

"Ingen just nu", sa Macdonald.

Winter ryckte på axlarna, spänt. Det slamrade nerifrån. Hisstrumman väste intill dem. Den åkte nedåt och de väntade. Efter en minut passerade den på väg uppåt. Den eller de som åkte i hissen kunde inte se de två kommissarierna. De stod i trappans döda hörn.

Macdonald slängde ett par handskar till Winter.

"Ta på dom här", sa han.

"Jag trodde aldrig du skulle göra det."

"Det är jävligt farligt."

"Ändamålet helgar medlen."

"Va?"

"Ett svenskt uttryck."

"Vi har nåt liknande."

"Öppna."

Macdonald slängde ett par sjukhustossor i blå plast till Winter.

"Ta på dom här."

Inbrottstjuv i ett tidigare liv, tänkte Winter.

Han kände blodets tryck i bröstet.

Det var tyst i trappan. Inga ljud från andra lägenheter. De gick snabbt in när Macdonalds dyrk öppnat låset med ett mjukt klick.

Ändamålen, tänkte Winter. Medlen. Vi arbetar för mänsklighetens bästa, bryter oss in för överlevnaden. Det skiljer oss från andra inbrottstjuvar.

De kom rakt in i ett vardagsrum. Det var varmt i lägenheten. Solen låg på utifrån, mot nerdragna rullgardiner i tvinnad bast. De hade all belysning de behövde från den utestängda solen.

Macdonald nickade till höger och de gick i varandras spår. I köket fanns inga rester, ingen disk som behövde rengöras. Handdukar hängde på rad. Ett ställ knivar på väggen, stålet matt.

"Alla knivarna på plats", sa Winter.

"Ingen av dom där är dubbelslipad", sa Macdonald.

Vi har kränkt hemfriden och han löper linan ut, tänkte Winter. Vi har ingen respekt längre, för något. Jag är glad att vi är här. Vi rör oss, åt något håll.

De lyfte och vände på allt som fanns i bostaden, ett professionellt rotande.

"Här bor en jävla pedant", sa Macdonald.

"Han har en del musik", sa Winter.

"Reggae."

"Jag ser."

"Rätt mycket."

"Och många låsta lådor."

"Och skåp."

"Ja."

"Det finns nåt härinne i den här våningen", sa Macdonald, "känner du det?"

"Jag vet inte."

"Här är en bild på honom." Macdonald lutade sig över skrivbordet. Mannen på bilden log otvunget mot kameran. Hans hår var blont och rakt och kort.

"Viiit", sa Macdonald, utan leende.

Winter ställde sig bredvid.

"Hur har en flygvärd råd med en lägenhet i Notting Hill?" frågade Macdonald.

"Jag kan inte lönerna på SAS."

"Jag skulle inte ha råd med det här."

"Det betalar sig bättre att vara i luften."

"Du verkar kunna ha råd, åtminstone om man ska gå efter kläderna."

"Ja."

"Du är inte beroende av kommissarielönen?"

"Egentligen inte."

"Fy fan."

"Det är en kombination av gamla och nya pengar", sa Winter och gjorde ett slags gest.

"Du är som en engelsk officer", sa Macdonald, "deras lön räcker ungefär till mässräkningen."

"Vi får kolla den här killens ekonomi", sa Winter avledande, "han har ju stället i Göteborg också."

De öppnade garderober. Kläder låg i snygga högar.

"Pedant", upprepade Macdonald.

"Vad hade du väntat dig? En sopsäck till med blodiga kläder?"

"En gång är ingen gång."

"Vi kommer tillbaka."

"Då är du inte här."

"Jag kommer ändå att vara med dig."

"När går planet?"

"Sju."

"Är killen kvar hos er då? När du landar, menar jag?"

"Nätt och jämnt. Om vi inte får ett anhållande."

"Vem ska övertala åklagaren?"

"Alla är nervösa nu", sa Winter, "vi kan utnyttja det."

"Eller så är killen ren när du kommer hem."

"Det är väl bra i så fall."

"Eliminering", sa Macdonald, "det är vår business."

De kom ut på Stanley Gardens och gick till korsningen. Macdonald nickade till någon i en Vauxhall som parkerats snett över den större gatan.

Winter ringde till Göteborg.

"Ringmar."

"Det är Erik. Hur går det?"

"Mest väder och vind än så länge."

"Hur verkar han?"

"Lugn."

"För lugn?"

"Nej, men han har gjort nåt."

"Bra."

"Det är nåt vår gosse döljer. Det kan vara vad som helst."

"Jag kommer tio."

"För sent."

"Vi är alltså en lång bit från en riktigt skälig misstanke?"

"Vi har ingenting", sa Ringmar.

"Det går fort men jag *vill* att det ska går fort", sa Winter. "Se till att det finns nåt när jag landar, jag räknar med resultat."

Winter tryckte av. Macdonald väntade. Förmiddagen var sen och människorna fler. De var på väg till marknadsgatorna. Winter hörde glada skandinaviska röster.

"Inget erkännande", sa han. "Inget alls faktiskt, skämt åsido."

"Naturligtvis inte", sa Macdonald.

"Det kommer."

"Teveshowen väntar."

"Jag hade glömt den."

"Den har inte glömt oss."

Winter var bisittare till Macdonald. Studion var liten. Lamporna lyste starka men Macdonald svettades inte.

Fallet fick en genomlysning. På sitt sätt är det bra, tänkte Winter. De sa ingenting om inbrottet.

De nämnde inte förhören i Göteborg. Om det ändå hade varit om tre dar, eller fem, tänkte Winter. Vi kunde ha haft ett ansikte att visa upp, med ett blont och rakt och kort hår.

De visade andra ansikten. Folk fick ringa under programmet. Personal samlade in samtalen. När Macdonald senare lyssnade igenom banden skulle han inte höra något som krävde akut åtgärd.

Winter tänkte på pursern, Carl Vikingsson. Winter hade svårt med koncentrationen. Det fungerade avledande, lugnande.

Efteråt satt de i bilen, utanför studion. Macdonald startade. De åkte till en pub för lunch. Det luktade öl och stekt lever innanför svängdörren, och rök från cigarretter. De beställde.

"Vi kommer att få en del vittnesmål den här gången", sa Macdonald.

"Om Christian Jaegerberg?" sa Winter och tände en Corps.

"Ja."

"På grund av hans hudfärg?"

"Alldeles riktigt."

"Den här gången är det en svart person utifrån som är offret. Rädslan blir mindre", fortsatte Macdonald, "och när gärningsmannen dessutom är vit..."

"Som vi antar."

"Vi har inte sagt nåt annat."

"Här kommer ölen."

"Och din paj."

"Nu får jag inte träffa din familj."

"Det är vi två om."

"Känner barnen igen dig?"

"Så länge jag inte klipper mig."

"Har du nåt foto?"

Macdonald satte ner glaset och tog diskret fram plånboken ur innerfickan. Remmen till hölstret stramade över bröstet som om han bar ett bandage i läder. Metallen från revolvern blänkte i armhålan.

Bilden visade en mörkhårig kvinna och två flickor i tioårsåldern. De satt i profil. Alla tre bar hästsvans.

"Dom ville ha det så", sa Macdonald och log.

"Mug shot."

"Ett egendomligt gäng."

"Tvillingar?"

"Ja."

"Dom liknar din högersida."

"Det är hästsvansen."

De åt under tystnad. Macdonald bjöd på kaffe. Sedan körde han Winter tillbaka söderut, mot hotellet. Trafiken hade tätnat. De kröp på Cromwell Road.

"London är ett helveteshål", sa Macdonald, "åtminstone när man kör."

"Jag kommer alltid tillbaka hit", sa Winter, "det här är en av dom få riktigt civiliserade städerna i världen."

"Är det för cigarrerna?"

"Mångfalden."

"Mångfalden av mördare och våldtäktsmän och hallickar och knarkare?"

"Och fotbollslag och restauranger och musikställen och folk som kommer från den stora världen", sa Winter.

"Det är sant. Det eviga imperiet, fast vi kallar det samvälde nu."

"Kan du tänka dig att bo nån annanstans?"

"Än i London? Jag bor inte i London. Jag bor i Kent."

"Du vet vad jag menar, Steve."

"Nej."

"Nej vadå?"

"Jag kan inte tänka mig att bo på nån annan plats."

"Och ni har vår när vi har vinter."

Winter hämtade väskorna när de var framme vid hotellet. Macdonald lirkade ut bilen på A4:an igen, körde igenom Hammersmith och upp på M4 söder om Gunnersbury Park. Winter satt tyst, såg ut mot stadslandskapet. Barn spelade fotboll i Osterley Park, med en vind i håret. Det var som alltid. Gubbar släpade golfbagar efter sig. Han såg tre hästar på rad därnere, det gick inte att avgöra härifrån om ryttarna var kvinnor eller män. Han kunde se att den sista hästen i raden tömde tarmen, elegant, utan att avbryta skritten.

Ringmar väntade med bilen på Landvetter. Winter kände kylan när han kom ut från terminalen. Våren dröjde över de västra haven, nådde ännu inte fram till Skandinavien.

"Vi har släppt honom", sa Ringmar.

Winter svarade inte.

"Men han har inga alibin."

"Det är ju bra."

"Inte för nåt tillfälle."

"Okej."

"Vi har kollat noga med flygbolaget och han var inte i tjänst vid gärningstillfällena."

"Jag lyssnar", sa Winter.

De var ute på motorvägen, körde genom Landvetters samhälle i 130. Ljusen från Göteborg glimmade mot himlen två mil framför Winters ögon.

"Han var i London när... när det skedde där och i Sverige när morden begicks här", sa Ringmar.

"Vad säger han?"

"Att han gjorde lite vad som helst. Tvättade. Lagade mat. Bio."

Ringmar trummade med fingrarna på ratten som för att öka hastigheten.

"Inga sprickor?"

"Han är fortfarande lugn."

"Har ni kollat om han jobbade när pojkarna reste?" frågade Winter.

"Ja."

"Och?"

"Han var med på alla flighterna."

"Det är för bra."

Ringmar svarade inte, körde, blinkade sig förbi ännu en bil. De passerade Mölnlycke, ett knippe ljus till vänster.

"Var det inte du som ville ha snabba ryck?"

"Vi funderade tidigare på nån som varit med på nån av dom där flighterna... med pojkarna... och här har vi en som varit med på alla", sa Winter.

"Och det är alltså för bra?" sa Ringmar.

Winter svarade inte. Han gnodde sig i ögonen. Han hade slumrat en halvtimme på planet, sagt nej till matbrickan och kaffet.

"Allt bygger på den där inbrottstjuvens misstanke", sa Winter.

"Det är inte första gången vi löser ett fall på det sättet", sa Ringmar.

"Hur diskreta har ni varit?"

"Vi sabbar ingen konfrontation."

"Det har vi inte råd med."

"Jag säger ju att vi inte äventyrat nåt."

Det var en dödssynd att vifta med fotografier innan en regelrätt vittneskonfrontation genomförts. Det var att bränna sitt krut, kanske för gott. De hade någon gång prövat med en fotokonfrontation, tio bilder på rad framför vittnet, men det var en stor risk.

"Vi måste göra det exakt efter boken", sa Winter och tänkte på Stanley Gardens.

"Vi lånade hans nycklar men vi har inte hunnit kolla mer än ytligt hemma hos honom", sa Ringmar.

"Jag går dit direkt. Vi måste ha tid."

"Vill vi veta nåt mer om den här killen måste vi nog anhålla honom, ha lite mer tid tillsammans för att prata ut."

"Vad säger Birgersson?"

"Han har sagt till Wällde att han aldrig mer kommer att säga ett enda ord till honom om han inte anhåller Vikingsson."

"Hot alltså."

"Det är en risk Sture tar", sa Ringmar. "Wällde kan se det som ett löfte också. Men Wällde tittade alltså på våra skäliga grunder för misstanke."

"Vi hade inte tillräckligt", sa Winter.

Ringmar parkerade utanför Polispalatset. Winter var hemma igen. Han kände stelheten i kroppen när han gick ur.

"Hur är det med Bergenhem förresten?" frågade han när Ringmar låste bildörrarna med fjärrkontrollen.

"Han ser ut som en jakthund."

"Vad har han fått för resultat?"

"Han väntar på ett namn säger han."

Winter gick omkring i Vikingssons tvåa. Rummen andades tillfällighet och kort liv. Uppbrott.

Varför behöver han det här, tänkte Winter. Det är nåt som inte stämmer här. Det är åt helvete fel. Jag känner den omedelbara instinkten här. Jag har rätt.

Han sökte i lådorna. Rummen i London var bebodda, Vikingssons rum på Stanley Gardens... men dessa väggar och golv och tak i Göteborg var utan medvetande.

Rummen stötte honom ifrån sig. Hade tjuven varit härinne? Dom är för jävla fräcka, tänkte Winter.

Vad letar jag efter? tänkte han.

Var skulle jag förvara sånt som är viktigt för mig, även i det tillfälliga?

Papper? Filmrullar? Adresser? Kvitton? Var, var?

Var lägger jag sånt som jag inte vill visa trots att jag inte har nån anledning att tro att nån objuden stövlar in i min bostad?

Winter såg sig om. Han stod i det tomma sovrummet. Där fanns en säng, en byrå, en stol och en telefon på stolen. En bokhylla.

En telefon på stolen. En t-e-l-e-f-o-n på stolen.

Människor hade ringt hit. Vikingsson hade ringt dit. Winter blundade och såg solsystemet på Macdonalds vägg framför sig. Telefonsamtalen som satellitbanor över det västra halvklotet. En spårning ner till minsta fnysning i luren.

Det var en möjlighet. Var Vikingsson utan skuld skulle dom hjälpa honom att bevisa det, tänkte Winter.

Han öppnade ögonen och rörde sig i sovrummet. Ingenting på väggarna. Byrån stod liksom slängd vid bortre väggen. Winter gick dit och drog ut lådorna, en efter en. De skrapade när de drogs, lät sig motvilligt röras.

Han fick inte ut den understa. Hade inte snuten varit här och dragit förut?

Han drog hårdare och lådan släppte och han for baklänges och kände sig som en idiot. Han såg sig om som hade han publik. Han kände sig iakttagen. Lådan var tom.

Han låg på golvet och såg upp mot rummet. Det var ett underligt perspektiv. En spegel hängde på väggen över byrån som nu saknade sin nedersta sträva låda. Winter låg två och en halv meter från spegeln, snett ner till vänster och han såg spegelns glas men han såg också *bakom* spegeln, framför allt såg han bakom spegeln. Den hängde fritt och det gjorde det möjligt för honom att se att någonting stack ut från spegelns baksida. Han såg det tydligt eftersom ljuset silade sig igenom mellanrummet. Det som stack ut var som en silhuett.

Tack gode Gud, tänkte Winter och reste sig och gick fram till spegeln. Han grep den och vände på den och synade silhuetten i det riktiga ljuset.

Den var borta. Vad i he..., tänkte han. Han tittade på golvet. Ingenting, inget papper, eller fotografi. Inget kvitto. En bit väv hängde ut från spegelns baksida. Winter såg ingenting därinnanför.

Han hängde tillbaka spegeln och la sig på golvet igen, sökte samma vinkel som förut. Han såg mellanrummet och silhuetten igen. Det var den lösa väven. Jag har gripits för hårt av det här, tänkte han.

Han hade sparat fotografiet till sist. Det var ett fotokollage som fästs på en liten anslagstavla över köksbordet. Ringmar hade sagt att Vikingsson var en fåfäng karl. Såna går inte långt utan spegel eller foton på sig själva.

Kollaget var det enda personliga i lägenheten. Winter stod framför det, lutad över bordet. Det bestod av sju... åtta bilder, räknade han. Det egendomliga var att ingen annan människa än Vikingsson fanns med på fotografierna. De visade honom i olika miljöer, knappt urskiljbara. Winter studerade bilderna noggrant, en efter en.

De var monterade i cirkel. Winter såg på dem medsols, följde dem, återvände med blicken till klockan tolv: Vikingsson satt vid en disk, det såg ut som en bardisk. Han fyllde ut det mesta av bilden. Det gick att se bakom hans axlar, och en eller två meter utefter disken. Någon bakom disken hade tagit bilden med ett vidvinkelobjektiv. Winter höll kvar blicken, såg bakom Vikingsson, följde disken åt sidan.

Han kände igen sig i den här lokalen. Fönstren bakom Viki... Winter blundade och såg samma fönster i sitt huvud. Han såg samma disk. Han såg sig själv sitta där och säga någonting till mannen som stod på andra sidan.

Ta det lugnt, tänkte han. Det är en tillfällighet. Stan har populära ställen och såna som inte är så populära.

314

41

WINTER KÄNDE DOFTEN av adrenalin strömma genom sammanträdesrummet. En annan stämning än den han lämnat för London. Spanarna gav intryck av att vara på väg någonstans. Det fanns något att hålla fast vid.

Winter berättade om händelserna i London. Det tog tio minuter.

"Jag vill ha allas tankar just nu", sa han, "bry er inte om ifall det kommer huller om buller. Prata på. Bandet rullar. Bertil skriver."

De satt i en halvcirkel med Winter i centrum. Det var som ett halvt urverk, som om de lämnat den andra halvan av tid efter sig. Som om de räknade med att lösa fallet innan visaren snurrade ett varv igen.

"Välkommen tillbaka, chefen", sa Fredrik Halders.

Jävla fjäskis, tänkte Aneta Djanali. Han försöker få det att låta som ironi men alla vet att det är fjäsk.

"Sara?" sa Winter.

"Spåren visar en stor styrka och ett stort raseri", sa Sara Helander.

"Raseri?"

"Vi tror det. Avtrycken, rörelserna."

"Mhm."

"Här finns nåt oförlöst som släpps ut i full frihet."

"Den jäveln löper amok", sa Halders.

"Har du satt folk på Viktorssons bakgrund?" frågade Winter med blicken på Bertil Ringmar.

"Javisst."

"Det verkar börja lugnt, som ett system eller ett mönster, och sen går det över styr", sa Sara Helander.

"Ja, det kan man säga", sa Halders.

"Håll käften Fredrik", sa Winter, "säg nåt när du vill vara konstruktiv."

Huden på Halders hals blev röd. Han tittade sidledes på Djanali som blinkade. Han var tyst.

"Det ser ut på samma sätt varje gång", sa Sara Helander, "en plan som går över styr men det riktigt kusliga är att det går över styr på exakt samma sätt varje gång."

"Hur menar du?" frågade Janne Möllerström.

"Mönstren", sa Sara Helander, "dom ser likadana ut. Som om det är en robot som blir galen, eller som programmerats till samma galenskap varje gång."

"La Folie", mumlade Halders, som ett vanartigt barn som inte kan vara tyst.

Kan han franska? tänkte Aneta Djanali. Han kanske går en kvällskurs?

"Utom det här sista i London", fortsatte Sara Helander. "Bilderna jag fick av Erik visar ett annat mönster, som om det saknas ett par lager."

"Han blev avbruten", sa Winter.

"Det syns."

De var tysta, begrundade bilderna. Det är den fasansfulla upprepningen, tänkte Aneta Djanali. Den är vämjelig och samtidigt är det den som får en att fortsätta. Det är upprepningen som gör det möjligt för oss att fortsätta. Polisarbete är monotonins konst.

Hon klarade strupen.

"Aneta?"

"Vi pratade lite med Vikingssons grannar men det är ett anonymt område", sa hon. "Som alla hyresområden, men när vi frågade om hans vanor var det en som sa att han verkade träna mycket."

"Träna?"

"Jag vet inte om han bara slängde ur sig det. Men de två gånger eller så när han mött Vikingsson hade han en stor sån där sportbag."

"Bertil?" sa Winter vänd mot sin ställföreträdare.

"Det här är från i dag", sa Ringmar, "vi visste det inte i går och frågade ju inte om det."

"Jag menar vad ni hittade hemma hos honom", sa Winter.

Ringmar grep en pärm från bordet, slog upp en sida och läste från en lista.

"Ingen sportväska", sa han.

"Ingenting? Kappsäck? Ryggsäck?"

"Nej. Inte mer än den näpna flygbolagsresväskan. Men vi hade ju inte tid att bryta upp golv och väggar."

"Och nu är han hemma och städar", sa Halders.

"Kolla om han har träningskort på nåt gym", sa Winter till Halders.

"Okej."

"Kolla alla sportanläggningar, Slottskogen, Ruddalen, alla dom där."

"Javisst."

"Vad gör han nu, förresten?" frågade Möllerström.

"Flyger", sa Ringmar.

"Det finns en sak när det gäller pojkarnas bakgrund, eller vad man ska säga", sa Halders.

Alla väntade.

"Vi skulle titta efter nåt gemensamt och det har betytt hundra timmar snack med kompisar och flickvänner och pojkvänner."

"Eventuella pojkvänner", sa Winter.

"Det var nog så."

"Fortsätt."

"Det finns ett ställe som Robertson och Malmström och Hil... Hillier faktiskt gick till allihop med olika grad av regelbundenhet", sa Halders.

"Inte Jaegerberg?"

"Vi vet inte det än. Det här stället är väl kanske nåt som de flesta i den åldern går till."

Han nämnde namnet på klubben och Ringmar tittade på Möllerström.

"Fredrik sa det i morse", sa Möllerström.

"Ett par grejer föll på plats i går kväll", sa Halders. "Men det här nya offret... Christian Jaegerberg har jag alltså inte hunnit kolla."

Winter var tyst, tänkte. Han ser jävligt trött ut, tänkte Aneta

Djanali. Om *han* ser trött ut undrar jag hur en utomstående skulle se på oss andra.

"Har Vikingsson bil?" frågade Winter vänd mot Ringmar.

"Nej, inte enligt registret."

"Register är en sak. Vi får kolla alla parkeringsrutor, och boendekorten för gatorna och parkeringsplatserna runt hans kvarter. Där kan stå en bil som ingen känns vid och den kan vara Vikingssons."

"Den kan vara min", sa Halders.

"Va?"

"Det har hänt igen, jag har fått bilen stulen igen och den här gången hann jag inte ifatt den förbannade jäveln."

De tänkte i två sekunder på den ökande mängden bilstölder. Winter kände sug efter kaffe och en cigarill.

"Vi kallar honom till förhör igen", sa han.

"Bra", sa Ringmar.

"Vi har nya frågor att ställa", sa Winter.

"Han är inte hemma", sa Möllerström.

"Få hit honom, han är inte avförd från utredningen även om han tror det. I värsta fall får vi pröva med en fotokonfrontation för att försöka få honom häktad, och vi måste titta på hans privatliv. Vänner, bekanta. Kvällssysslor. Klubbar. Barer. Biografer."

Han tänkte på fotografiet på Vikingssons köksvägg.

Han tittade på Bergenhem. Den unge inspektören såg ut som en sjuk. Han kunde inte komma ihåg att Bergenhem varit så mager. Hade han satt honom på ett omöjligt spår? Eller var han ett knippe nerver... på grund av barnet som snart skulle vara här? Winter kunde inte veta något om det. Han hade gjort mycket, men han hade inte blivit far.

"Lars?"

Bergenhem tittade på honom, men som förbi.

"Ja?"

"Vad säger du?"

"Ja... jag har en kontakt och det kan ge nåt", sa Bergenhem.

Winter väntade på fortsättningen. Bergenhem talade igen, med svårighet. Han verkar bakis, tänkte Winter. Eller bara som ett knippe nerver.

"Det är som om det finns nåt som är på gång... eller har varit på gång i den där branschen... som nått nytt."

"Nytt?"

"Som en oro eller vad man ska säga. Jag tror inte det är bara för att jag ställt en del frågor. Som om nån vet vad det är jag frågar om."

"Har nån sagt det till dig?"

"Jag kanske kan få ett namn."

Alla väntade. Det var som om Bergenhem skulle säga namnet här och nu. Bara ett namn, och de skulle kunna ta det där kaffet och lägga en sista sida i Ringmars pärm och Möllerströms dator.

"Nån som vet", sa Bergenhem. Det var allt.

Han åkte över bron och överraskade Martina. Hon stod i köket och såg ner på golvet, som väntade hon på att vattnet skulle plaska ner där från hennes kropp och att det skulle vara dags. Det var när som helst nu.

Han kysste henne, höll om henne. Hon luktade äpple och bomull. Han la handen på Klumpen.

"Är du inte i tjänst?"

"Du anger mig väl inte?"

Hon skrattade.

"Vill du ha nåt att äta?"

"Finns det fläsk?"

"Fläsk?"

"Jag vill ha stekt fläsk. Det känns som om jag inte har haft nån aptit på år."

"Du *har* inte haft nån aptit."

"Stekt fläsk med löksås och kokt potatis och absolut inga grönsaker."

"Det där är inte politiskt korrekt."

"Vilket då?"

"Att välja bort grönsakerna."

"Jag kan gå ner till ICA."

"Vill du ha fläsk får du faktiskt gå dit. Vi har inget."

Han gick, svängde vid det välbekanta hörnet. Tre barn i tioårsåldern snurrade förbi på rullbrädor. Också dom har gjort avbrott i tjänsten, tänkte han.

Himlen var fruktansvärt blå. Där fanns inga moln. Han passerade skolbyggnaderna och hörde en skarp ringsignal. Den låter på samma sätt som förr, tänkte han, skolreformerna kommer och går men ingen ger sig på skolklockan. Alla timmar jag lagt ner på den där väntan på att klockan skulle ringa. När jag satt där i bänken och bara väntade.

Det var som om hans förvirring släppt, som om han vaknat efter en dröm. Den här nya köldknäppen skingrade dunklet inom honom.

Var det Winter? Att han kommit hem igen? Är jag så jävla beroende? Vem är jag? Det är inte så otydligt längre men det är samma frågor. Det känns som om jag måste bevisa nåt för mig själv och andra. Jag ska visa dom och... jag ska visa dom.

Vem är du grabben? tänkte han och såg affären uppe till höger. Löpsedlarna hade samma färg som tussilago. Två eller tre år och Klumpen skulle komma med den första näven som dom skulle sätta i en vas och sen pressa mellan encyklopedins A- och B-del.

Vem är du mer än en snut som ska köpa rimmat sidfläsk och har grymt dåligt samvete för nåt du egentligen inte gjort.

Han tänkte på henne som Angel, som Marianne, som Angel igen. Han visste inte längre om det var han eller hon som drog, vem som drog vem till sig. Drog, tänkte han nu. Det är en drog. Är det över? Vilket är över?

Jag vet vad jag håller på med, sa han till sig själv. Ingen kan säga annat än att jag gör jobbet. Jag har skrivit en rapport.

Hanne Östergaard förhörde Maria på franskan. Flickans uttal var perfekt, vad modern kunde höra.

Kanske skulle de hyra ett hus i två veckor i Normandie i sommar. Hon hade blanketten klar och ifylld. Byn hette Roncey och stan i närheten hette Coutances. Hon hade varit där, innan Maria kom. Katedralen stod på den högsta punkten men den hade klarat sig från bomberna. Det var den enda kyrkan i norra Normandie som förblev orörd under kriget. Den stod där och sträckte ett finger mot Gud. Hon ville gå in där och tända ett ljus till, efter sjutton år eller vad det var. En Guds tjänare från Göteborg och hennes dotter.

De var klara med glosorna. Flickan läste stycket och översatte det sedan. Hon kunde redan språket bättre än sin mor. Hon skulle få beställa på bykrogen. Un vin blanc, une orange. Få köpa pick-nickmaten för timmarna på de stora tomma stränderna. När vattnet drog sig undan glittrade ostronodlingarna i solen. De kunde gå ut i den vita sanden, peta med tårna efter fransktalande krabbor.

Flickan försvann från köket. Hanne hörde teven prata sig igång i vardagsrummet.

Un vin blanc. Hon öppnade kylskåpsdörren och tog fram en öppnad vinflaska och hällde upp i ett vitvinsglas. Kylan immade glaset. Hon drack en liten klunk. Det var för kallt. Hon satte ner glaset och lät flaskan stå kvar på köksbänken.

Det var torsdag kväll. Termometern visade minus tre. Förra veckan hade krokusarna funnits där och nu frös dom till is, tänkte hon. Frågan är hur det går med syrenbuddlejan.

Hon hörde sirener igen nere från Korsvägen. Det är som ett träningsläger därnere, tänkte hon.

I morgon skulle Maria på träningsläger med handbollslaget, över helgen. Hanne såg fram emot ensamheten. En ledig helg, så ovanligt för en präst. Hon skulle gå på bio, läsa, laga en fisksoppa, klä sig i flera lager och gå den stora rundan runt Delsjön och komma hem med en röd hetta i ansiktet som skulle sitta kvar under kvällen.

"Har du lagat träningsoverallen?" ropade flickan från tevesoffan.

"Jaaaa."

"Den vita tröjan, är den tvättad?"

"Allt, vill du nåt mer får du komma hit."

"Va?"

"VILL DU NÅT MER FÅR DU KOMMA HIT."

Hon hörde dottern fnittra till därinne, åter slukad av ett familjedrama.

Veckan hade varit besvärlig och tung, hon hade inte fått grepp om sin verksamhet den här veckan. Hon kom inte bort ifrån mötena med poliserna.

En trafikolycka i tisdags, samtalen efteråt.

En trötthet samma eftermiddag, den kunde få en av de yngre kvinnorna att lämna jobbet. Hon hade sagt att hon alltid var trött.

Var det ett jobb för kvinnor? Det var samma sak som att säga att det inte var ett jobb för män heller, tänkte Hanne. Det var inte en fråga om muskler, kroppens storlek. Det var en fråga för alla. Ibland tvivlade dom på om det var ett jobb för människor.

Hon reste sig och gick in till dottern.

"Jag tar ett bad", sa hon, "du får ta telefon om det ringer."

Flickan nickade, ögonen på dramat. Hanne tittade på skärmen. Fyra personer pratade samtidigt. Alla såg upprörda ut. En familj.

Hon tog med sig vinglaset in i badrummet. Hon proppade i knoppen och blandade vattnet hett, klädde av sig och la plagg efter plagg i tvättkorgen. Hon drack av vinet och ställde glaset på badkarskanten, vände sig om och tittade i den höga spegeln på insidan av den öppna skåpdörren.

Hon gick närmare, granskade sig. Jag är en kvinna som inte fyllt trettifem än och det här är min kropp, tänkte hon och la handflatorna under brösten och stod stilla. Hon kände det tunga motståndet, fortfarande ett motstånd. Hon strök sig över magen, fortfarande fanns där en midja men hon hade blivit lite tyngre. Jämfört med när? tänkte hon och ställde sig i profil. Stjärten hängde lite men det berodde enbart på vinkeln.

Vattnet brusade mindre ju mer karet fylldes. Hon vred åt kranen och stack ner en av fötterna i vattnet. Det var hett och ljuvt.

Hon låg länge i vattnet, huden blev som sanddyner på fingrarna och under fötterna. Hon tänkte på Frankrike igen, helt kort, stränderna. Hon drack det sista av vinet och blundade, svett i pannan.

Det värsta hade varit besöket hos pojkens föräldrar, hos mamman. Jaegerberg, en brevlåda som en fågelholk utanför radhuset. Mannen var redan i London, ett omedelbart beslut efter beskedet.

Pojken var adopterad. Betydde det nåt, var det annorlunda? En sekund hade det känts så. Hon hade frågat Erik efteråt, i bilen, men han hade inte kunnat svara, eller inte orkat. Han hade varit tyst under färden tillbaka söderut. Det enda som hördes var vind-rutetorkarnas swisch mot rutan. En nederbörd föll som inte var regn och inte snö. Husen i Gamlestaden förlorade sina färger under de norra skyarna.

"Det här var början av slutet", hade Erik plötsligt sagt.

"Vad säger du?"

"Det är nu det börjar", hade han sagt och tryckt in sin jazz i bandspelaren. "Var redo."

I skymningsljuset tog Winter skärgårdsbåten till Asperö. Han klev av vid Alberts Brygga och gick uppför backen. Han tog stigen till höger och fortsatte mot toppen. Bolger satt utanför stugan.

"Visst fan är det vackert?" sa Bolger och höjde armarna.

Skärgården låg under dem, bortanför barrskogen. De kunde se genom blänket över Styrsö och Donsö, mot det väntande Katte-gatt. Winter såg en av Stenafärjorna på Dana fjord mellan klip-porna.

"Och allt är mitt", sa Bolger, "tillkomme mitt rike."

"Är det ett år sen?" sa Winter.

"Var du inte här i somras?"

"Nej."

"Jag ville att du skulle se det", sa Bolger. "Skönheten."

"Ja."

"På tiden att jag bjöd dig. Det är som vackrast i slutet av mars."

"Varför?"

"Ingen grön skit som skymmer. Bara vatten och klippor och himmel."

"Inga segelbåtar?"

"Framför allt inte det."

"Jag har hört att du har varit orolig för Bergenhem igen", sa Winter.

"Njut av sikten", sa Bolger.

"Har han bränt sig på nåt stort, Johan?"

"Inget större än det här", sa Bolger och slog ut med ena ar-men.

Winter kände doften av havsvind. En plötslig by böjde buskar-na framför stugan.

"Kommer du hit ofta?" frågade Winter.

"Mer och mer", sa Bolger.

"Sover du över?"

"Ibland. Om jag inte orkar dra igång snurran."

Bolgers båt hade legat i skuggan av Alberts Brygga, öppen och av samma virke som stugan.

"Grabben har fått ihop det med en strippa", sa Bolger.

Winter svarade inte.

"En av dom populära."

"Han har väl sina skäl, och du har sagt det förut. När jag var i London."

"Det är din gubbe", sa Bolger.

"Vem är hon?"

"Bara en strippa."

"Var det därför du ville att jag skulle komma hit?"

"Du sa själv att du behövde få ny luft i skallen."

"Vem är hon?" upprepade Winter.

"Bruden har varit pundare och dom kan få för sig vad som helst."

"Du känner henne väl?"

"Nej."

"Men du är orolig."

"Det är aldrig ofarligt, Erik."

"Vad ska jag göra?"

"Ta reda på vad han håller på med."

"Jag vet vad han gör."

"Du vet allt", sa Bolger.

"Va?"

"Var är..."

"Vad säger du?"

"Mats är..."

"Vad fan mumlar du om, Johan? Vad är det med Mats?"

Bolger tittade upp, såg mot Winter.

"Ingenting."

"Vad menar du?"

"Ingenting för helvete, Erik", sa Bolger och reste sig. "Kom in så tar vi en kask."

Winter såg kvällen falla över havet och ljusen från två fartyg på fjorden. De närmade sig varandra och var för ett ögonblick ett, som en stark lampa.

Bolger och Winter drack kaffe och brännvin. Bolger hade tänt en brasa som enda ljus därinne.

"När går färjan tillbaka?"

"Åtta."

"Du kan kvarta över om du vill."

"Hinner inte."

"Det är en sak", sa Bolger.

Winter drack av kaffet, kände stinget från det lokala brännvinet. Han bet i en sockerbit.

"När jag tänkt efter lite så tror jag att nån eller ett par av dom där pojkarna kan ha varit på mitt ställe", sa Bolger.

"Det säger du nu?"

"Jag har inte sett dom själv, men dom flesta i den åldern brukar dyka upp där nån gång i månaden. Det har blivit som ett samlingsställe på torsdagskvällarna."

"Mhm."

"Kan vara värt att kolla."

"Javisst."

"Jag kanske har serverat nån av dom, jag har inte tänkt på det förrän nu."

"Mhm."

"Låt mig se bilderna igen."

Bolger eldade i en nybyggd eldstad på klippan. Han hade insisterat. Kvällen var ett valv över dem. Flammorna slog upp och Winter såg färgerna skifta från blod till eld. Bolgers ansikte försvann och kom tillbaka i ljuset. Lågorna steg uppåt med röken och Winter tyckte ett ögonblick att han såg en rörelse inuti elden, som gestalter, kroppar.

42

Winter läste inbrottstjuvens båda brev. Det fanns en suggestiv kvalitet i beskrivningen av de blodiga kläderna i rummet, och i återgivandet av telefonsamtalet, avlyssnat i lönndom.

De hade hittat blodfläckar i lägenheten i Göteborg. Macdonald hade hittat blod i lägenheten i London. Det var nyss. Blod som faller ner till golvet även när man är försiktig, tänkte Winter.

Blodet i Göteborg kom från en människa och från ett djur, eller flera. Det kunde komma från de blodiga kläderna som tjuven skrev om, men det var osäkert. De visste ännu ingenting om blodet från Stanley Gardens.

Det var ett egendomligt telefonsamtal tjuven beskrev. Winter läste. Celluloid. Vad fan betydde det, utöver vad ordet betydde? Vikingsson hade sagt celluloid i telefon medan tjuven låg under sängen.

De hade kontrollerat samtalen. Vikingsson ringde aldrig till London. Han ringde sällan till någon i Göteborg heller. Den dagen tjuven hävdade att han hört telefonsamtalet hade Vikingsson ringt till en telefonautomat i centrum.

Om något var sant i brevet. Om det inte var ännu en galning som skrev. Det verkade inte så, men ingen kunde veta.

Vikingsson hade kommit tillbaka, och de hade fått Wällde att anhålla honom. Beslutet gav en känsla av lugn, och koncentration. Winter kände att han fick tid att tänka.

De försökte dra ut dagarna till häktningsförhandlingen, ett beslut av domaren kunde komma inom en dag, men han hoppades på de maximala fyra. Med det vi har får vi honom inte häktad, tänkte Winter och la brevkopian på skrivbordet.

Vi har fyra dar på oss, i bästa fall.

De skulle låta Vikingsson uppträda i en konfrontation. Beckman skulle stå på andra sidan glasväggen. De skulle plocka fram spårvagnsförarens lagrade information.

Winter hade studerat minnespsykologi. Det viktigaste inslaget i många rättsprocesser var vittneskonfrontationen.

Så mycket hade gått åt helvete på grund av klumpigheter, okunskap. Polisen hade förstört sina chanser. Många studier inom minnespsykologin pekade på att människan är speciellt bra på att känna igen ansikten.

Det finns ett separat system för lagring och bearbetning av just ansiktsinformation, tänkte Winter och ringde till Ringmar.

"Kan du komma in en stund, Bertil?"

Ringmar kom, drag av upphetsning i ansiktet.

"Du ser angelägen ut", sa Winter.

"Kanske är det ljuset i slutet av tunneln."

"Vilken tunnel?"

"Den som ligger i början av ljuset."

"Jag har läst igenom förhören med Beckman", sa Winter, "och jag tror att han har mer att säga nu."

"Mhm. Men det är ju inte så mycket till vittne. Han har ju inte sett ett faktiskt brott. "

"Vi genomför ett nytt förhör, mer kognitivt."

"Precis min mening."

Winter tittade på Ringmar. Ringmar tyckte inte om en del ord. Winter förstod inte varför.

De skulle ställa nya frågor till Beckman, öppnare frågor. Lämna fler pauser. Den kognitiva metoden syftade till att få vittnet att använda tekniker för att förbättra minnet. De skulle få Beckman att beskriva varje detalj, att återge vad han sett, i olika ordning, ur olika perpektiv.

"Vi måste göra allt rätt", sa Winter.

"Du upprepar dig", sa Ringmar.

"Jag vill ha sju figuranter vid konfrontationen", sa Winter.

"Okej."

Det betydde att det skulle vara åtta personer inför Beckmans ögon, en misstänkt och sju sidofigurer som de skulle ställa dit.

De skulle göra detsamma med Douglas Svensson, pubägaren, Jamie Robertsons arbetsgivare. Svensson hade sett ett ansikte som han kanske skulle känna igen.

"Vi får jobba på att hitta de rätta", sa Winter.

"Figuranterna? De oskyldiga mannekängerna?"

"Ja."

"Naturligtvis."

De skulle inte ställa Vikingsson tillsammans med sju uteliggare.
Det var svårt som fan att hitta den rätta sammansättningen.

"Gabriel ska höra Vikingsson igen", sa Ringmar.

"Jag vet", sa Winter, "jag går dit nu."

"Vi har hittat lite om hans bakgrund, eller privatliv."

"Han har ingen familj vad jag förstår."

"Varken fru eller barn, om det är vad du menar med familj."

"Ja."

"Han är inte homosexuell."

"Jag trodde det", sa Winter, "först trodde jag det."

"Jaså?"

Winter sa ingenting om den husrannsakan han och Macdo-
nald genomfört i London. Det var inte nödvändigt, åtminstone
inte än. Men han hade sett tecken, detaljer han tyckt sig känna
igen. Han tänkte på Mats.

"Det betyder ju ingenting i sig", sa han.

"Mer än att det är pojkar som mördats", sa Ringmar.

"Och att det kanske finns ett sexuellt motiv som vi inte kan
se", sa Winter.

Han trodde att det fanns ett sånt, eller en indirekt orsak. Mör-
daren hade utnyttjat pojkarnas förvirring, och sökande. Det var
ibland en oerhört enkel sak att göra, fruktansvärt enkel... även om
några i den yngre generationen kallade sig ironiska, eller om de
vuxna kallade dom så... även om dom var coola på ytan så fanns
det ett sökande hos de unga, tänkte Winter. Det fanns alltid en tro
på nånting. Det var en räddning och en livsfara.

"Det finns så mycket att utnyttja hos unga människor", sa Win-
ter.

"Bara hos unga?"

"Det är lättast."

"Du är fortfarande ung", sa Ringmar.

"Jag utnyttjas men inte på det sättet."

"Det är alltså samhällets fel."

"Naturligtvis."

"Är det alltid så?"

"Samhället får dom vuxna medborgare det förtjänar. Nu är det tydligare än nånsin."

"Då finns det alltså inget hopp?"

"Jag vet inte, Bertil."

"Vad gör du nyårsafton 1999?"

"Om du undrar om jag beställt bord nånstans så är svaret nej."

"Du sitter hemma och spelar Coltrane för en vacker kvinna."

"Troligen blir det så."

"På tal om... vi har redan talat med ett par av Vikingssons kvinnliga bekanta i Göteborg. Det var några stycken."

"Jag såg det i protokollet. Är han promiskuös?"

"Den tiden är förbi."

"När var den tiden?"

"Det var när en homosexuell flygsteward tog med sig aidsviruset från Afrika till New York", sa Ringmar.

"Har du påmint honom om den myten?" frågade Winter.

Carl Vikingsson blängde på Winter när han kom in i förhörsrummet. Vikingsson var en storväxt man. Det korta, blonda raka håret var längre än på fotografierna. Han såg ut att kunna redogöra för sina göranden. Han har ett gott minne, tänkte Winter.

Förhörsledaren Gabriel Cohen pysslade med sina papper. Han var en noggrann man. Winter satte sig med en nick. Vikingsson skruvade sig på stolen, som för att hitta en bra försvarsposition.

"Det här är kriminalkommissarie Erik Winter", sa Cohen, "han följer förhöret."

Winter nickade. Vikingsson höjde ett pekfinger till hälsning som om han beslutat sig för att spela med.

Cohen inledde förhöret, ett av många. Winter lyssnade. Frågorna handlade om vad Vikingsson gjorde vid tiden för morden. Vid flera tillfällen beklagade han att han inte burit en dagbok med sig, fastspänd vid en pulpet på bröstet. Förhöret fortsatte.

GC: Den vän du uppgav att du träffat på lördagen har inte bekräftat att ni var tillsammans hela kvällen.

CV: Minnet sviker alla.

GC: Du hävdar att hon inte minns?

CV: Ja.

GC: Vi återkommer till det. Berätta vad du gjorde den 24.

CV: Jag hade kommit tillbaka från London och hämtade lite grejer i lägenheten.

GC: Vad var det för grejer?

CV: Toalettsaker.

GC: Du har två hushåll?

CV: Det känner ni...

GC: Jag uppfattade inte svaret.

CV: Allt det där känner ni till.

GC: Hur länge har du haft två lägenheter?

CV: Jag vill inte kalla den lägenhet.

GC: Vad vill du inte kalla lägenhet?

CV: Lyan i Göteborg. Det är mer en...

GC: Jag uppfattade inte svaret.

CV: Det är mest en övernattningslya.

GC: Hur länge har du haft den?

CV: Ett tag. Det där kan ni kolla bättre än jag.

GC: Jag frågar dig igen hur länge du haft lägenheten.

CV: Kanske ett halvår.

GC: Varför skaffade du dig den?

CV: Lyan i Göteborg?

GC: Ja.

CV: Jag ville träffa folk här ibland, när jag var ledig.

GC: Men du träffar ju inget folk.

CV: Va?

GC: Du kan inte styrka att du träffat nån vid dom tillfällen vi frågat om.

CV: Det är ren otur för er.

Snarare är det otur för dig, tänkte Winter. Han studerade Vikingsson. Mannen svettades inte, ålade sig inte på stolen, saknade synliga spår av nervositet och Winter undrade hur sinnessjuk stewarden var.

GC: Du har redogjort för att du skaffade lägenheten för att träffa vänner.

CV: Det är sant.

GC: Var träffar du dina vänner?

CV: Vad är det för jävla fråga?

GC: Ge ett exempel på var du träffar dina vänner.

CV: Hemma hos nån, inte hos mig för det är inte så stort.

GC: Har du aldrig bjudit hem nån?

CV: Bara en kvinna eller två som inte känt för att gå hem till sina män.

GC: Dina grannar säger att du ofta fick besök.

CV: Inte när jag var där i alla fall.

GC: Tränar du mycket?

CV: Va?

GC: Tränar du mycket? Fysisk träning.

CV: Nej.

GC: Inte?

CV: Jag får all träning jag behöver i kärran.

GC: Kärran?

CV: Planet. På jobbet. Jag går en jävla massa.

GC: Du tränar inte på nåt gym?

CV: Det har väl hänt, men det var längesen. Är det nån som säger att han har träffat mig där så ljuger han.

GC: Det är ingen som sagt det.

CV: Bra.

GC: Men du har vid flera tillfällen blivit sedd med en stor sportbag.

CV: Va?

GC: Du har vid flera tillfällen blivit sedd bärande på en stor sportbag.

CV: Aha. Den har jag för mina grejer mellan Göteborg och London.

GC: Vi har inte hittat den i din lägenhet i Göteborg.

CV: Jag har den i London.

GC: Vi har inte kunnat hitta den där heller.

CV: Har ni varit i min lägenhet i London?

GC: Biträdande spaningsledare Bertil Ringmar har informerat dig om att vi genomfört en husrannsakan i din lägenhet i London.

CV: I helvete heller att nån har sagt nåt till mig!

GC: Du har fått all nödig information.

CV: Det här är inte klokt.

GC: Kan du redogöra för var din sportbag är.

CV: Va?

GC: Var är sportbagen?

CV: Ni har väl snott den.

GC: Finns det nåt annat ställe där den förvaras?

CV: Naturligtvis inte. Den finns i London. Mina kolleger kan bekräfta att jag hade den med senast jag var där. I går alltså.

GC: Den finns inte i din lägenhet.

CV: Då har snuten snott den.

GC: Ingen av dina kolleger säger sig ha sett dig bära på en stor sportbag.

CV: Dom hade väl annat att tänka på.

GC: Finns det två bagar?

CV: Va?

GC: Finns det två sportbagar?

CV: Börjar ni se dubbelt på kriminalen?

GC: Svara bara på frågan.

CV: Svaret är nej.

GC: Äger du en bil?

CV: Nej.

GC: Finns det nån bil i Göteborg som du disponerar?

CV: Om jag lånar nån bil? Det händer väl.

GC: Finns det nån särskild bil?

CV: Jag fattar inte vad du snackar om.

Du fattar, din jävel, tänkte Winter. Snart kommer smällen och då fattar du ännu bättre.

GC: Finns det en särskild bil i Göteborg som du disponerar regelbundet?

CV: Nej.

GC: Du kör inte en nyligen återregistrerad bil av märket Opel Kadett Karavan med registreringsnumret ANG 999, vit till färgen?

CV: Va?

GC: Svara bara på frågan.

332

CV:Vad var frågan nu igen?

GC: En återregistrerad vit Opel Kadett Karavan med registreringsnumret ANG 999, vit till färgen, årsmodell -88. Du har inte kört den bilen?

CV: Nej.

GC: Den stod parkerad sjuhundra meter från din bostad, på en betald parkeringsplats på Distansgatan i Flatås i västra Göteborg.

CV: Jaha?

GC: Parkeringsplatsen ägs av en bekant till dig vid namn Peter Möller och han har i förhör med oss hävdat att du hyr den i andra hand.

CV: Det är lögn.

GC: Det är lögn att du hyrt den?

CV: Det är lögn.

GC: Den aktuella bilen har du alltså aldrig sett?

CV: Nej.

GC: Den är registrerad i namnet Viking Carlsson.

CV: Jaha?

GC: Är det en tillfällighet?

CV:Vilket då?

GC: Namnet på ägaren. Är det en tillfällighet att han heter så?

CV:Vad var det han hette nu igen?

GC:Viking Carlsson.

CV: Inte en aning.

GC: Du är inte ägare till den aktuella bilen?

CV: Nej, för femtionde gången. Du har ju just sagt vad han heter, ägaren.

GC:Vi har hittat fingeravtryck i den aktuella bilen som överensstämmer med dina.

CV: Det är lögn.

GC:Vi har också hittat spår av blod i bagageutrymmet och på andra ställen i bilen.

CV: Det vet jag ingenting om.

GC: Du har ingen vetskap om varifrån fläckarna av blod i bilen härstammar?

CV: Inte den blekaste aning.

GC:Varför finns dina fingeravtryck i bilen?

CV: Den enda förklaring jag har är att jag måste ha åkt i den nån gång. Jag har åkt en del svarttaxi och den har väl varit svarttaxi då.

GC: Du säger att du kan ha åkt i bilen?

CV: Det måste jag ju ha gjort om mina fingeravtryck finns där, eller hur? Och den enda förklaringen jag har är svarttaxi.

GC: Varför ljuger din vän om parkeringsplatsen?

CV: Va?

GC: Varför hävdar du att din vän ljuger om att du hyrt parkeringsplatsen av honom?

CV: Nu minns jag...

GC: Jag uppfattade inte svaret.

CV: Herregud, det stämmer ju! Jag hade glömt det. Det är så att jag hyr den av honom i andra hand och sen hyr jag ut den i min tur till en annan!

GC: Du hyr ut parkeringsplatsen i tredje hand?

CV: Javisst!

GC: Då kan du ge oss namnet på den personen.

CV: Naturligtvis. Men problemet är att jag inte har hört av den här personen på månader. Jag har inte fått betalt.

GC: Men du har fortsatt att betala ditt andrahandskontrakt?

CV: Ja. Jag ville inte bli av med platsen, om den skulle behövas.

GC: Och personen som i sin tur hyrt av dig har inte hört av sig?

CV: Inte på månader.

GC: Samtidigt som det står en bil parkerad på en parkeringsplats som du inte känns vid, en bil som har dina fingeravtryck på ratt och dörrar.

CV: Det är märkligt vilka tillfälligheter det finns.

GC: De analyser vi gjort visar att blodfläckarna i bilen överensstämmer med en del av det blod vi funnit i din lägenhet i Göteborg.

CV: Hur många blodgrupper finns det? Tre?

GC: Vi har också vittnesuppgifter på att det funnits blodiga kläder i din lägenhet.

CV: Vem säger det?

GC: Vi har vittnesuppgifter på att blodiga kläder legat i en svart plastpåse i din lägenhet.

CV: Det är lögn.

GC:Varifrån kommer blodet?

CV:Vilket blod?

GC: Blodfläck...

CV: Det är väl lika bra att jag säger det.

Erik Winter ryckte till, som ur en halvsömn. Han bytte blick
med Gabriel Cohen, väntade på fortsättningen.

GC:Vad är det du vill säga?

CV: Jag är ingen mördare.

GC: Det kommer att kännas bättre om du erkänner.

GC:Va?

GC: När du erkänner känner du en stor lättnad. Alla dom här
förhören kommer att vara över.

CV: För helvete, jag har inte gjort *det*.

GC:Vad är det du har gjort, Carl?

CV: Jag har...

GC: Jag uppfattade inte svaret.

CV: Jag är...

GC: Jag uppfattade inte svaret.

CV: Det finns en förklaring till all den här skiten. Det är så att
jag och en kompis håller på med lite jakt vid sidan om.

GC: Ni håller på med lite jakt vid sidan om?

CV: Ja.

GC:Vad är det för typ av jakt?

CV: Älg, rådjur, hare, skogsfågel.

GC: Ni håller på med tjuvjakt?

CV: Ja.

GC: Uppfattar jag ditt svar som jakande på frågan om du är
tjuvjägare?

CV: Svaret är ja.

GC: När sker denna jakt?

CV:Varje gång jag är hemma. Det är därför jag inte har några...
alibin.

GC:Var sker denna jakt?

CV: I skogarna norröver. Dalsland,Värmland. Det är inte för...

GC: Jag uppfattade inte svaret.

CV: Det är inte för pengarna. Även om det ger bra med...

GC: Jag uppfattade inte svaret.

CV: Även om det ger bra med pengar.

GC:Vad är orsaken till att du, som du säger, bedriver tjuvjakt?

CV: Spänningen.

GC: Du jagar för spänningen?

CV:Vet du hur det är att vara en jävla smilande servitör till alla gnälliga turister?

GC: Nej.

CV: Du borde pröva nån gång.

GC: Så du jagar när du är i Sverige?

CV: Ja.

GC: Du använder den bil vi tidigare pratade om?

CV: Ja.

GC: En vit Opel Kadett Karavan, årsmodell -88, registrerings-nummer ANG 999?

CV: Ja.

GC:Varifrån kommer blodfläckarna?

CV: Från jakten förstås.

GC: Från jakten?

CV: När vi slaktar för fan.

GC: Det finns blod från människor i bilen och i din lägenhet.

CV: Då är det väl nån som har skurit sig.

GC:Vem är det som har skurit sig?

CV: Min kompis skar sig, vet jag.

GC:Vad heter han?

CV: Måste jag säga det?

GC: Ja.

CV: Peter Möller.

GC: Det är samma person som du hyr parkeringsplatsen av? Peter Möller?

CV: Ja.

GC: Har du skurit nån, Carl?

CV:Va?

GC: Dödade du dom här pojkarna, Carl?

CV: Nej, för helvete. Det förstår du väl.

De väntade medan CarlVikingsson fördes tillbaka till cellen.

Gabriel Cohen stängde av bandspelaren, plockade ihop papperen. Rummet kändes större när Vikingsson gått ut, som om hans röst varit en del av inredningen.

"Vad säger du?" frågade Cohen.

"Jag är mållös", sa Winter, "det här är en speciell person."

"Spritt sprängande", sa Cohen.

43

VIKINGSSON HÄKTADES EFTER tre dagar. Det var ett motvilligt beslut, men det var ett beslut. När Wällde kom ut från salen såg han ut som om han letade efter ett kärl att två sina händer i. De hade önskat en månad. De hade fått fjorton dagars häktningstid.

Vikingsson hade skakat på huvudet, en sjaskig småbrottsling som plötsligt hamnat i Premier League. Hans huvudskakning var ett budskap: jag hör inte hemma här.

De ställde honom bredvid sju andra blonda eller cendréfärgade på en och nitti och Winter hade själv kunnat stå där, eller Bolger eller Bergenhem, eller Macdonald med peruk.

Eller pojkarna, tänkte Winter. De kunde stått där med tummen instucken i byxfickan, redan med en smula hunger fast det var ett par timmar till lunch. Odödliga.

Inget vittne kunde peka ut Vikingsson. Kanske hade de varit för noggranna under förberedelserna. Winter hade till och med föreslagit en testgrupp men fått ett nej.

Han hade pratat med Macdonald, dom var klara med fotokonfrontationen i Clapham. Anderton, Macdonalds tidiga vittne, kunde inte identifiera Vikingsson som mannen som varit i sällskap med Per Malmström i parken. Håret var fel.

Det fanns någonting annat också, men Anderton kunde inte säga vad det var. Han hade pratat om en jacka.

Det hela hade varit omöjligt från början. Dom klamrade sig fast vid vad som fanns där och samtidigt gick tiden, tänkte Winter.

McCoy Tyner spelade introt till I Wish I Knew. Det var över midnatt. Winter satt i mörkret och väntade på att gryningen skulle komma till honom genom natten. John Coltrane Quartet spelade de små timmarnas musik.

Winter reste sig och gick en cirkel i rummet. Datorskärmen glimmade på bordet bakom honom, den speglades i fönstren som en ruta av flytande ljus.

Han hade skrivit ett nytt scenario och rest sig när den ohyggliga berättelsen närmade sig ett slut. Coltrane spelade It's Easy To Remember. I helvete att det är, tänkte Winter när det korta musikstycket svävade fritt i rummet. 1966. Då hade Coltrane spelat in. Winter hade varit sex.

Han lät skivan få ett slut och bytte till Charlie Haden och Pat Metheny, den svävande känslan intakt. Det var musik för minnen, även sådana som fick honom att gå runt i dessa cirklar.

Han satte sig vid sin berättelse igen. Han rullade den på skärmen. Han klippte ut ett stycke och klippte in det tre sidor längre fram. Det blev en del av slutet. Han fortsatte att arbeta med berättelsens slut.

Han sänkte sig ner dit han inte ville nå. Hans tankar var nu på plats i Johan Bolgers bar. Vikingsson satt vid bardisken. Varför satt han där? Winter hade försökt eliminera en koppling mellan dem, mellan Bolger och Vikingsson, men inte lyckats med det.

Han tvingade sig att tänka på Bolger. Han kände Bolger och han kände honom inte. Han hade dragit in Bolger i det här fallet, som en... konsult. Hade han inte? Han hade vänt sig till sin kamrat.

Han måste ställa om sina tankar från det ena till det andra, bruka sin analytiska förmåga. Om han hade nån längre.

Varför hade Bolger pratat om en musikaffär i Brixton... att den funnits där för länge sen... när den var nyöppnad? Winter hade kontrollerat det. Bolger hade sagt att han inte varit i London på många år. Han hade upprepat det, flera gånger hade han sagt det.

Winter reste sig och gick till skivspelaren och placerade en ny skiva på tallriken. Den vansinniga friformsjazzen fyllde rummet. New York Eye and Ear Control, Albert Ayler och Don Cherry.

Bolger hade spelat musiken för Winter. Det kändes som åratal sen.

En man i en skivaffär i London hade spelat skivan för honom, för Winter. En skandinav hade tidigare varit inne i affären. Det var som om mannen bakom disken fått instruktioner att spela skivan för mig, tänkte Winter.

Den andre skandinaven hade köpt skivan.

Bolger hade frågat Winter om han hade varit i jazzaffärerna. Han hade ringt Winter när denne var i London, i sin hotellägenhet.

Winter höjde volymen till ett helvetes väsen. Han gick tillbaka till skrivbordet med fakturorna från Europolitan i sina händer. Han hade fått dom i går, och han kunde själv inte säga varför han hade reagerat.

Winter såg på fakturorna på nytt. De fasta avgifterna för mobiltelefonen. De specificerade avgifterna. Inrikessamtal. Särskilda samtal. Det var telefonservice, tänkte han.

Samtalen i utlandet, det som kallades roaming. Och samtalen från andra länder till hans mobiltelefon. Det var han som betalade såna samtal.

Samtalet till hotellrummet på Knaresborough Place. Han hade suttit med siffrorna i går och de stämde inte. Han och Bolger hade haft ett ganska långt samtal. Fakturan stämde inte. Den stämde fan inte. Summan var för låg. Winter hade ringt till Europolitans serviceavdelning och fått ett besked.

Bolger hade inte ringt från Sverige. Han hade ringt lokalsamtal. Han hade varit i London när han ringde.

Bergenhem tog stöd med fötterna på däck. Det enda ljuset kom från Mariannes ventil.

Hon öppnade och han höll henne intill sig.

Det fanns något att dricka därinne. Det var varmt i kabyssen.

"Det är sista gången", sa han.

"Slut på tjänstledigheten?" frågade hon.

"Du vet vad jag menar."

"Slut på tjänsten då."

"Det är mitt jobb."

"Jag trodde att det var nåt mer."

"Ja. Det har varit det. Men inte nu."

"Då tycker jag du ska gå."

"Jag vill sitta här en stund."

"Du vet fan varken ut eller in."

"Jo."

"Vill du att jag ska ge dig nånting eller vill du inte?"

"Va?"

Han kände rullningen i båten, bekant nu, som om hans kropp genast aktiverade dom rätta musklerna när båten krängde i älven.

"Du har ett jobb, eller hur?"

"Jag har mycket", sa Bergenhem, "mer än jag förstått tidigare."

"Herregud."

"Det är så."

"Du har utnyttjat mig."

"Nej nej nej."

"Det har du fan visst."

"I så fall mig själv också."

"Ska du ha ett namn?", sa hon. Det var som om hon slungade orden, som om de stöttes ifrån henne, desperat. "Är det inte namn du letar efter?"

Bergenhems mun kändes torr.

"Det finns nån som ni inte känner fast ni känner honom väl. Jag vet inte vad han gör i det här... fallet, men han ger mig skräcken. Och jag tror inte han är... ensam."

"Va?"

"Ingenting."

Bergenhem väntade, kände en rullning igen. Kajorna hördes plötsligt utanför, skrän över tobakshuset. Ljuden från fåglarna tilltog i styrka.

"Jag vet inte allt men jag har sett honom... såg honom med en av pojkarna."

"Va?"

"Kanske med två av dom."

Bergenhem väntade igen. Skränen utanför upphörde plötsligt.

"När gjorde du det?"

Hon ryckte på axlarna.

"Han rör sig i natten. Som jag."

"Rör sig i natten?"

"Han rör sig i natten", upprepade hon. "Han är ju en del av...

av industrin också."

"Han jobbar i porrbranschen?"

"Javisst. Han är fullständigt galen, psykopat eller vad det heter."

"Vad heter han då?"

Hon sa det och Bergenhem frågade igen och hon sa det igen.

Ruset grep honom. Han visste vad han hade att göra men han lyssnade inte på den rösten. Han var ensam, han ville göra det ensam. Bergenhem ville bli någon, äntligen.

"Varför har du inte sagt det här förut", sa han.

"Jag visste inte om jag mindes rätt. Och bara ett ansikte, eller vad man ska säga. Allt har varit så... förvirrat, som med dig också. Och så vill jag inte dö än", sa hon.

"Det är ingen mer som ska dö."

Bergenhem ringde på dörrklockan. Det var en vansinnig handling, den ensamme hjältens, han såg fingret som tryckte men det var inte hans. Han tryckte igen, väntade.

Mannen öppnade, ett slags mild förvåning i ögonen. Han bar en rock i tjock frotté.

"Hej Lars."

"Hej."

"Det är lite sent va?"

"Jag skulle vilja komma in en stund."

"Kan vi inte prata i morron?"

"Helst nu."

Bolger öppnade och Bergenhem gick över tröskeln.

"Du kan lägga jackan där", sa Bolger och nickade mot en grov stol under en spegel.

"Vill du ha en kopp med nåt?"

"Nej, tack."

"Den här vägen", sa Bolger och visade genom den korta hallen. "Varsågod." Han gjorde en gest mot en fåtölj och satte sig mitt emot, på andra sidan av ett glasbord.

Bergenhem såg sig runt i rummet men han kunde inte ta in det. Hjärtat slog. Jag kanske kan resa mig och gå igen, tänkte han, skylla på att förlossningen ska börja. Nej. Jag börjar nu.

"Det är nåt du vill säga mig", sa Bolger.

"Förlåt?"

"Du har nåt om mig som du vill säga, eller hur?"

Bergenhem letade efter de rätta orden. Han skulle just säga något av dem men Bolger fortsatte att tala.

"Du har snackat med den där bruden, strippan. Hon har sagt att jag är skum. Det förvånar mig att du inte kommit tidigare och frågat mig om vad hon säger."

"Jag är här nu."

"Har jag rätt?"

"Jag har ett par frågor."

"Du kommer mitt i natten och vill ställa ett par frågor? Det ser ut som om du tror att du kommit på nåt", sa Bolger. "Du kunde inte vänta till morgonljuset."

"Vi har pratat med ett vittne", sa Bergenhem.

"Vi? Du menar att du har gjort det. Strippan?"

"Jag behöver lite hjälp av dig."

"Det är för sent att lägga om taktik."

"Va?"

"Du kom inte hit för nån hjälp. Du kom hit för att kasta skit på mig."

"Nnnej."

"Jag har hjälpt dig, din osnutne fan, jag har vakat över dig när du sprungit efter den där galna bruden. Tror du inte att jag sett det. Du är ingen snut. Du är ett barn. Hon säger nåt och du kommer hit direkt. Jag ska fan snacka med Erik om det här."

"Jag har inte pratat med henne om dig."

Bolger svarade inte. Han satt stilla i skuggorna från en lampa i rummets bortre hörn. När han rörde på huvudet skymde han lampan.

Det ser ut som om han bär en gloria, tänkte Bergenhem.

"Du gjorde det", sa Bergenhem.

"Va fan?!"

"Jag var inte riktigt säker förut men nu är jag det."

"Var är insatsstyrkan då?"

"Din jävel."

Bolger skrattade. Rocken gled upp över bröstet, hår glimmade i dunklet.

"Du är för go, grabben."

"Du mördade pojkarna."

Bolger log. Han svarade inte.

"Jag vet inte varför men vi ska ta reda på det.Vid Gud ska vi ta reda på det", sa Bergenhem.

"Är du full eller har pundarstrippan gett dig nåt?" frågade Bolger.

"Följer du med?"

"Va?"

"Jag vill att du följer med. Du är miss..."

Bolger hade rest sig.

"Jag vill att du går härifrån så glömmer vi det", sa han.

"Jag går inte härifrån", sa Bergenhem.

"Då ringer jag Erik."

"Jag ringer."

"Ring då. Du har väl en nalle."

"Nej", sa Bergenhem och reste sig. Han såg telefonen på ett halvmåneformat skrivbord bredvid fönstret. Han gick mellan fåtöljen och bordet och Bolger reste sig när han skulle passera honom. De var lika långa. Bergenhem såg in i Bolgers ögon.

"Jag ringer själv", sa Bolger.

"Flytta dig", sa Bergenhem och tryckte Bolger framför sig och gjorde en rörelse med handen mot hans axel. Bolger gjorde en motrörelse, som ett slag, sedan ett till och Bergenhem gungade bakåt. Han höll på att mista balansen, han återfick den och rörde sig framåt igen.

"Komma hit", sa Bolger och stötte till med handen mot Bergenhems axel. Bergenhem tappade sina ben, de vek sig och han föll och slog bakhuvudet i bordets glaskant med en smäll som järn mot järn. Det tjocka glaset gick inte sönder. Bergenhem låg som svävade han i luften, fäst vid bordet endast med huvudet. Hans ögon rullade. Han gled ner och sjönk mot golvet. Han låg vid sidan av bordet, det ryckte i hans kropp, en rörelse från huvudet och ner mot benen. Det ryckte igen, upprepades.

Bolger hörde ljud från Bergenhems mun, från hans strupe. Han böjde sig över honom. Han hörde ljudet igen, ett entonigt stönande som inte verkade ha med den skadade att göra.

Det var som om Bergenhem inte var vid medvetande. Hans ögon var slutna. Så öppnade han dem, men Bolger visste inte om han såg något. Så slöts ögonen igen. Ljudet från Bergenhems mun återkom. Det var ett fruktansvärt ljud. Bolger ville inte höra det. Han hade inte bett om det, han hade inte bjudit in nån. Han lyfte upp Bergenhems huvud och la sin underarm på det där struphuvudet som gav ifrån sig det hemska ljudet. Han tryckte nedåt, flyttade tyngden i kroppen mot halsen därnere och kände en sidledes rörelse från mannen på golvet och tryckte hårdare.

Han blev liggande så, det fanns inga ljud alls efter ett tag. Bergenhems ögon var öppna nu, de rullade runt på ett märkligt sätt.

Bolger reste sig, drog i Bergenhems ben. De ryckte fortfarande. Bolger lyfte upp honom.

Han hade aldrig haft något intresse för honom. Aldrig. Han betydde ingenting. Det handlade inte om detta. Det handlade om något mycket större. Alla kan bli någonting.

Bolger gick ut i trappan med sin börda, som var han ensam i världen.

44

ERIK WINTER KLÄTTRADE uppför en klippa med överlut och såg en bit av högtalaren, den pekade ut över stenen. Stycket var What's New och Coltrane spejade nedåt över klippan och tog munstycket från läpparna och tände en Gitanes och frågade Winter med sina talade ord i stället för med tonerna: What's New, What's New och mobiltelefonen som monterats på tenorsaxofonen skrällde mot det raka röret. En tenorsax ska var böjd, tänkte Winter, det är sopransaxen som är rak, och han skulle säga det men nu var det Macdonald som höll i telefonen och skrek Svara din snobb, svara i telefonen innan pojken lägger på! Det är pojken som ringer! Winter försökte ta telefonen men den satt fast på instrumentet. Det ringde, ringde.

Winter vaknade och det ringde i telefonen på nattduksbordet. Det börjar bli en vana, tänkte han. Drömmarna är verkligheten.

Det slutade och började ringa i hans mobil som låg på skrivbordet i sovrummet. Han störtade upp och grep den men fick inget svar. Det började ringa i telefonen vid sängen igen. Han störtade tillbaka, slog stortån hårt i sängbenet och smärtan slungades genom kroppen efter de första döda sekunderna.

"Ha... hallå!?"

Smärtan i tån fick hans ögon att tåras. Han försökte ta på tån men den stötte tillbaka hans hand. Han förstod att den var bruten.

"Är det Erik? Erik Winter?"

Kvinnan lät ungefär som han kände sig, en rå vind av smärta genom telefonluren. Han hörde musiken i det andra örat, Coltrane snurrade på repeat ute på cd:n i stora rummet. Som så ofta hade han somnat innan allt var avstängt, klart för natten.

Värken i tån, eller i hela foten, hade vänt från rödglödgad till dov elakhet. Han koncentrerade sig på rösten i telefonen.

"Det här är Erik Winter."

"Förlåt att jag ringer men det här är Martina Bergenhem."

De hade träffats vid flera tillfällen. Winter tyckte bra om henne. Hon var lugn, hade en mognad som Bergenhem skulle lära av.

"Hej Martina."

Winter böjde sig över bordet och tände lampan. Han blinkade två gånger och vande ögonen vid ljuset. Han höll upp sin armbandsklocka. Den var kall i handen och visade fyra.

"Jag kan inte få tag i Lars", sa Martina Bergenhem.

"Förlåt?"

"Han har inte kommit hem i natt och nu måste jag åk..."

Winter hörde henne börja gråta, eller fortsätta gråta tänkte han.

"...jag måste till förlossningen."

"Har han inte ringt?"

Det var en fråga utan mening. Kanske var det såna som behövdes också här, tänkte han.

"Nej. Jag tänkte att han är ute på någ..."

"Jag vet inte", sa Winter, "men det är möjligt."

"Du vet inte?" frågade hon.

"Jag vet inte, Martina, men jag ska ta reda på det så fort det går."

"Jag är så orolig."

Gode Gud, tänkte Winter.

"Har du ingen där?" frågade han.

"Nee... nej. Jag har ringt min mamma men hon är i Västerås."

Hon kunde lika gärna ha sagt Västindien, tänkte han.

"Jag har ringt efter taxi", sa Martina.

"Finns det nån granne som kan hjälpa dig?" frågade Winter, "eller nån vän i närheten."

"Jag har inte velat ring..."

"Jag skickar en bil."

"Men tax..."

"Kan du vänta ett ögonblick, Martina?"

"Va?"

"Vänta i luren en minut. Jag ska kontrollera på min andra telefon."

Han släppte luren, tog ett steg åt sidan och skrek till av hugget i foten. Han hoppade på ett ben till skrivbordet, tryckte igång mobiltelefonen och ringde ett kort samtal.

"Martina?"

Winter var tillbaka, den skadade foten lyft över mattan.

"Ja?"

"Inom tio minuter kommer en bil som kör dig till Sahlgrenska. Du kan ligga i den om det behövs. Jag har bett en vän till mig att följa med och hjälpa dig. Hon heter Angela och är läkare. Hon kommer med i bilen."

"Ja..."

"Gör dig klar så är dom där och plockar upp dig. Under tiden ska jag se till att Lars kommer direkt till förlossningen. Jag sätter igång nu."

Winter satt stilla. Han vred försiktigt foten uppåt och kände på tån. Den var öm men han såg ingen direkt svullnad ännu. Kanske var den inte bruten. Det spelade ingen större roll, ingen spjälade en tå.

Han fick gå i träskor om det var nödvändigt.

Han haltade ut i badrummet med en känsla av undergång i hela kroppen.

Han undersökte tån under de skarpa lamporna när det ringde igen inne i rummet. Han haltade tillbaka. Det var en kvinna som presenterade sig som Marianne Johnsén. Winter lyssnade.

Lars Bergenhem upptäcktes klockan åtta på morgonen. En segelbåtsägare som inte längre hade kunnat bärga sig hade åkt ner till Tånguddens småbåtshamn för att smeka den nya båten inför säsongen.

Bergenhem satt inkilad mellan två klippor i Hästevik. Det var mer liv bland måsarna än det brukade vid den här tiden på dagen. Båtägaren hade sett benen sticka ut och gett fan i att sköta sina egna affärer. En polisman i den patrull som svarade på larmet hade känt igen kriminalinspektören.

Winter hade släpat sin onda tå efter sig över ängen, ner i skrevorna. Han stod bredvid platsen där kroppen legat, som till skydd. Dom stora livsfrågorna kunde ha varit över för din del grabben, tänkte han. För mig med.

Förmiddagen var blå och vit över Älvsborgsfjorden, ljuset rent och klart, som skrubbat. Stena färjade folk till Danmark som om ingenting hade hänt. Ängarna på Stora Billingen skulle vara fulla av växande och liv inom en månad. Som om ingenting hade hänt, tänkte Winter. Bussen kör ute på vägen som om ingenting egentligen har hänt, folk stiger på. I kväll är det middag igen, teve.

"Det är mitt fel", sa han. "Säg till mig att det är mitt fel." Han såg på Bertil Ringmar.

"Det är som om du vädjar till mig", sa Ringmar.

"Säg det bara."

"Han är din man."

"Mer. Säg mer."

"Du är hans chef."

"Jag vill höra allt."

"Ta dig samman för helvete."

Winter tittade över ängen söderut. De hade spärrat av från vägen. Hjulspåren var färska men många hade kört ner till vattnet de sista dagarna. Fiskare, båtägare, älskande.

"Vi kan inte göra mer här", sa han och böjde sig ner vid klippan. Han stödde sig på höger knä.

"Han har blött i nacken", sa Ringmar.

"Kvävning", sa Winter, "fråga läkarna sen så får du se att det var ett kvävningsförsök."

Ringmar svarade inte. Arbetet var igång runtomkring dem.

"Vi kan inte göra mer här", sa Ringmar och upprepade Winters ord tidigare.

Winter höll kvar blicken på stenarna. Han var inte säker på hur gammal Bergenhem var. Tjusex? Kvinnan var några år äldre. Martina.

"Han har fått en dotter", sa Winter och tittade upp mot Ringmar.

"Du sa det i bilen."

"Allt gick bra. Angela var med hela tiden och i eftermiddag kommer hennes mamma. Från Västerås. Alltså mammans mamma,

Lars svärmor."

Ringmar var tyst.

"Varför säger du det inte?" sa Winter och reste sig upp.

"Vad?"

"Varför frågar du inte när jag ska berätta det för henne?"

"Herregud Erik, det har bara..."

"Jag måste ju säga det i dag", sa Winter. "Vi kan inte hålla medierna utanför det här."

"Nej."

"I dag."

"Ta med dig Hanne."

"Jag gör det själv. Hanne får ta hand om mig efteråt."

De körde tillbaka mot stan genom Kungstens gamla centrum. Långedragsvägen var lagad och lappad genom århundradena. Ringmar styrde under viadukten och fortsatte över Sandarna. Winter hoppade till när bilen höjde sig i vägbanan.

"Hur är det med foten?"

"Det är tån."

"Du kan gå."

"Det är huvudsaken."

"Ja."

"Och flickan är alltså försvunnen?"

"Vi river upp himmel och jord", sa Ringmar.

"Hon är borta lik förbannat."

"Det har bara gått några timmar."

"Tror du hon är död?"

"Nej. Rädd. Bergenhem var inte professionell", sa Ringmar, "han rapporterade inte och höll oss inte underrättade om allt, och det kostade honom nästan livet."

Winter svarade inte, stirrade ut mot kyrkogården.

"Det är vad det handlar om", sa Ringmar.

"Det handlar om att man blir mördad om man inte är professionell. Där har vi en god sammanfattning av vårt yrke."

De snurrade på Mariaplan. Göteborg är tjufem småstäder och det är lika farligt överallt, tänkte Winter.

"Tror du han klarar sig?" frågade Ringmar.

"Han är på rätt sida nu", svarade Winter, "ont i huvet men fortfarande i livet. Bergenhem är ung och stark."

"Men ingen hjälte."

"Inte den här gången."

"Hon vet", sa Ringmar.

"Vad säger du? Flickan?"

"Hon vet."

"Det gör jag med."

"Vad menar du?"

"Det är snart över", sa Winter.

Winter ringde till baren och lyssnade på rösten en sekund. Han tog en taxi till kvarteret närmast kyrkan och gick så obesvärat han kunde runt knuten.

Han ringde på dörren och väntade. Han ringde igen. Sedan gick han nedför de två trapporna och ställde sig på andra sidan gatan. Affärerna hade svarta fönster. Mörkret kom snabbt, nästan som en överraskning i aprilkvällen.

Jag har varit blind och döv, tänkte han. Kanske är jag skyldig, eller utan skuld. Det har funnits meddelanden men vem ku...

Han slog bort de tankarna. Han hade redan varit igenom det.

Bolger parkerade utanför sin port och steg ur bilen, och Winter hörde genom den stilla kvällen låsen gå igen när han höjde fjärrkontrollen. Han förvann in i porten.

Kanske är det jag som är galen, tänkte Winter. Min berättelse är en galen mans fantasi. Det finns inga regler som gäller längre, har aldrig gjort det. Tankarna bryts i bitar. Allt lösgörs åt olika håll och förenas delvis eller nån gång helt och hållet. Ingenting kan poleras eller tvingas in i symmetrin. Ingenting är vackert ens på ytan.

Han kände en vind i prånget, den kom från gatan och vände bakom honom.

Snart kommer den jäveln ut, tänkte han. Jag kan döda honom och karriären är över för den här gången.

Bolger kom ut fem minuter senare. Han sträckte armen och Winter hörde rasslet från låskolvarna. Han vek in sig i BMW:n och körde iväg.

Det är egendomligt att inte en enda människa passerat medan jag stått här, tänkte Winter. Det är som om området är avspärrat, som i en film där tusen människor står utanför spärrarna och följer vad som händer. Ovanför här sitter kameran på en särskild ställning.

Han gick ur prånget och haltade över gatan. Han gick uppför trapporna och ringde på dörren igen. Han tog upp den glesa knippan med dyrkar och prövade låset. Stålet i nyckeln kändes mjukt genom handsken.

Det klack till i låset och han var inne. Han rörde sig genom lägenheten, alla rummen.

Därefter började han med byrån men den innehöll enbart kläder. Bolger hade bra ordning.

Garderoberna var få, skor och kläder, bälten, slipsar.

I den tredje skrivbordslådan uppifrån låg ett tjockt kuvert, öppet, som en arrogant gest. Det innehöll tre pass, utställda på tre identiteter. Alla bar Bolgers ansikte men ingen hans namn. Inga stämplar, sådant använde man inte i det nya Europa. Det finns fler såna här, tänkte Winter.

Ett av passen innehöll det namn som en person burit som nyligen suttit på ett plan till London. Planet hade landat dagen efter det att Christian Jaegerberg kommit dit.

De hade satt resurser på flyglistorna, kontrollerat den dagen, och dagen före och dagen efter.

Winters upptäckt var sensationell, men han registrerade den bara, som ännu en tråd utlagd för honom. Jag har varit blind men nu ser jag, tänkte han. Jag håller det här passet i mina händer och mina händer darrar.

Eller så är det bara en av dessa oförklarliga tillfälligheter.

Han hittade fler dokument men de var utan intresse för honom: bokföring, fakturor, räkningar, papper för rörelsen. I en låda i sovrummet låg en prydlig hög pornografiska tidningar, standardmodeller och standardövningar.

Inga kvitton, inga kopior av biljetter, ingen voucherkopia.

Han gick tillbaka till skrivbordet och tog en hög papper som låg på en bred hylla ovanför. Det var minst tjugo papper och de var fullklottrade med en vass och kantig stil. Det såg ut som ett manuskript skrivet i ursinne. Han kunde inte läsa orden. Plötsligt såg han sitt eget namn, tydligt. Han bläddrade fram ett nytt ark. Där var hans namn igen. Han kunde inte läsa något annat. Orden rusade på papperet.

Han kände en raggig kyla i nacken. Han hade aldrig känt en starkare känsla av skräck.

En liten duk hängde över något som stod upp några decimeter på skrivbordet, en rektangel, som en ram.

Han lyfte på duken och såg sitt eget porträtt, taget en av de sista dagarna före studenten. Det var under glas, som nytt.

45

Var är han då?" frågade Ringmar. "Vi har varit i hemmet och på baren. Ingen vet."

"Jag vet", sa Winter, "jag vet var han är."

Det blåste i cirkel över fjorden. Vindarna var som vansinniga. Winter stod i polisbåtens för och inbillade sig att han såg Bolgers gestalt på höjden, Bolgers skugga över Skutviken. Han drog mössan tätare över öronen. Han frös i hjärnan.

"Jag går ensam", sa han när båten la till.

Strandljungen låg böjd över berget som i bön.

Bolger stod vid sin nya eldstad och grävde med en eldgaffel i kolet. Winter hade sett hur Bolger ställt sig vid eldstaden när han närmat sig i backen.

"Först kommer du aldrig och nu kommer du jämt", sa Bolger när Winter stod bredvid honom. Han fortsatte att gräva runt i det svarta, han tittade inte upp. Han slog med järngaffeln utefter teglets sidor, knackade i teglet.

Det är nu allt sker, tänkte Winter.

"Vi har hittat Bergenhem", sa han.

"Var var han? Hos sin strippa?"

"I en skreva vid Tångudden."

"Han gör visst allt för att hålla sig undan."

"Jag vill att du följer med mig nu, Johan."

"Vad säger du?"

"Det är över", sa Winter.

"Har ni hittat mördaren? Säg inte att det var Bergenhem."

"Jag har en båt nere vid bryggan."

"Jag kanske har en del att säga om vad Bergenhem höll på med", sa Bolger och slängde eldgaffeln på marken. Den studsade tillbaka mot teglet med ett ringande ljud. "Men du vill inte lyssna, du har aldrig velat lyssna på mig, din duktige fan."

"Nu går vi, Johan."

"Du har alltid varit så förbannat duktig, Erik. Alltid alltid alltid *alltid.* "

"Lås stugan."

"Om du nu är så jävla smart så frågar jag varför du inte har löst det här fallet som du håller på med! Varför har du inte löst det? Du har inte kommit ett steg längre sen du kom till mig för trehundra år sen och bad om hjälp. *Min* hjälp."

Winter svarade inte. Bolger rörde sig knappt. Det skrek i vinden, som ett rop från andra sidan vattnet.

"Det har funnits saker som du kunde tagit hjälp av men du är blind, Erik. Du är inte smart."

De gick nedför slänten, Bolger som i sömn.

"Medan vi går här kan det hända igen", sa han, "har du tänkt på det?"

De hade förhört Bolger i tre timmar när Winter kallades till telefon. Det var Marianne. Hon lät som om hon talade från en telefonkiosk, bruset av trafik runt henne.

"Jag är mycket glad att du ringde", sa Winter.

"Det är fruktansvärt", sa hon, "jag läste om det. Han var en fin man."

"Han kommer att överleva", sa Winter.

"Va? Vad säger du? Lever han?"

"Ja."

Winter hörde ett ljud som av vatten som vräks över en trottoar när en bil körde i pölarna. Han tittade ut genom fönstret. Det hade börjat regna över Göteborg.

"Du behöver inte vara rädd", sa han.

"Varför inte det?" sa kvinnan som ibland var Angel.

"Vi har honom här", sa Winter.

"Han?"

"Ja."

"Bolger?"

"Ja."

"Du visste", sa hon. "Det var som om du visste innan jag sa det till dig. Innan jag ringde förut."

"Han har berättat det själv."

"Nu?"

"Långt tidigare."

"Jag fattar inte."

"Jag ska förklara men då måste vi ses."

"Jag vet inte."

"Det är helt nödvändigt", sa Winter, "det finns en stor risk att han kommer ut annars."

"Men du sa j..."

"Jag förklarar när vi möts", upprepade Winter.

De fick Johan Bolger anhållen fyra timmar senare, skäligen misstänkt för mord. Bolger blånekade till allt. Han upprepade att han behövde vila. Kanske minns jag mer om jag får vila, hade han sagt.

Winter hade träffat kvinnan som dansade för män. Hon hade berättat för honom att hon sett Bolger tillsammans med två av de pojkar som dött.

Hur hon visste? Hon kände igen dem på bilder efteråt. Var hade hon sett det? Nånstans dit inte många gick. Varför hade ingen annan sagt nåt? Hon visste inte. Det fanns inte direkt nån annan som kunde se, hade hon sagt och Winter frågade inte mer om det, just då.

Det fanns något hos henne... en tvekan när han pratade om Bolger. Om hans person. Winter höll det i minnet medan han frågade om annat.

"Men han sa inte att han skulle ge sig iväg direkt till Bolger när du träffade honom den... sista gången."

"Det var dit han var på väg."

Winter hade tiderna klara för sig. Det stämde, det kunde stämma.

Var hade Bergenhem blivit skadad? På vilken plats? Det hade inte skett bland klipporna. Han hade burits dit, körts över ängarna.

De arbetade med Bolgers lägenhet.

"Kan han komma ut?" hade hon frågat.

"Nej", hade Winter sagt.

"Blir han häktad?"

"I morgon."

"Vem tror på vad jag säger?"

"Det finns annat också."

"Räcker det?"

"Ja."

Men han visste inte det korrekta svaret på frågan. De hade starka indicier men det var värre med bevisen. De behövde konkretion. Winter visste i sitt hjärta men det var inte nog. Han trodde att Bolger skulle erkänna men han kunde inte vara säker. Plötsligt hade han känt att Bolger aldrig skulle erkänna.

"Vi kommer att behöva dig", hade han sagt till kvinnan.

Hon hade nickat. De hade skilts i stan.

"Jag går inte tillbaka till båten", hade hon sagt.

"Det är ingenting mer?"

"Vad skulle det vara?"

"Din rädsla."

"Är det så jävla konstigt?"

"Är du rädd för... nån annan?"

"Finns det nån annan?"

"Jag vet inte."

"Är det fler mördare i den här historien?"

"Vi vet inte."

"Herregud."

Winter hade väntat på att hon skulle säga något mer.

"Jag vet inte vart jag ska ta vägen", hade hon sagt. "Han har en kompis, eller vad det är. Fast jag är inte säker."

"Vet du vem det är."

"Nej."

Macdonald ringde. Rösten var på samma gång spänd och lätt.

"Håller det?" frågade han.

"Förr eller senare", sa Winter. "Vi kanske har ett vapen också."

"Din viking blir glad."

"Han får bli vittne om vi inte lyckas med nåt annat", sa Winter, "om Bolger suttit på nåt av dom andra planen under nåt av sina andra namn."

"Sa du inte att vikingen var sinnesjuk?"

"Vad ska vi göra med den här flygaren? Han har aldrig sett Bolger i hela sitt liv, säger han. Han har varit i baren men vem har inte det? Hur skulle han kunna komma ihåg bartendern?"

Macdonald svarade inte.

"Vi fick tag i kompisen. Han som heter Peter Möller", sa Winter.

"Ja?"

"Vet ingenting säger han."

"Tjuvskytt?"

"Han säger bara att Vikingsson inte är klok i huvet, att han inte vet vad karln snackar om", sa Winter. "Hur går det själv?" frågade han efter tre sekunders paus.

"Vi klarar det", sa Macdonald.

"Är alla papper klara?"

"Nästan."

"Hur många vet?"

"Inte fler än nödvändigt."

"Bra."

"Det kanske inte behövs."

"Det kommer att bli nödvändigt."

"Gud hav förbarmande."

"Har du fått fotografierna?"

"Ni ser fan klonade ut i Sverige", sa Macdonald, "hur i helvete ska man kunna genomföra fotokonfrontationer när alla ser likadana ut?"

Winter svarade inte. Han hörde det statiska bruset över Nordsjön.

"Det är ju samma himmel och samma nordliga vind", sa Macdonald, "men ni ser så annorlunda ut jämfört med britterna. Det är svårt att förklara."

"Aberdeen ligger i nivå med Göteborg", sa Winter.

"På kartan?"

"Var annars?"

"Då hörs vi, Gud vare med oss."

*

Gabriel Cohen hade erbjudit Winter att leda det kommande förhöret men han hade avböjt. Han satt i bakgrunden, som en skugga från förr. Han kunde resa sig och gå om han var i vägen.

Bolgers sömngångaraktiga beteende hade ändrats. Han hade blivit full av liv, hånfull, aggressiv. Winter kände igen honom som den hårde tonåringen. Bolger hade varit i ständig rörelse då, han hade alltid pratat om allt han skulle göra, det han skulle bli. Sin framgång. Han hade pratat om sin framgång. Han var smart. Han kunde visa att han var smartare än alla andra.

Winter hade suttit i timmar och tänkt på vad Bolger sagt för så många år sedan, vad han gjort, vad han själv hade gjort, och hur han och Bolger blivit under åren som gått; åren som hade rusat allt närmare dem och som till slut hade hunnit upp allting i det här förhörsrummet.

GC: Du har inte kunnat redogöra tillfredsställande för dina göranden under fredagen den trettonde mars.

JB: Som jag har sagt. Det var en olycksdag och jag ville inte träffa nån. Jag höll mig hemma.

GC: Du har ingen som kan styrka det?

JB: Det får ni ta reda på. Det är ni som är snuten.

GC: Det vore bättre om du samarbetade.

JB: Samarbetade? Med vem? Jag är oskyldig.

GC: Du upprepar det ofta.

JB: Er store chef därborta i hörnet tror inte på mig i alla fall. Med såna vänner behöver man inga fiender.

GC: Vi har funnit tre pass i din bostad. De är utställda på följande personer.

Gabriel Cohen läste namnen och Bolger lyssnade.

GC: Är du bekant med dessa dokument?

JB: Har aldrig sett dom.

GC: Du har aldrig sett dessa resedokument?

JB: Nån har lagt dom där. Planterat dom där.

GC: Vem skulle ha lagt dokumenten i din lägenhet?

JB: Er chef. Erik Winter.

GC: Du påstår att biträdande chefen för länskriminalens spaningsrotel placerat dessa dokument i din lägenhet?

JB: Han bröt sig in, eller hur? Det är olagligt. Därifrån är steget inte långt till att placera ut bevis eller vad fan ni vill kalla det.

GC:Vi har ingen vetskap om att nån brutit sig in i din lägenhet.

JB: Men jag *vet*.

GC:Vad har passen använts till?

JB: Hör du inte vad jag säger? Jag har ingen aning.

Det fortsatte i samma stil. Winter såg Bolgers profil, en tyngre profil jämfört med grabben han känt för så många år sedan. Deras umgänge hade varit tydligt och nära då, under flera år. Det hade fortsatt, genom åren. De hade båda förblivit ungkarlar, valt bort familj, eller om det var familjen som valt bort dem. Winter tänkte på Macdonalds familj, i hästsvansarna. Kanske hade han känt en saknad när han tänkt på bilden efteråt. Han hade ingen familj, möjligen en rest av en familj men det var allt. När hade han senast hört av sig till systern?

Han tänkte på Bolgers saknad efter någon. Han hörde rösterna från förhöret, frågorna, de korta svaren, ett par längre. Rösterna flöt samman i rummets mitt och han kunde inte längre uppfatta vem som sa vad.

Cohen avslutade förhöret och Bolger fördes ut, ingen blick på Winter.

"Det är önskvärt med en psykologisk profil på den här killen", sa Cohen.

"Det finns redan flera", sa Winter.

46

MACDONALD RINGDE IGEN. Winter satt med sina tankar i händerna, höll handflatorna pressade mot pannan. Dagar hade gått, ljus och mörker och stråk av en annan vind när han gått över Heden.

I går hade han väjt där för en bil som verkade svänga utan chaufför, och han hade påmint sig kvinnan; han hade ett telefonnummer någonstans. Han hade räddat hennes bil. Han hade försökt erinra sig hennes ansikte men det var borta, han hade tänkt på det när han korsade Avenyn, men hennes drag hade flutit samman med andras.

Han satt med tankarna. Signalen fick honom att lyfta händerna från huvudet. Precis när han grep luren kom han ihåg hur hon hade såg ut när hon gav honom lappen med numret. Belöningen till en hjälte.

"Annonseringen kan ha gett resultat", sa Macdonald, "för vad det nu är värt."

"Du sa i går att ni inte hinner sålla", sa Winter.

"Det var i går."

"Så vad har hänt?"

"Ett par hörde av sig. Dom bor i närheten av pojkens hotell och säger att dom såg pojken med en man utanför en pub på Camberwell Grove."

"Var är det?"

"Camberwell Grove? Det är den snygga gatan med dom georgianska husen. Vi gick där, jag visade dig, grabbarna hade dörrknackning där, men det här paret var visst borta och vi har inte hunnit genomföra ett uppsamlingsheat. "

"Okej."

"Dom såg alltså en svart pojke i tjugoårsåldern som drack öl tillsammans med en man som kunde vara femton år äldre. Blond, stor."

"Och dom är säkra?"

"Dom är säkra på att det är din gamle vän."

"Säg inte så."

"Va?"

"Använd inte det uttrycket."

"Okej. Hur som helst, kvinnan är mer säker, hon satt och titta- de lite i smyg när mannen var inne och hämtade drinkarna."

"Det är bara ett fotografi."

"Hon sa också att det är så pass ovanligt att nån svart sitter på den puben att hon gissade att pojken var utlänning."

"Era egna svartingar vågar sig inte dit."

"Nej."

"Och hon tyckte sig känna igen Bolger?"

"Ja. Men jag tvekar inför en riktig konfrontation", sa Macdo- nald.

"Det spricker där", sa Winter.

Det var tyst i den andra änden. Bruset var som brottstycken av Macdonalds tankar, tänkte Winter, som om tankarna kunde höras tydligt i rymden.

"Hur går det med förhören just nu?" frågade Macdonald.

"Han säger ingenting. I bästa fall säger han att han inte minns. Han har talat mycket om minnesförlust dom här sista dagarna."

"Det är inte ovanligt att en misstänkt gärningsman hävdar minnesförlust vid grova brott."

"Jag tvivlar", sa Winter, "på ett sätt vet jag, men jag tvivlar. Det kanske är läge för mig att lämna över utredningen i mer kompe- tenta händer. Eller kyligare."

Det var tyst i den andra änden. Winter hörde sin egen andning.

"Jag har pratat med experterna", fortsatte Winter, "dom jobbar på en... profil."

"Själv känner jag stor respekt för rättspsykologin", sa Macdo- nald.

"Ja."

"Men en minnesförlust kan vara simulerad som du vet, ett för- sökt att undkomma ett erkännande."

"Ja."

"Eller så kan den vara genuin. Då blir det lite besvärligare för oss, inte sant? Då ger vi oss ut på en ny okänd resa."

Winter svarade inte.

"Inte sant, Erik?"

"Han kommer aldrig att erkänna under ett förhör", sa Winter, "jag vet vem han är och han kommer aldrig att erkänna."

"Är du så säker på det?"

"Jag vet varför."

"Då får du berätta det för mig."

"Snart. När jag har tänkt tankarna färdigt. Skrivit klart."

"Skrivit klart?"

"Skrivit klart den här berättelsen."

Macdonald väntade men Winter sa inte mer. Winter hörde kollegans andning, som om Macdonald åkt på en förkylning mitt i den engelska våren.

"Hur är det med Frankie?" frågade Winter.

"Tro inte att han låter sig dras in i nåt som är farligt för hälsan", sa Macdonald.

"Men hur är det med honom? Vad är det han letar efter? Det där talet om tortyr?"

"Jag vet faktiskt inte", sa Macdonald, "men han har lämnat ett meddelande i förmiddags till mig. Jag har ringt men han var ute."

"Det är möjligt att han har funnit nåt", sa Winter.

"Frankie? Man kan aldrig veta."

"Litar du på honom?"

"Det beror på vad du menar."

"Du vet vad jag menar."

"Frankie må vara svart men han har en snövit själ."

"Skulle han uppskatta det omdömet?"

"När han fått distans till det. Men jag hör av mig direkt om han har nåt att säga som du behöver veta."

"Bra."

"Det där med minnet", sa Macdonald, "vi har siffror som visar att ungefär tretti procent av dom som begår de grövsta våldsbrotten säger att dom inte kan minnas vad som hände."

"Jag tror det är så hos oss också", sa Winter, "liknande siffror."

"Vi har många simuleringar, det är som om dom har ett naivt hopp om att slippa undan ansvar."

"Ja."

Men Winter visste att minnesluckor måste tas på allvar. Han var en professionell utredare och om man skulle komma sanningen så nära som möjligt i utredningen måste minnesluckan diagnostiseras. Den psykogena amnesin, tänkte han. Det kallades så. Psykogen amnesi.

"Men många skyldiga med minnesförlust har haft psykiska problem nån gång tidigare i livet", sa Winter.

Han hade pratat med dem som visste. Amnesin kunde omfatta tiden för brottet. Eller den kunde vara en identitetsförlust med personlighetsförändring under flera dagar. Eller en personlighetsklyvning.

Winter hade känt skräck under samtalet med experten. Han hade överlämnat de skrivna arken han funnit hemma hos Bolger. Fotografiet. Berättat om annat, letat i det som fanns gömt.

Han hade fått veta att orsaken till verklig minnesförlust kunde vara att gärningsmannen tidigare upplevt trauman eller en djupgående, starkt känsloladdad konflikt.

Att brottet var förenat med mycket starka känslor och extrem stress.

Och att gärningsmannen inte visar ångest över minnesförlusten.

Bolger visade ingen ångest. Han växlade mellan ointresse och hån, blev mörk i ögonen och sa sig leta förgäves i minnet, rörde sig som i sömn.

Men det fanns också synliga kännetecken på spelad minnesförlust. Winter hade diskuterat det under en lång eftermiddag, slagit upp det i Christianson och Wentz.

Man fick vara vaksam om förlusten av minnet utvecklats omedelbart efter brottet. Och om amnesin varierade vid olika förhörstillfällen.

Så var det med Bolger. Det varierade. Han var också märkligt envis i sin inställning till den egna minnesförlusten, tänkte Winter. Bolger trodde sig inte kunna minnas mer även om han skulle få mer tid eller fler ledtrådar till stöd för minnet.

Det var som en permafrost över världen, tänkte Winter. En helvetes jävla explosion i hjärnan är det enda som kan rädda oss, rädda offren från den stora ovetskapen.

"Är du kvar?" frågade Macdonald.

"Jag är här."

"Ingen återvändo då."

"Det är enda möjligheten."

"Vet du vad det kostar?"

"Pengar betyder ingenting för mig", sa Winter.

"Jag glömde det", sa Macdonald.

Han letade efter en speciell händelse, och om han kunde minnas den så skulle han finna svaret. Sedan skulle allt vara över.

Hur många timmar hade han nu ägnat åt åren bakåt? De första unga, när han och Bolger varit så tätt tillsammans...

Hur hade det varit?

Det hade varit den där tävlan. Ingen hade sagt nåt men det hade varit en tävlan. Och han, Winter, hade alltid vunnit. Eller om han alltid hade fått rätt, vilket kanske var samma sak.

Han satt i tystnaden i natten. Det enda som hördes var stadens glesa ljud, som stöd för hans minne från åren i detta Göteborg, därnere bortom balkongen.

Han visste att Bolger varit intagen för psykiska besvär, att han vårdats men under kort tid, som i hemlighet. Nej. Det hade *varit* i hemlighet, ingen hade fått veta. Bolger hade en far som var som en taggtråd, han var rullad i lager runt familjens hemligheter.

Det hade varit Winter och Bolger, och Bolger hade alltid stått ett steg snett bakom. Winter hade sällan sett sig om. Hur hade det känts att stå där?

Var det en förenkling? Det var i så fall den han sökte, förenklingen. Förklaringen.

Dom tittar konstigt på mig i Palatset, tänkte han. Eller om det var vålnaderna i hans hjärna som fick honom att inbilla sig saker.

Det kunde vara en efterkonstruktion, som en del av vålnaden, men Winter kunde följa de senaste månadernas tecken bakåt som en tunn men tydlig tråd av meddelanden. En ledtråd.

Det hade varit ord, och stycken av musik, som om Bolger hade planerat allt långt i förväg: Om du är så fantastisk borde det här ge dig en tanke i riktning framåt. Winter tänkte på det igen.

Kamraten hade utmanat honom. Om det var rätt ord. Det fanns nåt outsagt i handlingarna, tydligt men ställt åt sidan. Ett steg snett bakom.

Bolger hade vetat att han skulle komma till London.

Han kunde läsa honom.

Allting som sagts. Det var inga tillfälligheter. Allt fanns i berättelsen.

Eller så drömmer jag, tänkte Winter, det har blivit dagar och nätter av drömmar. Kanske är allt detta en stor illusion. Allt är ogrundat, en felaktig uppfattning. Det finns ingen mening med förhoppningen om att arbetet har lyckats, att vi har den rätte gärningsmannen.

Önskar jag att jag har rätt eller fel? Jag vet inte.

Winter försökte tala till sig själv. Det handlar inte om dig. Du är utbytbar. Det handlar om sånt vi ännu inte känner till. Du är bara ett objekt. Det kunde vara vem som helst. Det är gärningar som inte kan göras ogjorda av din hand.

Han mindes igen. Minnena var som ett fotoalbum och en dagbok bredvid varandra. Han lämnade händelserna efter sig, de som inte var de rätta. Något hade hänt, men han såg det inte. Jag är bara en människa, tänkte han och reste sig.

Två dagar kvar, om inget annat hände under den tiden.

Han skvätte vatten i ansiktet och stöp i säng. Inga drömmar.

47

De förde ner Bolger till andra våningen. Winters hals var som hårt surrad, han kände det som om luften omkring honom inte räckte till.

Bolger stötte emot korridorväggen, en gång. Han hade tittat på Winter med ögon utan pupiller. Sedan hade han pratat, som till en kamrat, de två ute på vandring till havet.

Han hade frågat Winter vad dom skulle göra när den här skiten var över.

Utanför dörren till rummet blev han sluten igen, spärrad inuti sig själv. Han sa något som ingen kunde höra. Han stötte emot väggen. Winters nackhår var kalla av svett. Vapnet i hans armhåla skavde. Bolger började gunga på hälarna och sedan skjuta kroppen fram och tillbaka. Männen höll honom hårdare.

Dörren öppnades. Winter såg Macdonald omedelbart till vänster, hästsvansen, skinnjackan. Macdonald tittade inte på honom, han följde Bolgers rörelser. Männen förde Bolger över tröskeln, sidledes.

Macdonald kom Bolger nära, det skilde två decimeter mellan dem. Winter såg att de var exakt lika långa.

Ljuset var mildare härinne än i korridoren, det hade sina källor från våren utanför och från en golvlampa som stod tre meter in i rummet. Män stod utefter väggarna. De var redo för konfrontationen. Spegeln täckte en av väggarna.

Ett grovt ljud hördes från Bolgers strupe. Han skakade, musklerna i hans överarmar spändes. Winter höll blicken kvar på hans överkropp, allt var fruset i ett detta nu.

Winter gick ut från rummet och in i det rum som låg på andra sidan av spegelväggen.

Sängen stod i rummets ena hörn. Hjulen var låsta i läge, sängen såg ut att vara av den äldre modell som tidigare brukats på svenska sjukhus men den var modern, konstruerad för flygtransporter. Män stod bakom huvudgärden.

En människa låg i sängen och det svarta ansiktet såg ut som en mask mot det vita. Det var omlindat med gasbinda men huden syntes på några ställen.

Det var Christian Jaegerbergs ansikte. Det var Christian Jaegerberg som låg i sängen.

Winter hade aldrig sett pojken i levande livet, bara på fotografierna.

Pojkens ögon glimmade. Han såg på Bolger, inte på någon annan. Han såg genom väggen som var ett fönster. Bolger kunde inte se honom. Det verkade som om pojken försökte höja den vita, bandagerade arm som låg utefter konturerna av kroppen i sängen.

Han rörde huvudet nu, fram och tillbaka, som Bolger tidigare hade rört sig utanför rummet. Han tittade på Johan Bolger som ett offer ser på sin mördare, och nickade sedan.

Winter gick fram till honom och lyssnade på hans låga röst. Där fanns inget tvivel.

Winter gick ut i korridoren och in i rummet där Bolger stod utefter väggen mitt emot spegeln. Sju män stod bredvid honom men de var osynliga för Winter. Bolger var stilla, orörlig. Han tittade på Winter och sedan på spegeln och nickade. Han nickade mot Winter. Han vet, tänkte Winter. Han vet vem som ligger därbakom. Han rör sig inte nu. Han är stilla.

Vad hade jag väntat mig? tänkte Winter. Att han skulle skaka, att munnen skulle bli vit och röd av fradga när han förstod?

Winter blundade och såg för sin inre syn Bolger vräka sig framåt med full kraft och männen släpas efter honom av den fruktansvärda styrkan och Wint...

Han öppnade ögonen och såg Bolger stå där med ögonen slutna. Ingen rörde vid mördaren. Bolger rörde sig inte, hans ögon var fästa på Winter nu, med en skärpa som Winter inte sett någon gång sedan de hämtat in honom för förhör.

"Det är aldrig över och det är inte slut", sa Bolger plötsligt och skärpan i hans ögon var borta.

De satt på Winters rum. Winter kände svetten kyla kroppen. Macdonald var blek, huden spänd över kindbenen.

"Jag trodde att han skulle förloras in i galenskapen för gott", sa Winter.

"Mhm."

"Han är kvar", sa Winter, "det var en risk."

Han tände en Corps. Händerna darrade svagt som i en efterklang.

"Han sa att det inte är slut", fortsatte Winter när han blåst den första röken mot taket, "Bolger sa att det aldrig är över."

"Jag vet vad han menar", sa Macdonald.

"Förlåt?"

"Jag tror jag vet vad han menar. Åtminstone en del av det."

Winter väntade på fortsättningen, han rökte igen utan att känna någon smak.

"Låt mig påminna om besvikelsen när ni fick släppa Vikingsson... eller före det... det där med tjuvjakten och den skiten", sa Macdonald.

"Ja."

"Han är ju fri igen."

Winter var tyst, blek.

"Ditt fotokollage."

"Vart vill du komma, Steve?"

"Ingen av oss har ju släppt vikingen ur tankarna, eller utredningen eller vad vi ska kalla den i nuläget."

"Naturligtvis inte."

"Jag kände den också. Besvikelsen. Vi pratade med killen när han kom över till London igen och jag kände den. Det var som du sa en gång. Det fanns nåt där, jag kände det. Jag gjorde som du sa, eller önskade."

"Vad snackar du om, Steve?"

"Lyssna nu. Det här låter märkligt men det är sant. Du sa till mig nere på stationen hemma att du tror på Gud. Här kommer belöningen för det. Det hände sent i går, i natt, jag fick vänta med att säga det tills vi kom över nu."

"Säga vad?"

"Vikingsson, Carl Vikingsson. Vi släppte inte bevakningen på honom. Det var nåt med den jäveln... nåt ytterligare... ja, det har jag sagt. Okej, vi hade två man på honom, testade för några dar. Det var också nåt Frankie sa..."

"Steve!"

"Nej, lyssna här. Jag måste säga det först. Frankie hittade nåt. Det fanns nån som hade nåt att sälja. Inget som hamnar i Soho i några porrbiografer. Men hur det än är så hamnar skiten alltid där. Det är alltid så."

"Vikingsson hamnade i Soho?"

"En blond fan har gått runt i stan och kommit med erbjudanden", sa Macdonald, "det har skett diskret, oerhört diskret, men inte tillräckligt diskret för Frankie eller hans kontakter."

"Vilka är det?"

"Fråga mig inte, varken du eller jag vill veta."

"Vad är det som har hänt då?"

"Ingenting på marknaden än, säger Frankie."

"Så hur kan vi gå vidare?"

"Vi har gått vidare."

"Ni har gått vidare", upprepade Winter.

"Han blev oförsiktig när han kom tillbaka den senaste gången. Han var ju fri, hela rymden var hans. Vi följde honom ut till Heathrow men han skulle inte jobba, inte på det sättet."

Macdonald lutade sig framåt på stolen, jackan stramade över hans axlar. Han var blekare än någonsin, rösten var tunn, plågad.

"Anställda därute har sina förvaringsboxar och han gick till sin", fortsatte Macdonald, "han plockade ut en liten säck med nåt och vi steppade fram och hjälpte honom att ta fram det. Det var stativet."

"Va?"

"Det var *stativet*, det som vi sökt efter. Jag är säker på det, och vet du varför? Svaret är att den här skiten som flygservitören hade saknade en hylsa på ett av benen. Teknikerna på Yarden har inte gjort jobbet klart än men jag är säker."

"Du driver med mig", sa Winter.

"I ett sånt här läge? Efter det vi nyss upplevt?"

"Nej."

"Nej vadå?"

"Nej, du driver inte med mig."

"Det är andra som tror att dom kan göra det", sa Macdonald, "men det lyckas aldrig."

"Stativet", sa Winter och kände en smak av blod och vinäger i munnen.

"Dessutom säger trollkarlarna i Kennington att det definitivt. finns fingeravtryck på skiten, och att det inte spelar nån roll hur gamla dom är."

Winter sa ingenting. Han kände svetten igen.

"Och det är inte allt", sa Macdonald. "I taket på boxen fanns ett fasttejpat kuvert och i kuvertet låg en nyckel till ett bankfack."

"Bankfack", upprepade Winter. Cigarillen i hans hand hade slocknat för åratal sedan.

"Vikingssons bankfack i London."

"Hann ni åka dit?"

"Det kan du ge dig fan på. Där hittade vi en nyckel till."

"En nyckel till", upprepade Winter med en röst som knappt bar orden.

"Den går till en förvaringsbox på nån av Londons järnvägsstationer eller tunnelbanestationer."

"Hur många finns det av dom?"

"Förvaringsboxarna? Miljoner, och hundratals stationer. Men vi kommer att hitta den."

"Har Vikingsson sagt nåt?"

"Vikingsson säger inte ett skit", sa Macdonald, "han verkar tro att han flyger igen i morron."

"Var är han."

"På HQ i Eltham."

"Och han säger ingenting."

"Inte än."

"Tror du det räcker? Det här med stativet?"

"Vi är på god väg", sa Macdonald.

"Det skulle alltså vara två", sa Winter.

"Det förklarar en del", sa Macdonald.

"Vad?"

"Hur dom kom undan, fick undan grejerna och täckte upp."

"Det kan också vara en egendomlig tillfällighet."

"Nej."

"Vi har inte hittat nåt ytterligare samband mellan Vikingsson och Bolger, men vi har inte letat på rätt sätt."

"Vi kommer att finna det nu, det är alltid så."

"Det behövs hur som helst mer bevis", sa Winter, "eller bevis i stället för indicier. Ska vi fälla Vikingsson krävs det mer."

"Vi klämmer åt honom", sa Macdonald.

"Det räcker inte. Dessutom är jag inte så optimistisk som du."

"Vi klämmer åt honom", upprepade Macdonald.

Winter gick ensam i parken utanför Polishuset. Under samtalet med Macdonald hade ett fragment av en tanke skavt honom inne i bakhuvudet.

Han tänkte på samtalen han haft med kvinnan, Marianne Johnsén. Strippan. Det hade hela tiden funnits nåt där... nån annan... som om hon först verkat förvirrad när han pratat om Bolger. Eller när han *enbart* pratat om Bolger. Som om det fanns nån annan... också... som om hon blivit förvirrad av honom, tvivlat på sig själv eller släppt det andra... om det nu fanns nåt mer. Sen hade hon själv nämnt det.

Det var en känsla han haft då, efteråt, som ett skav. Han måste förhöra henne igen, eller snarare prata med henne.

Men det var inte det som bekymrade honom, inte nu när han gick här halvtimmen efter samtalet med den skotske kollegan.

Det var Bolger, igen. Bolger ville visa honom. Åter tänkte Winter på meddelandena Bolger lämnat efter sig de senaste månaderna.

Det fanns nåt mer. Nåt som var stort. Det skavde som fan i skallen, Winter kliade sig i hårbottnen som om det var där tanke-skärvan satt fast.

Bolger hade sa... de hade stått p... han hade sagt nåt om skön-heten och mörkret och de hade stå...

Winter stannade. Han såg rakt ner på marken utan att se. Det kom nu. Tankeresterna i huvudet blev mer av en helhet. Han såg Bolger vid stugan, utanför stugan.

De hade gått ut. Bolger hade pratat om sitt nybygge. Han hade tänt elden. Han hade rört sig runt den.

Och när Winter kom ut den sista gången till ön hade Bolger kastat eldgaffeln mot de röda stenarna.

Eldstaden.

Monumentet av tegel på toppen av berget.

Winter vek sig under avspärrningen. Stugan var blank i motljuset, utan konturer. Han sa ett par ord till polismannen som höll stället under uppsikt och skickade ner honom till båten.

Winter la rocken på marken, tog på sig arbetshandskarna och grep släggan. Han slog teglet i bitar, från vänster till höger och kände hettan i ryggslutet när blodet strömmade ut i armmusklerna. Tegelstenarna splittrades med tunga ljud, klövs av släggan. Eldstaden rasade sakta och Winter tog en paus, torkade svetten och slängde sen kavajen i gräset. Vinden kylde omedelbart över ryggen på honom. Han tog släggan igen och fortsatte att slå. Det smärtade i den onda tån av ansträngningen.

Spisen var dubbelmurad, den trasades allt längre ner av slagen. När han huggit och bänt med släggan och med ett spett i en timme såg han fliken av oljepåsen. Den låg i ett lite bredare utrymme mellan tegelstenarna. Han grep tag i den men den satt fast. Han kände dunket i tinningarna och det var inte bara av ansträngningen. Jag skulle fan tagit en tablett innan jag åkte ut, tänkte han, en näve lugnande medel.

Han spettade försiktigt i bruket runt den platta, grova påsen och plockade med de behandskade händerna, men paketet satt fortfarande fast. Han måttade med släggan ett par decimeter undertill och slog och påsen låg fri.

Han andades tungt. Han stödde sig på släggan, stod stilla. Vinden kylde igen. Han såg att den hade fått ljungen att resa sig på berget.

Winter tog paketet i handen. Det kändes lätt och skört. Han gick till stugan och öppnade dörren.

I köket vecklade han upp det kraftiga papperet. Det kändes som näver. Inuti låg videokassetten. Ett handskrivet vitt skrivmaskinspapper satt fäst vid kassetten med tejp. Stora bokstäver, upp och ner, och han vände på kassetten och läste: TILL ERIK.

Bara de orden. Han blundade, öppnade ögonen igen och meddelandet fanns kvar, skrivet med blå tusch.

Han rev loss papperet och pressade ihop det i handen, kastade det som en sten på golvet.

Det fanns annat i påsen, papperslappar som såg ut som kvitton och restaurangnotor, tunnelbanekuponger, tåg- och bussbiljetter.

Allt var från London. Winter petade försiktigt på högen som var den levande. Överst låg ett taxikvitto. Någon hade skrivit Stanley G. rakt över, med samma tuschpenna.

Där låg ett brev från en svensk vän till Geoff Hillier.

En av dom sista trådarna, tänkte Winter, och ännu återstår videokassetten.

Det är nu, tänkte han. Det här är nu.

Han hade sett teveapparaten senast han var här, en av de där små moderna monitorerna med inbyggd videofunktion. Han kontrollerade att stugans strömbrytare var påslagen och knäppte sedan på apparaten.

Fader vår som är himmelen, helgat varde ditt namn, tänkte han och tryckte in kassetten.

Det brusade och skrek från högtalaren och han sänkte ljudet och stirrade mot de vansinniga prickarnas rörelser på skärmen. Plötsligt hörde han musik och han kände igen den med en omedelbar känsla av illamående. Albert Ayler, Don Cherry. New York Eye and Ear Control.

Bilden visade en interiör från Bolgers bar. Kameran måste ha suttit i barspegeln. Winter såg sig själv i bilden. Ett brus och ett klipp. Per Malmström satt vid disken. Brus och klipp. Winter igen, ett glas öl i handen. Brus och klipp. Per Malmström. Brus och klipp. Winter. Klipp. Jamie Robertson. Klipp. Winter. Bilden höll sig kvar. Tre meter bakom Winter satt en man och log. Det var Vikingsson. Bilden zoomade in Vikingsson. Klipp. Geoff Hillier. Klipp. Winter, som log mot någon framför sig. Klipp. Carl Vikingsson, vid disken. Klipp. Winter. Klipp. Vikingsson. Klipp. Per Malmström igen. Klipp. Ett snabbare tempo i klippen nu.

Sedan svärta. Inga ljud mer.

Därefter ett rum. En pojke satt på en stol. Han var naken. En man kom in i bilden, naken på överkroppen, ett stycke tyg över höfterna. Pojkens ögon... Winter såg ögonen och hörde ljuden som pojken försökte få fram bakom den trasa som pressats in i hans mun.

Mannen bar en mask och nu tog han av sig den och tittade in i kameran. Det var Bolger.

Samtidigt hörde Winter en röst.

Det var en röst.

Det var inte mannen på bilden som sa någonting, hans läppar var stela. Det var inte pojken, han kunde inte få fram ett ord.

Winter kände hur det började värka i käkarna. Han försökte öppna munnen men det gick inte. Han grep sig själv om hakan och tryckte nedåt för att häva krampen.Värken släppte när munnen öppnades. Det kändes som om han bitit sönder alla sina tänder.

Han stannade bandet och spolade tillbaka. Han startade bandet. Där. Han hörde rösten igen. Det lät som ett konstaterande.Winter spelade om. Där. Något med *rulla* eller något ditåt.

Det fanns någon mer i rummet. Det fanns en röst och det kunde vara samma röst som de hade på sina egna band, från förhören.Vikingssons röst. Den här gången fanns han med. Bolger ville berätta det. De hade möjlighet att mäta rösterna, väga dem och jämföra dem. Det var bara arbete, och tid. Den eviga proceduren.

Winter lät bandet gå den här gången. Han tittade i ytterligare tre minuter, stängde sedan av och gick snabbt ut ur stugan för att svälja all den vind han kunde finna där på bergets topp.

48

ALLA SAMLADES HEMMA hos Winter. Det var ett lågmält sällskap. De var här för att de kände ett behov av att vara tillsammans, efteråt. Några drack, men Winter gjorde det inte. Han hade stått i timmar under duschen. Det fick räcka.

"Ni får gärna bli fulla", hade han sagt när de kom. Han hade visat in dem i rummet där flaskorna stod.

Bergenhem var där, med ett stort bandage runt huvudet. Winter gav honom en kram och sedan en till Martina som också var där och hon kramade tillbaka.

Alla samlades runt barnet som också var där.

"Vad heter hon?" frågade Aneta Djanali före alla andra.

"Ada", svarade Martina.

"Åååda", sa Halders.

"Suveränt", sa Aneta.

"Tycker du det?" frågade Bergenhem och tittade på Aneta.

"Suveränt", svarade Halders i hennes ställe.

"Tillåt mig", sa Winter som kom med lådan Cuaba Tradicionales han köpt på Davidoff.

"Det är väl jag som ska bjuda?" sa Bergenhem.

"Självklart", sa Winter. "Men du har haft ont i huvet och under tiden bjuder jag på dessa traditionella cigarrer, som traditionen bjuder."

Halders hällde upp en whisky till sig och en till Macdonald.

Winter pratade med Möllerström och med Bergenhem, som båda hade ett glas vin i handen. De stod vid fönstren, såg ut över kvällningen. Aneta Djanali stod också där, och Martina Bergenhem.

"Det fanns en chans att pojken skulle överleva och vi bestämde

oss direkt för att hålla det hemligt", sa Macdonald till Halders.
"Vi talade med föräldrarna och dom övriga som behövde veta
och sen väntade vi."

"Herregud", sa Halders. "Jag blev alldeles matt när Erik kom
hem och berättade det."

Winter hade kommit över, ett glas i handen nu.

"Dricker du?" frågade Macdonald.

"Ibland är det nödvändigt", sa Winter.

Timmarna gick. Barnet sov i Winters sovrum. Macdonald satt
med Möllerström, pratade om HOLMES och lyssnade på det
senaste. Hanne Östergaard, Aneta Djanali och Martina Bergen-
hem stod vid fönstret igen, glas i händerna. Fredrik Halders
grunnade framför flaskorna. Nyss hade han berättat för Macdo-
nald om bilstölderna i Göteborg.

"I en så vacker liten stad?" hade Macdonald sagt.

"Den är biltjuvtätast i EU", hade Halders svarat.

Winter och Ringmar satt i köket. Ringmars röst började
fladdra i konturerna. En öl och en halv grogg stod på bordet
framför honom.

"Du menar att han hade hällt ut djurblodet i sina bostäder", sa
Ringmar.

"Han har erkänt", sa Winter.

"Vilken jävla viking", sa Ringmar och grep ölflaskan och välte
grogglaset. Innehållet rann över bordet. "Fan." Han gjorde en
klumpig rörelse som för att spana efter en trasa.

"Låt det vara", sa Winter.

"Vilken jävel", upprepade Ringmar.

"Han hade hittat den slutliga kicken."

"Men ändå."

De sa ingenting på en stund. Musiken från rummet hördes hit
ut.

"Och du tror inte att han fått iväg nån kassett till handeln?"

"Jag tror inte han hade hunnit än. Om det nånsin var syftet för
honom."

"Varför skulle det inte vara syftet?"

"Det kanske inte var det viktigaste."

"Jag tror vi pratar enorma pengar", sa Ringmar, "det är affärer vi pratar om och man ska nog inte inbilla sig att det inte spelade in här."

"Kanske för Vikingsson då", sa Winter.

Ringmar svarade inte.

"Macdonald säger att han får veta i så fall. Han har några kontakter som har några kontakter", fortsatte Winter.

"Och Bolger hade sina motiv", sa Ringmar utan att titta på Winter.

Winter svarade inte.

"Dom utnyttjade varandra", sa Ringmar. "Två vansinniga, men från olika håll."

"Jag ringde min mor", sa Winter.

"Va?"

"Jag ringde min mor och frågade henne om dom senaste tjugo åren och hon blev plötsligt knivskarp", sa Winter med ett slags förundran i rösten.

"Knivskarp?"

"Jag frågade henne om sånt jag inte visste från den tiden, eller varit för ung för att lägga märke till och hon gav mig en del svar."

"Om dig och... Bolger?"

"Om hur han var då. Vad som hänt då. Och sen."

"Vad hade hänt?"

"Hur sjuk han var."

"Hatade han dig verkligen", sa Ringmar och tänkte att det här frågar jag bara för att jag inte är nykter.

"Jag kan inte svara på det", sa Winter.

De satt tysta. Ringmar drack av ölet.

"Men han ville möta mig på mitt eget område", sa Winter efter en halv minut. "Det var det enda som upptog hans tankar, han... testade mig på mitt eget område. Tror jag."

Ringmar ville inte säga något mer om det.

"Musiken har tystnat", sa Winter.

"Vad säger du?"

"Jag ska gå och sätta på lite musik igen."

Vad är det här?" frågade Halders.

"Charlie Haden och hans Quartet West", svarade Winter.

"Det är ju bra."

"Ja."

"Fast det är jazz. Det kallas väl jazz det här också?"

"Det är dom eviga låtarna från det amerikanska förtitalet", sa Winter, "och femtitalet."

"Va?"

"Jazz. Det är jazz."

Janne Möllerström berättade om sitt senaste förhållande. Hanne Östergaard och Aneta Djanali lyssnade. Sara Helander höll Möllerström i handen, som stöd.

Winter satt på golvet bredvid Hanne.

"Det var ju bara ett skämt från min sida", sa Möllerström, "hon hade plockat upp den där stenen och slängt i den från stranden."

"Var det månsken?"

"Va?"

"Var det en månskenskväll?" upprepade Aneta Djanali.

"Jag vet faktiskt inte. Men som sagt. Hon slängde i stenen och så sa jag att 'vet du att det tog tiotusen år för den där stenen att ta sig upp på den här stranden?' eller nåt liknande."

"Oj", sa Sara Helander.

"Var det så farligt?" frågade Möllerström.

"Det är lugnt Janne", sa Aneta Djanali.

"Det är inte alls lugnt. Hon blev sårad, eller förbannad. Det blev aldrig detsamma efter det."

"Kan jag få låna den här skivan, chefen?" sa Halders som stigit in i scenen.

Winter och Hanne Östergaard tog hissen ner och gick över gatan och in i Vasaplatsens park. Fontänen var som ett järnstäd i natten. När han vände sig om och tittade uppåt såg han ljusen i sin lägenhet. Han tyckte att han såg Steves hästsvans svänga på balkongen.

De spanade efter kometen och såg den genast.

April gick mot maj. Det blev aldrig riktigt svart.

Erik tog upp en sten och kastade den med en mjuk handrörelse norrut, ner över gräsmattan.

"Det tog tiotusen år för den där stenen att ta sig från obelisken och hit till bänkarna", sa Hanne och det blänkte till av hennes tänder i skenet från lyktorna.

"Vi går dit", sa han.

"Vänta lite", sa hon.

"Vadå?"

"Hur mår du, Erik?"

"Jodå. I morgon är en ny dag och allt sånt."

"Jag menar hur du *mår*."

"Bättre än vad jag trodde. Faktiskt."

"Vad har du tänkt på dom här sista dagarna?"

"Livet, och för en timme sen förklarade Fredrik meningen med livet för mig."

"Det var i rättan tid."

"Ja verkligen."

En bil passerade.

"Ett tag trodde jag att jag skulle känna mig skyldig till allt, men det blir inte så. Indirekt är jag kanske skyldig men ingen hade kunnat stoppa... Johan Bolger men till slut gjorde vi det. Annars hade det fortsatt."

"Ja."

"Han ville att det skulle fortsätta men också att det skulle få ett slut."

Hanne svarade inte.

"Jag tror att bedövningen har släppt", sa Winter.

De gick ner till Segerstedtmonumentet och runt det.

"Har en obelisk sex kanter?" sa Winter.

"Det kanske är fyra", sa Hanne.

"Den här har sex."

"Men det ser ut som en", sa hon och läste med svårighet texten på stenen högt: De fria fåglarna plöja sin väg genom rymden. Många av dem nå kanske ej sitt fjärran mål.

De gick tillbaka till bänkarna. Hanne satte sig. Winter la sitt huvud i hennes knä. Det var svalt från marken om hans knän. Han hörde ett flaxande i rymden ovanför.

"Vill du be?" frågade hon.

"Jag ber redan. Friformsvarianten."

Det flaxade till igen ovanför dem.

"Förklara för mig", sa han.

"Senare", svarade hon.

"Jag vill att du förklarar allt."

"Det har blivit mycket varmare i luften", sa hon.